Claudia Dahinden

Die Uhrmacherin

IM STURM DER ZEIT

Roman

PENGUIN VERLAG

FSC www.fsc.org
MIX
Papier aus verantwortungsvollen Quellen
FSC® C014496

Klimaneutral*
Druckprodukt
ClimatePartner.com/14044-1912-1001

Penguin Random House Verlagsgruppe FSC® N001967

3. Auflage

in der Penguin Random House Verlagsgruppe GmbH,
Neumarkter Straße 28, 81673 München
Dieses Buch wurde vermittelt durch die Literaturagentur Hille & Schmidt.
Redaktion: Susann Harring
Umschlaggestaltung: bürosüd
Umschlagabbildungen: Mauritius Images / United Archives / Werner Otto;
Arcangel Images / Ildiko Neer; www.buerosued.de
Karte Umschlag: Peter Palm, Berlin
Gesamtherstellung: GGP Media GmbH, Pößneck
Printed in Germany
ISBN 978-3-328-10563-3
www.penguin-verlag.de

Für meine Eltern Monika und Bruno Meier-Vogt.
Euch verdanke ich die Freude an spannenden Geschichten
und die Liebe zu Grenchen und zu seinen Menschen.
Eure Spuren bleiben.

Im Glossar ab S. 469 finden sich Erklärungen zu den verwendeten Schweizer Ausdrücken sowie Begriffen aus der Uhrenindustrie.

Die Uhr

Es pickt die Uhr im Uhrgehäus:
Tick, tack! Tick, tack! Tick, tack!
Das Uhrgewicht, der Pendelschwung.
Tick, tack! Tick, tack!

Es warnt die Uhr vor jeder Stund:
Gieb acht! Gieb acht! Gieb acht!
Dass weißt, wie bald die Stund vergeht
Und dass dir bald die neue schlägt
Gieb acht! Gieb acht!

Der Hammer schlägt uffs Glögglein an:
Kling Klang! Kling Klang! Kling Klang!
Und gäb die Stund dir heiter klingt,
Weißt doch nit, was die nächste bringt!
Kling Klang! Kling Klang!

Franz Josef Schild, Grenchner Arzt und Volksdichter

1

Die junge Frau war Hanna wie aus dem Gesicht geschnitten, und einen Moment lang kam es Sarah vor, als stünde sie neben ihrer kleinen Schwester am Bahnhof. Nur nach Branntwein roch Hanna natürlich nie. Und was den Bahnhof anging: Das hier war eher eine größere Hundehütte. Ein Meer aus Schlamm, das den Namen Straße nicht verdiente, führte nordwärts an ihr vorbei – kärglich beleuchtet von ein paar Petroleumlampen – und verschwand nach fünfzig Metern in der Finsternis. Es regnete in Strömen.

Das konnte unmöglich Grenchen sein. Wo war der »aufstrebende Ort«, den Herr Schneider gepriesen hatte?

Keine Kutsche weit und breit. Ihr Zug hätte am frühen Abend ankommen sollen, aber die Lokomotive war ausgefallen und die zusammengewürfelte Gästeschar auf Droschken verteilt worden. So viel zur überteuerten Fahrkarte erster Klasse, die ihre Mutter ihr aufgedrängt hatte.

Das Mädchen, das eben seinen dünnen Mantel zuknöpfte, hatte schon im Zug neben ihr gesessen und so verloren ausgesehen, dass Sarah ein Gespräch mit ihm angefangen hatte.

Nach einem Blick auf die geballte Entrüstung der übrigen Passagiere hatte sie sich in ein Buch vertieft, aber es hatte ihr einen Stich versetzt.

Jetzt stapfte die Kleine los, dünn und barhäuptig, und zerrte ihren riesigen Koffer durch den Schlamm. Sarah griff nach ihrem Schirm. »Nehmen Sie den! Ich werde abgeholt.« Hoffentlich.

Die junge Frau drehte sich um. »Ich auch.« Ihre Stimme war ungewöhnlich rau.

»Nehmen Sie ihn trotzdem.«

Sie nahm den Schirm, und ein Lächeln blitzte über das schmale Gesicht. Sarah lächelte zurück, zog ihren Schnürschuh aus der schlammigen Brühe und warf einen letzten Blick auf ihren in der Ödnis entschwindenden Schirm. Wenn das ihr Vater sehen könnte!

Der letzte Montag fiel ihr ein: Vater hinter seinem Mahagonischreibtisch im Studierzimmer, in einem Buch blätternd, das er in der Luzerner Kantonalbibliothek ausgegraben hatte. »Hör' dir das an: ›Dem Städter von Solothurn galten die Grenchner als ungefüge Dorfmenschen mit wilden Gewohnheiten, welche im Regen noch den leeren Sack um die Achseln schlugen statt eines Mantels und Regenschirme für eine verächtliche Neuerung hielten …‹« Seine dunklen Gelehrtenaugen blitzten hinter dem Kneifer. »Warum gehst du nicht nach Solothurn? Ich kann dir über von Surys oder von Hallers eine Hauslehrerinnenstelle besorgen, bei Menschen von unserem Schlag. Dieser Schneider ist ein unbeschriebenes Blatt!«

Stramm aufgereihte Bücher verströmten den trockenen Geruch vergangener Jahrhunderte, darunter ein paar Erbstücke ihres Großvaters. Die meisten aber hatte ihr Vater, aller Geldknappheit und dem Missmut ihrer Mutter zum Trotz, nach und nach gekauft und sich über die Jahre eine kleine Bibliothek aufgebaut. Immerhin hatte ihm seine Leidenschaft für das geschriebene Wort die Stelle im Kantonsarchiv verschafft, die ihm die Instandhaltung des verbliebenen Familienguts erlaubte.

Die Liebe zu den Büchern hatte er ihr vererbt, aber was in diesem Schinken stand, aus dem er am Montag vorgelesen hatte, interessierte sie nicht. Das Zitat war über vierzig Jahre alt; Grenchen konnte heute, im Jahr 1873, ganz anders aussehen. Und Schneiders? Wenn es nach ihr ginge, hätten sie von den Hottentotten abstammen können. Sie wollte nur weg – weg von den Erinnerungen an Hannes, weg von den verbissenen Bemühungen ihrer Mutter, sie an den Meistbietenden zu verschachern. Sie wäre sonst wohin gegangen.

Hatte sie zumindest gedacht …

Für Ende April war es in Grenchen ungewöhnlich neblig und kalt. Fröstelnd suchte Sarah die Umgebung nach Zeichen menschlichen Lebens ab. Inzwischen hätte sie auch einen Grenchner mit Sack um die Achseln begeistert begrüßt, aber es war niemand zu sehen. Südlich der Geleise stand nicht einmal eine Lampe; die Dunkelheit fraß alles, was auf dieser Seite des Bahnhofs lag. Falls die Erde allen wissenschaftlichen Erkenntnissen zum Trotz doch eine Scheibe sein sollte, war dies zweifellos ihr Ende.

Ein kaltes und schlammiges Ende und nicht gerade der Neuanfang, den sie sich ersehnt hatte. Aber was machte das schon? Neu war es allemal, und alles, was neu war, war gut. Sie schloss die Hand um den Koffergriff und stapfte los. Auch dieses Meer aus Schlamm musste ein Ufer haben.

Auf der anderen Straßenseite thronte eine Villa, am Giebel eine Schlange, die sich um einen Stock wand. Soweit sie sich an einen von Vaters Vorträgen erinnerte, war es eine Äskulapschlange; wahrscheinlich wohnte hier ein Arzt. Er konnte ihr vielleicht weiterhelfen.

Auf ihr Klingeln hin öffnete ein Dienstmädchen, und aus dem Korridor eilte ihr eine gut gekleidete Dame mittleren Alters entgegen.

»Sie müssen die neue Hauslehrerin von Schneiders sein! Sie haben uns gebeten, nach Ihnen Ausschau zu halten. Ich bin Frau Girard. Unser Kutscher Josef wird Sie zu den Schneiders fahren. Sie sind sicher froh, wenn Sie in trockene Sachen kommen.«

»Froh« war gar kein Ausdruck. »Das ist sehr freundlich von Ihnen, danke.«

Sarahs schlammversehrter Koffer stand auf gepflegtem Eichenparkett, das im Licht der Deckenleuchte in Schattierungen von Blassgelb über Karamell bis Schokolade schimmerte. In der Mitte prangte ein vielzackiger Stern mit winzigen Verzierungen, millimetergenau verlegt. Ölgemälde in mattgoldenen Rahmen zierten die Wände. Schneiders pflegten offenbar Kontakte zu den besseren Kreisen, das würde ihre Mutter beruhigen.

Ein säbelbeiniger Mann griff nach ihrem Koffer und wankte hinaus. Nach einer hastigen Verabschiedung von Frau Girard folgte Sarah dem knorrigen Kutscher, der eben die Tür zur Chaise öffnete.

»Wollen Sie hinten einsteigen? Das Wetter ist ja nicht besonders.«

»Ich würde gern bei Ihnen mitfahren. Nass bin ich ohnehin schon.« Die Aussicht vom Kutschbock würde hoffentlich trotz der Lichtverhältnisse offenbaren, ob Grenchen auf den zweiten Blick besser abschnitt.

Josef half ihr hoch, griff nach den Zügeln und schnalzte. Die Pferdeköpfe nickten auf und ab, während die Kutsche an den paar Petroleumlampen am Straßenrand vorbei Richtung Norden wankte. Rechts lag ein lang gezogener Bau, durch dessen Fenster die Töne eines Walzers drangen.

»Bad Hallgarten, ein Wirtshaus und Tanzsaal«, sagte Josef. »Grenchen hat einiges zu bieten!«

Das Gewinsel der Klarinette erinnerte an ein verendendes Nagetier, aber Sarah nickte. Kurz darauf erreichten sie eine Kreuzung mit Wohnhäusern und überquerten eine geschotterte Straße. Das sah schon besser aus.

»Wie viele Einwohner hat Grenchen denn? Nach dem, was Herr Schneider geschrieben hat, habe ich es mir größer vorgestellt.«

Stille. Ob sie überheblich geklungen hatte? Aber Josef schien ihr die Frage nicht übel zu nehmen. »Herr Schneider ist stolzer auf das Dorf als jeder Einheimische.« Er wies auf die Gebäude in der Nähe. »Das ist der Ortskern; bis vor zwanzig Jahren gab es sonst nicht viel. Damals lebten hier anderthalbtausend Menschen, aber bei der Volkszählung vor drei Jahren waren es tausend mehr.« Stolz schwang in seiner Stimme mit. »Das haben wir nur den Uhren zu verdanken!«

Sie passierten ein stattliches Wohnhaus, die Petroleumlampen neben dem Eisentor beleuchteten eine Buchsbaumhecke.

»Hier wohnt Urs Schild«, sagte Josef, »Patron der größten Uhrenfabrik im Ort. Sein Vater hat die Uhrenindustrie zusammen mit unserem lieben Doktor Girard – Gott hab ihn selig! – hier angesiedelt.« Das Gebäude glich ihrem Elternhaus in der Luzerner Altstadt.

»Sehr schön.«

Sein Brustkorb blähte sich. »Herr Schild ist ein umsichtiger Patron. Herr Schneider arbeitet für ihn.«

Während die Kutsche die Straße hochkroch, versuchte Sarah sich zu erinnern, was sie über Grenchen gelesen hatte. Das Dorf lag am Südfuß der Juraberge in der Mitte der Nord-Süd-Achse zwischen Basel und Bern. Zehn Kilometer westlich lag Biel, eine Uhrenstadt, die mit über zehntausend Einwohnern fast an Luzern heranreichte. In gleichem Abstand in östlicher Richtung lag die Patrizierstadt Solothurn mit siebentausend Einwohnern, einst prunkvoller Sitz der französischen Botschafter. Sie hatte sich Grenchen wie Biel vorgestellt, aber selbst das kümmerliche Licht konnte nicht verhehlen, wie spärlich der Dorfkern bebaut war. Sie passierten ein paar Fabrikhallen, die ein leichter Ölgeruch umgab, es folgten ein paar strohgedeckte Häuser. Die Uhrenindustrie mochte blühen, aber an einem winzigen Spross. Da war sie anderes gewohnt.

Allerdings: Mit Luzern konnte sich ohnehin kein Ort messen, mit seiner Kapellbrücke, der Hofkirche, dem Vierwaldstättersee und dem Pilatus, der wie ein Wächter neben der Stadt thronte. Seit der Niederlage im Bürgerkrieg vor sechsundzwanzig Jahren hatte die »Leuchtenstadt« an Bedeutung verloren;

heute waren Bern und Zürich die Zentren des Landes. Aber für Sarah würde Luzern immer die schönste aller Städte sein.

Zehn Minuten später hielten sie vor einem schmiedeeisernen Tor, hinter dem Sarah eine Villa mit ausladendem Erker erahnen konnte. Josef sprang vom Bock, half ihr hinunter und stellte ihren Koffer ab. Die Eingangstür wurde geöffnet, und Schritte knirschten auf dem Kies.

»Fräulein Siegwart? Ich freue mich!«

Das musste Herr Schneider sein. Kaum größer als sie, dünn wie ein Stock und etwa Mitte vierzig, wirkte er mit seinem ausgefransten Schnurrbart nicht wie ein leitender Angestellter – eher wie ein in die Jahre gekommener Mäuserich, dem das Fell ausging.

Sarah zwang sich zu einem Lächeln. »Ich freue mich auch.« Herr Schneider drückte dem Kutscher ein Halbfrankenstück in die Hand und stemmte ihren Koffer hoch. Seine Mundwinkel unter dem Schnurrbart zuckten. »Haben Sie ein paar Ziegel mitgebracht?«

Ein Spaßvogel also. »Nur meine Lieblingsbücher.«

»Dann wollen wir hoffen, dass sich Ihre Lesefreude auf Euseb überträgt. Sophie liest mit ihren acht Jahren schon gut, aber der Junge ist schon elf und interessiert sich nur für Baumkäfer.« Er ging ihr voran ins Haus. »Euseb und Sophie schlafen schon, meine Frau auch. Aber ich habe dafür gesorgt, dass Sie noch heiß baden können.«

In der Eingangshalle blieb er abrupt stehen und drehte sich mit einer Handbewegung zu ihr um wie ein Pfarrer, der die Menge segnet. »Willkommen im Mesometer!«

»Bitte?«

»Sie wissen schon – im Herrenhaus!«

Er hatte »Maison Maître« sagen wollen. Sie unterdrückte ein Grinsen und nickte ihm zu.

Das Parkett im »Foyer«, wie Herr Schneider es nannte, leuchtete in den gleichen Brauntönen wie das im Hause Girard, aber der Stern in der Mitte wirkte krumm, und zwischen den verschiedenfarbigen Hölzern konnte man winzige Spalten ausmachen. Auf einem burgunderroten Teppich stand eine Nussbaumkommode mit Füßen wie Entenschnäbel, und an der Decke hing ein mehrlagiger Leuchter. Alles wirkte neu, aber nicht sonderlich hochwertig. Ihre Mutter meldete sich süffisant in ihrem Hinterkopf. »Herrenhaus? Neureiche, wie sie im Buche stehen!«

Herr Schneider sah sie immer noch an; sie sagte besser etwas Nettes. »Es ist entzückend!«

Sie fand sich nicht gerade überzeugend, aber er strahlte. Erleichtert stieg sie hinter ihm die Treppe hoch. In das Knarren der Stufen mischte sich ein kakofonisches, metallisches Ticken. An der Wand neben der Treppe prangten Uhren in verschiedenen Größen und Formen, von denen jede in ihrem eigenen Rhythmus und Klang die Sekunden zählte: fein und zart eine bronzene, filigrane Uhr, hohl und dumpf die schokoladenbraune Kuckucksuhr. Den obersten Treppenabschnitt schmückte eine bauchige, rotgolden schimmernde Uhr mit römischen Ziffern.

Herr Schneider war ihrem Blick gefolgt. »Das ist eine französische Kartelluhr aus dem 18. Jahrhundert! Birnen- und Kiefernholz mit Goldlackierung. Die Füße sind aus bullierter Bronze. Ich habe sie einem italienischen Händler abgerungen und dabei ein gutes Geschäft gemacht.« Sein Schnurrbart hob sich. »Ich kaufe jedes Jahr eine dazu. Die Uhrenindustrie ist das Herz und die Seele unseres Dorfes. Vor zwanzig Jahren …«

»Ihr Kutscher hat es mir erzählt«, unterbrach Sarah ihn hastig. Schneiders Stimme dröhnte wie tausend Hummeln in ihren Ohren und vereinigte sich mit dem Ticken der Uhren zu einem nervenaufreibenden Geräuschemus. Sie stützte die Hand auf das Geländer und schloss kurz die Augen.

Herr Schneider schien zu merken, wie müde sie war. »Das kann ich Ihnen ein anderes Mal erzählen. Sie wollen sicher schlafen gehen.« Er stapfte weiter, und sie folgte ihm erleichtert, bis ihre Füße an ein weiches Hindernis stießen. Sie stolperte. Herr Schneider ließ ihren Koffer fallen und griff nach ihrer Schulter, und beinahe wären sie beide die Treppe hinuntergestürzt.

»Entschuldigen Sie! Moby Dick hat im Haus nichts zu suchen, aber meine Frau lässt ihm alles durchgehen.«

Der Name gehörte einem Kater mit einem ausgefransten Ohr und rot-weißem Fell, der nach der Havarie entrüstet die Treppe hinunterrannte und dabei ein Bein nachzog. Ein abenteuerliches Tier, aber es gefiel ihr. Ihre Mutter duldete keine Tiere im Stadthaus.

Herr Schneider öffnete die erste Tür im Korridor und legte ihren Koffer auf eine Kommode.

»Das Badezimmer ist nebenan. Wenn Sie etwas brauchen, können Sie an der hintersten linken Tür klopfen; unser Dienstmädchen Emmi wird Ihnen behilflich sein. Dann eine gute Nacht, Fräulein Siegwart. Wir frühstücken um halb sieben.

Lassen Sie das Fenster besser zu, sonst weckt die Fabrikglocke Sie schon vor fünf.« Er lächelte, und sein Mäusegesicht wirkte gleich viel sympathischer.

Ihr Zimmer war klein, aber heimelig. Im Kamin prasselte ein Feuer, auf der Tapete rankten sich Kornblumen, und über dem Bett hing das unvermeidliche Kruzifix. Ein rot-weißer Knüpfteppich bedeckte den Eichenboden, und auf dem Schreibtisch stand eine Steingutvase mit Tulpen, cremefarben und purpurn, zwischen denen sich Gräser emporreckten. Sarah strich über die samtigen Blütenblätter, und das erste Mal an diesem Tag wich die Kälte aus ihren Gliedern.

Sie öffnete ihren Koffer, griff nach den Büchern, stellte sie in ein Wandregal über dem Bett und legte die Schulunterlagen auf den Schreibtisch. Wie sich die Kinder wohl anstellen würden? Sie hatte bisher nur größere Klassen unterrichtet, und Herrn Schneiders Bemerkungen über seinen Sohn waren nicht ermutigend. Aber Eltern konnten irren.

Der Fenstersims bot Platz für das Reiseschachspiel, das ihr Vater ihr zu Beginn ihrer Ausbildung im Seminar Baldegg geschenkt hatte. Oft war sie nicht zum Spielen gekommen, aber es hatte ihr das Gefühl gegeben, zu Hause zu sein. Sie beugte sich wieder über den Koffer, griff nach dem Bild, das auf den Kleidern lag, und stellte es auf den Nachttisch. Hannes' dunkle Augen, im Leben voller Humor und Zuneigung, wirkten matt. Sie strich über das Glas, und erneut sickerte die Kälte vom Daumen in ihre Glieder. Sie schloss die Hand um den Verlobungsring an der Goldkette um ihren Hals – glatt und so kalt wie ihre Finger.

Wie war sie nur auf die Idee gekommen, wegzugehen

würde etwas ändern? Hannes war tot, vor dieser Erkenntnis gab es keine Flucht.

Sie erhob sich widerwillig und griff nach dem ersten Kleid, hängte es in den Schrank, dann das zweite und dritte. Den Sonntagskleidern folgten die Arbeitskleider, die ihre Mutter mit zusammengepressten Lippen bei ihrer Schneiderin in Auftrag gegeben hatte. Zum Schluss stellte sie die Schnürschuhe und die Sommerschuhe neben den Schrank. Der Koffer war leer – genau wie sie. Sie griff nach dem Bettpfosten, um sich hinzusetzen, dann hielt sie inne.

Wollte sie ihr neues Leben wirklich so mutlos beginnen? Dem Hause Siegwart waren bisher keine Feiglinge entsprossen. Sie öffnete die Fensterflügel. Irgendwo blökte ein Schaf, und Regen rauschte in den Ästen nahe stehender Bäume. Sie sog die kühle Frische in die Lungen. Wenn sie sich in Luzern verkroch, wurde Hannes auch nicht wieder lebendig. Das war ihr Neuanfang.

2

»Weiß nicht.« Euseb pochte mit seinem Lederschuh an das Pultbein und suchte schon seit Minuten eine Antwort auf ihre Frage nach der Konjugation des Verbs »fliegen«. Der helle, freundliche Studierraum war seit Unterrichtsbeginn so stickig geworden wie ein Landschulzimmer voller Bauernkinder, und Sarah konnte an ihrer Schrift auf der Schiefertafel ablesen, wie ihr Enthusiasmus tröpfchenweise versickert war.

Dabei hatte der Tag gut angefangen. Frau Schneider, eine Dame mit mandelförmigen, grün-braunen Augen und einem Dutt kastanienbraunen Haares, hatte sie beim Frühstück wärmstens willkommen geheißen. Im Gegensatz zu Herrn Schneider, der über seinem Milchkaffee schon wieder zu einem Vortrag über seine Uhren hatte ansetzen wollen, hatte sie sich interessiert nach Sarahs Familie erkundigt. Sie musste etwa Mitte dreißig sein; rund zehn Jahre älter als sie selbst und ein ganzes Stück jünger als ihr Ehemann. Der erste Blick auf die Kinder löste dann gemischte Gefühle aus. Sophie, ein bezopftes Mädel mit Sommersprossen auf einer Himmelfahrtsnase, hatte einen wachen Blick, aber Euseb hing über seinem Teller wie ein Sack Kartoffeln. Der Rest des Tages hatte ihre Vorahnungen bestätigt: Sophie saugte alles, was sie sagte, auf wie ein Schwamm, aber Euseb hielt Wissen offensichtlich für ansteckend und gefährlich.

Die Wanduhr schlug vier. Sophie kritzelte immer noch eifrig vor sich hin. Mit dem ernsten Gesichtchen und den dunkelbraunen Haaren erinnerte das Mädchen sie an sich selbst. Sie würde dafür sorgen, dass ihr der Unterricht genauso zugutekam wie dem Jungen. Und Euseb? Sie hatte schon härtere Nüsse geknackt. Doch für heute reichte es. Sarah beschloss, den Unterricht zu beenden.

Sie packte gerade ihre Unterlagen ein, als es an der Tür klopfte. Frau Schneider streckte den Kopf herein.

»Haben Sie Zeit für einen Kaffee, Fräulein Siegwart?«

Sie hatte sich auf zwei ruhige Stunden in ihrem Zimmer gefreut, aber es war nett von Frau Schneider, sie einzubeziehen, und einen Kaffee konnte sie tatsächlich gebrauchen. Sie folgte der Hausherrin in den »Salon«, einen Raum mit hohen Fenstern und einem kreisrunden Teppich in goldgelb, auf dem türkisfarbene Vögel prangten. Eine Horde burgunderroter Samtfauteuils mit goldenen Troddeln, die die Teppichvögel belagerten, vollendete das Bild. Unverkennbar die Handschrift des Hausherrn. Immerhin boten die Wände eine Erholung für das Auge: Auf hübsch gerahmten Tuschzeichnungen prangten anmutige Pferde, und die Frontseite schmückte wenig überraschend eine weitere Wanduhr.

Emmi, ein dralles Mädchen mit flachsblondem Schnittlauchhaar, schenkte Kaffee ein und brachte das Geschirr auf dem Kirschholztisch zum Klirren.

»Wie ist es gegangen? Euseb ist nicht der Einfachste.«

Sarah nippte an ihrem Kaffee. »Anfänge sind immer eine Herausforderung.« Hoffentlich war das diplomatisch genug.

»Haben Sie Bekannte in unserer Gegend?«

»Leider nicht. Meine Mitschülerinnen aus Baldegg arbeiten alle in der Innerschweiz.«

»Wie schade! Was hat Sie dann in diese Region gezogen?«

Irgendwo im Haus sang eine Frau das *Vreneli vom Guggisberg*. Sarah ließ den Löffel in ihrem Kaffee kreisen. Was würde Frau Schneider sagen, wenn sie wüsste, dass sie nach dem Streit mit ihrer Mutter auch an den Nordpol gegangen wäre?

Sie hatte schon länger mit dem Gedanken gespielt, Luzern zu verlassen, und sich auf verschiedene Anzeigen gemeldet. Eine davon war die der Schneiders gewesen, die prompt geantwortet hatten, dass sie sie gern einstellen würden. Sie hatte diesen Brief tagelang mit sich herumgetragen – bis zu jenem Samstag. Ihre Mutter war nach dem Mittagessen in ihr Zimmer geplatzt und hatte sie mit ihrer Mitgefühls-Miene beehrt, mit der sie aussah, als sei Köchin Mathilde wieder an der Sauce Béarnaise gescheitert. Das verhieß nichts Gutes; Mutter war nur nett, wenn sie etwas wollte.

»Was ist, Mutter?«

Ihre Mutter setzte sich auf das Bett und strich über ihr Brokatkleid. »Ich wollte sehen, wie es dir geht.« Ohne eine Antwort abzuwarten, fuhr sie fort. »Du hast doch heute Nachmittag nichts vor? Ich habe Paul Birrer zum Kaffee eingeladen, zieh dich noch um. Das lindengrüne Kleid wäre schön.«

»Du hast *was*?«

»Es ist nur ein Nachmittagskaffee. Du kannst nicht ewig trauern, Liebes. Deine besten Jahre …«

»Meine besten Jahre interessieren mich nicht.«

Zwischen den Augen ihrer Mutter bildete sich eine Falte, und ihr Mund wurde schmal. Dann setzte sie wieder den »Béarnaise«-Blick auf.

»Es ist über ein Jahr her. Die Zeit heilt Wunden, und denen, die Gott lieben, werden alle Dinge zum Besten dienen.«

Das hätte sie nicht sagen dürfen; nicht sie, die den Allmächtigen nur bemühte, wenn es ihren Zwecken diente. Und was die heilende Zeit betraf: Der Schmerz mochte nachlassen, aber er verschwand niemals, und auch wenn die Wunde sich schloss, blieb eine Narbe zurück.

Sarah stürmte aus dem Haus und machte einen langen Spaziergang. Danach, nur wenig ruhiger, aber mit einem klaren Plan, setzte sie sich an ihren Schreibtisch und schrieb den Schneiders, dass sie gern nach Grenchen kommen würde.

Das entsetzte Gesicht ihrer Mutter hatte sie für alle frommen Sprüche und »Béarnaise«-Blicke entschädigt. Auch ihr Vater war über ihre Entscheidung nicht glücklich gewesen, aber sie hatte gespürt, dass er sie verstand. Allerdings hegte er sicher die Hoffnung, der Aufenthalt in der Solothurner Provinz würde sie genug ernüchtern, um mit wehenden Fahnen nach Luzern zurückzukehren.

Der Löffel klirrte in ihrer Tasse. Frau Schneider sah sie neugierig an. Sarah räusperte sich. »Ach, Ihr Brief war so nett. Und ich brauchte eine Veränderung. Manchmal muss man etwas wagen und neu anfangen.«

»Ich weiß, was Sie meinen«, erwiderte Frau Schneider.

»Vielleicht werden Sie hier ja heimisch. Ich dachte mir, ein paar Freundinnen würden Ihnen dabei helfen. Ein Freund meines Mannes hat zwei Töchter Anfang zwanzig, die sich mit anderen jungen Frauen aus der Gegend treffen. Sie sind aus gutem Haus und wollen sich vielleicht nicht nur mit Dienstmädchen anfreunden.«

Sarah betrachtete ihre hellblauen Manschettenärmel. Wahrscheinlich waren es Dorfdämchen wie ihre Cousinen aus dem Entlebuch, die sich vor allem für Kühe, Konfitüre und den Sohn des Dorfpräsidenten interessierten. Aber es wäre unklug, die Hausherrin vor den Kopf zu stoßen.

»Wie nett von Ihnen! Ich treffe mich gern mit ihnen.«

»Das freut mich. Sie machen am Samstag ein Picknick oder gehen zu Kuchen und Kaffee zu Köllikers. Ich werde Ihnen die Droschke leihen.«

Vielleicht war es der starke Kaffee, der in ihrem Magen rumorte. Dorfdämchen waren eines, aber was, wenn die Mädchen zur Gattung der neureichen, eingebildeten Hühner gehörten?

Frau Schneider schien zu spüren, was in ihr vorging. »Machen Sie sich keine Sorgen. Grenchen ist ein guter Ort, hier weht ein fortschrittlicher Geist. Wichtig ist allein, was man leistet.« Sie lächelte. »Wie sieht es mit einem jungen Mann aus? Haben Sie daheim einen Verehrer?«

Sarah zögerte. Solche Fragen mochte sie sonst nicht, aber aus Frau Schneiders Worten sprach nur Freundlichkeit, und ihre Arbeitgeberin wusste natürlich nicht, was für Erinnerungen die Frage in ihr heraufbeschwor.

»Mein Verlobter ist bei einem Unfall gestorben.«

»Wie entsetzlich, das tut mir leid. Dann hoffe ich umso mehr, dass Sie hier ein neues Zuhause und Freunde finden. Was ich dafür tun kann, mache ich gern.« Sie warf einen Blick auf die Wanduhr. »Ich werde einen Ausritt machen. Falls Sie reiten, können Sie sich jederzeit Achill ausleihen. Er ist sanft und zuverlässig.«

Sarah schüttelte den Kopf. »Danke, das ist freundlich, aber ich konnte mich nie dafür begeistern.« Sie deutete auf die Pferdebilder an der Wand. »Gehören die Ihnen? Sie sind reizend.«

»Ich habe sie selbst gemalt.« Frau Schneider erhob sich. »Wenn Sie doch einen Versuch machen wollen – jederzeit.«

Sie verabschiedete sich freundlich, und Sarah sah ihr nach, als sie den Raum verließ. Das Reiten passte zu Frau Schneider; erstaunlich, dass eine Frau mit ihrer Grazie an den biederen Herrn Schneider geraten war. Vielleicht war es einfach Liebe.

Liebe …

Da war sie wieder, die vertraute Leere, stummer Begleiter seit Hannes' Tod. Nicht einmal ihr Vater verstand, wie entwurzelt sie sich fühlte, wie Luzern und alles Schöne zu einem Stachel in ihrem Herzen geworden waren.

Aber das würde sie jetzt hinter sich lassen. Grenchen war ihr Schnitt durch den Gordischen Knoten, es musste einfach das Richtige sein. Vielleicht fand sie hier echte Freundinnen. Und der Unterricht? Es konnte nur besser werden.

Zwei Tage später starrte Sarah auf ihr Bett. Die beiden darauf liegenden Kleider waren ihre letzte Auswahl für das morgige

Treffen mit den Mädchen und glichen sich weder in Farbe noch Schnitt, aber für sie sah eins wie das andere aus. Das Pochen in ihrem Kopf überlagerte jeden Gedanken.

Euseb hatte ihr auch heute jede Unze Geduld abverlangt. Und gestern. Und vorgestern. Um das Maß vollzumachen, hatte sie letzte Nacht das Fenster nicht geschlossen und war schon vor fünf von einem lauten Gebimmel geweckt worden. Die ominöse Fabrikglocke hatte einen durchdringenden Klang und leistete damit sicher hervorragende Dienste, die Leute an ihren Arbeitsplatz zu scheuchen.

Sie setzte sich auf den Bettrand. Eigentlich könnte sie sich für ein Nickerchen neben die Kleider legen; vielleicht fiel ihr die Entscheidung danach leichter.

»Sie sind also ›Das große Los‹.«

Sarah zuckte zusammen. Die Stimme gehörte einem schlaksigen Mann in ihrem Alter, der mit einem Fuß in ihrem Zimmer stand, mit dem Ellbogen am Türrahmen lehnte und sie aus hellblauen Augen neugierig musterte.

Sie erhob sich und stemmte die Hände in die Hüften. »Wie meinen Sie das, und wer sind Sie?«

Er trat ins Zimmer und verbeugte sich kurz. »Entschuldigen Sie. Paul Schneider. Ich bin nur neugierig. Wie kommen Sie mit Euseb zurecht? Er kann eine ziemliche Nervensäge sein.«

»Da sagen Sie etwas Wahres.« Sie räusperte sich. »Ich lebe mich noch ein«, ergänzte sie rasch.

»Sie kommen aus Luzern? Das hat Esther – ich meine, Frau Schneider – gesagt. Grenchen muss Ihnen langweilig vorkommen.«

»Viel habe ich davon noch nicht gesehen. Erst muss ich die Kinder in den Griff bekommen.«

»Sie schaffen das sicher.« Er stellte sich auf den Knüpfteppich neben ihrem Bett und sah sich lächelnd um. »Das war früher mein Zimmer. Esther hat sich ins Zeug gelegt, bevor Sie ankamen! Und Vater singt seit Wochen Ihr Loblied. ›Sie stammt aus bestem Haus, hat eine exzellente Ausbildung und kostet nicht mehr, als wir uns leisten können.‹«

»Herr Schneider ist Ihr Vater?«

Sein Gesicht, eben noch offen und freundlich, verschloss sich. »Er hat es also nicht für nötig gehalten, mich zu erwähnen.«

Er wandte sich ab und streifte dabei mit dem Ellbogen das Bild auf ihrem Nachttisch, das auf den Holzboden fiel. Sie bückte sich, um es aufzuheben, und ihr Blick fiel auf Hannes' Gesichtszüge. Ihre Augen brannten. Rasch legte sie es umgedreht auf ihr Bett, aber Paul Schneiders Blick machte deutlich, dass ihm nichts davon entgangen war.

»Verzeihen Sie. Ich bin schon weg.« Er nickte ihr zu und schloss die Tür hinter sich.

Sarah stellte das Bild wieder auf den Nachttisch. Eine seltsame Begegnung. Paul Schneider wirkte nett, doch da war plötzlich diese unterdrückte Wut in seiner Stimme gewesen. Aber sie hatte keine Zeit zu grübeln; das Abendessen wartete.

Die Kirschholzstühle am Esszimmertisch waren bis auf ihren bereits besetzt. Emmi und die Köchin, eine stämmige Frau namens Rosa, gossen die Suppe ein und stellten die Schüsseln auf ein Büfett aus dem gleichen Holz wie die Sitzgruppe, das die ganze Wand ausfüllte. Wenn man es zu lange ansah, bekam man Angst, darunter begraben zu werden.

»Das ist ein ›Louis Seize‹«, sagte Herr Schneider. Dieses Mal sprach er das französische Wort deutlicher aus. Allerdings hatte sie bei Verwandten echte Möbel dieser Epoche gesehen, und dieses musste ein mittelbegabter Schreiner nachgebaut haben. In den geschnitzten Girlanden hingen Späne, und die kleinen Vögel hatten unterschiedlich lange Beine erhalten.

»Haben Sie sich gut eingelebt, Fräulein Siegwart? Haben Euseb und Sophie Sie genug beschäftigt?« Herr Schneider strich Sophie über den Kopf.

»Danke, es geht ganz gut.« Die dreiste Lüge kam ihr überraschend leicht über die Lippen.

»Wichtig ist, dass die Kinder neben den klassischen Fächern etwas Handfestes lernen. Deutsch, Latein und Geschichte sind gut und recht, aber sie brauchen auch praktischere Kenntnisse. Mathematisches Verständnis ist wichtig. Bei unseren Lehrlingen stellen wir immer wieder fest, dass es daran fehlt. Handwerkliches Geschick ist …«

»Damit hat es noch ein paar Jahre Zeit, mein Lieber«, unterbrach ihn Frau Schneider. »Und meinst du nicht, wir sollten Fräulein Siegwart etwas Ruhe gönnen?«

Sarah atmete auf. Herrn Schneider schienen nur seine Uhren zu interessieren. Aus seinem Arbeitszimmer drang immer ein leichter Ölgeruch, und das unaufhörliche Ticken der Uhren im Haus verfolgte einen von früh bis spät.

Jetzt wanderte Herr Schneiders Blick durch das Esszimmer, als fände sich irgendwo an den Wänden ein anderes Gesprächsthema, dann richtete er seine Aufmerksamkeit wieder auf Sarah.

»Paul hat mir gesagt, dass er sich Ihnen schon vorgestellt hat.«

»Das hat er.«

»Wie nett von ihm!« Er lächelte seinen Sohn an, der das Gesicht verzog. »Hat er Ihnen erzählt, dass er in Mümliswil in einer Kammfabrik arbeitet? Der ideale Beruf, um junge Damen zu beeindrucken!«

»Hör auf, Vater! Wir wissen alle, dass du meine Arbeit lächerlich findest.«

In Herrn Schneiders Schnurrbart glänzten ein paar Schweißperlen. »Das habe ich nicht gesagt. Du musst selbst wissen, was du aus deinem Leben machen willst.«

»Du weißt genau, was ich will, aber das interessiert dich nicht. Ich …«

»Was macht Ihr Vater, Fräulein Siegwart?«

Eine Portion Verzweiflung lag in Herrn Schneiders Stimme, aber bevor sie antworten konnte, stand Paul Schneider auf.

»Zieh ihr nur aus der Nase, ob sie irgendeinen hohen Herrn kennt, mit dem du wichtigtun kannst!« Er ließ den Löffel in die Suppe fallen, die über den Tellerrand schwappte und einen Fleck auf dem weißen Leinen hinterließ, und stürmte hinaus. Euseb kicherte. Einen Moment herrschte Schweigen. »Entschuldigen Sie das Verhalten meines Sohnes«, sagte Herr Schneider schließlich. »Er ist nicht immer so.«

»Pauls Mutter erkrankte schwer und starb, als er zwölf Jahre alt war«, sagte Frau Schneider. »Das hat ihn schwer getroffen.«

Die Falten in Herrn Schneiders Gesicht vertieften sich. »Ich hatte nichts, aber ich bin mit Willen und Ehrgeiz zum Verkaufsleiter aufgestiegen. Paul hat die Lehre bei Schild gemacht – er hatte alle Möglichkeiten, die ich mir je gewünscht habe.«

»Er wird seinen Weg finden«, sagte Frau Schneider ruhig. »Auch wenn er nicht das Gleiche will wie du.«

Ihre Worte schienen Herrn Schneider zu besänftigen.

»Du hast recht, meine Liebe.«

Seine Frau lächelte ihn an. Sarah blickte nach unten auf ihre Hände, die die Serviette zerknüllten. Sie löste sie und strich den Stoff glatt.

Nach dem Essen, das anschließend größtenteils schweigend eingenommen worden war, kehrte sie in ihr Zimmer zurück und versuchte zu lesen, aber die Szene beim Nachtessen beschäftigte sie. Paul Schneiders Zorn, die Spannung am Tisch. Sicher war es nicht einfach, so früh die Mutter zu verlieren, aber er war ein Mann – alt genug, um sich sein eigenes Leben aufzubauen und Vergangenes hinter sich zu lassen.

Sie seufzte und legte ihr Buch auf die Bettdecke. Wie kam sie dazu, anderen vorzuwerfen, dass sie mit der Vergangenheit nicht umgehen konnten?

Durch das geöffnete Fenster drang wieder Gebimmel ins Zimmer, und Sarah schloss es rasch. Ein erneuter Weckruf vor fünf musste nicht sein.

Dann setzte sie sich an den Schreibtisch und zog die Schulhefte heraus. Die nächste Woche würde besser werden, egal, was sie sich dafür einfallen lassen musste.

Am darauffolgenden Freitag schloss Sarah um vier Uhr ihr Heft und reckte die Arme. Euseb hatte sich in der vergangenen Woche merklich gesteigert. Das war umso erfreulicher, da die Woche unangenehm angefangen hatte. Am Montagabend war Herr Schneider bei einer Parteiversammlung gewesen und hatte, falls sie seine Wieselaugen beim Frühstück am Dienstag richtig interpretierte, ein paar über den Durst getrunken. Er und seine Frau hatten die ganze Woche kaum miteinander gesprochen, was sich auf einen gewissen Teil der Belegschaft ausgewirkt hatte: Emmi, die sich als Dienstmädchen ohnehin keine Meriten verdiente, war herumgeflattert wie eine aufgeregte Henne und hatte sich noch ungeschickter angestellt als sonst.

Das Treffen mit den Mädchen am vorigen Samstag war auch kein Feuerwerk gewesen. Unsympathisch waren sie nicht – Roswitha, zart und blond und die ältere der Kölliker-Töchter, gab in der Vierergruppe den Ton an, sekundiert von ihrer schüchternen Schwester Ida. Abgerundet wurde die Gruppe durch Frieda, ein lustiges Ding mit roten Haaren, und die zierliche Trudi, die ihr nur bis zur Schulter reichte. Die Väter der Mädchen standen in Arbeit in Grenchens Uhrenfabriken; der Vater von Roswitha und Ida, ein rotgesichtiger, korpulenter Mann, war Herr Schneiders Stellvertreter. Er hatte sie mit väterlicher Freundlichkeit in seinem Haus willkommen geheißen, aber irgendwie hatte sie sich unbehaglich gefühlt. Vielleicht lag es daran, dass er bereits am frühen Nachmittag nach Schnaps gerochen hatte. Die Mutter, ein dürres Geschöpf um die sechzig mit riesigen Klunkern am Hals, hatte sie misstrauisch beäugt und damit auch nicht zu ihrem Wohlgefühl beigetragen.

Dennoch hatte sie sich leidlich gut unterhalten. Die vier Mädchen fragten sie großäugig über ihre Herkunft aus und zeigten sich tief beeindruckt, dass ihre Familie ein Landgut besaß. Dass das dazugehörige Vermögen sich in Luft aufgelöst hatte und Sarah deswegen in Lohn und Brot stand, schien sie nicht zu stören. Sonst beschränkten sich die Gespräche auf Männer, Kleider und Kuchen, aber sie hatten ihr erzählt, dass sie ab und zu in größerem Kreis sangen und musizierten. Das klang vielversprechend – vielleicht spielte eine von ihnen sogar Schach.

Aus dem Erdgeschoss drang ein Scheppern und riss Sarah aus ihren Gedanken. Sie eilte ins Esszimmer, wo Euseb mit seinem Löffel an eine Tasse schlug. Auf dem Tisch stand weder Kakao noch Brot. Sarah schüttelte innerlich den Kopf. Am Montag war Emmi beim Abstauben eine von Herrn Schneiders kostbaren Uhren heruntergefallen, und gestern hatte sie die Wäsche im Regen hängen lassen. Ihr Hirn war kein Sieb mehr, sondern ein Löcherbecken. Aber sie würde sich den Rest des Tages nicht verderben lassen. Sie wandte sich an Euseb. »Sei bitte leise, Euseb. Ich kümmere mich um den Zvieri.«

Köchin Rosa, die in einem dampfenden Kochtopf rührte, hob bei Sarahs Eintritt den Kopf. »Was gibt's?«

»Wo ist Emmi? Die Kinder warten auf den Zvieri.«

Rosa strich die Hände an ihrer Schürze ab. »Ist sie noch nicht zurück? Dieses Mädchen bringt uns alle ins Grab!« Sie seufzte. »Sie haben sich sicher schon gewundert, dass Schneiders sie behalten. Emmi ist eine Waise – im Ort hat man immer für sie gesorgt. Erst war sie bei Girards, dann bei Köllikers, und jetzt ist sie bei uns. Als mein Mann starb, hab' ich sie eine Weile bei mir aufgenommen und versucht, ihr ein

Gran Verstand einzubläuen – vergebens. Dann werd' ich sie mal suchen gehen.«

»Das kann ich doch machen, wenn Sie den Kindern den Zvieri bringen. Dann müssen Sie Ihr Essen nicht zu lange im Stich lassen.« Sarah warf einen Blick in den Kochtopf, aus dem der Duft von Rosmarin und Thymian strömte. »Haben die Schneiders heute Gäste?«

»Nur Paul.«

Paul Schneider? Hoffentlich gehörte der freitägliche Streit beim Abendessen nicht zur Familientradition.

»Hat Emmi gesagt, wo sie hinwill?«

»Sie hat etwas von ›Bärlauch sammeln‹ gemurmelt.« Rosa rührte im Sud, der bedrohlich nahe an den Rand schwappte. »Würde mich allerdings auch nicht wundern, wenn sie zu einem Stelldichein aufgebrochen ist.«

»Wo gibt es hier Bärlauch?«

»Am Waldrand.«

Nachdem Rosa ihr den Weg erklärt hatte, verließ Sarah das *Maison* Richtung Schöneggrain. Die frische Luft war eine Wohltat. Wenn das Wetter so blieb, wollten die Mädchen morgen einen Ausflug ins Bachtelental machen. Sie hatten ihr erzählt, dass das ehemalige Heilbad dieser Tage das renommierte Knabeninstitut »Breidenstein« beherbergte, und von den klugen Lehrern dort geschwärmt. Wie weit man dem Urteil von Frieda und Trudi in Sachen Klugheit anderer trauen konnte, war allerdings fraglich.

Nach zehn Minuten erreichte sie den Waldrand. Der Aufstieg hatte sie ins Schwitzen gebracht, und sie blieb einen Moment im kühlen Schatten der Tannen stehen. Grenchen lag jetzt ein ganzes Stück unterhalb; in der Dorfmitte ragte der blassgrüne Kirchturm auf, und aus den Fabrikschornsteinen stieg Rauch in weißlichen Säulen empor. Südlich des Dorfs erstreckte sich eine Ebene, durch die sich das glitzernde Band der Aare schlängelte. Auf der südlichen Seite des Flusses stieg das Gelände an und formte, sanft geschwungen wie das Entlebuch, die Hügelketten des Bucheggbergs, in dessen Kuhlen sich kleine Dörfchen schmiegten. Dahinter, leuchtend weiß, die schneebedeckten Berner Alpen – das spitze Schreckhorn, das Dreieck der Eigernordwand, Mönch und Jungfrau. Ein majestätisches Bild, selbst im Vergleich mit der Aussicht vom Gütsch, Luzerns Hausberg, wo Pilatus und Rigi das Panorama beherrschten.

Die Luft unter den Tannen ließ sie frösteln. Aus dem Wald drang Knoblauchduft, der sie nach etwa hundert Metern zum Bärlauchteppich führte. Die Ernte lohnte sich, aber von Emmi fehlte jede Spur.

Irgendwo gurgelte Wasser. Ob das Mädchen Durst bekommen hatte? Sarah folgte dem Geräusch zu einem kleinen Wasserfall, der von einem Felsvorsprung in einen von Gestein und Gebüsch eingefassten Teich plätscherte.

Etwas Schwarz-Weißes blitzte hinter den Büschen auf den Felsen auf. Vielleicht machte Emmi ein Nickerchen – nach dem, was Rosa erzählt hatte, war alles möglich. Sarah bahnte sich einen Weg durch das Gestrüpp und die eng stehenden jungen Birken und blieb abrupt stehen.

Es war tatsächlich Emmi, die dort lag. Aber ihre Beine waren verdreht, ihre Augen weit geöffnet und leer, und ihr Hinterkopf lag in einer Lache aus Blut.

3

Das Geplätscher des Wasserfalls wurde dumpf, das Grün der Büsche grau. Aus Sarahs Beinen wich jede Kraft, sie spürte kaum den stechenden Schmerz, als der Fels die Haut an ihren Knien abschürfte. Sie rang nach Luft, vor sich Emmis Augen, matte Murmeln, den halb geöffneten Mund, die rot glänzende Masse an Emmis Hinterkopf. Aber ein Teil von ihr nahm nichts davon wahr. Dieser Teil war weit weg.

Es war der zweite Tag des letzten Jahres, und sie stapfte durch den Schnee Richtung Gütsch. 1872 hatte wunderbar angefangen, aber der Ursprung des Wunderbaren lag im alten Jahr. Heiligabend nach der Mitternachtsmesse hatte Hannes vor der Kirche ihre Hand genommen und sie gefragt, ob sie seine Frau werden wolle. Sie hatte Ja gesagt, und bis heute wusste sie nicht, wann sie glücklicher gewesen war: als er ihr den Antrag machte oder als sie Ja gesagt und die tiefe Freude in seinen Augen gesehen hatte.

Über die Weihnachtstage hatten sie viel Zeit zusammen verbracht und Zukunftspläne geschmiedet: Eine kleine Landschule im Entlebuch, die sie zusammen aufbauen und leiten würden. Sie wollten sich Zeit lassen und planten die Hochzeit auf Sommer 1873; bis dann würde die Schule fertig sein.

Am Berchtoldstag hatten sie die Messe besucht und sich für eine Nachmittagswanderung verabredet. Sie hatte zu Hause zu Mittag gegessen und sich danach umgezogen, und war mit ein paar Äpfeln in der Manteltasche losgegangen. Eine Viertelstunde später erreichte sie ihren Treffpunkt, aber Hannes war nicht da, obwohl er normalerweise schon auf sie wartete. Nach zehn Minuten war sie zum Aussichtspunkt aufgestiegen, an dem sie immer eine Pause machten. Hannes hatte eine romantische Ader; vielleicht war er vorausgegangen und hatte eine Überraschung vorbereitet.

Die frische Schneedecke auf dem Plateau war am Rand auf einer größeren Fläche zertrampelt, aber die Aussichtsbank war leer, und auch hinter den Föhren versteckte sich niemand. Sie trat an den Rand des Felsvorsprungs, das Knarzen ihrer Schuhe trocken und laut in den Ohren. Dann sah sie nach unten.

In der Tiefe lag Hannes wie ein dunkler Schmetterling im Schnee, um seinen Kopf ein purpurner Kranz, wo sein Blut in die Schneekristalle gesickert war.

Ein Vogel pfiff. Nicht irgendein Vogel, es war ein Waldlaubsänger. Im Winter?

Sarah schreckte hoch. Emmi. Taumelnd stand sie auf und rannte durch das Gestrüpp zurück in Richtung Straße und Schneidervilla.

Herr Schneider war im Begriff, die Tür zu öffnen, als sie ihn erreichte. Stammelnd erzählte sie ihm, was sie gesehen hatte, und ihm wich die Farbe aus dem Gesicht. Dann strafften sich seine Züge, und er umfasste ihre Schultern. »Beruhigen Sie sich. Ich informiere den Landjäger und telegrafiere nach Solothurn. Meiner Frau sage ich es, wenn sie aus dem Dorf zurückkommt. Sie legen sich hin.«

Sarahs Herz hämmerte. Hinlegen half nicht, sie brauchte Bewegung und frische Luft, um das Grauen aus ihrem Kopf zu vertreiben.

Eine Stunde später stand sie in der Schneiderschen Bibliothek mit Blick auf den Rücken eines hochgewachsenen Mannes, der die wenigen Bücher einer intensiven Prüfung zu unterziehen schien. Ihr Puls raste immer noch, und ihr Unterrock klebte an den Schenkeln.

Der einstündige Spaziergang hatte seinen Zweck nicht erfüllt. Das schläfrig in der Sonne liegende *Maison* war ihr bei der Rückkehr unwirklich vorgekommen, während die Gaffer am Gartenzaun und die uniformierte Wache vor dem Eisentor sie seltsamerweise beruhigt hatten – bis Frau Schneider ihr mit aufgerissenen Augen entgegengerannt war, sie am Arm gepackt und mit den Worten »Hier ist sie, Korporal Ringgenberg!« in diesen Raum geschoben hatte.

»Das wurde auch Zeit.«

Der Mann drehte sich um, schritt auf den in der Mitte des Raumes thronenden Schreibtisch zu und setzte sich. Er musste Anfang dreißig sein und musterte sie wie ein Lehrer eine Schülerin, die ihre Hausaufgaben nicht gemacht hat.

Sie verschränkte die Arme vor der Brust. »Ich musste mich beruhigen.«

»Herr Schneider hat uns extra telegrafisch informiert«, erwiderte er knapp. »Verlieren wir keine Zeit. Erzählen Sie mir, wie und warum Sie die Leiche gefunden haben.«

»Was meinen Sie mit ›Warum‹? Die Köchin hat mir gesagt, dass Emmi Bärlauch suchen wollte.«

»Die Leiche lag tiefer im Wald. Warum sind Sie zu diesem Wasserfall gegangen?«

»Ich dachte, sie hat Durst bekommen.«

»Durst.« Offenbar fand er den Gedanken völlig abwegig. Außerdem wirkte er, als ob ihn das Ganze unendlich langweilte. »Und dann?«

»Ich habe etwas Schwarz-Weißes gesehen und dachte, dass Emmi ein Nickerchen macht.«

»Auf dem Felsen?«

»Ich wollte einfach nachsehen.«

Ringgenberg griff nach einer Taschenuhr, die auf dem Schreibtisch lag, und drehte sie in der Hand. »Haben Sie etwas angefasst?«

»Natürlich nicht!«

Ihre Finger kribbelten. Einer von der Sorte, die Frauen nicht zutraute, ohne Anweisung eines Mannsbildes ein Bein vor das andere zu setzen. Sogar ihr Vater, der am liebsten in der Vergangenheit lebte, traute ihr nicht weniger Verstand zu, als er selbst besaß. Hieß es nicht, die Solothurner seien »liberal«?

Jetzt griff Ringgenberg nach einem Füllfederhalter und studierte dessen Spitze. »Wollten Sie nicht nachsehen, ob sie noch lebt?«

»Es war offensichtlich, dass sie tot ist!«

»Schon gut.« Er legte den Füllfederhalter wieder hin. »Wahrscheinlich ist das Mädchen den Weg zum Felshang hinaufgewandert und hat das Gleichgewicht verloren.« Er reichte ihr die Hand. »Halten Sie sich für weitere Fragen zur Verfügung.« Ohne weitere Worte verließ er den Raum.

Sarah riss die obersten beiden Knöpfe ihres Kleides auf. Die aufgestaute Hitze entwich, die Wut nicht. Um ein Haar hätte sie die Beherrschung verloren. Wenigstens wäre ihr dieses Mal der Sermon ihrer Mutter über das angemessene Verhalten junger Damen erspart geblieben. Was für ein überheblicher Mensch!

Sie trat aus der Bibliothek und wäre beinahe gegen Paul Schneider geprallt. Seine Haut hatte den Ton seiner sandfarbenen Haare angenommen, und sein Adamsapfel zuckte auf und ab.

»Fräulein Siegwart! Wie geht es Ihnen?«

»Danke, es geht. Was ist mit Ihnen?«

Er fuhr sich mit zitternden Fingern durch die Haare. »Es ist entsetzlich. Ich hoffe, dass sie nicht leiden musste.«

Obwohl Emmi nur ein Dienstmädchen gewesen war, ging ihm ihr Tod offensichtlich nahe. »Ich glaube nicht«, antwortete sie.

»Es tut gut, dass Sie das sagen. Aber jetzt will ich Sie allein lassen. Sie wollen sich sicher ausruhen.«

Erst bei seinen Worten spürte sie, wie erschöpft sie war. Sie schleppte sich die Treppe hoch, legte sich in ihrem Zimmer aufs Bett und schloss die Augen. Langsam beruhigte sich ihr Puls, aber die Erinnerungsfetzen schoben sich in ihrem Kopf übereinander wie Farbsplitter in einem Kaleidoskop. Emmi mit dem blutverschmierten Kopf; Frau Schneiders Gesicht, bleich wie der Tod; die arroganten Augen des Korporals. Paul Schneiders zitternde Hand. Sie presste ihr Gesicht in das Kissen, aber der Schlaf wollte nicht kommen.

Zwei Tage später stand Sarah neben der Köchin in der Kirche, lauschte dem Orgelspiel und drehte sich mit der Gemeinde zum Pfarrer und zu den Ministranten um, die feierlich durch den Mittelgang schritten.

Am Samstag war sie wie gerädert aufgewacht. Sie hatte das Treffen mit Roswitha und den Mädchen abgesagt und dafür Rosas Angebot angenommen, sie Sonntag in die Messe zu begleiten. Vielleicht würde ihr der Kirchgang guttun und sie auf andere Gedanken bringen. Dass sie eine solche Hoffnung hegte, war allerdings ein untrügliches Zeichen, dass etwas mit ihr nicht stimmte.

Die Messe war gut besucht; Männerköpfe und Frauenhauben, aufgereiht wie Garben auf einem Stängel, füllten die Reihen vor ihr bis zum Hochaltar aus schwarzem Marmor, auf dem die goldenen Messeutensilien in der Morgensonne glänzten.

»Der Herr sei mit euch.«

»Und mit deinem Geiste.«

Sarah bekreuzigte und setzte sich. Die Gesänge und Responsorien wogen durch das Kirchenschiff; sie sprach die vertrauten Sätze mit und stimmte in die Lieder ein.

»Evangelium unseres Herrn Jesus Christus.«

»Lob sei dir Christus.«

Mechanisch erhob sie sich, setzte sich, kniete sich hin. Dann folgte die Predigt, für die sich der Pfarrer die Verse aus dem

Buch Prediger herausgepickt hatte, nachdem »Alles seine Zeit« habe. Er schmückte sie mit allerlei Anspielungen auf die Uhrenindustrie und ließ sich ausführlich über das »unabänderliche Ticken der Lebensuhr« aus.

Wann kam er endlich zum Ende? Diese Bibelstelle war auch bei der Trauermesse für Hannes zum Zug gekommen, und die Erbarmungslosigkeit der Zeit und dieses Gottes, der Leben nahm, wie es ihm gefiel, hatte in ihr nur Wut und ein Gefühl der Ohnmacht ausgelöst.

Endlich kam das Hochamt, aber weder das Klingen der Glöcklein noch der Weihrauchduft berührte sie, und das Auf und Ab der Stimmen wusch über sie hinweg. Sie hätte es wissen müssen.

Nach der Messe streckte sie die Knie und folgte Rosa auf den Vorplatz. In ihrer Bauart glich die Kirche denjenigen im Entlebuch; drei Statuen über der Eingangstür schmückten die Nordfront. Rosa hob die Hand, als wolle sie ihr ein paar Freunde vorstellen.

»Der heilige Eusebius, unser Dorfpatron. Rechts der Apostel Petrus, in der Mitte unser Herr Jesus.«

Dann griff Rosa nach ihrem Arm und führte sie zu einem Grüppchen Menschen unter einer Linde südlich der Kirche.

»Das sind Peter Obrecht, seine Frau Anna Maria und Tochter Lina, Hans Bühler und seine Frau Margrit. Meine Lieben, das ist Sarah Siegwart. Sie kommt aus Luzern und ist die neue Hauslehrerin bei den Schneiders.«

Das Ehepaar Obrecht und die etwa sechzehnjährige Tochter nickten freundlich, dann reichte ihr der alte Herr Bühler die Hand. »Sehr erfreut, junge Dame.« Die zitternde Stimme passte zu seinem Händedruck. »Geben Sie acht, dass Sie in dem Haus nicht zur Ketzerin werden.« Er schüttelte den Kopf, dass die welke Haut an seinem Kinn wackelte. »All diese Fabrikbonzen und ihre Lakaien – nur Geld im Kopf, keine Zeit für den Heiland. Und was hat uns das gebracht? Gesindel in der Stadt, ein Bordell!« Er kniff die wässrigen Augen zusammen und starrte die beiden Schneiders an, die mit Roswithas Eltern zu Rosa getreten waren.

Herr Kölliker zog an einer Zigarre und blies den Rauch ins Gesicht des alten Mannes. »Bühler mit dem schwarzen Peter und seinen Pfaffenknechten! Warum verreist ihr nicht nach Rom?«

Peter Obrecht erblasste. Er nickte seiner Frau und den Bühlers zu. »Lasst uns gehen.«

Frau Schneiders Hände lagen bebend auf Sophies Schultern, die mit großen Augen zu ihrer Mutter hochsah. Herr Schneider starrte Obrechts und Bühlers nach. »Rosa, wir gehen vor.«

Die Traube von Menschen, die sich bemüht hatten, so zu tun, als ob sie nicht hinhörten, zerstreute sich.

»Worum ging es eben, Rosa?«, fragte Sarah leise. Ihr war flau, nicht nur, weil sie mit leerem Magen in die Messe gekommen war.

»Hans ist unmöglich. Steht mit einem Fuß in der Irrenanstalt.«

»Was hat er gegen die Schneiders?«

»Schneiders bekennen sich zur neuen Lehre, wie Schilds und Girards.«

»Was meinen Sie?«

»Die Dogmagegner natürlich. Pfarrer Walser hält es mit Rom, darum gehen Schilds und ihre Freunde meistens auswärts in die Messe. Sonst sitzen sie auf der anderen Seite im Kirchenschiff zusammen. Herrn Bühlers Sohn ist Inspektor im Handelsdepartement und erzählt Hans immer das Neueste aus dem Bischofssitz; das regt den Alten natürlich auf.«

Sie konnte es ihm nachfühlen. Ihr wurde noch flauer, und hätte sie es nicht besser gewusst, hätte sie auf ein verdorbenes Frühstück getippt.

»Was ist? Sie sind weiß wie das Turiner Grabtuch.«

»Ach, nichts. Meine Eltern glauben, es kann nur eine katholische Kirche geben.«

»So denken hier viele. Peter Obrecht ist unser Kirchgemeinderatspräsident, seine Frau ist eine Schild. Die beiden halten zu Pfarrer Walser, aber alle anderen Schilds lehnen das Dogma ab. Der Zwist geht durch die Familien! Aber das wird sich wieder beruhigen.«

Rosa klang zuversichtlich. Aber würde sie recht behalten?

In Luzern hatte alles im Januar 1870 mit einem Zeitungsartikel angefangen. Der Münchner Theologe und Professor Ignaz Döllinger kritisierte in einem Artikel im *Luzerner Tagblatt* das Dogma der Unfehlbarkeit des Papstes, worauf ihr Vater die Zeitung sofort abbestellt hatte. Als der Bischof im Jahr darauf den Strafhauspfarrer Johann Egli exkommunizierte, weil er sich weigerte, die Dogmen zu verkündigen, kam Schwung in die neue Bewegung, und schon Ende März 1871 verfassten fünfhundert Männer, die sich »fortschrittlich-katholisch« nannten, eine Resolution gegen die Papstdekrete des Ersten Vatikanums. Ihr Vater klagte erbittert gegen die »Abtrünnigen«, die sich hierzulande »Christkatholiken« und in Deutschland »Altkatholiken« nannten, und dozierte gern des

Langen und Breiten über die »Infallibilität«. Es schütze die Kirche, wenn der Papst in seinem Amt als Lehrer aller Christen nicht irren könne. Aber wieso sollte der Papst als Mensch irren können, nicht aber, wenn er eine ewig gültige Entscheidung für seine Kirche traf? Sie hatte nie gewagt, ihrem Vater diese ketzerische Frage zu stellen; sein purpurnes Gesicht hatte ihr stets verraten, wie heikel dieses Terrain war.

Rosa musterte sie besorgt. »Sie sehen mitgenommen aus, Kind. Wie wäre es mit einem Spaziergang? Ich wollte auf dem Friedhof vorbeischauen.«

»Gern. Wo ist er denn? Als ich am Freitag spazieren ging, habe ich ihn nicht gefunden.«

»Ganz in der Nähe.«

Nach fünf Gehminuten erreichten sie den Friedhof, und Rosa führte sie zu einem Grabstein mit einem Beet, auf dem Tulpen, Narzissen und Stiefmütterchen um die Wette leuchteten.

»Wunderschön, nicht? Mein Mann ist vor zwei Jahren gestorben, und sein Bruder kümmert sich um das Grab. Er ist Gärtner und kann das besser als ich. Aber sobald der Flieder blüht, bringe ich Fred die schönsten Zweige, die ich finde.«

Nachdem Rosa die Blumen mit Wasser versorgt hatte, folgten sie einem Kiesweg zu einer Baumgruppe mit einer Trauerweide, deren Äste fast bis zum Boden reichten. Sarah ließ sich auf die darunter stehende Bank sinken und lehnte sich an das warme Holz. Es roch nach Erde, Gras und Blumen. So nah wie der Friedhof am Dorfzentrum lag, schien die Zeit hier doch in ruhigeren Bahnen zu verlaufen. Die Stille fühlte sich an wie ein kühlendes Tuch auf ihrer Stirn.

Rosa setzte sich neben sie. »Besser?«

»Viel besser. Ich mag Friedhöfe.«

»Ich auch«, erwiderte Rosa. »Ich bin froh, Kind – jetzt haben Sie wieder Farbe im Gesicht. Die Szene vor der Kirche war unangenehm, aber ich glaube, Emmi sitzt Ihnen am meisten in den Knochen.«

»Es war schlimm, weil ich schon einmal etwas Ähnliches erlebt habe. Nur war es jemand, den ich geliebt habe.« Sie stockte kurz und schilderte Rosa dann, wie sie Hannes gefunden hatte.

»Wie furchtbar!« Rosa schüttelte den Kopf. »Mein Fred und ich hatten dreißig gemeinsame Jahre, aber sein Tod kam trotzdem viel zu früh.«

Sarah strich über die verwitterte Bank. »Es ist ungerecht. Aber das sollte man wohl nicht denken.«

»Ach was. Der Herrgott versteht das.«

»Dann glaube ich das mal.« Das entsprach nicht der Wahrheit, aber Rosa hörte sich an, als hätte sie eben einen Schwatz mit dem Allmächtigen gehalten, und sie wollte die Köchin nicht brüskieren. Wenn es um Gott ging, behielt sie ihre Gedanken schon länger für sich.

Sie machten sich auf den Rückweg, und das flaue Gefühl, das sie vor der Kirche geplagt hatte, kehrte zurück. Rosa hatte keine Ahnung, wie feindselig ihr Vater der neuen Bewegung gegenüberstand. Wenn er hörte, dass ihr neuer Arbeitgeber einer dieser »Abtrünnigen« war, würde er stante pede in den nächsten Zug steigen und sie nach Hause holen. Aber er musste es ja nicht erfahren.

4

Sarah schreckte hoch. Schweiß klebte auf ihrer Oberlippe, und kalte Hände quetschten ihr Herz zusammen. Sie erhob sich, tauchte die Arme in die Wasserschüssel und besprengte ihr Gesicht. Durch das Fenster drang noch kein Licht ins Zimmer, aber das Tschilpen der Spatzen und das gedämpfte Gebimmel der Fabrikglocke kündigten den neuen Tag bereits an.

Die Gesichter von Emmi und Hannes, blass und tot, schwammen auf dem Grund ihres Bewusstseins. Sie legte sich wieder aufs Bett und verschränkte die Arme hinter dem Kopf.

Hannes. Als sie ihn damals im Schnee liegen sah, hatten sich nur sein verkrümmter Körper und die purpurnen Sprenkel in ihr Gedächtnis gebrannt. Später ging ihr etwas anderes auf: Hannes hatte noch seine Sonntagskleidung getragen. Sie hatte den Kantonspolizisten gesagt, dass er sich nach der Messe sicher umgezogen hätte, aber niemand hatte sie ernst genommen. Jeder könne von seiner Routine abweichen. Aber sie wusste es besser, und die Frage, was wirklich geschehen war, quälte sie bis heute.

Aber was hatte das mit Emmi zu tun? Warum war es ihr Gesicht, das sie jetzt verfolgte?

Sie drehte sich zur Seite und schloss die Augen. Sie brauchte ihren Schlaf. Eine neue Woche fing an, und der Unterricht würde sie hoffentlich in den Alltag zurückholen.

»Warum hat der Mann so böse geguckt?« Sophies dunkle Augen wirkten ernst und besorgt.

»Was meinst du?«

Als ob sie das nicht wüsste: Sophie beschäftigte der gestrige Vorfall vor der Kirche. Aber darüber wollte sie jetzt nicht reden. »Denk dir nichts. Es sind nur Streitereien unter den Erwachsenen. Verschiedene Meinungen über … nun ja … gewisse Dinge.«

»Was für Dinge?« Sophies Stimme klang, als hinge ihr Leben davon ab.

»Das ist nicht einfach zu erklären.« Sarah seufzte ergeben. Der Unterricht dauerte erst eine halbe Stunde, aber es hatte keinen Zweck, fortzufahren, solange Sophie so abgelenkt war. »Vor ein paar Jahren hat die Kirche entschieden, dass alle Beschlüsse, die der Heilige Vater in seinem Amt fällt, fehlerlos sind. Deine Eltern sind damit nicht einverstanden und wünschen sich mehr Unabhängigkeit von Rom. Andere, wie Herr Bühler, wollen keine Spaltung der heiligen, römischen, katholischen Kirche.«

Sophie kritzelte in ihr Heft. »Und was glaubst du?«

Himmel. »Meine Eltern halten es mehr mit dem Heiligen Vater, Sophie.« Sie lächelte. »Ich glaube, jeder sollte Gott so folgen, wie es für ihn richtig ist.«

»Kohlensäcke!« Euseb blies die Backen auf. »Herr Kölliker sagt, diese Pfaffen gehören alle auf den Scheiterhaufen.«

»So sollten wir nicht über andere sprechen, Euseb.« Das flaue Gefühl kehrte zurück, wie gestern nach der Messe. Hoffentlich entwickelte sich das Thema nicht zum Dauerbrenner.

Sie erhob sich und kritzelte ein paar Zahlenreihen an die Tafel. Das Quietschen bohrte sich in ihren Kopf. »Löst diese Aufgaben, dann machen wir Pause.«

Die Kinder senkten die Köpfe über ihre Hefte, und Sarah schloss die Augen. Sie brauchte dringend ein paar Minuten Ruhe. Doch aus der rötlichen Schwärze schwamm wieder Emmis Gesicht empor.

Nach dem Mittagessen steckte sie den Kopf in die Küche. Rosas gewaltiger Rücken schwang vor und zurück, begleitet von einem dumpfen Klopfen.

Der Unterricht war so zähflüssig weitergegangen, wie er angefangen hatte, und auch die Mittagspause hatte es an Erholung fehlen lassen. Es hatte ständig geklingelt, weil Frauen Uhrenmaterial holen wollten, und als Herr Schneider sich etwas penetrant nach Eusebs Fortschritten erkundigt hatte, war ihr das Wort »schwerfällig« entschlüpft. Sie hatte sich entschuldigt, aber ihr Lapsus war bedenklich. Sie musste sich jemandem anvertrauen.

»Kommen Sie herein, Kind.«

»Ich will Sie nicht stören.«

Rosa zog die Holzkelle, mit der sie offenbar ein Stück Fleisch bearbeitet hatte, durch die Luft. »Das kann ich im Schlaf. Was ist mit Ihnen? Sie sehen aus, als hätten Sie die ganze Nacht wach gelegen.«

»Beinahe.« Sarah versuchte zu lachen. »Ach, so schlimm ist es nicht.«

Rosa wies auf einen Stuhl am Küchentisch. »Sie bekommen auch einen Tee. Und jetzt raus damit.«

Sarah setzte sich und strich über die Tischoberfläche. »Ich hatte einen Traum. Ich war in dem Wald, wo ich Emmi gefunden habe. Als ich bei ihr ankam und sie tot da liegen sah, drehte sie sich zu mir um und fragte mich, was passiert sei. Dann verwandelte sich ihr Gesicht in das von Hannes, und er fragte mich das Gleiche.« Sie zögerte. »Was hat das zu bedeuten? Es hört sich dumm an, aber könnte es sein, dass hinter Emmis Unfall etwas anderes steckt?«

Rosa hatte aufmerksam zugehört und ab und zu genickt. »Dass Sie davon träumen, ist nur natürlich. Sie haben vor anderthalb Jahren Ihren Verlobten verloren, und Emmis Tod hat alles wieder aufleben lassen.«

Sarah nippte am Tee, den Rosa ihr hingestellt hatte. »Ich kannte Emmi kaum, aber es tut mir leid um sie.«

»Gott hab sie selig, das einfältige Ding. Hat ständig Männerbekanntschaften gehabt und mir deswegen ihr Herz ausgeschüttet. In den letzten paar Wochen war sie verschlossener als sonst, dafür noch schussliger. Manchmal ängstlich, manchmal aufgeregt und glücklich. Irgendwie seltsam.«

»Der Traum verfolgt mich schon den ganzen Morgen. Ich vermisse Hannes.«

Hannes. Trauer, so dunkel und giftig, als wäre es gestern gewesen.

»Ich habe auch oft von meinem Fred geträumt, nachdem er starb«, erwiderte Rosa. »Hab' mich gefragt, warum der Herrgott ihn schon zu sich nehmen musste. Dann die finanziellen Sorgen! Freds Patron ist mir Gott sei Dank beigestanden; Herr Schild hat mir die Stelle bei Familie Schneider verschafft. Und wenn ich ins Grübeln komme, helfen mir die Blumen auf Freds Grab. Wenn ich sie ansehe, weiß ich wieder, dass wir alle irgendwann zu Staub werden. Und das hier.«

Sie öffnete eine Schublade und zog eine Taschenuhr hervor. Schon wieder eine Uhr! Zögernd sah sich Sarah den kleinen Zeitmesser an. Das Zifferblatt aus Perlmutt schimmerte in milchigem Rosa. »Fred hat die Uhr zu seinem zwanzigsten Dienstjubiläum bekommen, er hat sich extra eine Damenuhr gewünscht, damit ich sie tragen kann. Mein Fred war einer der ersten Uhrmacher in Grenchen, und die letzten Jahre hat er für Herrn Schneider gearbeitet.« Rosa drehte die Uhr und drückte den Daumennagel in eine Kerbe, und Sarah beugte sich überrascht vor. Jetzt konnte man ins Innere sehen, auf winzige goldfarbene Zahnräder, die sich drehten und ineinandergriffen, kontrolliert von einem schmalen, hakenbesetzten Rädchen. Am unteren Rand flirrte etwas; mit bloßem Auge kaum wahrnehmbar, in stetem Rhythmus und unbeirrt von dem, was ringsherum geschah.

Sarah neigte den Kopf näher an die Uhr, lauschte dem leisen Ticken, in das sich ein feiner Klang mischte. Er kam nicht von der Taschenuhr, und es war auch nicht die Fabrikglocke. Es war die sanfte Melodie der Spieldose, die der Bruder ihrer Mutter ihr zum zehnten Geburtstag geschenkt hatte. Er hatte sie selbst gemacht, und auf dem Deckel hatte sich graziös eine Ballerina in seidenglänzendem rosa Tutu gedreht. Dann hatte Onkel Pius die Dose geöffnet und ihr gezeigt, dass das Fräulein sich drehen und die Musik erklingen ließ. Mit großen Augen hatte sie die Walze betrachtet, die kleinen Zähnchen und die goldenen Streifen, die die Töne erzeugten, die Schrauben und Schräubchen, die alles zusammenhielten. Es war der schönste Moment ihres Geburtstags gewesen, der abrupt endete, als ihre Mutter hereinkam und sah, wie sie ein ölverschmiertes Händchen an ihrem neuen Batistkleid abwischte.

Dann verwandelte sich das sanfte Klingen in ein kerniges Läuten. Sie war zwölf und bestaunte das riesige Zifferblatt des Zytgloggeturms in Bern mit seinen verschachtelten Farbrädern, dem nachtblauen äußeren Band mit den glänzenden römischen Ziffern, dem feuerroten Ring mit den goldenen Würfeln, der Sonnen- und Mondkugel, die sich scheinbar um die Erde bewegten. Andächtig hatte sie ihrem Vater zugehört, der ihr erklärte, dass das Sonnensymbol im Winter eine tiefere Bahn anzeigte, wie man den Sternenhimmel auf der Uhr erkennen konnte, und dass die Uhr sogar den Voll- und Leermond anzeigte. Sie hatte es nie vergessen.

Ihr Blick kehrte zu Rosas Uhr zurück. Sie zeigte keine astronomischen Details, aber die winzigen Rädchen waren genauso präzise verarbeitet. Handwerkskunst in Perfektion.

»Wie wundervoll!«

»Nicht wahr? Ich liebe vor allem das leise, gleichmäßige Ticken.« Rosa lächelte. »Es erinnert mich daran, dass meine Zeit hienieden nicht in meiner Hand liegt.« Sie strich über das Zifferblatt, legte die Uhr wieder in die Schublade und tätschelte Sarahs Arm. »Machen Sie sich keine Sorgen wegen des Traums. Das geht vorbei.«

»Danke, Rosa.«

Sarah trat vor die Haustür. Herr Schneider kauerte vor einem Blumenbeet und streichelte eine Rose. Das war ihre Gelegenheit, wieder gut Wetter zu machen.

»Herr Schneider?«

Er bedachte sie mit einem kühlen Blick. Offensichtlich nahm er ihr die Bemerkung über Euseb noch übel. Sie zeigte auf die halb geöffneten, cremefarbenen Blumenköpfe. »Sie sind wunderschön! Was für welche sind das?«

»Die Sorte heißt ‚Boule de Neige.' Sie braucht viel Pflege und ist teuer, aber vielleicht leiste ich mir für nächstes Jahr noch ein paar Stöcke.«

Sein Blick war wärmer geworden, aber er wirkte immer noch verstimmt. »Euseb hat mir erzählt, dass Sie mit den Kindern über die Kirche gesprochen haben.«

Das hatte ja kommen müssen. »Sophie war sehr verstört wegen gestern.«

»Euseb hat gesagt, Sie hätten vom ›Heiligen Vater‹ gesprochen, und von der ›heiligen katholischen Kirche‹.« Er zwickte ein Blatt von einem Rosenstängel. »Ich respektiere Ihre Herkunft natürlich. Aber ich werde bald zur Führungsriege der Christkatholiken im Ort gehören.« Beim Wort »Führungsriege« schien er fünf Zentimeter zu wachsen. »Seien Sie in Ihrer Wortwahl bitte vorsichtiger.«

»Ich verstehe.« Das tat sie nicht, aber es spielte keine Rolle. Sie wollte keinen neuen Streit vom Zaun brechen. Am besten wechselte sie das Thema. »Rosa hat mir erzählt, dass ihr Mann für Sie gearbeitet hat. Sie hat mir seine Uhr gezeigt. Sie ist wunderschön.«

»Finden Sie?«

»All die feinen Rädchen, die man mit bloßem Auge kaum sieht! Das ist beeindruckende Handwerkskunst. Und dann läuft sie so ruhig – wie ein Wunder.«

Er lebte sichtlich auf. »Das finde ich auch! Mich hat es zufällig in die Branche verschlagen, aber die Uhren – das war Liebe auf den ersten Blick.« Er lächelte. »Möchten Sie mich einmal in die Fabrik begleiten? Ich könnte Ihnen einen Einblick in meine Arbeit geben.«

»Gern!«

»Wunderbar! Ich werde sehen, wann es passt.«

Zurück in ihrem Zimmer, griff Sarah nach ihren Heften, dann lauschte sie nach draußen. Schon rief die Fabrikglocke die Arbeiter in die Fabrik zurück. Sie lächelte. Noch vor einer Stunde hätte sie der Gedanke an einen Besuch in einer lärmigen Fabrik abgeschreckt, aber jetzt stellte sie überrascht fest, dass sie der Exkursion mit Spannung entgegensah.

5

»Ich dachte, ich sei dieses Nest endlich los.«

Landjägerkorporal Gideon Ringgenberg rieb sich den Nacken und lehnte sich auf seinem Stuhl zurück, während sich sein Freund Viktor von Arx, seines Zeichens Amtsgerichtspräsident, offensichtlich ungerührt eine Zigarette anzündete.

»Das Gejammer nehme ich dir nicht ab. Ein ungeklärter Todesfall!«

»Warum hat Wittmer nicht Friedli geschickt? Das ist jetzt seine Aufgabe; ich bin nicht mehr Stationsleiter in Grenchen.«

»Friedli kann dich unterstützen, aber du kennst die Leute schon. Schneider ist leitender Angestellter bei Kantonsrat Schild, und Schilds Vater hat Legendenstatus; da können wir uns keine Anfängerfehler leisten.«

Durch das halb geöffnete Fenster der Hauptwache in Solothurn drangen trunkene Stimmen. Eine neue Ladung für die Prison – als wären Solothurns Untersuchungsgefängnisse nicht schon zum Bersten voll. Der Lärm störte Gideon oft, aber die Luft in diesem Kasten zirkulierte so schlecht, dass er das Fenster nur schloss, wenn das Thermometer unter null fiel. Zum Glück hielten sie ihre Montagstreffen sonst in Viktors Büro am Amtsgericht ab.

»Hör dir an, was sich die Hauslehrerin geleistet hat: Sie findet die Leiche und geht auf einen Spaziergang. Als ich nach zwei Stunden Fußmarsch endlich in Grenchen eintreffe, ist sie nirgends zu sehen. Dann kommt sie und beantwortet meine Fragen so schnippisch, als hätte ich sie nach der Farbe ihres Unterrocks gefragt. Sie kommt aus der Innerschweiz, aber sie könnte eine Grenchnerin sein – störrisch wie ein Maultier.« Er seufzte. »Jetzt, da die Katholiken verrücktspielen, brauchen wir keinen zusätzlichen Ärger.«

»Hast du den Bericht über den Einsatz im Bischöflichen Ordinariat gelesen? Wittmer hat erzählt, Bischof Lachat habe ausgesehen wie ein Märtyrer, der dem Scheiterhaufen entgegengeht.«

»Wohin sind wir gekommen, wenn man einen Bischof mit Staatsgewalt aus seiner Residenz jagt? Allerdings hätte Lachat diplomatischer vorgehen können.«

»Was soll er machen, wenn einer seiner Pfarrer sich öffentlich gegen das Dogma stellt?«

»Warum sich die Solothurner so ereifern, ist mir schleierhaft.«

Viktor fuhr sich durch die dunkelblonden Haare. »Wir hatten schon immer unseren eigenen Kopf, da ist dein Berner Schädel nichts dagegen.« Er grinste. »Lachat ist inzwischen in Luzern eingetroffen. Wusstest du, dass er davor bei von Haller untergekrochen ist? Großvater Albrecht dürfte sich im Grab umdrehen.«

Gideon lächelte widerwillig. Die von Hallers waren einst stolze, protestantische Berner gewesen, aber von Hallers Vater war vor fünfzig Jahren zum Katholizismus konvertiert, was einen europaweiten Skandal ausgelöst hatte.

»Dafür haben wir wieder Material für die Schnitzelbänke bei der nächsten Fasnacht«, erwiderte er.

»Und Hartmann dürfte sich über Futter für seinen *Postheiri* freuen.«

Da sagte Viktor etwas Wahres. Solothurns konservative Politiker und die katholische Kirche fürchteten das Satireblatt, dessen Redakteur zwar nach allen Seiten austeilte, aber insbesondere an ihnen kein gutes Haar ließ.

»Schön für Hartmann, aber ich weiß kaum, wie ich meine Leute auf all die Brandherde im Kanton verteilen soll. Und jetzt noch die Sache in Grenchen. Die kommt wirklich in einem ungünstigen Moment.« Er seufzte. »Ich weiß, Jammern ändert nichts. Am besten versuche ich, die Angelegenheit so schnell wie möglich abzuschließen. Bisher spricht alles für einen Unfall. Die Frage ist, ob es Selbstmord war, das würde sich auf die Beerdigung auswirken. Wie sieht es mit der Leichenschau aus?«

»Ich habe sie für morgen angesetzt«, sagte Viktor. »Ich denke nicht, dass wir eine Leichenöffnung brauchen.«

»Das sehe ich auch so. Friedli hat heute ihr Zimmer durchsucht, nur haufenweise Haarschmuck und Kämme, Zeitschriften und Süßigkeiten. Morgen befrage ich die Köchin; sie könnte wissen, ob das Mädchen einen Grund hatte, sich etwas anzutun. Allerdings ist ein Sturz diesen Felshang hinunter eine unsichere Methode – es sind nur zehn Meter.«

Viktor nickte und stand auf. »Halt mich auf dem Laufenden.«

Gideon erhob sich ebenfalls, und sie verließen zusammen die Wache, worauf sich Viktor verabschiedete und in Richtung Baseltor entfernte.

Viktor und er waren nach dem »Chlapf« von 1861, wie manche es nannten, zusammen bei der Polizei eingetreten. Damals hatte man sechs Landjäger wegen Trunkenheit und schlechtem Benehmen entlassen. Gideon hatte seine Entscheidung nie bereut. Es lag ihm im Blut, sagte man – sein Vater hatte es, obwohl Nichtsolothurner, immerhin bis zum Wachtmeister gebracht. Die Bezahlung war schlecht, die Befugnisse waren mager, und der Alltag bestand vorwiegend aus der Jagd nach Bettlern und Vaganten, aber er hätte nichts anderes machen wollen. Mit jeder noch so banalen Amtshandlung trug er dazu bei, dass Recht und Gerechtigkeit gewahrt wurden, und nichts befeuerte ihn mehr.

Diese Leidenschaft teilte er mit Viktor, aber damit hörten die Gemeinsamkeiten schon auf. Viktor hätte keinen Lohn gebraucht: Er war Spross eines ausgesprochen wohlhabenden Oltner Zweiges der von Arx, der sich in Solothurn niedergelassen hatte. Schon in den Windeln hatte man ihn zum Anwalt bestimmt und nach der Matura am Solothurner Kollegium und zwei Jahren Rechtsstudium für ein Jahr nach Oxford geschickt. Zurückgekommen war er mit einem vornehmen Englisch, einer Leidenschaft für den Rudersport und der Erkenntnis, dass ihn die Juristerei langweilte.

Seine Familie war entsetzt gewesen, als er sich bei den Landjägern bewarb, und anfangs hatte Gideon Viktor mit dem

Misstrauen eines Menschen beäugt, der in viel bescheideneren Verhältnissen aufgewachsen war. Im Laufe ihrer gemeinsamen Ausbildung hatte er ihn jedoch als fähigen Polizisten ohne jeden Dünkel schätzen gelernt, der seiner Herkunft zum Trotz nicht davor zurückschreckte, sich die Hände mit Ermittlungsarbeit schmutzig zu machen. Nun waren sie schon lange enge Freunde.

Vor vier Jahren war Viktor rastlos geworden und hatte sich entschlossen, sein Rechtsstudium doch noch abzuschließen und seine Leidenschaft für Polizeiarbeit mit der Juristerei zu verbinden. Während seine Familie hocherfreut gewesen war, als er vor einem Jahr zum Amtsgerichtspräsidenten ernannt wurde, hatte Gideon Viktors Karrierewechsel erst bedauert. Inzwischen schätzte er den direkten Draht ins Gericht.

Er selbst war vor zwei Jahren von Leutnant Wittmer, dem obersten Landjäger im Kanton, nach Grenchen abkommandiert worden. Der Ort stand im Ruf eines Unruheherds, und der Posten war alles andere als begehrt, aber er hatte es als Gelegenheit betrachtet, sich als Protestant im katholischen Solothurn Anerkennung zu verschaffen. Außerdem hatte auch Wittmer seine Sporen in Grenchen abverdient, und was für den Chef der Landjäger gut genug war, sollte auch ihm recht sein. Die Mühe hatte sich gelohnt: Erst letzte Woche hatte er Friedli die Schlüssel für die Grenchner Station übergeben und als frischgebackener Korporal sein Büro in Solothurn bezogen.

Korporal Ringgenberg – das klang gut. Nicht so gut wie Wachtmeister Ringgenberg, aber es war ein Anfang.

Sankt Urs schlug halb sieben, und Gideon beschleunigte seine Schritte. Seine Mutter schätzte Pünktlichkeit. Er würde sich gut verpflegen lassen und danach ein paar Informationen über Anatomie nachschlagen. So ungünstig die Grenchner Geschichte kam: Er hatte wirklich selten Gelegenheit, ungeklärte Todesfälle zu untersuchen, und dass Wittmer ihn damit betraute, hieß, dass er sich in Grenchen bewährt hatte. Er würde den Fall Heiniger im Nullkommanichts aus der Welt schaffen – allzu komplex schien die Sache ja nicht zu sein.

Durch den Türspalt drang Röstiduft in den Korridor. Seine Mutter öffnete auf sein Klopfen hin, und Gideon umarmte sie. »Ein Berner Essen?«

»Sie machen sie hier einfach nicht so gut.«

Er folgte ihr durch den Eingangsbereich und ließ sich auf die Chaiselongue fallen. Seine Mutter lebte immer noch in der Wohnung, die sie und Vater nach ihrem Umzug nach Solothurn gemietet hatten. Drei Zimmer in einem Stadthaus, eng, aber gemütlich – Mutters Regency-Sekretär am Fenster, dazwischen Bücherregale aus der Werkstatt des hiesigen Schreiners, an der Wand neben dem Porträt seines Vaters ein paar Stiche aus Mutters Heimat im Süddeutschen und ein Abdruck ihres Familienwappens. Ihre Eltern, gutbürgerliche, liberale Städter, waren Mitte der 1830er-Jahre in die Schweiz geflüchtet. Sie hatten sich verbissen gegen die Vermählung ihrer Tochter mit dem bodenständigen, frommen Mann aus dem Oberland gewehrt und nach der Hochzeit jeden Kontakt zu ihrer Tochter abgebrochen. Dennoch hielt seine Mutter die Familienehre hoch.

»Wie war es auf der Wache?«

Er erhob sich, durchquerte das Wohnzimmer und warf einen Blick in die Küche. Mutter rührte das Geschnetzelte um, ein paar aufsässige Silbersträhnen, die sich aus ihrem Dutt gelöst hatten, im Gesicht. Der Herd reichte ihr fast bis zur Brust.

»Ein Todesfall in Grenchen – ein Dienstmädchen«, erwiderte er. »Ich erzähle es dir beim Essen.«

Er kehrte ins Wohnzimmer zurück, wo ihm sein Vater von der Wand entgegensah. Die Uniform im Barockstil passte mit ihren Litzen und Aufschlägen gut zum Degen in seiner Hand, der nüchterne Blick unter dem Hut weniger. Seiner Mutter zufolge hatte Gideon nicht nur die Augen seines Vaters geerbt, sondern auch dessen Ernsthaftigkeit; er war jedenfalls dankbar, dass die Landjägeruniform heute schnörkelloser daherkam.

Mutter kam mit einer Platte aus der Küche und stellte sie auf den Tisch, und Gideon stach die Gabel in die knusprige Rösti. »Zum Todesfall, den ich erwähnt habe. Eine traurige Sache, aber ich hoffe, dass ich sie bald abschließen kann. Der Arbeitgeber des Mädchens ist ein Protegé von Urs Schild.«

Er nahm einen Schluck Wein. »Zusätzlich beschäftigt uns die Katholikensache rund um die Uhr. Ich werde nie begreifen, wie sie sich wegen so etwas die Köpfe einschlagen können.«

»Du solltest dich nicht aufs hohe Ross setzen, mein Lieber. Auch wir Protestanten vergessen manchmal, dass wir denselben Gott haben.«

Es klopfte an der Tür. Gideon ließ die Gabel sinken. Er hatte Pikett Bescheid gesagt, wo man ihn finden könnte, aber das musste wirklich nicht sein.

Offenbar doch. Nachdem seine Mutter geöffnet hatte, betrat

Landjäger Marti die Stube. »Entschuldigen Sie, Herr Korporal, der Leutnant lässt Sie rufen. Schlägerei vor dem Sankt Stephan.«

»Was sagst du jetzt, Mutter? Mir wäre es lieber, sie würden sich die Köpfe allein einschlagen.« Er stand auf und küsste sie auf die Wange. »Es tut mir leid.«

Sie seufzte. »Pass auf dich auf.«

Der Schlachtenlärm war bis zum Gasthof Krone zu hören. Gideon passierte die Kutschen, deren Pferde mit den Hufeisen auf dem Pflaster scharrten, und eilte Richtung Judengasse und Stephansplatz.

In den Fensteröffnungen der mehrstöckigen Häuser zeichneten sich die Umrisse der Bewohner ab, die sich das Spektakel nicht entgehen lassen wollten: ein Menschenknäuel um zwei Männer, die sich an der Gurgel gepackt hatten und hin und her schwankten. Zwei Meter daneben lag ein Jüngling reglos am Boden.

Gideon rannte auf ihn zu. Blut klebte am zarten Kinn, und die Unterlippe war geschwollen. Er tastete nach dem Puls: ein kräftiges Pochen; die Brust hob und senkte sich regelmäßig.. Gideon atmete auf, drängte sich zu den beiden Streithähnen durch und legte die Hand an seinen Vorderlader.

»Auseinander. Sofort!«

Die Männer ignorierten ihn. Der größere hatte sich eben seines vornehmen Doppelreihers entledigt und presste die Finger mit neuer Bewegungsfreiheit in den Hals seines Gegners, der sich dem Griff entzog und mit seinem Schwingerarm zum Schlag ausholte. »Verdammtes Römerpack!«

Gideon trat einen Schritt näher, worauf ihn ein untersetzter Mann am Arm packte.

»Halten Sie sich raus. Das ist eine Sache unter Katholiken.«

Gideon schüttelte ihn ab. »Das ist ein Fall für die Landjäger.«

Der Untersetzte deutete auf den größeren Mann. »Er hat Steiners Jungen niedergeschlagen, weil der ihm Kontra gegeben hat. Darf man nicht mehr sagen, was man denkt?«

»Darum geht es nicht.« Gideon legte jedem der Kämpfer eine Hand auf die Schulter. Ihre Hemden waren feucht vor Schweiß. Sie warfen ihm wütende Blicke zu, aber er verstärkte seinen Griff. »Ihr hört auf, sonst verbringt ihr die Nacht in der Prison. Ich wette um ein Zehnfrankenstück, eure Frauen werden das nicht gern hören.«

Augenblicklich kühlten sich die Gemüter ab. Die Drohung mit dem Untersuchungsgefängnis mochte nicht immer fruchten, die Erwähnung der Frauen hingegen schon. Jetzt kam ihm noch das Wetter zu Hilfe – heftiger Regen setzte ein. Die Streithähne sahen ihn mürrisch an und trollten sich dann in verschiedene Richtungen, ihre Anhänger im Schlepptau. Das Schnappen der Fensterläden rund um den Platz hatte etwas vom Schlusstusch einer Opernouvertüre.

Gideon atmete auf. Seine Konfession bereitete ihm nicht zum ersten Mal Schwierigkeiten, aber seit die Konflikte zwischen den Katholiken aufgeflammt waren, betrachteten sie ihn als gemeinsamen Gegner. Das wirkte sich auf seine Autorität in solchen Händeln aus, und er musste diplomatisch und doch strikt vorgehen, wobei ihm Ersteres nur bedingt lag.

Zurück in seiner Wohnung, ließ er sich in den Sessel am Fenster fallen und strich über das rissige Leder, aus dem sich an manchen Stellen das Rosshaar einen Weg in die Freiheit bahnte. Der Sessel war das einzige Erbstück in seiner Wohnung, und er verband seine wenigen Erinnerungen an seinen Vater damit: wie er von seinem Tag erzählte, während Gideon auf seinem Schoß saß und gespannt den Räubergeschichten lauschte; Vater, wie er in Akten blätterte oder ein Buch las und dazu Pfeife rauchte.

Er verschränkte die Arme hinter dem Kopf und genoss die Stille. Unter ihm wohnte eine alte Dame, die ihre Tage strickend am Fenster verbrachte und ab und zu bei ihm klopfte, wenn sie »etwas Verdächtiges« beobachtet haben wollte. Die Störung nahm er in Kauf, sonst war sie eine ruhige Hausgenossin.

Er wandte sich seinem Bücherregal zu und ließ den Finger über die Lederbände gleiten. Wo war der Anatomiewälzer, den er im Antiquariat gekauft hatte?

Er fand ihn zwischen den Klassikern und der Gotthelf-Reihe, die seine Mutter ihm zu seinem Dreißigsten geschenkt hatte. Der fromme Emmentaler war ihr Lieblingsautor und »Schwarze Spinne« ihr Lieblingsbuch, und auch in ihm schlugen Gotthelfs Einblicke in die menschliche Seele eine Saite an. Er hatte zu oft gesehen, wie rasch Menschen ihre moralischen Grundsätze über Bord warfen, wenn es ihren Zwecken diente.

Und genau darum trieb seine Mutter ihn in den Wahnsinn. Wie konnte sie an den guten Kern jedes Menschen glauben, nachdem einer dieser »im Innern Guten« vor fünfundzwanzig Jahren ihren Ehemann erschossen hatte? Sie hatte ihr Kind allein großziehen müssen, nur wegen eines verderbten Individuums, dem das Leben anderer nichts wert war. Wie oft musste ein Mensch vergeben? Wo blieb die Gerechtigkeit?

Er sah aus dem Fenster zu den Ziegeldächern und zum St. Ursen-Turm. Er liebte seine Stadt, und sein Liebesbeweis bestand darin, von Amts wegen Gerechtigkeit durchzusetzen – die einzige Gerechtigkeit, der er vertraute. Dass er momentan wieder in Grenchen ermittelte, war ärgerlich, aber auch eine Gelegenheit, sich zu beweisen, obwohl es nicht nach Mord aussah. Und wenn doch: Die Todesstrafe war im Kanton seit achtzehn Jahren nicht mehr vollzogen worden, und man sprach davon, sie abzuschaffen. Aber sollte er jemals einen Mörder dingfest machen, würde er alles daransetzen, dass man ihm den Kopf abschlug.

6

Grenchens Postbüro war von außen kaum als solches zu erkennen, und während um Luzerns Postgebäude immer Betrieb herrschte, wirkte dieses verlassen. Auch von den Mädchen war nichts zu sehen. Obwohl Wolkentürme auf einen Wetterumschwung deuteten, beschloss Sarah, draußen zu warten. Sie freute sich auf das Treffen mit den Mädchen. Es war eine anstrengende Woche gewesen. Am Montagnachmittag hatte ein Landjäger Emmis Zimmer durchsucht, und Dienstag hatte der Korporal Rosa befragt. Erst allmählich war der Alltag ins *Maison* zurückgekehrt. Frau Schneider, die sich am Montag und Dienstag in ihr Zimmer zurückgezogen hatte, war endlich wieder ausgeritten, die Kinder hatten neue Energie für ihre geschwisterlichen Scharmützel, und ihr fiel das Unterrichten auch wieder leichter. Allerdings hatte sie seit dem Albtraum nicht mehr gut geschlafen.

Das Postbüro verfügte über ein kleines Schaufenster. Neben Postkarten, die die Kirche und die Fabriken zeigten, lagen auch ein paar Uhren aus, und Sarah musterte sie neugierig. Ob sie sich den kleinen Reisewecker kaufen sollte? Aber wahrscheinlich kostete er ein Vermögen. Sie seufzte und sah sich wieder um. Wann wohl die Mädchen endlich kamen?

Jetzt näherten sich zwei Frauen dem Postbüro, aber es war niemand von der Truppe. Die eine war füllig und etwa Mitte dreißig, die andere sah aus wie höchstens sechzehn. Sie stockte kurz. Das schmale Gesicht und die goldbraun leuchtenden Haare – die junge Frau vom Bahnhof. Sarah lächelte ihr zu.

»Bist du nicht ganz bei Trost?«

Sarah drehte sich überrascht um. Hinter ihr stand Roswitha, die Lippen zu einem winzigen O geformt. Die anderen Mädchen drückten sich hinter ihr zusammen und starrten Sarah an, als hätte sie sich bis aufs Mieder ausgezogen.

»Was hast du?«

»Das ist eine Dirne, siehst du das nicht?«

»Eine Dirne? So sieht sie nicht aus.«

»Sie dürfen sich nicht ausgefallen kleiden. Die kommen oft hierher, aber mit denen redet man nicht.«

Immer noch überrascht sah Sarah dem Mädchen nach. Sie hatte schon Dirnen gesehen. Einmal hatte ihre Mutter sich überreden lassen, bei der Essensausgabe der Kirche in der Nähe des Luzerner Dirnenviertels auszuhelfen, und sie war mitgegangen. Die Frauen hatten nicht anders ausgesehen als andere, und das Unangenehmste an diesem Nachmittag war Mutter gewesen, die ihnen die Teller gereicht hatte, als fürchte sie, sich mit einer Krankheit anzustecken. Sarah war nie mehr hingegangen – Mutter hatte es verboten –, aber sie hatte die eine oder andere von ihnen in Luzerns Straßen wiedergesehen und sich oft gefragt, wie man in so einem Metier landen konnte. Vielleicht hatte sie einfach Glück gehabt. Aber diese

Meinung kam bei Leuten wie ihrer Mutter oder Roswitha nicht gut an.

Roswithas Ellbogen bohrte sich in ihre Seite. »Hast du gehört? Wir wollen auf der Hallgartenterrasse einen Kuchen essen.« Sie stakste voran, die anderen wie eine Horde Hühner hintendrein.

Die Terrasse war rappelvoll, und die Kieselsteine knirschten unter den eiligen Füßen der Kellnerinnen. Knorrige Ahornbäume spendeten Schatten, und Sarah spießte eben ein Stück Marmorkuchen auf die Gabel, als Roswitha sich zu ihr umdrehte.

»Lass hören, Sarah. Wie war das mit Emmi? Stimmt es, dass sie halb nackt und von Kopf bis Fuß mit Blut bespritzt war?«

Die Mädchenköpfe drehten sich zu ihr um. Sie verschluckte sich, hustete und begann widerstrebend zu erzählen, während die vier an ihren Lippen hingen, als wäre sie einer ihrer Galane.

»Nichts gegen Emmi, aber ein großer Verlust war das nicht«, sagte Roswitha.

Sarah bohrte die Gabel in ihren Kuchen. »Sie war etwas langsam, aber sie war nett.«

»Etwas langsam? Wir hatten noch nie so eine ungeschickte Trine wie die. Sie hat zwei Teile aus Mutters Meissner-Set auf dem Gewissen. Außerdem hat sie sich immer dort herumgetrieben, wo sie nichts zu suchen hatte. Nach einem Monat hat Mutter sie zum Teufel geschickt.« Roswitha streckte die magere Brust heraus.

»Vielleicht hat ein Kerl sie auf dem Gewissen«, sagte Frieda. »Die war ständig hinter einem her.«

Die anderen kicherten, und Trudi warf ihre Zöpfe über die Schultern. »Gut ausgesehen hat sie ja nicht.«

Roswitha beugte sich vor. »Seit wann muss man gut aussehen, wenn man den Männern gibt, was sie wollen? Die hatte sicher ein Brot im Ofen, und das Mannsbild hat sie verlassen – und dann ist sie selbst gesprungen.«

Frieda und Trudi steckten die Köpfe zusammen, und Roswitha lehnte sich befriedigt zurück, während Ida stumm in ihrem Kaffee rührte.

Der Marmorkuchen in Sarahs Magen ballte sich zu einem Klumpen zusammen. Sie musste hier weg, bevor sie etwas Falsches sagte. Sie würgte den Rest des Kuchens herunter und stand auf.

»Ich muss gehen. Ich muss noch Hausaufgaben korrigieren.«

Roswitha verzog das Gesicht. »Kannst du das nicht morgen machen?«

»Ich muss für nächste Woche viel vorbereiten. Ich habe nicht so viel freie Zeit wie ihr.«

Der Hinweis löste bei Roswitha offenbar einen Anflug schlechten Gewissens aus. »Wir müssen dir bald einen schmucken Grenchner mit Geld besorgen! Kommst du morgen in die Messe? Wenn du dich zu uns setzt, zeigen wir dir ein paar Burschen.«

Sarah wollte schon Ja sagen, als ihr einfiel, dass Köllikers sich zu den Christkatholiken zählten. »Ich gehe mit Rosa.«

»Setzen kannst du dich doch trotzdem zu uns, oder?«

Roswitha und die anderen sahen sie erwartungsvoll an. Nun denn – sie wollte vor allem hier weg. »Na gut.«

Sie verabschiedete sich und hastete durch den einsetzenden Regen Richtung Oelirain. Der Klumpen in ihrem Magen wuchs weiter. Wie hohl und hartherzig Roswitha geklungen hatte – und die anderen hatten mit großen Kuhaugen dagesessen und gebannt zugehört. Einfach widerlich.

Der Traum kam ihr wieder in den Sinn. Was, wenn an Emmis Tod doch etwas faul war?

In ihrem Zimmer öffnete sie das Fenster, um die Regenluft hereinzulassen. Hinter den Villen und Bauernhöfen lag der Waldrand, dahinter der Ort, an dem Emmi gestorben war. Dorthin brachten sie keine zehn Pferde, aber vielleicht fand sie woanders Antworten. Es war erst eine Woche vergangen. Schneiders hatten noch keine Anzeige für ein Dienstmädchen aufgegeben, und Emmis Habseligkeiten waren wahrscheinlich noch in ihrem Zimmer. Wer wusste schon, wie sorgfältig der Landjäger ihre Sachen durchsucht hatte?

Am Sonntag war immer viel Betrieb im Haus. Vernünftig für eine Durchsuchung wäre der Montagmorgen; sie könnte Euseb und Sophie eine Aufgabe geben, die sie eine Weile in Anspruch nehmen würde. Aber Montag war weit weg, und noch einen quälenden Albtraum wollte sie nicht riskieren. Sie musste es heute Nacht versuchen.

In den Abendstunden verstärkte sich der Schauer. Sarah legte sich angekleidet auf ihr Bett und lauschte dem Regen, der auf das Dach prasselte. Nach und nach verstummten alle Geräusche im Haus, bis nur noch ihr Herz gegen ihre Rippen klopfte. Sie setzte sich auf und sah auf die Wanduhr. Ein Uhr morgens.

Sarah griff nach ihrer Lampe, schlich zur Tür und drehte den Knauf, der ein scharfes Klicken von sich gab. Sie hielt den Atem an, aber das einzige Geräusch im Treppenhaus war das Ticken der Schneiderschen Uhrensammlung. Sie öffnete die Tür und schlich auf Zehenspitzen den Gang hinunter. Donner krachte, und das Licht der Lampe warf flackernde Schatten an die Wände. Ein Blitz erleuchtete den Korridor und zuckte über den Teppich. Zum Glück dämpfte der weiche Stoff ihre Schritte.

Endlich erreichte sie Emmis Zimmer. Sie griff nach dem Türknauf und drehte ihn. Es klickte erneut, und sie trat ein.

Der Schein der Lampe beleuchtete zerknüllte Kleider auf dem Bett und dem Fußboden, dazwischen Modezeitungen und Kuchenkrümel. Offenbar hatte der Landjäger alles so gelassen, wie er es vorgefunden hatte. Auf einer Nussbaumkommode türmten sich Armreifen und Anhänger, ein Schildpattkamm und Dutzende Haarspangen, die wie bunte Grashüpfer übereinanderlagen. Sie öffnete eine der Schubladen, aber darin lagen nur noch mehr Zeitschriften, ein paar zerkrümelte Biskuits und etwas Schokolade. Auch in der zweiten Schublade nichts Auffälliges.

Sarah zog einen glänzenden Streifen in den Staub auf der Kommode. Wo würde jemand wie Emmi etwas verstecken?

Sie hob das Kopfkissen – nichts. Auch kein Schatz unter dem Leintuch. Sie öffnete den Kleiderschrank, fuhr mit den Händen in die Schürzentaschen und stockte, als es zwischen ihren Fingern knisterte. Sie zog die Hand heraus, aber es war nur ein Bonbonpapier.

Auf einem Regal standen ein paar Bücher, die aussahen, als

wären sie nie geöffnet worden; wahrscheinlich hatte sie die Hausherrin zur Erbauung des Personals aufgestellt. Im Licht der Lampe glänzte ein schwarzer Lederband. Vielleicht eine Bibel – sicher hatte jemand der Waise das Heilige Buch geschenkt, um ihre Seele zu bewahren. Sie griff danach und schlug den Deckel zurück. Tatsächlich, eine handschriftliche Widmung. »Für Emmi. Selig sind die Armen, denn ihrer ist das Himmelreich!« Unterzeichnet von Pfarrer Walser. Wie passend.

Sie drehte das Buch, das wie die anderen unbenutzt wirkte, fuhr mit dem Daumen über den Goldschnitt und hielt inne. An einer Stelle war die glänzend-goldene Fläche unterbrochen. Sie öffnete das Buch. Salomos Hohelied der Liebe und – ein gefalteter Briefbogen! Sie wollte ihn eben aufklappen, als es im Korridor knackte.

Hastig löschte Sarah die Lampe. Es blieb still – unheimlich still. Sie lauschte angestrengt. Schließlich hielt sie es nicht mehr aus. Sie legte den Brief in die Bibel und näherte sich auf Zehenspitzen dem Türrahmen. Vorsichtig spähte sie in den Korridor, und als sie niemanden entdeckte, schlich sie mit ihrem Fund in ihr Zimmer zurück. Nachdem sie die Tür hinter sich geschlossen hatte, holte sie den Bogen hervor, strich ihn auf ihrem Kissen glatt und hob ihn ins Licht. Das Gekritzel stammte von einer ungeübten Hand, war aber gut lesbar.

»Lieber Emmischatz! Gestern war schöhn. Ich habe nicht fiel Zeid, aber Du must dich nicht fürchten. Nur etwas Getuld, und bleib ruig. Alles wird guht! Ich seh dich bald.«

Darunter ein großes, ungeschickt gemaltes Herz und die Worte »Dein Franz«.

Sie legte das Papier auf das Kissen. Ihre Finger kribbelten.

Die Mädchen hatten erzählt, wie oft Emmi mit einem Mann anbändelte, aber im Haus hatte niemand einen Franz erwähnt, und nach Emmis Tod hatte sich niemand gemeldet. Sie sah den Bogen noch einmal genauer an. In der oberen rechten Ecke ein Gekritzel, das »30. April 73« heißen musste. Zwei Tage vor Emmis Tod. Das konnte kein Zufall sein! Der Mann könnte etwas wissen oder sogar mit Emmis Tod zu tun haben. Davon mussten die Landjäger erfahren – mit anderen Worten Ihre Erhabenheit Korporal Ringgenberg.

Sie rollte eine Ecke des Briefes zwischen den Fingern. Wahrscheinlich würde er ihr eine Predigt über Frauen halten, die sich in Angelegenheiten einmischten, die sie nichts angingen. Aber der Brief war ein realer Hinweis, genau wie der junge Mann, der Emmi zwei Tage vor ihrem Tod seine Liebe geschworen hatte und dann nie mehr aufgetaucht war.

Und da war auch noch Hannes. Was, wenn jemand einen Hinweis zu seinem Tod gefunden und für sich behalten hätte?

Sie setzte sich auf den Bettrand und strich über die bekritzelte Seite. Ob sie es sich eingestehen wollte oder nicht: Die Ungewissheit darüber, was mit Hannes geschehen war, schwärte in ihr wie eine offene Wunde. Dass er sich etwas angetan hatte, war unmöglich – tief in ihrem Herzen wusste sie das. Dennoch hatten die Unstimmigkeiten auch diesen Gedanken in ihr hochsteigen lassen. War etwas in ihm vorgegangen, wovon sie nichts gewusst hatte? Hatte sie sich geirrt, als sie dachte, dass sie sein Innerstes kannte? Diese Gedanken schmerzten fast mehr als der Verlust.

Emmi verdiente, dass ihr Tod untersucht wurde. Sie würde am Montag nach dem Unterricht nach Solothurn fahren.

Im Vergleich zum Grenchner Bahnhof hatte der in Solothurn nichts von einer Hundehütte, er wirkte so respektabel wie der Herr, den sie nach dem Weg zur Landjägerwache fragte. Er nahm seinen Kneifer ab, inspizierte sie vom Scheitel bis zur Sohle, gab ihr knapp Auskunft und stelzte dann davon. Wahrscheinlich misstraute er Zugpassagieren, die der »Buchsibahn« aus Grenchen entstiegen.

Kurze Zeit später erreichte sie eine gepflasterte Straße und folgte ihr zu einem Platz, von dem breite Kalkstufen zu einer riesigen Kirche führten – Sankt Ursen, von der Rosa erzählt hatte. Über dem Eingangstor prangten Reliefs, die laut Rosa die Legende der Stadtheiligen Urs und Viktor nacherzählten. Sie hatten in keltischer Vorzeit ein Götzenopfer abgelehnt und waren auf der Aarebrücke enthauptet worden. Eine schaurige Geschichte, aber die Kathedrale war eindrucksvoll. Sie musste sich einmal Zeit für eine Besichtigung nehmen – nur nicht heute.

Die Wache befand sich in einem Gebäude aus gelblichem Sandstein, durch das sich der Geruch von Schmierfett und Filz zog. Ein junger Mann mit zerzausten Haaren und dem rötlichen, pickligen Gesicht einer halb reifen Erdbeere saß hinter einem Schreibtisch und beäugte sie misstrauisch.

»Was wollen Sie?«

»Ist Korporal Ringgenberg zu sprechen?«

Der Mann hob die Brauen. »Der Korporal spricht nicht mit jedem, der hier zur Tür hereinkommt.«

»Ich habe eine Information zum Unfall von Emmi Heiniger.«

»Was für eine Information soll das sein?«

Dieser Tonfall wurde den Landjägern wahrscheinlich in der Ausbildung beigebracht.

»Das möchte ich dem Korporal erzählen. Ich bin Hauslehrerin bei Familie Schneider. Mein Name ist Sarah Siegwart.«

Er deutete widerwillig auf einen Stuhl, von dem der Lack abblätterte.

»Warten Sie dort.«

Der Raum war niedrig, ein dumpfer Gelbton schmückte die tapetenlosen Wände, und an einem Holzbrett prangten etliche Papiere, darunter eine »Hausordnung« und ein »Ehrenkodex für den Landjäger«. Sicher fühlte sich Ringgenberg hier wohl.

Mit einem Knall öffnete sich die Eingangstür. Ein Mann in schwarzer Soutane fegte an ihr vorbei und drückte auf eine Klingel, wartete eine Sekunde, drückte erneut und machte sich daran, enge Kreise auf dem abgenutzten Holzboden zu ziehen.

Der Landjäger kam um die Ecke und nickte dem Mann mit einer Mischung aus Ehrerbietung und Gereiztheit zu. »Was gibt es, Herr Pfarrer?«

»Ich will den Leutnant sprechen. Dass Trimbach so etwas erleben muss!«

»Der Leutnant ist nicht hier. Ich kann Sie …«

»Die Christkatholiken haben in unserer Kapelle gewütet wie Berserker!« Der Pfarrer stützte seine Arme auf den Schreibtisch. »Erst vertreibt man uns aus unserer Kirche, und wenn wir friedlich Messe feiern wollen, werden wir überfallen. Mit Äxten sind sie gekommen! Haben Fenster eingeschlagen und den Altar in Stücke gehauen und uns am Ende noch ein

Jauchefass vor die Tür gestellt.« Er beugte sich vor. »Und Ihresgleichen hat einfach zugesehen.«

Der Landjäger, der ab und zu einen unbehaglichen Blick zu Sarah geworfen hatte, sprang auf. »Das sind schwere Anschuldigungen, Herr Pfarrer. Am besten sprechen Sie mit Korporal Ringgenberg.«

»Ein Reformierter! Was weiß der schon?« Es folgte eine Pause, in der nur schweres Schnaufen zu hören war.

»Na gut.« Der Pfarrer stakste in Richtung der Bürotüren und verschwand um die Ecke.

Auch das noch! Nun würde alles noch länger dauern. Aber das Schicksal war Sarah gewogen; kurz darauf kehrte Korporal Ringgenberg mit dem Pfarrer zurück, dessen Gesichtszüge sich geglättet hatten. Ringgenberg verabschiedete den Mann und drehte sich zum Landjäger um.

»Sonst noch etwas?«

»Diese Dame will Sie sprechen, Herr Korporal.«

Ringgenberg stockte kurz. Dann bedeutete er ihr, ihm zu folgen, durchquerte einen schmalen Gang und öffnete eine Tür. Er wies auf einen hart aussehenden Stuhl, setzte sich hinter seinen Schreibtisch und legte die Fingerspitzen aneinander. »Was haben Sie für Informationen? Ich habe nicht viel Zeit.«

»Es geht um einen Brief.«

»Was für einen Brief?«

Er verlor schon die Geduld, wahrscheinlich dachte er an sein Feierabendbier oder den Hackbraten, der zu Hause wartete. Sie zog das Papier aus der Tasche und warf es auf den Tisch. »Diesen hier.«

Ringgenberg überflog die Zeilen mit gerunzelter Stirn. »Wo haben Sie den her?«

»Ich habe ihn in Emmis Zimmer gefunden.«

»Und was hatten Sie dort zu suchen?«

Er nahm sich einen Brieföffner vom Tisch und drehte ihn in den Fingern, während er sie forschend ansah. Sie zögerte. Die Wahrheit hörte sich in seinen Ohren sicher verschroben an.

»Ich hatte einen Albtraum. Ich hatte so ein Gefühl, dass etwas nicht stimmt.«

Er studierte die Decke. »Was glauben Sie, wie oft hier Leute mit ›einem Gefühl‹ vorbeikommen, um uns zu sagen, was wir tun sollen?«

»Aber der Brief …«

»Der Brief sagt aus, dass sie einen Freund namens Franz hatte. Es kann etwas bedeuten oder auch nicht.« Er erhob sich. »Danke, dass Sie vorbeigekommen sind.«

Empört schoss sie von ihrem Stuhl hoch. »Wissen Sie, dass Emmi keine Familie mehr hatte? Ist es Ihnen deswegen egal, wie sie gestorben ist?«

»Wir kümmern uns um alle Fälle«, sagte er knapp. »Auch um Menschen, die niemanden haben.« Seine grauen Augen wirkten bei den letzten Worten sanfter.

Sarah schloss die Augen und atmete tief durch. »Vielen Dank, dass Sie sich Zeit genommen haben.« Damit drehte sie sich um und verließ erst sein Büro, dann die Wache, ohne das Erdbeergesicht am Empfang noch einmal anzusehen.

Ihre Erhabenheit war genauso starrköpfig, wie sie befürchtet hatte. Er hielt Frauen für hysterische Wesen, und mit ihrem

Auftritt hatte sie seine Ansichten bestätigt. Das ärgerte sie noch mehr, und am meisten ärgerte sie, dass sie sich darüber ärgerte.

Immerhin hatte er nicht gesagt, dass er nichts unternehmen würde, und sie selbst konnte auch etwas tun. Sie würde mit Rosa sprechen, vielleicht rief der Name Franz eine Erinnerung hervor. Der Korporal täte gut daran, sie nicht aus der Gleichung zu streichen.

7

»Deine Technik wird immer besser. Wir sollten einen Verein gründen.« Viktor streckte die Beine aus und legte den Kopf in den Nacken.

»So ist es schöner.«

Gideon nahm einen Schluck aus seiner Wasserflasche. Die Aare floss heute stark, ihre blaugrüne Farbe erinnerte ihn an die Murmeln, mit denen er als Kind gespielt hatte. Er lehnte sich auf der Bank zurück. Die Ruderpartie war anstrengend und entspannend zugleich gewesen; Herausforderung für den Körper, Erholung für den Geist. Und wie jedes Mal fragte er sich danach, warum er nicht öfter aufs Wasser ging. Im Boot fielen die Widrigkeiten des Alltags von ihm ab und verschwanden in den Tiefen des Flusses.

»Ich habe gehört, dass heute jemand wegen des Dienstmädchens auf der Wache war.«

Und schon war der Alltag wieder da. Woher hatte Viktor das schon wieder?

»Ich habe dir doch von der Lehrerin erzählt, die das Mädchen gefunden hat. Sie ist mit einem Brief aus dem Zimmer der Heiniger vorbeigekommen – sie hatte ›so ein Gefühl‹ und hat das Zimmer durchsucht.« Er verdrehte die Augen. »Wenn wir für jedes dieser Gefühle einen Franken bekommen würden, könnten wir Diamantknöpfe an unsere Uniformen nähen.«

»Ich dachte, Friedli hat das Zimmer durchsucht?«

»Offenbar hat er es nicht sehr genau genommen.«

»Von wem war der Brief? Und was stand drin?«

»Offenbar von ihrem Freund, aber wir wissen nicht, wer das ist. Er hat mit Franz unterschrieben; nicht gerade ein seltener Name. Sie solle sich keine Sorgen machen, alles würde gut werden. Das hört sich nicht danach an, als ob er sie verlassen wollte, aber es passt zur Aussage der Köchin, das Mädchen habe in den letzten Wochen seltsame Stimmungen gehabt.« Er zögerte. »Nach dem Datum auf dem Brief zu urteilen, wurde er zwei Tage vor ihrem Tod geschrieben. Das hört sich verdächtig an, aber es kann auch völlig harmlos sein. Was ist mit der Leichenschau?«

»Der Bericht steht noch aus – du kennst ja Bolliger.« Viktor strich sich über die Oberlippe. »Trotzdem. Das Bauchgefühl liefert meistens gute Hinweise. Hat sich nach ihrem Tod denn gar niemand gemeldet?«

»Nein. Familie hat sie keine.«

»Eine Waise also.«

»Ja. Wenn mit ihrem Tod etwas nicht stimmt, hat sie es verdient, dass wir der Sache nachgehen. Ich werde herumfragen, um sicherzugehen, aber leicht wird es nicht. Das Gesindel ist so zahlreich unterwegs wie sonst, der Kreuzacker ist voll belegt. Dann die Katholiken-Geschichte. Heute habe ich zwei

Stunden damit verbracht, Berichte entgegenzunehmen. Trimbach lässt die Wogen immer noch hochgehen.«

»Was ist denn genau passiert?«

Wellen schwappten ans Ufer, als das Kursschiff Solothurn – Grenchen vorbeifuhr. Ein paar Passagiere standen an der Reling, hielten ihre Hüte fest und winkten ihnen zu – das in Stein gemeißelte Ritual aller Schiffspassagiere. Gideon winkte zurück.

»Je nachdem, wen du fragst, gar nichts oder ein Staatsverbrechen.« Gideon stützte die Ellbogen auf seine Schenkel. »Die Römischen haben sich bei einem der ihren zu einer Messe versammelt, weil sie nicht zu Gschwind gehen wollen. Und Gschwinds Jünger haben den Raum umgestaltet.« Er seufzte. »Der *Anzeiger* spricht von Christenverfolgung und wirft uns vor, nichts unternommen zu haben; der alte Pfarrer kam heute sogar persönlich vorbei, um sich deswegen zu beklagen. Und das *Tagblatt* macht sich über die Römischen lustig.« Er rieb sich den Nacken. »Ich weiß nicht, wann ich Grenchen einschieben soll. Und diese Lehrerin ist unmöglich – sie hat mich angesehen, als sei ich ein Monster, und hat so getan, als würde ich nur dasitzen und Däumchen drehen.«

»Du weißt, wie du manchmal auf die Leute wirkst. Judith hat mir erzählt, dass sie sich bei eurer ersten Begegnung am liebsten hinter mir versteckt hätte.« Viktor lächelte. »Inzwischen hast du natürlich das Judithsche Gütesiegel erhalten.«

»Deine Frau ist auch eine Perle ihres Geschlechts: klug *und* liebreizend. So etwas findet man selten.«

»Da hast du recht. Ich hoffe, dass sie diese Anlagen an die nächste Generation weitergibt.« Viktors schmales Gesicht leuchtete. »Ich habe es noch niemandem gesagt, aber wir erwarten Nachwuchs.«

Gideon griff nach Viktors Arm. »Ich freue mich für euch! Gratuliere Judith von mir, ja?«

»Gern.« Viktor fixierte ihn mit seinem Blick. »Wie sieht es bei dir aus an dieser Front? Wenn du deine Wohnung nur für eine Ruderpartie oder ein Kronenbier verlässt, wirst du keine Frauen kennenzulernen – geschweige denn die, die du suchst.«

»Ich suche keine.«

»Wann hast du das letzte Mal etwas mit einer Frau unternommen? Ein Konzert besucht, ein Theaterstück?«

»Letzten Mittwoch.«

»Lass hören!«

»Ich habe mir das neue Stück im Stadttheater angesehen. Mit meiner Mutter.« Befriedigt registrierte er, wie Viktors erwartungsvolle Miene in sich zusammenfiel. Kurz darauf brach Viktor auf, um sich von seiner Judith bekochen zu lassen, während Gideon noch sitzen blieb. Die Wellen des Dampfschiffs waren abgeebbt, der Fluss glitt rasch, aber ruhig dahin, gesäumt von Birken und Trauerweiden, deren Äste die Wasseroberfläche berührten.

Er hatte nichts gegen Frauen oder die Ehe, aber sein einziger Versuch in diese Richtung war zwei Jahre her und hatte nicht gut geendet. Er hatte Theresa kennengelernt, als Viktor ihn in die *Nabucco*-Premiere im Stadttheater geschleppt hatte. In der Pause hatte er an einem Champagnerglas genippt und versucht, den engen Kragen seines Anzugs zu lockern, als ein Lachen an sein Ohr gedrungen war, ungezwungen und unwiderstehlich. Er hatte sich zu der schlanken, hochgewachsenen

Dame umgedreht, von der es kam, und war sofort fasziniert gewesen. Theresa, eine echte Solothurnerin und Patrizierin, hatte sich nicht um ihre oder Gideons Herkunft geschert, und ihr unbeschwertes Wesen hatte ihm gutgetan. Sie hatten immer mehr Zeit miteinander verbracht, aber sein Beruf hatte Spannungen zwischen ihnen ausgelöst. Theresa hatte seinen unregelmäßigen Dienstzeiten und den Risiken nichts abgewinnen können. Wenn er ihr gesagt hatte, dass er sich für Gerechtigkeit einsetzte, hatte sie nur mit den Achseln gezuckt und erwidert, das Böse lasse sich nicht ausrotten.

Trotz dieser Unstimmigkeiten hatte er gehofft, dass sie ihre Meinung ändern würde, und in dieser Hoffnung hatte er sie um ihre Hand gebeten. Sie hatte Ja gesagt – unter der Bedingung, dass er seine Arbeit aufgab.

»Du brauchst nicht zu arbeiten. Das Geld der Familie fällt an mich, wir können einfach das Leben genießen. Was sagst du?«

Erwartungsvoll hatte sie ihn mit ihren honigfarbenen Augen angesehen. Er hatte Nein gesagt, und kurz darauf war sie aus der Stadt verschwunden. Inzwischen war sie seit geraumer Zeit auf Weltreise, und ab und zu hörte er von gemeinsamen Freunden, was sie so trieb. Nach der Trennung hatte er sich widerstrebend eingestanden, dass Theresa sich nur wegen ihrer rebellischen Ader für ihn interessiert hatte. Ihre Eltern hatten die Verbindung mit ihm – dem Landjäger, und als hätte das nicht gereicht, dem Protestanten – nicht gutgeheißen, und das hatte ihrer Beziehung die Würze verliehen. Der Aussicht, tatsächlich das Leben einer Landjäger-Gattin zu führen, hatte die Anziehung nicht standgehalten.

Seither hatte er sich gelegentlich mit Frauen getroffen, meistens aufgrund der Bemühungen von Freunden. Er hatte gelacht und getanzt, war höflich und zuvorkommend gewesen. Aber dieser innerste Bereich seines Herzens war entweder abgestumpft oder tot. Oder noch besetzt.

Er stieg in sein Boot. Der Sitz war warm von der Sonne, und er sog den frischen Geruch des Aarewassers in seine Lungen, während er Richtung Bootshaus ruderte. Zeitnot hin oder her – er würde morgen bei den Schneiders vorbeischauen und versuchen, etwas über den ominösen Franz in Erfahrung zu bringen.

8

»Kennst du einen Burschen namens Franz, Rosa?«

Rosa, die gerade eine Karotte mit dem Gemüsemesser traktierte, drehte sich zu Sarah um. »Ich kenne einige Franzen. Warum fragst du?«

»Es geht um Emmi.« Sie erzählte Rosa von ihrem Fund und ihrem Gespräch mit Ringgenberg. »Ich weiß nicht, ob der Korporal etwas unternimmt. Wir müssen das selbst in die Hand nehmen.«

Rosa schüttelte den Kopf. »Du hast Glück gehabt! Heute hat Frau Schneider die Anzeige aufgegeben und Emmis Sachen im Estrich deponiert.«

»Mein Großvater sagte immer, das Glück sei mit den Mutigen. Sag schon: Findest du es nicht seltsam, dass dieser Franz sich nie gemeldet hat?«

»Nicht besonders. Emmi hat die Männer nie halten können.« Rosa hackte noch schneller auf die Karotte ein. »Trotzdem. Emmi verdient, dass wir der Sache nachgehen. Lass mich nachdenken.« Sie sah aus dem Fenster, und ihr Blick ließ vermuten, dass gerade eine Franzen-Parade vor ihren Augen vorbeidefilierte. »Die meisten Franzen, die ich kenne, sind verheiratet und älter, aber Emmi hatte meist junge Burschen. Ein verheirateter Mann, der auf Schäferstündchen aus ist, sucht sich was Besseres.« Ihre Miene hellte sich auf. »Die Köchin bei Girards hat kürzlich erzählt, dass eine ihrer Mägde im Januar untröstlich war wegen eines Franz, der sie hat sitzen lassen. Das könnte er vielleicht sein!«

In dem Moment klingelte es. »Wenn dir noch etwas einfällt, sag es mir«, sagte Sarah rasch.

Rosa nickte lächelnd. Etwas Gutes hatte die Emmi-Tragödie: Sie beide standen auf vertrauterem Fuß, als das bei Sarah sonst nach so kurzer Zeit der Fall gewesen wäre.

Sie öffnete die Haustür und sah sich der kantigen Gestalt des Korporals gegenüber. Wer hätte das gedacht?

»Ist Frau Schneider da?«

»Leider nicht. Sie macht Besuche und kommt erst am Nachmittag zurück.«

»Kein Problem, ich kann später noch mit ihr sprechen. Ist die Köchin da?«

»Ja, wir haben gerade über den Fall gesprochen.« Die Worte waren heraus, bevor sie darüber nachgedacht hatte. Sarah hob das Kinn. »Ich dachte, ich könnte Rosa auch ein paar Fragen stellen.«

Zu ihrer Erleichterung schien er ihr das Vorpreschen nicht übel zu nehmen. Sie führte ihn in die Küche und kehrte zu Sophie und Euseb zurück. Eine halbe Stunde später klopfte es an der Tür, und Ringgenberg steckte den Kopf herein. »Haben Sie kurz Zeit?«

Sie wandte sich zu den Kindern. Sophie war mit Schreibübungen beschäftigt, während Euseb den Korporal fasziniert anstarrte.

»Macht weiter, bis ich zurück bin.« Sie schloss die Tür hinter sich. »Haben Sie etwas herausgefunden?«

»Frau Schubiger meinte, der besagte Franz sei laut der Köchin der Familie Girard neu im Dorf gewesen und habe vorher in Solothurn gelebt. Ich werde ein paar Pensionen abklappern.« Er knöpfte seine Uniformjacke zu. »Ist Ihnen noch etwas eingefallen?«

Sarah lehnte sich an die Wand. »Rosa hat mir erzählt, dass Emmis Stimmung in den letzten Wochen wacklig war, aber das wissen Sie schon. Mir ist aufgefallen, dass sie in der Woche vor ihrem Tod noch ungeschickter war als sonst – aber das sollte man wohl nicht sagen.«

»Die Wahrheit darf man immer sagen.« Sein Gesicht wirkte heute weicher. »Ich war gestern etwas schroff. Wir haben eine turbulente Zeit, und Sie haben mich auf dem falschen Fuß erwischt. Bitte entschuldigen Sie.« Er setzte seine Mütze auf. »Ich komme heute Abend noch einmal vorbei, um mit Frau Schneider zu sprechen und Emmis Sachen nochmals durchzusehen. Können Sie Frau Schneider informieren? Wir werden tun, was nötig ist, um den Burschen zu finden.«

»Das werde ich.« Sie zögerte. »Würde es Ihnen etwas ausmachen, Frau Schneider nicht zu erzählen, dass ich den Brief gefunden und zu Ihnen gebracht habe? Ich möchte nicht, dass sie mich für eine Schnüfflerin hält.«

»Das sollte kein Problem sein.«

Er stieg die Treppe hinunter und verschwand. So rechthaberisch war er vielleicht doch nicht. Nicht jeder Mann hätte zugegeben, dass er sich geirrt hatte. Und was noch wichtiger war: Emmis Schicksal kümmerte ihn doch.

9

Gideon nahm die Mütze ab und strich sich über die feuchten Haare. Er war fast am Ende seiner Liste angelangt – bisher ohne Erfolg. Die Pensionsinhaber waren nicht sonderlich hilfsbereit gewesen und hatten nach ihren Aussagen keinen Franz beherbergt. Langsam verlor er die Geduld, und seine Füße protestierten. Dabei musste er noch in die Fabrik, zu Schneiders und anschließend zu Fuß wieder zurück nach Solothurn – was noch einmal etwa zwei Stunden dauern würde –, dann auf ein kurzes Bier mit Viktor und ins Büro. Aber es ließ sich nicht ändern.

Die Absteige an der Bündengasse 7 sah nicht so aus, als hätte sie jemals bessere Tage gesehen. Der Anstrich war zu einem schmutzigen Hellbraun gedunkelt und stellenweise abgeplatzt, und die Fensterläden hingen schief in den Angeln.

Er klopfte. Nach endlosen Minuten öffnete ihm eine ältere Frau, die gelb verfärbten Finger um den Türgriff gekrallt.

»Was wollen Sie?«

»Wohnt bei Ihnen ein Franz?«

»Warum?«

»Ermittlungen in einem ungeklärten Unfall.«

»Ein Franz Stettler hat bei mir ein Zimmer.«

Na endlich! »Ist er hier?«

Die Alte schüttelte den Kopf. »Der war seit fast zwei Wochen nicht mehr da. Hab' ihn Anfang Mai das letzte Mal gesehen.«

»Wann genau?«

Sie schürzte die Lippen. »Wohl am Samstagmorgen. Hab' ihn nach der Miete gefragt, aber er hatte es eilig.«

Am Morgen, nachdem Emmi starb – wohl kaum ein Zufall.

»Kann ich hereinkommen?«

Widerwillig öffnete die Alte die Tür. Eine Petroleumlampe erhellte notdürftig den schmalen Flur, in dem sich zerbrochene Stühle und Säcke mit Abfall stapelten. Sie führte ihn in ein Zimmer, in dem es kaum besser aussah, und er setzte sich in den am wenigsten unappetitlichen Sessel.

»Wie heißen Sie, und was können Sie mir über Franz – Stettler, sagten Sie? – erzählen? Wo hat er gearbeitet?«

Die Alte griff in ihre Schürze und holte einen Packen Tabak hervor, drehte sich eine Zigarette und zündete sie an.

»Dora Gerber.« Sie stieß den Rauch zwischen den Lippen hervor. »Franz war seit Januar hier, hat da bei Schild angefangen. Aber dort war er wohl in den letzten zwei Wochen nicht mehr.«

Gideon drehte den Kopf aus der Tabakwolke. »Wie kommen Sie darauf?«

»Am Dienstagnachmittag kamen zwei von denen vorbei; die rücken aus, wenn die Burschen sich betrinken und daheimbleiben. Ein paar Tage später kamen sie wieder – der war nie mehr aufgetaucht. Hat mich nicht gewundert, der Bursch war öfters für ein paar Nächte verschwunden. Hab' ihm das Zimmer noch frei gehalten, es läuft nicht so gut im Moment.« Sie sah ihn an, als sei das seine Schuld.

»Ich würde mir gern das Zimmer ansehen. Haben Sie etwas verändert?«

Ein krächzendes Lachen, gefolgt von Husten. »Würde mir nicht einfallen, in dem Saustall aufzuräumen!«

Er blickte sich schaudernd um. Konnte es schlimmer aussehen als hier?

Er folgte der Alten zu einer Tür im hinteren Teil des Korridors und öffnete sie. Er musste sich Zeit nehmen, nachdem Friedli im Haus Schneider versagt hatte. Wittmer war darüber gar nicht glücklich gewesen.

In den Zimmerecken türmten sich leere Flaschen und zerknülltes Papier, das Bett war übersät mit Kleidungsstücken. Gideon inspizierte die Hemden. Gute Qualität, mussten einiges gekostet haben. Er schlug die Bettdecke zurück. Ein glänzendes, pfirsichfarbenes Stück Stoff blitzte hervor. Er schob seinen Schlagstock unter den Stoff und hob ihn hoch. Damenunterwäsche, knapp bemessen.

Auf einem wackeligen Tisch lagen Zeitungen, Tabakkrümel und ein beschriebenes Blatt Papier. Gespannt griff er danach.

Es sah nach einer Liste aus: Nummern von eins bis zehn, neben jeder Ziffer der Name einer Frau. Es gab eine Luzia, eine Marie, eine Emilia und eine Linda, sechs andere. Ob es die »Damen in seiner Gunst« waren? Emmi Heiniger stand nicht darauf. Das würde dafürsprechen, dass sie für Franz trotz des Briefes keine Rolle mehr gespielt hatte.

Nach einer halben Stunde brach er ohne neue Hinweise auf. Zeit, sich in der Fabrik umzusehen.

Die beiden Fabrikarbeiter, die Stettler in der Pension gesucht hatten, stießen die Fäuste in die Taschen ihrer Kittel, und das Sirren der Maschinen fügte Gideons Leidensliste giftige Kopfschmerzen hinzu. Die Odyssee sollte sich besser lohnen. Allerdings weckte der störrische Gesichtsausdruck der beiden wenig Hoffnung.

»Stettler? Haben wir abgeschrieben.«

»Abgeschrieben?«

»Ist seit fast zwei Wochen nicht mehr aufgetaucht. Solche wie den gibt's öfter – arbeiten ein bisschen, merken, dass es kein Zuckerschlecken ist, und verschwinden auf Nimmerwiedersehen.«

»Kann auch sein, dass er sich dünnmachen musste«, warf der Jüngere ein. »Die Weiber hingen ihm ziemlich an.« Seine krausen roten Haare leuchteten im Schein der Fabriklampe. »Hat in allen Abteilungen mit den Bürofräuleins angebandelt.«

Gideon versuchte, mehr aus den beiden herauszuholen, aber entweder wussten sie nichts oder wollten es ihm nicht sagen. In den Jahren hier hatte er erfahren müssen, dass die Grenchner ein tief sitzendes Misstrauen gegenüber allem hatten, was aus Solothurn kam, und den Behörden noch so gern Steine in den Weg legten. Zugegebenermaßen war das Misstrauen gegenseitig.

Eine halbe Stunde später öffnete er die Tür zum Schneiderschen Pferdestall, wo sich Frau Schneider nach Auskunft der

Köchin aufhielt. Hinter der Holztür lag ein Steinboden, und durch eine halb offene Tür schimmerten zwei Sättel und gepflegtes Zaumzeug. In der ersten Box hatte ein Grauer seinen Kopf in einem Heuhaufen vergraben und mahlte rhythmisch mit den Zähnen. Sein Fell glänzte. Jemand liebte die Pferde offensichtlich. Sollte es geben.

Er lugte in die zweite Box. Frau Schneider bürstete das Fell eines Fuchses und redete leise mit dem Tier, dessen Ohren vor- und zurückzuckten. Beim Knarren der Tür hob sie den Kopf, und ihre freie Hand zuckte zu ihrem Hals. Dann lachte sie.

»Sie haben mich erschreckt, Herr Korporal. Kommen Sie näher.«

»Ich bleibe lieber hier.« Der Fuchs wirkte harmlos, aber seiner Erfahrung nach spürten Pferde, wenn man Angst vor ihnen hatte, und nach seinen Reitversuchen auf den Bauernhöfen seiner Verwandten väterlicherseits, die alle mit einem schmutzigen und schmerzenden Hinterteil geendet hatten, verzichtete er auf nähere Bekanntschaften.

»Ich wollte Sie fragen, ob Ihnen zu Franz und Emmi etwas eingefallen ist. Wir wissen inzwischen, dass der Mann Franz Stettler heißt und zuletzt bei Schild in der Dreherei angestellt war.«

»Leider nicht. Ich habe mich nicht oft mit Emmi unterhalten, und diesen Freund habe ich nie gesehen.«

Sie nahm einen Hufkratzer aus einer Kiste, lehnte sich gegen das Pferd und kratzte einen Huf von der Größe eines Suppentellers aus.

»Reiten Sie schon lange?«

»Seit ich in Grenchen wohne. Es war immer ein Traum von mir; ich habe schon als kleines Mädchen Pferdebilder gemalt und mein Zimmer damit vollgehängt.« Sie lächelte.

»Man sieht, dass Sie Pferde lieben. Ich bin da leider geschädigt.«

»Dann müssen Sie Pax kennenlernen. Er ist ein liebes Tier!«

Er schüttelte den Kopf. »Die Vorbehalte sind gegenseitig, fürchte ich.«

Sie winkte ihn zu sich. »Keine Angst.«

Er tat wie geheißen und näherte seine Hand dem großen Pferdekopf, als das Tier plötzlich die Ohren anlegte und das Weiße in seinen Augen sichtbar wurde.

Hastig wich er zurück. »Beweis erbracht.«

»Vielleicht ist es die Uniform. Ich habe ihn vor zwei Jahren von einem Offizier der Bourbaki-Armee bekommen, als sein Bataillon auf dem Weg in die Gefangenschaft in Grenchen übernachtete. Ich habe den Offizier gepflegt und das Pferd gleich mit. Kurz bevor er starb, hat er mich gebeten, mich um das Tier zu kümmern.«

Gideon schürzte die Lippen. »Das war nicht gesetzeskonform, oder irre ich mich? Soweit ich weiß, gehörten die Pferde der französischen Armee.«

Frau Schneider hob das Kinn. »Sie hätten ihn sehen sollen! Er war ein abgemagertes Wrack und ist bei jedem Geräusch zusammengezuckt. Ich musste ihn einfach zu mir nehmen.« Sie strich über den Pferdekopf. »Trotz der inneren und äußeren Wunden hat er sich erholt. Er hat seinen Frieden gefunden.«

»Darum der Name, vermute ich. Nun gut, ich habe nicht

vor, der Sache nachzugehen.« Er sah auf seine Taschenuhr. »Ich will Sie nicht länger aufhalten.«

Im Haus der Schneiders inspizierte er Emmi Heinigers Zimmer und machte sich dann an ihre Sachen, die im Estrich lagerten. Methodisch durchsuchte er den Stapel, aber es war nichts mehr dabei, was näheren Aufschluss über ihren Tod gegeben hätte.

Er machte sich daher auf den Rückweg und bedauerte wieder einmal, dass die Landjäger keine eigenen Kutschen hatten. Berittene Polizei wie bei den Bernern gab es auch nicht, aber das kam ihm entgegen. Bei der Wahl zwischen hoch zu Ross und zu Fuß entschied er sich jederzeit für Schusters Rappen.

Nach einer halben Stunde passierte er den Gasthof Urs und Viktor und folgte weiter der Lebernstraße, die sich schnurgerade durch die Felder zog. Während er darauf achtete, keiner vorbeifahrenden Kutsche unter die Räder zu geraten, rekapitulierte er seine Resultate. Franz hatte Emmi zwei Tage vor ihrem Tod geschrieben, dass er sie liebte, war aber verschwunden, seit Emmi tot war. Ob er aus Angst das Weite gesucht hatte? Oder hatte er sie geschwängert und im Stich gelassen, und sie hatte sich das Leben genommen? Die Fabrikler hatten angedeutet, dass Franz hinter jedem Rock her war; dafür sprach auch Stettlers Frauenliste. Im Haus Schneider hatte er keine neuen Erkenntnisse oder Hinweise gefunden.

Schon war er am Weiler Haag vorbei und steuerte auf den Gasthof Grabachern zu. Neben einer vierspännigen Kutsche standen drei gesattelte und gezäumte Pferde und senkten die Köpfe in einen langen Steintrog. Frau Schneider und Pax kamen ihm in den Sinn. Tierliebe war gut und recht, aber etwas mehr Respekt vor den Gesetzen des Landes hätten ihr gut angestanden. Aber wie hieß es? Amor vincit omnia; Liebe – offenbar auch die Liebe zu Pferden – besiegt alles. Er konnte sich allerdings nicht vorstellen, dass er wegen irgendwelcher Gefühle das Strafgesetzbuch ignorierte. Apropos Amor – die Schneiders waren ein seltsames Paar. Sie schien sehr zurückhaltend, während sich der dürre Gatte bei der Ankunft der Landjäger ganz offensichtlich als Musterbürger hatte präsentieren wollen. Seht her, ich habe der Polizei ein Telegramm geschickt! Nützlich mochte er sein, besonders sympathisch wurde er dadurch trotzdem nicht.

Aber das war nichts, was ihn beschäftigen musste – er musste den Fall Emmi Heiniger abschließen. Erst würde er die Namen auf Stettlers Frauenliste prüfen lassen. Vielleicht hatte Viktor Neuigkeiten; inzwischen sollte der Bericht des Arztes über die Leichenschau da sein.

Als er endlich im Gasthof Krone ankam, fürchtete er einen Moment, Viktor sei schon gegangen. Dann entdeckte er den blonden Schopf seines Freundes in einer Ecke, sogar ein zweites Bier stand schon bereit. Aufatmend setzte er sich.

»Entschuldige die Verspätung.«

»Kein Problem, ich bin auch noch nicht lange hier.«

Sie prosteten sich zu, und Gideon nahm einen großen Schluck aus seinem Glas. Das Wirtshaus füllte sich gerade, und der Holzboden knarrte, sobald weitere Männer für ihr Feierabendbier eintrafen. Mit seiner Lage direkt neben der Kathedrale war der Gasthof seit Jahrhunderten das Prunkstück der Stadt. Am stolzesten war man auf den Besuch des

Preußischen Königs Wilhelm III., der einmal mit dreizehn Wagen und einundfünfzig Pferden angereist war. Vor allem servierten sie das beste Bier der Stadt.

»Was macht der Fall Heiniger?«, fragte Viktor.

»Die Befragungen haben nicht viel Neues ergeben, die Sachen der Heiniger ebenso wenig – Kleider, Zeitschriften, ein paar Haarbänder, ein Kamm, all so was. Außer dem Brief hat Friedli nichts übersehen.«

»Dafür hat er sonst den Vogel abgeschossen.«

»Was denn dieses Mal?«

»Er hat sich wieder in einem Etablissement gehen lassen.«

»Im Ernst?« Gideon schüttelte den Kopf. »Der Mann lernt nichts dazu. Als Leiter des Grenchner Postens kann er sich so etwas nicht mehr leisten!«

»Nicht jeder arbeitet schon hier unten an seinem Heiligenschein.«

»Du gehst doch auch nie in solche Spelunken. Außerdem ist er verheiratet! Es lässt das Korps schlecht aussehen, und Wittmer ist sowieso gereizt, weil wir wegen Trimbach von den Römischen kritisiert werden. In einer Woche ist Auffahrt; wahrscheinlich rüsten sich beide Seiten für den Heiligen Krieg. Ich darf die Personaleinteilung machen und die Quadratur des Kreises vollziehen.«

Vom Nebentisch drangen Stimmen zu ihnen herüber. Vier Männer beugten sich über einen grünen Jassteppich und diskutierten über den letzten Stich, während der Rauch ihrer Stumpen in Wellen an die Decke schwebte.

»Du hast mir den Bericht der Leichenschau versprochen. Ist kein Hinweis dabei?«

»Bolliger hat viele Worte gemacht, aber nichts Auffälliges gefunden«, erwiderte Viktor. »Die Kopfverletzung kann sie sich bei einem Sturz zugezogen haben. Keine Anzeichen, dass sie sich gegen einen Angriff gewehrt hat. Da es keine Indizien für einen Mord gibt, kann ich keine Leichenöffnung anordnen.«

»Es sieht auch sonst mager aus. Mein einziger Hinweis ist die Liste der Damen, die wir bei Stettler gefunden haben. Ich werde sie Friedli geben, er soll bei unseren Ämtern stöbern. So erweist sich sein Faible fürs andere Geschlecht mal als Vorteil.«

Zurück in seinem Büro, legte Gideon die Jacke ab und ließ sich auf den Stuhl fallen. Warum hatte er im Gasthof kein belegtes Brot gegessen? Das hier dürfte dauern.

Die Personaleinteilung gehörte zu seiner neuen Stellung, genau wie sein Büro, das er nach dem Mauseloch in Grenchen sehr zu schätzen wusste. Möbel und Bilder hatte er von seinem Vorgänger übernommen; der einzige persönliche Wandschmuck war das Konterfei seines Vaters, eine Kopie des Bildes aus der elterlichen Wohnung, daneben dessen Ehrenabzeichen. Seine Mutter hatte ihm beides geschenkt, obwohl Landjäger normalerweise in voller Montur beerdigt wurden. Ihr war wichtig gewesen, dass er »sein Erbe« kannte.

Wie gewaltig dieses Erbe war, hatte er erst erfasst, als er hier angefangen hatte. Der Name Ringgenberg löste in diesen Räumen eine Hochachtung aus, die ihn je nach Verfassung anspornte, einschüchterte oder schlicht deprimierte. Ohne die begrenzten Befugnisse der Landjäger zu überschreiten, hatte sein Vater die Fälle meisterhaft vorbereitet und gelöst, war ein mitfühlender, aufrechter Mann und Vorgesetzter und selbst im Tod ein Held gewesen. Wie sollte da jemand mithalten?

Aber solche Gedanken brachten nichts. Die Personaleinteilung wartete, und in Sachen Emmi Heiniger würde Friedli mit der Liste der Damen hoffentlich etwas anfangen können. Wenn nichts Neues herauskam, würden sie den Fall abschließen müssen. Das war bedauerlich, aber sie hatten genug am Hals.

10

Durch das Fenster drang das Quietschen des Tores, dann schritt ein hochgewachsener Mann in Richtung Eingang. Der Korporal! Wenn er schon nach zwei Tagen wieder da war, hieß das hoffentlich, dass sie Resultate hatten.

Sie wandte sich zu den Kindern. »Ihr könnt Pause machen. Ich bringe euch Kakao.« Am besten kümmerte sie sich auch um Kaffee für den Korporal; das gab ihr einen Grund, beim Gespräch dabei zu sein.

Als sie den Kaffee in den Salon brachte, lächelte Ringgenberg ihr zu. »Schön, dass Sie zu uns stoßen, Fräulein Siegwart.« Er nahm einen Schluck aus der Tasse, die sie vor ihm abgestellt hatte.

»Die Leichenschau von Emmi Heiniger hat nichts Verdächtiges ergeben. Der Amtsgerichtspräsident hat sich daher gegen eine Leichenöffnung entschieden. Im Übrigen haben wir das Zimmer von Franz Stettler durchsucht und sind den Hinweisen nachgegangen, die wir sichergestellt haben – leider ohne Erfolg. Es deutet nichts darauf hin, dass Franz Stettler etwas mit Emmis Tod zu tun hat.«

Frau Schneider presste die Lippen zusammen. »Ich habe so gehofft, dass sich alles aufklärt!«

»Es tut mir leid. Franz Stettler ist nicht mehr aufgetaucht, und wir vermuten, dass er das Weite gesucht hat, um seinen Verpflichtungen Emmi oder einer anderen Frau gegenüber zu entgehen. Ich glaube nicht, dass mehr dahintersteckt.«

Sarah traute ihren Ohren nicht.

»Wie können Sie sich da so sicher sein?«

»Wenn wir weitere Hinweise erhalten, können wir mehr Zeit investieren, Fräulein Siegwart. Im Moment können wir nicht mehr tun.«

Der Raum kam ihr plötzlich heiß und stickig vor. »Ich wette, wenn es einen Ihrer Hochwohlgeborenen in Solothurn erwischt hätte …«

»Fräulein Siegwart!« Frau Schneiders Gesicht verhieß nichts Gutes.

Es wurde unangenehm still, dann hob Ringgenberg die Arme.

»Schon gut. Fräulein Siegwart wünscht sich Gerechtigkeit. Das tue ich auch.«

Er klang liebenswürdig, aber der Ärger in seiner Stimme drang durch. Gut so; es sollte ihm nicht anders gehen als ihr. Sie schwieg, was Ringgenberg offensichtlich als Zustimmung interpretierte.

»Haben Sie nochmals Dank für Ihre Bemühungen. Ich werde mich erneut in der Fabrik umhören. Dann schließen wir die Untersuchungen ab.« Er schüttelte Frau Schneider die Hand, nickte Sarah zu und verließ den Raum.

»Ich muss Sie bitten, sich künftig besser zu beherrschen, Fräulein Siegwart.«

Frau Schneiders Blick war eisig. Am besten sparte sie sich Rechtfertigungsversuche.

»Es wird nicht mehr vorkommen.«

»Gut. Ich gehe kurz nach oben.« Frau Schneider schlurfte hinaus wie eine alte Frau.

Sarah griff nach Moby Dick, der die Vögel auf dem Teppich beäugte, als ob sie Beute wären, legte ihn in ihre Armbeuge, trat auf die Terrasse und streichelte über das weiche Fell, während sich der Druck in ihrem Magen verstärkte.

Der Korporal hatte sie enttäuscht, aber ihre Reaktion beunruhigte sie ebenso. Erneut hatte sie beinahe die Beherrschung verloren; fast wie damals, als sie sich als Siebenjährige vor einen Jungen gestellt hatte, der von älteren Schülern geplagt wurde. Sie hatte den Burschen, alle einen Kopf größer als sie, eine veritable Standpauke gehalten. Bei ihrem letzten Ausbruch war es nicht bei Worten geblieben. Er hing mit den Dirnen zusammen, die sie mit ihrer Mutter verpflegt hatte. Beim anschließenden Abendessen war Mutter des Langen und Breiten über die »liederlichen Weibsbilder« hergezogen, und als Sarah eingewandt hatte, die Frauen hätten ein schlechtes Los erwischt, hatte sie die Nase gerümpft und gesagt, solche Individuen seien von Grund auf verderbt.

Damals hatte sie sich so heftig vom Tisch abgestoßen, dass die Weinkaraffe umgefallen war und sich eine Ecke abgesprengt hatte, und Mutter hatte gedroht, sie in eine Benimmschule zu schicken.

Sie zuckte zusammen, als Moby Dick seine Krallen in ihren Arm schlug, und setzte den Kater ab. Nach dem Vorfall mit der Karaffe hatte sie beschlossen, ihre Meinung künftig für sich zu behalten – wer sich einmischte, bekam nur Ärger. Selbst als Hannes gestorben war und die Polizei sie nicht ernst nahm, hatte sie resigniert. Doch seit der Sache mit Emmi schienen Gleichmut und Resignation sich in einen Schmerz zu verwandeln, der ihr Gleichgewicht zutiefst erschütterte und in ihr das Gefühl auslöste, all die kleinen und großen Ungerechtigkeiten würden eine Reaktion erfordern – von ihr, genau hier, genau jetzt.

»Fräulein Siegwart?«

Frau Schneider! Hoffentlich war sie nicht mehr wütend.

»Ich kümmere mich sofort um die Kinder, Frau Schneider. Ich musste mich kurz etwas … beruhigen.«

»Schon gut. Das nimmt uns alle sehr mit.« Frau Schneider lächelte. »Ich bin nicht deswegen hier. In zehn Tagen findet in Grenchen ein kantonales Musikfest statt. Robert und ich wollten am Freitag hingehen, und wir dachten, es wäre schön, wenn Sie mitkommen würden, um unsere Freunde kennenzulernen.«

Sarah zögerte. Festivitäten, bei denen sie kaum jemanden kannte, lagen ihr nicht besonders. Aber nur so würde sie neue Bekanntschaften machen, und ein Fest wäre eine schöne Abwechslung. »Ich komme gern mit.«

»Das freut mich! Und das hier wollte ich Ihnen geben.« Frau Schneider reichte ihr einen Umschlag, und beim Anblick der feinen, geschwungenen Linien hob sich ihre Stimmung erstmals an diesem Tag. »Er ist von meiner Schwester!«

Eilig kehrte sie ins Unterrichtszimmer zurück. Die Stunden krochen zäh dahin, aber endlich war Zeit für das Mittagessen. Sie schlang den Auflauf herunter, kehrte in ihr Zimmer zurück, setzte sich an den Schreibtisch, brach das Siegel und begann zu lesen. Fast konnte sie Hannas Stimme hören.

»Liebe Sarah, ich hoffe, es geht dir gut! Du bist bald einen Monat weg, und mir fehlen unsere Gespräche. Alles ist langweiliger, wenn du nicht da bist. Vater und Mutter geht es gut, wenn es auch wieder Ärger mit Daniel gab. Seit er mit dem Lyzeum fertig ist, vertreibt er sich die Zeit mit seinen Verbindungsbrüdern. Letzthin wurde er wegen Erregung öffentlichen Ärgernisses gebüßt, und Vater ist vor Scham fast gestorben.«

Ihr Bruder Daniel hatte die Eltern schon immer die meisten Nerven gekostet. Es war für alle Beteiligten wünschenswert, dass er sich irgendwann zu einer vernünftigen Tätigkeit durchrang.

»Um das Grab von Hannes kümmere ich mich, wie ich es dir versprochen habe. Gestern war ich in der Hofkirche und habe eine Kerze für ihn angezündet.«

Das Papier in ihren Fingern fühlte sich rau an. Wie schön, wenn einem solche Rituale Trost bereiteten. Fast war sie neidisch auf Hannas kindlichen Glauben – aber nur fast.

»Vater hat gefragt, ob du bald ein paar Tage heimkommst und ob du regelmäßig in die Messe gehst. Er hat von den Streitereien in Solothurn zwischen den Katholiken und den Dogmagegnern gehört und ist sehr besorgt. Er hofft, dass du nette Menschen gefunden hast, die unseren Glauben teilen.«

Sie legte den Brief in den Schoß und lehnte sich auf ihrem Stuhl zurück. Sie vermisste Luzern und ihre Familie mehr, als sie gedacht hatte. Hatte sie hier wirklich eine Zukunft? Ihre Bemühungen um Euseb waren bisher nicht von Erfolg gekrönt, und zu Roswitha und ihren Freundinnen hatte sie noch keinen richtigen Zugang gefunden. Dann die Bemerkungen ihres Vaters zur Kirche. Sie hatte natürlich Rosa als würdige Glaubensgenossin, aber ihr Vater wäre entsetzt, wenn er das mit Schneiders wüsste.

Sie zog einen Bogen Briefpapier aus der Schublade, griff nach ihrer Feder und tauchte sie in die Tinte. Einen Moment ließ sie die Spitze über dem Papier schweben, dann senkte sie sie auf das Blatt. Sie schrieb, dass sie regelmäßig die Messe besuchte, und dass sie Schneiders bald um Urlaub bitten würde – am besten gleich Samstag und Sonntag nach Auffahrt und nach dem Dorffest. Ein wenig Abstand würde ihr guttun. Sie fuhr fort, dass sie voraussichtlich Ende der nächsten Woche in Luzern sein könnte. Emmis Tod erwähnte sie nicht. Dass man ihn als Unfall betrachtete und Emmi ein Dienstmädchen gewesen war, hatte wahrscheinlich verhindert, dass die Nachricht es in die Zeitungen schaffte – in diesem Fall ihr Glück. Sie ergänzte, dass sie sich freute, die Familie bald wiederzusehen. Dann faltete sie den Brief, um ihn zu versiegeln.

Kurz hielt sie inne. Vielleicht hatte sie die Wahrheit zu stark verbogen und sollte ehrlicher sein. Allerdings sprachen ihre früheren Erfahrungen dagegen. Ihrem Vater zu erzählen, dass der Sohn eines Gemeinderates sie auf dem Heimweg bespuckt und ihr »Römerschlampe« nachgeschrien hatte, hatte ihr damals nur einen längeren Schulweg eingebracht, da Vater ihr befohlen hatte, dem Burschen künftig aus dem Weg zu gehen. So viel zu den Vorzügen viel gerühmter Aufrichtigkeit.

Rasch drückte sie das Wachs auf. Bei der Wahrheit kam es auf die Dosis an; diese Taktik hatte sich für sie seit Jahren bewährt.

Sarah inspizierte die Spitze ihres linken Schuhs. Was für eine Farbe war das? Dunkelbraun, rehbraun? Vielleicht schokoladenbraun. Sie zählte die Löcher für die Schnürsenkel: fünf an jeder Seite. Sie klopfte auf das Köllikersche Parkett; ein dumpfer, befriedigender Klang.

»Unser Dienstmädchen hat gesagt, dass er unglaublich gut aussieht!«

Roswithas Kichern bohrte sich wie ein Wespenstich in ihren Kopf. In dieser Gesellschaft riss ihr Geduldsfaden schneller als ihr Nähgarn in Oberin Marias Handarbeitsunterricht.

Die Köllikerschwestern hatten die Woche im Tessin verbracht, und Roswitha holte heute ihre Geburtstagsfeier nach. Sarah hatte gehofft, dass das Thema Emmi nicht aufkommen würde, aber natürlich hatte die Existenz Franz Stettlers die Runde gemacht, und Roswitha hatte sich darauf gestürzt. Keines der Mädchen hatte Stettler je gesehen, aber alle waren gern bereit, den Beschreibungen des Köllikerschen Dienstmädchens Glauben zu schenken: ein Adonis mit Haaren wie Rabenfedern, blauen Augen und einer Nase wie ein griechischer Gott, der jede Frau dazu brachte, den Rock bis zu den Waden anzuheben.

»Ich wette, dass sie wirklich schwanger war!« Triumphierend sah Roswitha sie an. »Ist dir nichts aufgefallen? Mutter sieht es den Frauen sofort an, wenn sie ein Brot im Ofen haben.«

»Nein.«

Roswitha krümmte die Lippen nach unten, aber sie fing sich rasch. »Sie war ein durch und durch liederliches Weibsbild.

Vater hat gesagt, dass sie um ihn herumgestrichen ist wie eine läufige Katze.«

Sarahs Haut kribbelte unangenehm. Herr Kölliker war ihr immer noch nicht geheuer, und etwas fürs Auge war er schon gar nicht. Welche Frau würde um so einen Mann herumschwänzeln?

Sie ließ den Blick durch den Salon schweifen. Im Gegensatz zu den Möchtegern-Möbeln im Haus Schneider standen hier ein paar echte Louis Seize, außerdem ein Biedermeier-Sekretär und ein Sheraton-Esstisch mit passenden Stühlen. Die edlen Stücke passten nicht zu Kölliker; vielleicht hatte seine Frau sie in die Ehe eingebracht.

Das Geschnatter wurde lauter. »Wir wollen wissen, wie es im Tessin war, Roswitha«, sagte Frieda.

Roswitha warf die Haare in den Nacken und unterhielt die Runde mit einer Geschichte über dunkeläugige Galane, dann drehten sich die Gespräche um die schönsten Lehrer auf Breidenstein, den Vergleich der Kuchen im Hallgarten mit denen im Sternen und die neueste Damenkonfektion bei Ulrich am Bieltor in Solothurn. Sarah ertappte sich dabei, wie sie an einer der Kerzen auf dem Tisch herumknibbelte.

»Spielt eine von euch Schach?«

»Schach?« Roswitha schnaubte. »Das ist was für Blaustrümpfe, die keinen Mann abkriegen.« Trudi und Frieda kicherten, und Sarah wandte sich resigniert ab.

In dem Moment klingelte es, und kurz darauf stand das Dienstmädchen in der Tür, hinter ihm drei junge Frauen. Roswitha sprang auf, begrüßte ihre Gäste und drehte sich zu den Mädchen.

»Hört her, ihr Lieben! Pauline, Emilie und Fränzi wollen mir ein Ständchen bringen.« Sie führte die drei zu Sarah, als hätte sie eine Trophäe dabei; offen war noch, wer wem als Beutestück präsentiert werden würde.

»Das ist Sarah Siegwart, Pauline. Sie kommt aus Luzern und ist Hauslehrerin bei Familie Schneider.«

Die junge Frau hatte ein frisches, energisches Gesicht, einen klaren Blick und einen festen Händedruck.

»Das ist Pauline Schild, Sarah«, fuhr Roswitha fort. »Ihr Mann ist technischer Leiter in der Uhrenfabrik und der Bruder von Urs Schild.«

Pauline, die bei Roswithas Worten unbehaglich gewirkt hatte, lächelte. »Willkommen in Grenchen.« Sie wandte sich zu Roswitha. »Wenn du schon Gäste hast, könnten wir auch zusammen singen. Fränzi hat die Harmonika dabei.«

Roswitha klatschte in die Hände, und Fränzi holte ihr Instrument. Mit kräftigen, warmen Stimmen sangen die Mädchen erst ein Lied namens *Dursli und Babeli*, dann das *Garnbuchi-Lied*, das Rosa auch schon mal gesungen hatte.

»Wie wäre es mit *Vo Luzärn gäge Wäggis zue*?« Pauline lächelte ihr zu, und Sarah stimmte ein. Es musste im Seminar gewesen sein, als sie das letzte Mal in einer Gruppe gesungen hatte. Wie schön, wenn sich die eigene Stimme mit anderen in einem vertrauten Lied mischte.

Nach zwei weiteren Liedern setzten sie sich zu Kaffee und Kuchen.

»Sie haben eine gute Stimme«, sagte Pauline.

»Sie aber auch! Sie klingen wunderbar zusammen.«

Pauline lächelte. »Sie sollten erst meinen Mann und seine

Geschwister hören! Aber erzählen Sie ein wenig von sich. Wo haben Sie sich zur Lehrerin ausbilden lassen?«

Keines der Mädchen hatte sie bisher danach gefragt. Sie erzählte Pauline von Baldegg, den Schwestern, den Ausflügen an den See und vom Unterricht. »Deutsch und Mathematik mochte ich sehr, aber mit Französisch stand ich auf Kriegsfuß.«

»Mir ist es leichtgefallen; vielleicht, weil Grenchen so nahe an der Romandie liegt.« Pauline biss in ein Stück Rhabarberwähe. »Ich war mit sechzehn einige Monate im Welschland.«

»Aber das, was sie wirklich lernen sollte, hat sie nicht gelernt«, warf ihre Schwester ein.

»Sei still!« Pauline war rot geworden, aber ihre Grübchen zeigten sich.

»Solche Welschlandaufenthalte gab es damals noch nicht oft«, sagte Emilie. »Als Pauline zurückkam, hat eine Frau sie nach der Messe gefragt, was sie dort gemacht habe, und Pauline hat geantwortet: ›Manieren lernen, du Kuh!‹«

Lautes Lachen hallte durch den Salon, während Pauline vergeblich versuchte, entrüstet auszusehen.

Nach ein paar weiteren Liedern schlug die Wanduhr Viertel vor sechs. Sarah verabschiedete sich von allen und durchquerte eilig die Eingangshalle, an deren Wänden Stiche und ein riesiges Bild eines Wappens hingen. Es roch nach Schnaps; ob Herr Kölliker in der Nähe war? Sie sah sich um, aber der Hausherr war zum Glück nirgends zu sehen.

Es hatte angefangen zu regnen, der Duft der feuchten Erde stieg aus dem Boden. Sie knöpfte ihren Mantel zu, als ihr ein leuchtend gelbes Etwas auf dem Beet neben dem Weg zum

Haus ins Auge fiel. Sie hob es hoch und drehte es in den Fingern – eine Papierblume. Herr Schneider und seine Rosen kamen ihr in den Sinn. Sie steckte die Blume in ihre Manteltasche.

Nach einer Viertelstunde erreichte sie das *Maison* und traf als Erstes auf Rosas breites, weiß gewandetes Hinterteil, das am Rand des Gemüsebeetes in die Höhe ragte. Beim Geräusch ihrer Schritte blickte die Köchin auf, während sie mit einem Messer weiter an einem Büschel Schnittlauch herumschnippelte.

»Wie war es bei Köllikers?«

Sarah setzte sich auf die Bank neben dem Küchengarten. »Wundervoll! Pauline Schild und ihre Schwester Emilie waren mit einer Freundin zu Besuch, wir haben zusammen gesungen. Sie haben wunderbare Stimmen.«

»Hugis singen gut, aber Schilds übertreffen sie noch. Du solltest ihren Mann hören!«

»Das hat Pauline auch gesagt! Sie gefällt mir sehr.«

»Das überrascht mich nicht, ihr seid euch ähnlich. Ich habe die Schild- und die Hugi-Kinder früher öfter betreut. Tüchtige Menschen!« Sie lächelte zufrieden. »Ich freue mich für dich. Ich habe mich schon gefragt, ob die anderen Mädchen die richtigen sind.«

»So übel sind sie nicht.«

Rosa griff nach einem Büschel Petersilie, schnitt es resolut ab und warf es in den Kräuterkorb, der neben ihr auf der Erde stand. »Sie sitzen den ganzen Tag faul herum! So etwas siehst du bei den anderen Töchtern der guten Grenchner Familien nicht. Die Mädchen von Urs Schild haben die Uhrmacherei gelernt, und Pauline ist nie untätig. Nur Herr Kölliker und seine Kumpane erziehen ihre Blagen zu Prinzessinnen. Dem ist das Geld seiner Frau zu Kopf gestiegen.«

Sarah zupfte an einem Unkraut, das neben Rosas Kräuterkorb aus der Erde spross. Frau Kölliker wirkte nicht wie eine Frau, die ihren Mann aus Liebe geheiratet hatte; heute war sie mit verkniffenem Gesicht im Haus herumgestrichen wie eine Katze, der jemand auf den Schwanz getreten war. »Sie sieht viel älter aus als er«, sagte sie nachdenklich.

Rosa erhob sich ächzend und hängte sich den Korb mit den Kräutern an den Arm. »Ist sie auch – das hat mir die Köchin erzählt. Die Burkis sind noch nicht lange in Solothurn ansässig, aber sehr vermögend. Frau Kölliker ist die älteste von drei Töchtern, ihre jüngeren Schwestern haben gute Partien in die Solothurner Oberschicht gemacht. Bei ihr hat jeder gedacht, dass sie eine alte Jungfer wird – bis Herr Kölliker kam.«

»Woher kommt er denn?«

»Das weiß niemand genau. Er ist über einen Parteianlass in Kontakt mit der Familie gekommen und ist so lange um Henrietta herumgeschwänzelt, bis sie ihn genommen hat. Er hat jetzt eine gute Stellung bei Schild. Nicht so gut, wie er möchte – er wäre auch gern Verkaufsleiter geworden.« Sie strich ihre Hände an der Schürze ab. »Ihre Eltern waren entsetzt und hätten Henrietta fast enterbt; sie haben Herrn Kölliker nur akzeptiert, weil er katholisch ist. Die Familie ist froh, dass die beiden in Grenchen wohnen und sie den Wichtigtuer nicht ständig sehen müssen. Sie haben ihr gesagt, wenn ihr Mann jemals Schande über die Familie bringt, holen sie das mit der Enterbung nach. Du kannst dir vorstellen, was für ein Schock es war, als er sich auf die Seite der Dogmagegner schlug. Für die Enterbung hat es nicht gereicht, aber viel hat nicht gefehlt! Bei Köllikers ist einfach der Wurm drin.«

Ob Rosa recht hatte? Im Grunde sprach sie aus, was sie selbst dachte: Bei Licht betrachtet waren die vier Mädchen ausgewiesene Dorfschnepfen. Mit Regina und Dorothea, ihren Freundinnen in Baldegg, hatte sie auch über Männer gesprochen, aber sie hatten ebenso Schach gespielt und über Bücher diskutiert. Die Gespräche mit den beiden fehlten ihr.

Allerdings hatten auch Regina und Dorothea sie nicht wirklich verstanden. Bei ihren Ausflügen nach Schloss Heidegg und an den Baldeggersee hatten sie sie oft mit strahlenden Gesichtern angeblickt. »Ist es nicht wundervoll?«, hatten sie gefragt und auf ihre Erwiderung gewartet, die irgendwie immer zu wenig gewesen war – zu wenig wortreich, zu wenig gefühlvoll. Sie hatten nicht verstanden, dass sie Schönheit tief in sich aufnahm und Worte dieses Gefühl nicht ausdrücken konnten, hatten das Leuchten in ihren Augen nicht wahrgenommen. Dieses Unvermögen ihrer Freundinnen, in ihr Herz zu sehen, hatte sie geschmerzt und ihr klargemacht, was für ein rares Gut wahre Freundschaft war.

Nur Hannes hatte sie wirklich verstanden. Aber an Hannes wollte sie jetzt nicht denken.

Schnittlauch und Petersilie fanden ein rühmliches Ende in Rosas Kartoffelsuppe, die es zum Abendessen gab. Sie war samtig und rezent, aber Sarah schmeckte es kaum. Der lange

Nachmittag in Gesellschaft hatte sie ausgelaugt. Wenigstens schien Paul Schneider, der am Nachmittag eingetroffen war, heute keinen Streit mit seinem Vater vom Zaun brechen zu wollen, aber Eusebs Geplapper klang wie das Geschnatter der Gänse auf dem Dorfteich im Entlebuch.

Nach dem Essen floh sie in den Garten und wollte sich eben auf die Bank setzen, als Herr Schneider mit seinen Rosenutensilien um die Ecke kam. Dann eben der Stall.

Im Stall war es ruhig bis auf das Kauen und Stampfen der beiden Pferde. Es roch nach Heu und Pferdeschweiß, wie früher in den Sommertagen auf dem Landgut. Sie setzte sich auf einen Strohballen, der neben der ersten Box stand, und streckte die Beine aus.

Die Stalltür quietschte. Paul Schneider schlüpfte durch den Türspalt und warf einen Blick auf den Strohballen neben ihrem. »Darf ich?«

Sie nickte widerwillig, und er ließ sich neben sie auf den Strohquader fallen.

»Vater macht den Garten unsicher. Die Rosen sind seine einzige Freizeitbeschäftigung; neben den Uhren seine große Liebe.« Er räusperte sich. »Esther hat mir erzählt, dass die Landjäger Emmis Fall untersucht haben. Wissen Sie mehr darüber?«

Ob sie ihm erzählen sollte, was sie entdeckt hatte? Eigentlich sollten Schneiders nichts erfahren. Andererseits schien ihm Emmis Tod sehr nahegegangen zu sein.

Sie erzählte ihm, wie sie den Brief gefunden hatte und damit zu Ringgenberg gegangen war. »Ich bin Ihnen dankbar, wenn Sie Ihrem Vater und seiner Frau nichts sagen.«

»Aber natürlich. Das war sehr schneidig von Ihnen!« Er blickte sie anerkennend an. »Ich danke Ihnen. Ich mochte Emmi.«

Er schien noch etwas sagen zu wollen, stockte und fing neu an. »Haben die Landjäger nichts herausgefunden? Esther hat gesagt, dass sie die Ermittlungen einstellen.«

»Der Korporal hat erzählt, dass er in der Fabrik war, aber er scheint nicht viel erfahren zu haben.«

»Die haben es nicht so mit den Landjägern aus Solothurn. Aber ich könnte wetten, dass sie mehr wissen.«

»Meinen Sie, da könnte etwas zu holen sein?«

»Warum interessiert Sie das?«

Sie zögerte kurz, dann erzählte sie ihm von Hannes. »Ich wünschte so sehr, ich wüsste, was damals passiert ist.«

»Das kann ich verstehen. Ich würde helfen, wenn ich noch hier arbeiten würde. Aber Sie selbst hätten wohl die größten Chancen – einem hübschen Mädchen sagen die jungen Kerle fast alles.« Er wurde rot und fuhr hastig fort. »Es dürfte allerdings schwierig sein für Sie, in die Fabrik zu kommen.«

»Überhaupt nicht! Ihr Vater hat angeboten, mir die Fabrik zu zeigen. Ich werde ihn daran erinnern.«

Seine Brauen verschwanden unter den sandblonden Haaren. »Das wird sicher langweilig.«

»Das glaube ich nicht. Ich würde gern sehen, wie eine Uhr entsteht. Rosa hat mir die Uhr ihres verstorbenen Mannes gezeigt, und ich konnte sehen, wie sie läuft. Es war wunderschön.«

»Dann fragen Sie Vater doch, und gehen Sie am besten in die Dreherei. Die Neuen fangen meistens dort an.«

Sarah erhob sich, und Paul folgte ihr nach draußen. Herr Schneider, der seine Krawatte abgenommen und den obersten Hemdknopf geöffnet hatte, stand gebückt über seinem Beet und strich über die dunkelgrünen Blätter. Als er sie kommen sah, stand er auf.

»Sind sie nicht wundervoll?«

»Ja, sehr. Erinnern Sie sich, dass Sie mir anboten, die Fabrik zu besichtigen? Würde es vielleicht bald einmal passen?«

»Wie wäre es nächsten Montagvormittag? Sie können dafür am Nachmittag länger unterrichten.« Er berührte eine der schon offenen Blüten.

»Das wäre wunderbar!« Sie zögerte. »Herr Schneider, kennen Sie den Freund von Emmi? Er hat auch bei Schild gearbeitet und heißt Franz Stettler.«

Herr Schneiders Hand zuckte zurück und er riss dabei ein dunkelviolettes Blatt aus einer Rose. »Ich weiß nicht. Der Korporal hat auch gefragt, aber es fangen jede Woche so viele neue Leute an.« Er starrte auf die havarierte Rose. »Das ist eine *Russeliana*, eine *Old Spanish Rose*. Sie blüht im Juni und Juli und ändert die Farbe in ein leuchtendes Rosaviolett. Wunderbar, nicht?«

Nun gut, es war einen Versuch wert gewesen. Sarah nickte Herrn Schneider zu und wandte sich dann zum Haus, als sie eine Berührung an ihrem Ärmel spürte.

»Hätten Sie Lust, spazieren zu gehen?«, fragte Paul Schneider. »Das Wetter ist wunderbar, und ich komme während der Woche nicht oft ins Freie.«

»Gern! Ich war auch schon ein paar Tage nicht mehr spazieren.«

Sie verließen *Maison Maître* Richtung Grenchenberg und hatten nach einer halben Stunde das Dorf weit unter sich gelassen. Kurz vor einer kleinen Kapelle bogen sie in einen Feldweg ab und steuerten auf zwei Lindenbäume zu, die so dicht beisammenstanden, dass ihre Kronen sich ineinander verwoben hatten. Von hier war das Dorf kaum zu sehen. Richtung Osten erstreckte sich die Ebene, und in der Ferne erahnte man die Kathedrale von Solothurn. Der dicht bewaldete Jurarücken glänzte in der Abendsonne; das Hellgrün der Buchen mischte sich in das dunklere der Tannen, und die Kette zog sich nach Osten wie ein grünblauer Wal, der auf grasfarbenen Wellen schwamm.

Sie setzten sich unter einen der Bäume, und Sarah musterte ihren Begleiter verstohlen. Nach einer halben Stunde in freier Natur wirkte er sanfter und freundlicher, als sie ihn bisher erlebt hatte.

Er wies auf die Kapelle an der fünfzig Meter entfernten Straße. »Das ist die Kapelle Allerheiligen, sie wurde im 17. Jahrhundert gebaut und ist seit Jahrhunderten ein Pilgerort.«

Sarah besah sich das Kirchlein, aber es wirkte nicht besonders bemerkenswert. »Warum das?«

»Das weiß niemand genau, aber es kamen so viele Pilger, dass hinter der Kapelle eine Wallfahrtsherberge errichtet wurde.«

»Was machen Sie eigentlich in Mümliswil?«, fragte Sarah.

Er riss einen verirrten Weizenhalm aus der Erde. »Die Fabrik stellt Gebrauchsgegenstände aus Schildpatt her – Kämme und solche Sachen.«

»Gefällt Ihnen die Arbeit?«

»Es ist besser als in der Uhrenfabrik. Vor allem stehe ich nicht unter Vaters Fuchtel.« Er bröselte die Körner der Ähre auseinander.

»Sind Sie ihm böse, weil er wieder geheiratet hat?«

Er sah sie überrascht an. »Aber nein! Natürlich war es nicht einfach, als Mutter starb, aber das ist lange vorbei.« Ein einzelnes Ährenkorn lag noch auf seiner Handfläche, und er fixierte es, als warte er darauf, dass daraus etwas wachsen würde. »Vater wollte, dass ich mich bei Schild nach oben arbeite. Als ich nach der Uhrmacherlehre genug hatte, hat er mir die Stelle in der Kammfabrik verschafft. Aber es ist nicht das, was ich mir wünsche. Ich wäre gern Bauer, aber Vater will nichts davon wissen. Er kommt selbst aus einer Bauernfamilie, aber davon spricht er nie, weil es nicht zu seinem Bild vom erfolgreichen Geschäftsmann passt. Jetzt setzt er seine Hoffnungen auf Euseb. Ich versuche inzwischen, ihm keine Schande zu machen.«

»Ich kann Sie verstehen. Meine Eltern wären mit einem handwerklichen Beruf auch nicht einverstanden gewesen. Da ich nicht wusste, was aus mir werden soll, bin ich Lehrerin geworden.«

»Und eine gute, wie ich gehört habe.«

Er lächelte ihr zu. Seltsam, wie ein Gesicht gleichzeitig traurig, freundlich, trotzig und weich sein konnte. Sie legte eine Hand auf seinen Arm.

»Ich hoffe, dass Sie irgendwann machen können, was Ihr Herz wünscht.«

»Ich danke Ihnen. Sonst scheint das keiner zu verstehen.« Er erhob sich. »Es wird Zeit, zurückzugehen.«

Sie ließ sich von ihm hochziehen, und sein sauberer Duft stieg ihr in die Nase.

»Sind Sie einverstanden, wenn wir einen anderen Rückweg nehmen? Der Weg am Wald entlang ist wunderschön.«

Sie folgte ihm auf einen Feldweg, der an den Waldrand führte. Hier war die Luft kühler, und der Duft der Kiefern stieg zwischen den Bäumen empor. An einer Stelle, wo ein Weg in den Wald führte, deutete Paul Schneider auf einen Aushub dunkelweißer, lehmiger Erde.

»Das ist Huppererde, die gibt es nur im Lengnauer Wald. Es ist ein Gemisch mit Quarzsand, das sich gut zu Ton brennen lässt.«

»Interessieren Sie sich für Keramik?«

»Für alles, was aus der Erde kommt und durch die Erde entsteht. Aber noch lieber sind mir die lebenden Geschöpfe.« Sein Blick folgte einer kleinen Gruppe Rehe, die in der Nähe ästen. Das Knacken eines Zweiges schreckte sie auf, und sie stoben davon, leicht und fließend.

»Einfach wundervoll.« Jetzt war sein Blick offen und voller Leben, und sie konnte nicht anders, als ihn anzulächeln.

Es dunkelte schon, als sie zurückkamen. Sie stiegen nebeneinander die Treppe hoch, und vor ihrem Zimmer reichte er ihr die Hand. »Danke für den Spaziergang. Es war schön.«

»Das fand ich auch.« Sie griff nach der Türklinke.

»Warten Sie! Esther hat mir vom Dorffest am nächsten Wochenende erzählt. Gehen Sie hin?«

»Ich habe es vor.«

Er lächelte. »Dann habe ich einen Grund, auch zu kommen.« Er nickte ihr zu und verschwand in seinem Zimmer.

Sarah schloss die Tür hinter sich, wusch sich das erhitzte Gesicht und musterte im Spiegel ihre roten Wangen und die strahlenden Augen. Ein Spaziergang wirkte Wunder.

Noch dazu in guter Gesellschaft! In Paul Schneider steckte eindeutig mehr, als sie vermutet hatte. Das kleine Dorffest erschien plötzlich in einem reizvolleren Licht.

11

Um halb fünf morgens war die Mailuft frisch und belebend, und Sarah ertappte sich dabei, wie sie *Vo Luzärn uf Wäggis zue* pfiff, während sie neben Herrn Schneider zur Fabrik spazierte. Die Sonne blitzte kühl hinter den Dächern hervor, die ersten Amseln tschilpten in den Baumwipfeln, und das Plätschern des Wassers auf den Holzrädern, die sich im Dorfbach drehten, erfüllte die Luft. Sie passierten Bauernhäuser und kleinere Fabrikgebäude, während sie durch die Centralstraße Richtung Dorfzentrum marschierten. Aus südlicher Richtung schlängelte sich eine kornblumenblaue Kolonne um einen Gasthof Richtung Osten; Dutzende Arbeiter in langen Kitteln, die einem mehrstöckigen Gebäude zustrebten. Die Fabrikglocke bimmelte, noch lauter und präsenter als bei Schneiders, und die Kolonne nahm an Geschwindigkeit zu und ergoss sich in die Fabrik mit den hohen Fensterfronten und dem Glockenturm, der ihr das Aussehen eines Schulhauses verlieh.

»Die Glocke läutet eine Viertelstunde, bevor die Arbeiter anfangen müssen, und noch einmal, wenn es losgeht – im

Sommerhalbjahr um fünf«, sagte Herr Schneider. »Es wird erzählt, Urs Schild habe ein Säckchen mit silbernen Fünfliberstücken in die Bronze geworfen, damit die Glocke so schön klingt.«

»Herr Schild scheint eine lebende Legende zu sein.«

»Sein Vater Anton hat in der ›Garnbuchi‹, wo er mit seiner Familie wohnt, die ersten Uhrmacherlehrlinge ausgebildet. Urs hat früher unterrichtet und ist dann in seine Fußstapfen getreten.«

Hinter der Eingangspforte erstreckte sich ein Gang aus schwarz-weißen Fliesen wie ein lang gezogenes Schachbrett, an dessen Ende Herr Schneider die Tür zu einem Büro öffnete. Aktenschränke aus Metall säumten die Rückwand, an der ein Stich von Grenchens Ortskern hing. Am Rand des blank polierten Schreibtischs lagen, in Reih und Glied wie Soldaten, mehrere ausgesucht schöne Uhren, die in der Morgensonne glänzten.

Herr Schneider deutete auf eine Taschenuhr mit goldenen Ziffern. »Das ist unser beliebtestes Modell. Wir verkaufen es bis nach Übersee! Urs Schild ist sehr zufrieden mit meiner Abteilung.« Er strich über seine Seidenkrawatte.

Es klopfte, und zwei Männer steckten die Köpfe ins Zimmer. Im ersten, einem Mann mit kantigem Gesicht und tiefliegenden Augen unter kräftigen Brauen, erkannte Sarah den Patron, den Herr Schneider ihr einmal vor der Kirche vorgestellt hatte. Der Mann neben ihm war um die dreißig, trug Backenbart und hatte freundliche, leicht vorstehende Augen.

»Kannst du kurz kommen, Robert?«, fragte Urs Schild. »Der Schwarze Freitag in Wien.«

Herr Schneiders Gesicht hatte die Farbe seines morgendlichen Milchkaffees angenommen. Er nickte zackig, wie der kleine Klassenprimus in Ruswil, der ihr immer ihre Tasche hatte nachtragen wollen, und wandte sich dann zu ihr. »Es tut mir leid, Fräulein Siegwart. Ich kann Sie nicht selbst herumführen.«

»Ich übernehme das«, erwiderte der andere Mann. Er reichte ihr die Hand. »Adolf Schild. Ich wollte sowieso eine Runde durch den Betrieb machen.«

Das war also Paulines Mann. Nett sah er aus.

»Herr Schild ist unser technischer Leiter, Fräulein Siegwart«, sagte Herr Schneider.

»Und mein Bruder«, sagte Urs Schild knapp. »Komm, Robert.« Schon waren die beiden Herren um die Ecke verschwunden.

Beim Eintritt in die Fabrikhalle schlug Sarah ohrenbetäubender Lärm entgegen. An den Fenstern des hohen Raums beugten sich Männer und Frauen in blauen Kitteln über ihre Apparate. Ihre Hände bewegten sich rasch und präzise, während über ihren Köpfen Lederriemen surrten. Trotz der Höhe der Halle war die Luft stickig und ölgeschwängert. Wo die Sonne durchs Fenster schien, flirrten Staubteile und Öldämpfe in der Luft.

»Der Lärm in der Halle kommt neben den Geräten von der Transmission«, erklärte Adolf Schild. Er deutete nach oben, auf lange Achsen mit Rädern und Lederriemen, die sich über die gesamte Länge der Halle zogen. »Sie stellt die Verbindung zu den Maschinen her und übertrug früher die Energie der Wassermühlen auf die Maschine; heute haben wir anstelle der Wasserkraft eine Sulzermaschine.«

»Wie lange arbeiten die Leute am Tag?«

»Was sagen Sie? Ach so! Im Winterhalbjahr zwölf und im Sommer zwölfeinhalb Stunden.«

Über zwölf Stunden! Da blieb den Menschen nicht mehr viel vom Tage.

»Wir sind gerade dabei, uns zu modernisieren«, sagte Adolf Schild. »Die Schweizer Uhrenbranche produzierte lange Zeit nach dem Verlagssystem. Dabei werden die Einzelteile der Uhren an verschiedenen Orten produziert, dann zusammengetragen und zusammengebaut. Der Etablisseur beauftragt dafür spezialisierte Arbeitskräfte in Heimarbeit, darunter viele Bauern im Jura, die sich so in der kargen Winterzeit etwas dazuverdienen konnten.« Er lächelte stolz. »Mein Vater wollte in Grenchen von Anfang an nicht nur Teile zusammentragen, darum schickte er uns in die Uhrmacherlehre und hatte die Idee, die Uhrenteile vor Ort herzustellen. Der Transport mit Pferdewagen aus dem Jura war schwierig, vor allem im Winter, wenn sich die Kutschen durch Schnee und Morast arbeiten mussten.« Er strich liebevoll über eine der Maschinen. »Seit knapp zehn Jahren produzieren wir komplette Uhrwerke. Allerdings sind uns die Vereinigten Staaten voraus. Sie haben von Anfang an alle Teile maschinell produziert und haben sich in den letzten Jahren vom Abnehmer zum großen Konkurrenten gemausert. Die maschinelle Produktion ist genauer; das hat auch mein Bruder erkannt. Vor drei Jahren haben wir die ersten Fertigungsmaschinen bestellt, aber bis damit die erste Taschenuhr produziert werden kann, wird es noch ein paar Jahre dauern. Darum kämpfen wir im Moment um die Absätze; bis wir den Rückstand aufgeholt haben, müssen wir durchhalten. Aber das haben wir schon früher geschafft!«

»Können Sie mir zeigen, wie eine Uhr entsteht?«

»Dafür bräuchten wir mehr Zeit, und ich muss noch die verschiedenen Abteilungen besuchen. Ein anderes Mal vielleicht?«

Sarah nickte und versuchte, sich ihre Enttäuschung nicht anmerken zu lassen. Nach einer Runde durch den nächsten Saal brachte er sie zu einem jungen Burschen, dessen rotes Kraushaar in der Sonne leuchtete.

»Jakob wird Ihnen die Dreherei zeigen.«

Die Dreherei! Dann war sie für ihre Nachforschungen am richtigen Ort. Sie folgte dem Burschen, der an einer Maschine zu hantieren begann.

»Wir drehen heutzutage mit dem Schwungrad«, sagte er. »Ein zu drehendes Teil wird vorher zurechtgefeilt und dann in den Drehstuhl eingespannt.« Er griff nach einem dünnen Metallstift mit scharfer Kante, setzte das Schwungrad in Bewegung und näherte sich, den Stift in der Hand, dem eingespannten Metall. »Schnell drehen, wenig greifen lassen.« Das Rad gab ein hohes Sirren von sich, und langsam löste sich ein korkenzieherförmiger Streifen Messing vom eingespannten Stift. Bevor sie gesehen hatte, was er genau machte, spannte er das Metallstück aus und zeigte es ihr, ein perfekt abgerundeter Stift, silbern glänzend.

»Wozu braucht man diese Teile?«, fragte sie.

»Es sind Zapfen, die im Uhrwerk verwendet werden. In diesem Fall für einen Wecker.«

»Kann ich einen sehen?«

Er bückte sich, griff in eine Kiste und legte ein Gehäuse auf sein Tischchen. »Hier hinten sehen Sie das Uhrwerk des Weckers. Die Zapfen kommen in die Brücken.« Neugierig sah Sarah sich die Rückseite an, aber bevor sie die Details erfasst hatte, erhob sich der junge Mann. »Ich sollte weitermachen; tut mir leid.« Er sah sie ungeduldig an, und sie wollte sich schon verabschieden, als ihr zum Glück noch einfiel, warum sie hier war.

»Darf ich Sie noch etwas fragen? Eine Freundin von mir ist auf der Suche nach einem Burschen, mit dem sie sich angefreundet hat. Er ist verschwunden, und sie macht sich Sorgen.«

»Und weiter?«

»Ich bin Lehrerin bei Schneiders, wo Emmi arbeitete – die kürzlich zu Tode kam. Die Polizei hat den Namen Franz Stettler erwähnt; er soll Emmis Freund gewesen sein. So hieß auch der Bursche, mit dem meine Freundin zusammen war.«

Sarah nestelte an ihrem Blusenkragen. Die Lüge war nicht gerade ausgefeilt, aber Jakob schien keinen Verdacht zu schöpfen. Als Stettlers Name fiel, schüttelte er den Kopf, dass die kupfernen Locken tanzten.

»Was der Kerl für ein Glück bei den Weibern hat!« Er hängte einen Daumen in seine Kitteltasche. »Stettler hat hier angefangen und wurde von Abteilung zu Abteilung weitergereicht, dann kam er wie ein falscher Fünfziger zurück. Er konnte nichts, aber bei den Damen war er beliebt. Hat immer große Töne gespuckt.«

Das Hämmern der Maschinen schien plötzlich eine Spur lauter. »Was hat er erzählt?«

»Alles Mögliche … dass er zu Höherem geboren und bald weg sei – all so was. Hat niemand ernst genommen. Und plötzlich war er wirklich weg.«

»Was denken Sie, wo er ist?«

»Was weiß ich? Vielleicht hatte er Ärger wegen einer Frau.«

»Wegen Emmi?«

»Sie war eigentlich nicht sein Fall; sah ja nicht besonders aus. Vielleicht hat sie ihm zu sehr angehangen, und der Boden wurde ihm zu heiß.« Er zuckte die Achseln. »Ich muss los.«

Sarah sah auf die Wanduhr. Viel hatte sie bisher nicht in Erfahrung gebracht.

Eine Hand legte sich auf ihre Schulter, und sie fuhr erschrocken herum. Herr Kölliker blickte auf sie herunter. »Was machen Sie hier?«

»Ich habe mir die Fabrik angesehen«, erwiderte Sarah hastig.

»Soll ich Sie herumführen?«

»Ich habe schon eine Führung bekommen.«

»Von Robert?«

»Nein, von …«

»Der kennt die Fabrik nicht wie ich.« Er griff nach ihrem Arm, seine Hand war warm und feucht. »Ich zeige Ihnen die Finissage.«

Er führte sie durch die Halle in einen Gang, und sie folgte ihm widerstrebend. Auch in der Finissage beugten sich junge und alte Köpfe, Frauen und Männer, über kleine Tische, mit Pinzetten in den Händen und seltsamen schwarzen Zylindern über einem Auge. Abgesehen vom Surren der Transmissionsriemen war es ruhig – eine konzentrierte Stille, die einen in ihren Bann zog. Gespannt sah Sarah einer Frau über die Schulter. Mit knappen Bewegungen setzte sie die kleinen Teile der Uhr zusammen, flink und präzise.

»Man braucht viel Geschick für diese Arbeit.« Herr Kölliker griff nach ihrer Hand. »Sie könnten es wahrscheinlich, mit ihren zarten Fingern!«

Sie versuchte, ihm ihre Hand zu entwinden, ohne unhöflich zu wirken. Zum Glück schien er es nicht zu merken.

»Robert hat sich gut eingearbeitet, aber Urs ist froh, dass ich ihm unter die Arme greife. Kommen Sie, ich habe etwas für Sie.«

Er öffnete die Tür zu einem Büro, in dem es nach Öl und Rauch roch. An den Wänden hingen Bilder von Herrn Kölliker mit Urs und Adolf Schild, ein anderes zeigte ihn im Jagdkostüm. Auf einem stand er mit seiner Frau neben einem Mann vor einem Fabrikgebäude.

»Das ist Carl Franz Bally, der Schuhfabrikant. Guter Freund der Familie.« Er blähte die Backen, bis er aussah wie ein gut gefüttertes Schwein.

»Was machst du mit meiner Angestellten, Peter?«

Herr Schneider stand in der Tür, und obwohl er höflich klang, schien er sie scharf zu mustern.

»Ich komme, Herr Schneider. Auf Wiedersehen, Herr Kölliker, und danke.«

»Moment!« Herr Kölliker öffnete eine Schublade seines Schreibtischs, der von Papieren übersät war, und zog eine Brosche hervor. »Die habe ich letztes Jahr als Werbegeschenk für die Damenwelt eingeführt. ›Die Zeit vergeht, Schönheit besteht.‹ Wobei das bei den Damen ja nur begrenzt gilt.«

Sarah nahm die Brosche, und Kölliker umschloss ihre Hand.

»Bei Ihnen ist das natürlich etwas anderes. Sie sind noch jung.« Er lachte. »Robert, grüß deine Holde!«

Sarah folgte Herrn Schneider nach draußen. An der frischen Luft lockerten sich ihre Muskeln, und eine Spannung, die ihr nicht bewusst gewesen war, verflüchtigte sich. Herr Kölliker war abgesehen von seinem Spruch über die Damen nett gewesen, aber als er ihre Hand umschlossen hatte, hatte sie sich gefühlt wie damals, als sie im Garten einen Salat geholt hatte und ihr ein Mistkäfer über die Haut gekrabbelt war.

Sie roch an ihrem Ärmel, von dem ein intensiver Ölgeruch ausging. Überraschenderweise fand sie ihn gar nicht so schrecklich, auch wenn er wahrscheinlich noch um einiges kräftiger war, wenn man den ganzen Tag in diesen Hallen verbrachte.

Herr Schneider hatte ein beachtliches Tempo angeschlagen und war ihr schon zehn Schritte voraus. Für die neben ihnen aus der Fabrik kommenden Arbeiter hatte er kein Auge.

Sie schloss zu ihm auf. »Was hat es mit dem ›Schwarzen Freitag‹ auf sich?«

Herr Schneider strich mit der freien Hand über seinen Schnurrbart. »Etwas Unruhe auf den Märkten. Kommt immer wieder vor. Peter – Herr Kölliker – meint, das gibt sich. Er hat das öfter gesehen.«

Er schien keine Lust zu haben, das Thema zu vertiefen.

»Jedenfalls danke für den Besuch. Es hat mir gefallen.«

»Das freut mich!«

Sie lächelte, aber zufrieden konnte sie nicht sein. Über das Uhrenhandwerk hatte sie nicht so viel erfahren, wie sie sich gewünscht hatte, und die Ausbeute in Sachen Franz Stettler war ebenfalls mager. Schade, dass Paul Schneider nicht hier war; sonst könnte er sich selbst in der Fabrik umhören. Er hatte die Uhrmacherlehre absolviert und könnte ihr vielleicht mehr über das Handwerk erzählen. Sie würde ihn am Freitag beim Dorffest danach fragen; so hatten sie etwas, worüber sie sich unterhalten konnten.

Aber eigentlich hatte sie genug andere Fragen. Seit dem Spaziergang schlich er sich immer wieder in ihre Gedanken. Bei der Lektüre von *Moby Dick* hatte sie sich gefragt, ob ihm das Buch auch gefiel, und die Anzeige für eine Aufführung von Mendelssohns *Lobgesang* hatte sie sinnieren lassen, was für Musik er wohl mochte. Was erwartete er vom Leben? Was gefiel ihm an einer Frau?

Wärme kroch ihren Nacken hoch. Der Freitag schien mit einem Mal viel weiter weg als zuvor.

12

Grenchens Dorfplatz lag in einer kleinen Senke, durch die ein munteres Bächlein floss. Für das Fest hatte man den Boden mit Stroh bedeckt, Holzbänke und Tische aufgestellt und eine kleine Bühne aufgebaut, auf der sich schon einige Paare zu den Klängen einer Kapelle drehten. Bunte Girlanden leuchteten in der Abendsonne und schaukelten im Wind, der den betörenden Duft von Gnagi und Nidletäfeli bis zu ihnen trug.

Eben drang durch die Musik das vertraute Bimmeln der Fabrikglocke, und kurz darauf schoben sich die Uhrenarbeiter aus dem Gebäude an der Nordseite des Dorfplatzes. Ein Teil der Kolonne marschierte Richtung Süden gen Bahnhof, ein anderer nahm Kurs auf den Dorfplatz und füllte die restlichen Bänke. Einige hatten sich ihres Kittels entledigt, andere setzten sich damit, und bald sprenkelten blaue Tupfer die Festgemeinschaft.

Der Holztisch, auf den Schneiders mit Sarah zusteuerten, war schon halb voll. Sie sah sich nach Paul Schneider um, konnte seinen blonden Schopf aber nirgends entdecken. Sie drängte die leise Enttäuschung zurück. Vielleicht hatte er länger arbeiten müssen und kam später.

Immerhin waren Pauline Schild und ihr Mann hier. Sie saßen neben Urs Schild und einem Mann Anfang siebzig, dessen schmales Gesicht von scharfen dunklen Augen und einem trotz Backenbart erkennbar energischen Kinn beherrscht wurde.

»Ich habe gehofft, dass wir uns wiedersehen.« Pauline rutschte zur Seite. »Setzen Sie sich zu uns.«

Ein hübsches Mädchen mit honigblondem Haarkranz nahm Bestellungen auf, und kurz darauf stieß die Gesellschaft auf den Feierabend an. Herr Schneider, offenbar in Festlaune, redete eifrig auf seinen Vorgesetzten ein.

»Erzähl unserem Fräulein Siegwart, wie dein Vater und Doktor Girard die Uhrenindustrie eingeführt haben, Urs.«

Sarah horchte auf, nicht nur wegen der Uhrenindustrie, sondern auch wegen des Tonfalls, den Herr Schneider anschlug. Das unterwürfige Gehabe in der Fabrik war verschwunden; in diesem Umfeld schien es ihm leichterzufallen, seinem Vorgesetzten ungezwungen zu begegnen.

Schilds Augen funkelten. »Alte Geschichten! Das interessiert eine junge Dame aus Luzern nicht.«

»Das tut es doch! Ihr Bruder hat mir schon etwas darüber erzählt, aber ich wüsste gern mehr. Mein Vater hält Grenchen für ein Bauernnest, und ich möchte ihn vom Gegenteil überzeugen.«

Einen Moment herrschte Schweigen, und eine unangenehme Wärme kroch über Sarahs Hals in ihre Wangen. Wegen solcher Äußerungen hatte Mutter ihr früher mit Vorliebe das Dessert gestrichen. Dann lachte Schild.

»Deine Perle nimmt kein Blatt vor den Mund, Robert! Sie müssen wissen, dass uns die Solothurner die Butter auf dem Brot nicht gönnen. Lange Zeit war es uns verboten, die Uhrmacherei einzuführen, weil die Zünfte das Gewerbe für die Städte reservierten. Solothurn hat es vor uns versucht, ist aber gescheitert. Unser Erfolg sticht ihnen natürlich in die Nase.«

»Nicht so sehr wie eure politischen Bubenstückchen«, warf Pauline ein. »In den Dreißigerjahren, als das Institut Breidenstein noch ein Heilbad war, haben Doktor Girard und mein Schwiegervater dort politische Flüchtlinge versteckt. Einer von ihnen war der Deutsche Karl Mathy, der unsere Bezirksschule gründete und später in die Regierung Badens berufen wurde.« Sie strich sich eine Strähne dunkelblonden Haares aus dem Gesicht. »Der berühmteste Flüchtling war Giuseppe Mazzini, ein italienischer Revolutionär, der sich für ein geeintes und unabhängiges Italien einsetzte. Letztes Jahr ist er in Pisa gestorben. Er wurde öfter zwischen dem Heilbad und Schwiegervaters ›Garnbuchi‹ hin- und hergeschoben, damit ihn die Landjäger nicht zu fassen kriegten. Die Grenchner haben ihm sogar das Bürgerrecht verliehen, aber das hat die Solothurner Regierung schnell rückgängig gemacht.« Sie warf dem älteren Mann neben sich einen verschmitzten Blick zu.

»Vor zwanzig Jahren habe ich die ersten Uhrmacherlehrlinge ausgebildet«, erzählte dieser daraufhin. »Die erste Fabrik, die die Girard-Brüder gegründet hatten, musste wegen des Krimkriegs schließen, aber Urs hat mit Doktor Girard eine neue gegründet. So schnell geben Grenchner nicht auf!«

»Und dieses Jahr haben wir unser zweites Fabrikgebäude errichtet«, ergänzte Urs Schild zufrieden. Er hob sein Weinglas. »Auf Grenchen und alle, die hier leben!«

Sarah nahm einen Schluck und zog den Mund zusammen.

»Wie finden Sie den Wein?«, fragte er.

Sie räusperte sich. »Nicht schlecht.«

»Sie können ehrlich sein. Um den Grenchner Wein wird viel gestritten. Mein Onkel hat über seine Entstehung sogar ein Gedicht verfasst. Nach der Sage …«

»Urs, wärmst du alte Geschichten auf?«

Herr Kölliker, das Gesicht rot und glänzend, setzte sich auf die Holzbank, die protestierend knarrte. Seine Frau nahm neben ihm Platz und inspizierte die Tischoberfläche mit geschürzten Lippen. Hinter ihr standen Roswitha und Ida.

»Ihr habt die Antrittsrede verpasst. Grandios!« Kölliker beugte sich vor. »Das Volk hat recht, dass es das Unfehlbarkeitsdogma nicht schnupft, hat er gesagt.« Er leerte die Hälfte des Bieres, das die Kellnerin vor ihn hingestellt hatte, in einem Zug.

Ein Mann, der an Kölliker vorbeiging, warf ihm einen wütenden Blick zu. Am zitternden Gang erkannte Sarah den alten Bühler, den sie mit Rosa nach der Messe getroffen hatte; er starrte Kölliker an, als wäre er ein Abgeordneter des Teufels.

Kölliker hob das Glas. »Wo hast du den schwarzen Peter gelassen?«

Paulines Gesicht hatte sich verdüstert, und die restliche Tischgesellschaft starrte betreten in ihre Gläser. Die Walzerklänge, die in dem Moment von der kleinen Bühne zu ihnen drangen, brachen den Bann. Die meisten standen sichtlich erleichtert auf und strebten der Tanzfläche zu.

Sarah atmete auf und beobachtete die Tänzer, während sie an ihrem Wein nippte. Pauline drehte sich mit ihrem Mann im Kreis und strahlte wieder; daneben tanzte Herr Schneider in gebührlichem Abstand mit der Frau von Urs Schild. Direkt vor der Musikkapelle konnte sie Rosa ausmachen, die überraschend leichtfüßig mit einem älteren Herrn ihre Runden drehte. Die arme Frau Schneider steckte in der Umklammerung von Herrn Kölliker, der seine Pranke in ihren Rücken presste und sie unschicklich nahe an sich heranzog. Was Frau Kölliker davon hielt, war offenkundig – die dünne Frau umklammerte mit ihren beringten Fingern ihr Weinglas, während sie jede Bewegung des Paares verfolgte.

Kurz darauf kehrten die beiden Tänzer an den Tisch zurück.

»Danke für das Vergnügen, Esther!«

Kölliker klang, als hätte er sich mit Frau Schneider hinter einer Scheune verlustiert. Er strich ihr über den Arm, während sie sich von ihm abwandte und ihren Arm an den Bauch drückte, das Gesicht blass und glänzend.

Urs Schild verbeugte sich vor Sarah. »Geben Sie mir die Ehre? Das ist mein Lieblingsmarsch, und ich würde Sie gern mit dem hiesigen Tanzboden bekannt machen. Er ist gar nicht schlecht.«

Sarah zögerte, aber niemand schien Anstoß zu nehmen, und sie folgte ihm auf den kleinen Holzboden. Schild war ein ausgezeichneter Tänzer und führte sie mit leichter Hand. Der Rhythmus des näselnden Akkordeons und des pochenden Kontrabasses schlich sich in die Tänzerbeine und trieb die

Paare über die Holzbühne. Unter den stampfenden Schuhen vibrierte der Boden und übertrug seine Energie über Sarahs Beine in ihren Kopf, der so leicht wurde, als ob sie nicht sauren Weißen, sondern sprudelnden französischen Sekt getrunken hätte. Die Hitze staute sich unter ihrem Mieder und schoss in ihre Wangen, während Schild immer engere Kreise mit ihr zog, bis sie mit ihrem Tanzpartner über die Bühne zu fliegen schien.

Viel zu schnell war das Stück vorbei. Schilds Mundwinkel hoben sich. »Noch einen?«

Schon drehten sie sich wieder. Die Umgebung schoss in funkelnden Schlieren an Sarah vorbei, und einen Moment lang war sie wieder zwölf, saß auf der Schaukel im Garten der Großeltern, warf die Beine vor und zurück zum knarrenden Quietschen der Seile. Fühlte wilden Triumph und prickelnde Freiheit in sich aufsteigen, wenn es höher und höher ging, als könne sie sich von der Schaukel lösen und in den Himmel fliegen. Und heute kam keine Mutter, um ihr zu sagen, dass sie dafür zu alt sei und man ihre Unterwäsche sehen konnte. Sie lachte laut.

Sie kehrten an den Tisch zurück, wo sich Herr Schneider erhoben hatte und um den Tanz bat. Er war kein so guter Tänzer wie sein Patron, aber heute war er aufgeräumt und redete wie ein Wasserfall. Nach ihm tanzte sie mit Paulines Mann, der Ruhe, Gelassenheit und Humor ausstrahlte. Pauline hatte es gut getroffen.

Sie kehrten an den Tisch zurück, und Sarah zögerte. Wenn sie Pech hatte, bat Kölliker sie um den nächsten Tanz, und die Vorstellung, wie seine Hand sich in ihren Rücken presste, ließ sie wieder an Mistkäfer denken. Doch das Schicksal war ihr gnädig; die Familie saß nicht mehr am Tisch.

»Wo sind Köllikers?«, fragte Adolf Schild.

»Die hatten noch was vor«, antwortete sein Bruder knapp. Weiter äußerte sich niemand, aber als sich die anderen über den Blasmusikwettbewerb unterhielten, wandte sich Pauline zu Sarah.

»Es wurde vorhin etwas unangenehm«, sagte sie leise. »Herr Kölliker hatte schon ein paar getrunken. Er hat von der Sache in Starrwil an Auffahrt gehört und wurde unflätig.«

»Was war denn?«, fragte Sarah.

»Genaues weiß man noch nicht. Es hat einen Zusammenstoß zwischen alten und neuen Katholiken gegeben. Dann hat er damit angefangen, was man im Verkauf bei Schild alles besser machen könnte. Dem hat Urs schnell einen Riegel vorgeschoben.«

»Ich dachte, er ist Herrn Schneiders Stellvertreter? Mir hat Herr Kölliker erzählt, dass er ihn unterstützt.«

»Nun ja«, erwiderte Pauline trocken. »Er hat sich auch für den Posten beworben und tut so, als sei alles gut. Die Männer meinen, dass er es überwunden hat, aber Männer sehen nur, was man sie sehen lassen will. Ich glaube, dass er immer noch daran zu knabbern hat. Aber lassen Sie uns von etwas anderem sprechen – oder besser: lass.« Sie hob das Glas. »Lass uns Du sagen.«

Die Wärme in Paulines Augen löste die Anspannung, die der Gedanke an Kölliker verursacht hatte.

»Sehr gern!« Sie hob ihr Glas ebenfalls, prostete Pauline zu und nippte an ihrem Wein.

»Runter damit«, forderte Pauline. »Du wirst sehen, das zweite Glas ist viel besser!«

Sarah lachte und tat, wie ihr geheißen. »Er ist schon jetzt besser«, erwiderte sie. »Vielleicht ist es die Berufung der Grenchner, aus saurem Wein etwas Gutes zu machen.«

»Das trifft es nicht schlecht. Sag, hättest du Lust, am 14. Juni zu uns zu kommen? Wir veranstalten einen Musikabend.«

Sarah nickte und wusste, dass sich die Freude in Paulines Gesicht in ihren Zügen spiegelte. Das war genau das, was sie sich gewünscht hatte.

Sie hob das Glas mit dem sauren Grenchner, prostete Pauline erneut zu und fühlte sich so wohl wie schon lange nicht mehr.

Dann legte sich eine Hand auf ihre Schulter, und sie zuckte zusammen. Vielleicht war Kölliker zurückgekommen.

Aber es war Paul Schneider.

»Ein Tanz? Bevor wir keine Gelegenheit mehr haben.«

Er war kein so erfahrener Tänzer wie Urs Schild, aber er führte mit natürlicher Anmut, seine Bewegungen waren flüssig und leicht.

»Darauf habe ich mich gefreut.« Er lächelte sie an, und sie lächelte zurück, fühlte den Druck seiner warmen Hand auf ihrem Rücken, seine Finger, die ihre umschlossen, und seinen Blick auf ihrem Gesicht.

»Ich mich auch«, erwiderte Sarah.

»Ich habe oft an Sie gedacht«, sagte er leise.

Sarah spürte die Röte in ihren Wangen und hob das Kinn. »Und was genau haben Sie gedacht?«

»Ich habe mich gefragt, ob Luzernerinnen überhaupt tanzen können.« Seine Augen funkelten. Dann hob er die Arme und schickte sie in eine Drehung, einmal, zweimal, ein drittes Mal. Ihre Hände in den seinen, drehte sie sich so anmutig, wie sie konnte, und bei jeder Umdrehung sah sie ihm herausfordernd in die blauen Augen, die er nicht von ihr ließ. Er lachte und senkte den Kopf zu ihrer Schläfe. »Beweis erbracht«, flüsterte er in ihr Ohr. Dann zog er sie wieder an sich, enger als vorhin, und einen kurzen Moment spürte sie sein Herz unter dem bestickten Hemd klopfen. Sein seifig-herber Duft kitzelte ihre Nase.

Lärm und Stimmen drangen vom Rand des Schmiedeplatzes zu ihnen. Eine Gruppe Männer löste sich aus der Dunkelheit und eilte auf die Festgemeinschaft auf dem Dorfplatz zu. Einer von ihnen trat neben Urs Schild, der mit seiner Schwägerin tanzte, und deutete in Richtung Schildfabrik. Die Kapelle hatte zu spielen aufgehört, und Paul ließ sie los. In die Stille drang die aufgeregte Stimme des Mannes.

»Urs – in deinem Lagerschuppen liegt eine Leiche.«

Die Stille schien sich zu dehnen. Augen weiteten sich, und Münder öffneten sich reihenweise, als wollte die Festgemeinschaft auf ihren Holzbänken ein Lied anstimmen. Dann erhob sich ein Rascheln und unterdrücktes Murmeln, während alle mit Urs Schild an der Spitze in Richtung Lagerschuppen eilten.

Die Fabrik war nur fünfzig Meter entfernt. Der Schuppen, leicht versetzt dahinter, bot bei Tageslicht sicher ein harmloses Bild, aber das Wissen, was sich darin befand, ließ Sarah frösteln. Die Tür stand offen, ein dunkles Loch. Sie reckte den Hals, um über die Menge zu sehen. Die Ersten hatten den Schuppen erreicht, wurden aber von einer gedrungenen Gestalt aufgehalten.

»Der Stadtammann, Euseb Vogt«, flüsterte Pauline, die neben Sarah stand.

Vogt eilte auf Urs Schild zu. »Sprich ein Machtwort, es ist dein Gelände! Wenn wir nicht dafür sorgen, dass sich die Leute fernhalten, kriegen wir Ärger mit den Landjägern. War dein Onkel auf dem Fest? Wir brauchen einen Arzt.« Er seufzte und fuhr sich über den Schädel.

»Ich kümmere mich darum«, erwiderte Schild kurz. »Weiß man schon, wer es ist?«

Vogt nickte. »Mehr als das. Ich habe die Leiche gesehen, und sogar ich kann sagen, dass es Mord war.«

13

Gideon blickte vom Lagerschuppen zum Kiesplatz, über den Friedli gerade kroch, um Spuren sicherzustellen. Die Petroleumlampe von der Centralstraße tauchte die Fliederbüsche am Straßenrand in ein warmes, friedliches Licht, aber Stettlers Gesicht mit den weit geöffneten Augen und dem verzerrten Mund hatte nichts Friedliches an sich.

Ein flaues Gefühl saß ihm im Magen. Nichts hatte bei Emmi Heiniger unmissverständlich auf ein Gewaltverbrechen hingedeutet, und nachdem Friedlis Nachforschungen hinsichtlich der Frauenliste nichts ergeben hatten, schien es nur logisch, die Untersuchungen abzuschließen. Und doch hätten sie Stettlers Tod vielleicht verhindern können.

Der Arzt packte bereits seine Instrumente ein, Gott sei Dank ein fähiger Mediziner. Das war nicht selbstverständlich, da die Landjäger nicht über eigene Ärzte verfügten und mit den Ansässigen vorliebnehmen mussten. In Grenchen war lange Zeit Doktor Girard ihr Mann gewesen, aber vor vier Jahren hatte sich der erfahrene Arzt nach einem Krankenbesuch eine Erkältung zugezogen, an deren Folgen er gestorben war. Seither sprang Franz Josef Schild, ein weiteres Mitglied der verästelten Schild-Dynastie, im Notfall ein. Er hatte sich auf Augenärztliches und Chirurgie spezialisiert und betätigte sich inzwischen vor allem als Volksschriftsteller, hatte aber zum Glück seine Arbeit als Allgemeinpraktiker nicht aufgegeben.

Dass er schon hier war, war ein Glücksfall. Der Leiter der Dreherei, der Stettler gefunden hatte, hatte erst Friedli gesucht, aber der war auf dem Dorffest beschäftigt und nicht auffindbar gewesen. Daraufhin hatte der Angestellte, wie es üblich war, den Dorfammann informiert, und Euseb Vogt war so geistesgegenwärtig gewesen, den Doktor holen zu lassen.

»Was denken Sie, wie lange er schon tot ist?«, fragte Gideon ihn nun.

Schild strich sich über den üppigen Vollbart. »Schwer zu sagen. Ich würde den Todeszeitpunkt auf heute zwischen Mittag und fünf Uhr ansetzen – es war in letzter Zeit ziemlich warm.«

»Was können Sie über die Mordwaffe sagen?«

»Ein normales Messer ist es nicht. Die Klinge ist sehr schmal und kaum zulaufend.« Schild stand auf und klopfte sich den Staub von der Hose. »Vielleicht ein Werkzeug aus der Fabrik.«

Gideon sah wieder auf die Leiche hinunter. Auch die Entstellung durch den Tod verbarg nicht, dass dieses Gesicht Frauen gefallen haben musste. Stettlers Haare hatten selbst jetzt einen eleganten Schwung, und seine Kleidung war von guter Qualität. Die Garderobe in Stettlers Zimmer fiel ihm ein. Wo er wohl das Geld herhatte? Und wo hatte sich Stettler herumgetrieben, nachdem er aus der Pension verschwunden war? Vor allem aber: Warum war er zurückgekommen? Wohl kaum, um sich umbringen zu lassen.

»Gideon? Ich konnte mit Schild sprechen.« Viktor strebte einem Holzstapel hinter dem Schuppen zu und zündete sich eine Zigarette an.

»Ist was dabei herausgekommen? Ich habe Schild immer kooperativ erlebt.«

»Viel konnte er mir nicht sagen. Der Schuppen wird nur als Abstellkammer genutzt; er gehörte früher zur Dreherei.«

»Wo Stettler gearbeitet hat.«

»Und Dutzende andere, wie Schild meinte.«

»Die aber alle noch leben.«

»Stimmt. Allerdings scheint nichts von Wert in dem Raum aufbewahrt zu werden, nur alte Geräte und Werkzeuge. Schild hat mir immerhin mehr über Stettlers Laufbahn im Betrieb sagen können. Er hat im Januar in der Dreherei angefangen, war im Februar in der Finissage und ab März im Verkauf. Dann wurde er in die Dreherei zurückgeschickt; er hat nicht viel getaugt. Affolter – das ist der Leiter der Dreherei, der Stettler gefunden hat – hat mir außerdem erzählt, dass der Lagerraum nie abgeschlossen wird.«

»Was hat Affolter überhaupt so spät in dem Schuppen gesucht?«

»Er behauptet, er habe dort einen Schnapsvorrat und wollte eine besondere Flasche holen, um sie beim Fest aufzumachen. Das Lager gibt es tatsächlich.«

»Wie dem auch sei – ich habe mich geirrt.« Gideons Hals fühlte sich trocken an.

»Nicht du – wir. Dass Stettler ermordet worden ist, deutet darauf hin, dass auch Emmi Heiniger einem Verbrechen zum Opfer gefallen ist.«

»Meinst du, Stettler hat das Mädchen im Affekt getötet, weil es ihm Schwierigkeiten machte, und sich danach versteckt? Aber warum wäre er dann zurückgekommen, und wer hätte ihn deswegen töten sollen? Die Kleine hatte niemanden.«

Er zog sein Sakko straff. Was geschehen war, ließ sich nicht ändern, und so traurig es war: Ihm bot der Fall auch eine Chance. Er konnte Viktor bei der Untersuchung unterstützen; Wittmer würde hoffentlich nichts dagegen haben.

»Ich frage mich, wo wir ansetzen können. Dass die Liste mit den Frauennamen nichts gebracht hat, kommt mir komisch vor. Vielleicht hat Friedli es wieder mal nicht so genau genommen.«

»Frag ihn doch – er ist im Anmarsch.«

Tatsächlich kam Friedli im Stechschritt aus dem Schuppen und drückte ihm einen Zettel in die Hand. »Das hat mir eben ein Bub gebracht.«

Gideon faltete das Stück Papier auseinander und las die wenigen Zeilen. »Von wem hat er den Zettel?«

»Er sagt, er kannte die Person nicht«, erwiderte Friedli. »Ein Mann. Mittelgroß, einfach gekleidet.«

Gideon reichte den Zettel an Viktor weiter, der beim Lesen vielsagend die Augenbrauen hob. »Dann wollen wir mal.«

14

Im Schneiderschen Salon war es so still wie in einem Mausoleum. Das einzige Geräusch war das Ticken der Wanduhr, das scharfe, metallische Löcher in die Ruhe bohrte. Herr Schneider kniete vor dem Cheminée und stellte mit fahrigen Händen Holzscheite auf, die immer wieder zusammenfielen und Ruß auf die Teppichvögel stäubten. Für ein Feuer war es eigentlich viel zu warm.

Nach dem Leichenfund hatte Urs Schild die Leute gebeten, den Schauplatz nicht zu betreten, aber in der Nähe zu bleiben, bis die Landjäger kamen. Der ersten Bitte waren sie gefolgt, aber der Schmiedeplatz hatte sich in der nächsten Viertelstunde so schnell geleert, als ob halb Grenchen etwas mit der Sache zu tun hätte. Auch Herr Schneider war mit den Seinen ins *Maison* zurückgekehrt, und hier saßen sie nun seit fast zwei Stunden. Am liebsten wäre Sarah ins Bett gegangen, aber an Schlaf war nicht zu denken. Die Gespräche waren verebbt, und alle kauerten auf ihren Plätzen wie arme Sünder.

Paul im Sessel neben ihr hielt Moby Dick auf dem Schoß und strich ihm über das glänzende Fell.

»Ich bin überrascht über Stettlers Tod«, flüsterte Sarah ihm zu. »Aber es scheint, dass wir mit Emmi recht hatten. Meinen Sie nicht?«

»Sieht so aus.« Er kraulte Moby Dicks Hals, während das Tier zu ihm hochblinzelte.

»Haben Sie eine Idee, wer dahinterstecken könnte?«

»Nein.«

Er wandte den Kopf ab, sodass sie sein Gesicht nicht sehen konnte. Der Tanz auf dem Dorffest schien nicht zwei Stunden, sondern zwei Jahre her zu sein.

Ein Pochen an der Eingangstür ließ alle Köpfe nach oben rucken, aber niemand bewegte sich, bis Sarah zur Tür eilte. Es war Korporal Ringgenberg, der mit einem anderen Mann, so groß wie er, aber weniger Furcht einflößend, vor der Tür stand.

»Ist die Familie noch auf?« Ringgenbergs Augen wirkten dunkel.

»Sie sind im Salon.«

Die Herren betraten den Raum und blieben vor Paul stehen. Ringgenberg legte seine Finger an die Lederscheide an seiner Seite.

»Wir haben ein paar Fragen an Sie, Herr Schneider.«

»Was wollen Sie? Ich habe nichts getan.«

Ringgenberg öffnete seine rechte Hand und gab den Blick auf einen Zettel frei. »Hier steht, dass Sie eine Beziehung mit Fräulein Heiniger pflegten. Was sagen Sie dazu?«

Paul schoss hoch. »Wer sagt das?«

Ringgenbergs Augen waren jetzt kalt wie die Reuss an einem Februartag. »Das tut nichts zur Sache. Ist es wahr?«

»Und wenn es das wäre?«

»Darüber sprechen wir auf der Wache.«

Nun sprang auch Herr Schneider auf. »Ist das wirklich nötig? Sie können hier mit ihm sprechen. Es braucht nicht das ganze Dorf davon zu erfahren!«

Der Korporal und der andere Mann tauschten einen Blick aus, und es war der andere, der antwortete.

»Na gut. Wir schauen, was dabei herauskommt.«

Dem Korporal war anzusehen, dass es ihm nicht passte, aber er schwieg, und die beiden zogen mit Paul, dessen Gesicht eine wächserne Farbe angenommen hatte, in Richtung Bibliothek ab.

»Paul! Das ist lächerlich!« Frau Schneider hob eine Hand an den Mund und erhob sich schwankend. Sarah trat zu ihr. »Machen Sie sich keine Sorgen. Es wird sich alles klären.«

Würde es das?

»Paul ist zu so etwas – ich glaube es nicht.« Frau Schneider zitterte.

»Soll ich Sie nach oben bringen?« Frau Schneider nickte, und Sarah griff nach ihrem Arm, führte sie hinauf und in ihr Schlafzimmer. Danach ging sie in ihr eigenes Zimmer. Vielleicht hätte sie wieder hinuntergehen sollen, aber sie brachte es nicht über sich.

Sie legte sich auf ihr Bett. Nur schlafen. Aber das war leichter gesagt als getan.

Paul und Emmi.

Darum hatte er so verstört gewirkt, als man Emmi gefunden hatte. Er hatte etwas mit ihr gehabt. Ausgerechnet! Über Tote sagte man nichts Schlechtes, aber Emmi war wirklich von sehr simplem Gemüt gewesen.

Aber üppig und willig. Vielleicht wollte er einfach Spaß haben, wie Männer das am Ende wohl immer wollten.

Sie zerdrückte eine Ecke ihres Kissens zwischen den Fingern.

Vielleicht war sie einfach dumm gewesen. Auch sie war nur eine Angestellte.

Aus der Bibliothek hallten Stimmen zu ihr herauf; die dunkle und trockene des Korporals und, scharf und wütend, die von Paul. Dass er etwas mit Emmis Tod zu tun hatte, schien ihr trotz seines hitzigen Temperaments schwer vorstellbar. Aber irgendwie interessierte sie der Fall nicht mehr, und jeder Eifer, etwas darüber herauszufinden, war verschwunden.

Sie drehte sich auf den Rücken und starrte an die Decke. Zum Glück konnte sie morgen nach Luzern abreisen. Es mochte unzulänglich und eng sein, aber es war ihr Zuhause – ein Ort, an dem man wusste, was einen erwartete.

15

Die Kirschholzkommode glänzte purpurn, und die kunstvoll geschwungenen geschnitzten Girlanden am Vitrinenrand waren eine Wohltat für das Auge. Im Hause Siegwart war alles wie immer. Sarah sog den Anblick in sich auf, als könnte sie so die Erinnerung an die Ereignisse des Vorabends verdrängen.

Nach der durchwachten Nacht hatte sie beim Frühstück keinen Bissen heruntergebracht. Der einzige Lichtblick war kurz vor ihrer Abreise eingetroffen: Die Landjäger hatten Pauls Aussagen überprüft und für korrekt befunden. Damit schien er als Täter nicht infrage zu kommen.

Sie nahm einen Schluck Weißwein. Es war ein Müller-Thurgau aus dem Keller der Benediktinermönche im Klosterhof Aesch, und er passte ausgezeichnet zur Forelle Müllerin Art, die Mathilde zur Feier des Tages bereitet hatte. Kein Vergleich mit dem sauren Grenchner. Aber daran würde sie jetzt nicht denken. Sie war daheim.

Hannas sonst so ernstes Gesichtchen wirkte heute ungewöhnlich fröhlich, und Daniels blonde Locken, wie immer eine Winzigkeit zu lang, hüpften unternehmungslustig. Sie wollte ihn gerade fragen, was er so trieb, als die Stimme ihres Vaters sie unterbrach.

»Wie ist die Messe in Grenchen?«

»Gut, Vater.« Sie beugte sich wieder über ihren Fisch, aber er war noch nicht fertig.

»Was ich über Solothurn gehört habe, macht mir Sorgen. Das *Vaterland* hat über die Sache in Starrkirch berichtet.«

Was um Himmels willen war in Starrkirch gewesen? Hoffentlich hatte die Abendausgabe des *Vaterlands* nichts über den Mord und Pauls Befragung gebracht.

»Mach dir keine Sorgen, Vater. Pfarrer Walser ist auf der Linie Roms.«

Zum Glück wusste ihr Vater nicht, dass dies nur auf einen Teil der Messebesucher zutraf.

»Und wie steht es mit den jungen Männern? Hat dir schon ein Grenchner Bauer den Kopf verdreht?«

Ihre Mutter natürlich. »Überhaupt nicht«, antwortete sie scharf. »Außerdem hat Grenchen auch angesehene Familien. Die Girards, die Schilds …«

»Alles Liberale und Revoluzzer!« Vater zog sein Fischmesser wie ein Florett durch die Luft. »Ich hoffe, dass du nicht in solchen Kreisen verkehrst und dass deine Herrschaften auf dich achtgeben. Dieser Schneider ist ja in der Industrie tätig.« Er sprach das Wort aus wie Pest und Cholera.

»Ich war in der Fabrik zu Besuch. Es braucht viel Geschick für die Arbeit.«

Die Nasenflügel ihres Vaters weiteten sich. »Die Industrie zerstört alles, was dieses Land groß gemacht hat – den Bauernstand, den Glauben, die Familie. Die jungen Leute ziehen in die Städte und hören nur noch auf die Fabrikglocken. Anstatt sich um die Höfe ihrer Eltern zu kümmern, geraten sie in schlechte Gesellschaft!« Er richtete die Gabel auf ihre Brust. »Mit solchen Leuten haben wir nichts zu schaffen. Wir mögen nicht mehr viel Geld haben, aber wir bleiben Siegwarts.«

Ein heißes Kribbeln brannte in ihren Wangen. Sie senkte den Kopf und aß weiter, aber der Fisch schmeckte plötzlich wie Pappe.

»Und sonst, Liebes? Was hat sich in deinem Grenchen ereignet?«

Mutter erwartete offensichtlich gepflegte Konversation. Eigentlich könnte sie ihnen von Emmi und Stettler erzählen. *»Das Dienstmädchen der Schneiders ist ums Leben gekommen, und man weiß noch nicht, ob es wirklich ein Unfall war. Ein junger Mann wurde ermordet, und der Sohn meiner Arbeitgeber wurde deswegen befragt. Und bei euch, Mutter?«*

Sie unterdrückt das Grinsen, das an ihren Mundwinkeln gezupft hatte. »Nicht viel, Mutter. Es ist nur ein kleines Dorf.«

Nach dem Essen ging sie in ihr Zimmer. Kurz darauf klopfte es, und die Tür öffnete sich einen Spalt. Ihr Vater trat ein. »Wie wäre es mit einer Partie Schach?«

Der Knoten in ihrem Magen lockerte sich. Wenn Vater ihren Zwist vergessen wollte, würde sie nicht darauf herumreiten, und eine Partie Schach würde sie auf andere Gedanken bringen.

Ihr Vater, ein eifriger Verfechter des Schachspiels als Lebensschule, war in London gewesen, als 1851 die ersten Meisterschaften ausgetragen wurden. Er erzählte gern, dass er als junger Spund sein letztes Geld für die Reise ausgegeben hatte und fürstlich belohnt worden war, weil er am 21. Juni Zeuge der »Unsterblichen Partie« zwischen den Schachmeistern Adolf Anderssen und Lionel Kieseritzky geworden war.

Erst hatte er sich auf Daniel als Schachgegner konzentriert, aber der hatte trotz seines Talents das Interesse am Spiel rasch verloren. Seit Längerem trugen Vater und Tochter die besten Partien aus und vergaßen dabei alles um sich herum.

Die heutige Partie war keine Ausnahme. Am Ende rang sie ihm ein Remis ab. Vater lächelte anerkennend, und sein Blick hinterließ ein warmes Glimmen in ihrer Brust. Obwohl sie sich oft über seine Rückwärtsgewandtheit und Sturheit ärgerte, stand er ihr näher als ihre Mutter, und nach einer hart umkämpften Partie Schach fühlte sie sich ihm besonders verbunden. Er verkörperte die Heimat, die sie jetzt brauchte, um sich zu erholen und Klarheit über die Geschehnisse zu erlangen.

Die Messe in der Hofkirche war ein vertrautes, willkommenes Ritual. Nach dem Schlusssegen und Auszug staute sich die Menge wie üblich vor dem Haupttor, und die hohen Kirchtürme ragten wie spitze Hüte über dem Kirchenvolk in die Höhe. Den Anblick hatte Sarah vermisst, im Gegensatz zum nachkirchlichen Geschwätz, das sich wieder endlos in die Länge zog. Ihr Vater unterhielt sich mit Dr. Lobsiger, seinem Mitarbeiter aus dem Archiv – ein anständiger Mann, obwohl er den Radikalen angehörte. Er war ein Segen für ihren Vater. Nach der Niederlage im Bürgerkrieg waren viele Führer des Sonderbundes verhaftet worden oder hatten sich ins Exil geflüchtet, und Vater hatte sein ganzes Erspartes eingesetzt, um dem jüngeren Bruder ihrer Mutter seine überstürzte

Flucht nach Übersee zu ermöglichen. Seither war er »in Lohn und Brot«, wie er oft bitter anmerkte, und der angenehme Dr. Lobsiger erleichterte ihm sein Los.

Ihre Mutter unterhielt sich währenddessen mit Martha Gebenstorf, die mit ihr die Geschicke des katholischen Müttervereins in den Händen hielt. Wenigstens hatte Martha Sohn Friedrich daheim gelassen. Die beiden Damen hatten lange gehofft, dass sie und Friedrich ein Paar würden, aber glücklicherweise hatte Friedrich ebenso wenig Interesse an ihr gezeigt wie sie an ihm.

»Am Freitag habe ich mit Regierungsrat Segesser zu Mittag gegessen«, sagte Vater eben. »Er wollte heute auch kommen, aber er ist sehr beschäftigt im Nationalrat. Die Verfassungsrevision.« Er warf Dr. Lobsiger einen düsteren Blick zu. »Man will uns und der Kirche wieder den Krieg erklären. Die geistliche Gerichtsbarkeit soll abgeschafft werden, die Ordensschwestern will man aus den Schulen drängen. Der Staat mischt sich in Dinge ein, die ihn nichts angehen, und will die Kirche unter seine Knechtschaft stellen! Es geht nur noch bergab.«

»Ich vertraue auf den gesunden Menschenverstand des Parlaments«, erwiderte Dr. Lobsiger. »Segesser wird helfen, es zu richten.«

»Das glaube ich nicht mehr. Die Katholikenhasser haben das Regime übernommen und werden dafür sorgen, dass wir wieder als Staatsfeinde dastehen. Das haben wir alles schon erlebt.«

Das ewige Gejammer hatte sie in Grenchen nicht vermisst.

»Warum plant ihr keine Leserbriefaktion oder stellt euch mit Flugzetteln vors Rathaus?«

Die Herren drehten sich überrascht zu ihr um, und ihre Mutter starrte sie an, als wäre ihr ein zweiter Kopf gewachsen.

Die Lippen ihres Vaters waren schmal geworden. »Glaub mir, hier ist Hopfen und Malz verloren.«

»Wie kannst du das sagen? Wenn es so schlimm ist …«

»Es reicht«, sagte ihre Mutter scharf. »Martha und ich gehen noch zu den Gräbern. Komm mit!«

»Nein, danke.«

Wieder dieser Blick. Aber sie ertrug das jetzt nicht. »Ich möchte Hannes' Grab besuchen.«

»Das kannst du immer noch!«

»Ich komme mit zu Hannes«, sprang Daniel ihr bei, »und Hanna auch.« Er stieg die Kirchtreppe hinunter, und Sarah folgte ihm erleichtert. Manchmal war ihr ungehobelter Bruder ihre Rettung in der Not. Sie holte ihn ein und stieß ihm den Ellbogen in die Seite.

»Das war nett von dir.«

»Hab' ich gern gemacht. Aber was ist mit dir los? So kenne ich dich gar nicht.«

»Ich weiß nicht. Immer nur Resignation, das Hoch auf die alten Zeiten. Hast du nicht genug davon?«

»Natürlich. Wen interessiert, was vor zwanzig Jahren war?«

»Was treibst du so? Hat Vater dich noch nirgends unterbringen können?«

Daniel riss ein Blatt von einem Fliederstrauch, zerrupfte es und ließ die Stücke auf den Gehweg rieseln. »Er versucht es ständig. Letztens hat er Regierungsrat Segesser gefragt, ob er nicht einen jungen, tüchtigen Mann für sein Departement brauchen kann, aber zum Glück hat der schon genug solche Männer.« Er griff in seine Jackentasche, holte ein Paket mit Tabak heraus und begann sich eine Zigarette zu drehen.

»Seit wann rauchst du?«

Er zündete das schiefe Ding an und stieß den Rauch aus der Nase. »Josef und Bernhard waren ein Semester in Heidelberg an der Juristischen Fakultät und haben es sich dort angewöhnt. Vielleicht gehe ich doch noch zur Universität. Das deutsche Bier soll auch gut sein.«

Er hatte die Gesichtszüge ihres Vaters, aber sie waren noch weich und unbestimmt.

»Möchtest du nicht etwas Sinnvolles tun?«

»Irgendwann.«

»Du weißt, dass Vater nicht genug Geld hat, um dich durchzufüttern.«

»Vater ist schon froh, dass ich mit dem Lyzeum fertig bin und von dort keine Berichte mehr eingehen.« Er lächelte unbekümmert, zog erneut an seiner Zigarette und blies den Rauch aus der Nase, der in grauen, geschwungenen Schlangen in den Maihimmel schwebte. »Der letzte war besonders giftig. Ein riesiges Geschrei wegen einer kleinen Feier der ›Semper Fidelis‹ im alten Gewölbekeller.«

»Hatte es nicht damit zu tun, dass ihr Wein und Mädchen dabeihattet?«

Das kam von Hanna, die hinterlistig lächelte.

»Wo hast du das denn her?« Er zuckte die Achseln. »Es war harmlos, aber Vater war außer sich.«

Am besten hörte sie auf, ihn zu piesacken. Seine Freunde aus der Studentenverbindung waren keine üblen Burschen, obwohl er sich – wenig erstaunlich – nicht die zielstrebigsten unter ihnen ausgesucht hatte.

Inzwischen hatten sie den Friedhof erreicht. Die Totenstätte auf der Propsteimatte war vor einigen Jahren eröffnet worden, als der Platz um die Hofkirche in Luzern zu eng wurde. Während die alteingesessenen Luzerner Familien ihre Toten immer noch in den Laubgängen um die Stadtkirche beerdigten, wurden alle anderen hier zur letzten Ruhe gebettet.

Das Grab von Hannes lag unter einem jungen Ahornbaum. Die Erde war gut gelockert, und Vergissmeinnicht leuchtete in der Maisonne. Sarah umarmte Hanna. »Danke, Liebes. Es ist wunderschön.«

»Ich hatte ihn lieb.« Hanna lächelte scheu. »Ich bete jeden Tag einen Rosenkranz für ihn.«

»Das würde ihn freuen.« Die Inbrunst in Hannas Stimme legte sich wie ein sanfter Finger auf eine wunde Stelle in Sarahs Herz. Hanna war einer der wenigen Menschen, die sowohl die Güte als auch die Stärke in Hannes gespürt hatten. »Er hatte dich auch lieb.«

Sie berührte den kühlen, glatten Stein. Hannes' Grabmal war schlicht, aber aus exquisitem italienischem Marmor. Das hätte ihm nicht gefallen, aber es war der Wunsch seines Vaters gewesen. Albert Pfyffer stammte aus dem Entlebuch, hatte vor zwanzig Jahren Land in der Gegend von Sursee gekauft und sich dort einen Hof aufgebaut. Dann war seine Frau zusammen mit dem zweiten Kind bei der Geburt gestorben. Das Schicksal war ihm für einmal hold gewesen, als er sein Land dank des Baus der Bahnlinie Luzern-Sursee-Olten teuer verkaufen konnte. Vor drei Jahren war er dann mit Hannes in die Stadt gezogen.

Sie und Hannes hatten sich nach einer Messe kennengelernt und beide rasch gespürt, wie ernst es war. Ihr Vater hatte nie Einwände gehabt, und ihre Mutter, die sich von der Verheiratung der Ältesten mehr erwartet und wegen Hannes' Lehrerberuf erst die Nase gerümpft hatte, hatte ihre Meinung geändert, als sie feststellte, dass Hannes' Vater Geld hatte. Dass Hannes den Teil seines Vermögens, über den er schon verfügen durfte, für den Bau einer Schule einsetzen wollte, hatte sie natürlich nicht verstanden.

Sarah ließ die Finger über die Einkerbungen auf dem Stein gleiten. Viele hatten an ihrer Beziehung gezweifelt und behauptet, er sei zu weichherzig für sie und würde sich an ihrem Starrsinn die Zähne ausbeißen. Niemand außer ihr und Hanna hatte die innere Stärke wahrgenommen, die sich hinter seinem ruhigen Wesen verborgen hatte, und niemand hatte gesehen, was sie am meisten für ihn eingenommen hatte: dass er sie so sah, wie sie wirklich war. Als Einziger hatte er die tiefen Gefühle erkannt, die sich hinter ihrer Reserviertheit verbargen, den Schalk und die Fröhlichkeit, die nur dann zum Vorschein kamen, wenn sie sich sicher fühlte. Von ihm hatte sie sich zum ersten Mal in ihrem Leben verstanden gefühlt, und mit ihm war nicht nur ihr Verlobter gestorben, sondern auch der einzige Mensch, der sie wirklich kannte. Nach seinem Tod hatten alle ihre Contenance bewundert, einige hatten sogar geargwöhnt, dass der Verlust sie nicht getroffen hatte. Das hatte sie tief geschmerzt und in ihrem Entschluss bestärkt, ihr Herz nicht jedem zu öffnen.

Sanft legte sie die Blumen, die sie auf dem Weg gepflückt hatte, auf das Grab und betrachtete die bunten Blüten auf der braunen Erde. Warum hatte er sterben müssen? War es nicht möglich, für ihn Gerechtigkeit zu bekommen?

Sie würde versuchen, ihren Vater wachzurütteln. Anstatt die schlimmen Zeiten zu beklagen, könnte er seinen mageren Hintern aus seinem Gelehrtenstuhl erheben und etwas dazu beitragen, dass die Welt besser wurde.

Die Kellner des National servierten *Horsd'œuvres* auf goldumrahmten Tellern und zündeten dünne, rosafarbene Kerzen an, die den Blumenschmuck auf der Tafel beleuchteten; Rosen in allen Schattierungen von Weiß bis Gelb. Eine sah wie eine *Boule de Neige* aus. Ihr Vater musste tief in die Tasche gegriffen haben, um für den letzten Abend ihres Besuchs in der Heimat einen Tisch in ihrem Lieblingsrestaurant zu reservieren.

Das Hotel, eine der jüngsten gastronomischen Errungenschaften Luzerns, thronte breit am Ufer des Vierwaldstättersees und war mit seinen klassizistischen Fenstern, Stuckaturen und Büsten eine Pracht für das Auge. Es hatte vor zwei Jahren eröffnet und war ihr und Hannes rasch lieb geworden. Unzählige Male waren sie auf dem Kiesweg unter Ahornbäumen spazieren gegangen und hatten danach für einen Kaffee auf der Terrasse gesessen. Hier hatte er das erste Mal ihre Hand gehalten.

An einem Flügel in der Ecke des Saals gab ein junger Mann ein paar Perlen von Chopin zum Besten. Die Musik plätscherte reizvoll dahin, aber Sarah ertappte sich dabei, dass sie sich anstelle des glänzenden Flügels eine kleine Kapelle vorstellte, die einen scharfen Marsch spielte.

Und Paul, der mit ihr tanzte.

Hör auf damit. Du lässt dir auf keinen Fall den Abend verderben.

Ihr Vater probierte den Rotwein, den der Kellner in eine Kristallkaraffe gegossen hatte. Der Kellner schenkte allen ein, und ihr Vater erhob sein Glas und schenkte ihr ein Lächeln.

Das war eine gute Gelegenheit.

»Vater, siehst du Regierungsrat Segesser oft?«

»Gelegentlich. Warum?«

»Er steht doch dem Polizeidepartement vor. Könntest du ihn nicht bitten, sich für eine Wiederaufnahme von Hannes' Fall einzusetzen? Jetzt, da die Konservativen fest im Sattel sitzen …«

»Das kommt nicht infrage!«

Sie verschränkte die Hände. »Er würde uns sicher helfen. Du sagst immer, was für ein ehrenhafter Mann er ist.«

»Ich nutze meine Beziehungen nicht für persönliche Interessen.«

Außer für das Unterbringen eines nicht besonders ehrgeizigen Sohnes, dachte Sarah.

»Es geht um Gerechtigkeit.«

»Das Verfahren war korrekt«, erwiderte er kurz.

Ihre Mutter sah sie ärgerlich an. »Wann hörst du endlich auf, dieser Sache nachzuhängen, Sarah?«

»Hannes ist keine Sache.«

Die Weinkaraffe auf dem Tisch funkelte makellos, und einen Moment lang war sie versucht, ihr einen Schlag zu versetzen. Bei der zu Hause hatte Mutter die abgesprengte Ecke wieder festkleben lassen, aber man sah es immer noch.

»Schon gut.«

Zurück in der Pfisterngasse stürmte sie in ihr Zimmer, riss das Fenster auf und starrte zu den Türmen der Hofkirche hinüber. Ein saures Feuer brannte in ihrem Magen.

Warum konnte Vater nicht über seinen Schatten springen? Immer sprach er von Gerechtigkeit, aber wenn sie einen persönlichen Einsatz forderte, war es mit seinen Überzeugungen vorbei.

Sie strich über das Kirschholzregal über ihrem Bett. Neben einem Gedichtband in Leder, einem gezackten, dunkelgrauen Bergkristall und einer Muttergottes aus Alabaster – Geschenke von Hannes, die bei der Abreise in ihrem Koffer keinen Platz mehr gefunden hatten – stand die Spieldose von Onkel Pius mit der Ballerina im matt schimmernden Tutu. Sarah zog die Dose auf, und bald drehte sich die Tänzerin leicht und anmutig zu den feinen Klängen. Fast wie sie selbst auf dem Dorffest, mit Schalk in den Augen, fröhlich, unbeschwert. Wie lange hatte sie das nicht mehr erlebt?

Abrupt stellte sie die Dose ab. Ihr Blick wanderte weiter zu einer kleinen bronzenen Standuhr. Hannes' Vater hatte sie ihr nach dessen Tod geschenkt; ein Familienerbstück, das eines Tages Hannes gehört hätte. Wie der Zytgloggeturm bildete die Uhr den Gang der Gestirne ab, und ihr Anblick, verbunden mit den silberhellen Tönen, hatte sie in den Wochen nach Hannes' Tod auf seltsame Weise getröstet und ihren Schmerz gelindert. Vielleicht sollte sie sie aufziehen, um etwas Ruhe zu finden.

Die Glocken der nahen Hofkirche holten Sarah abrupt in die Gegenwart zurück. Sie strich kurz über die staubige Uhr und wandte sich dann ab.

Sie hatte sich so sehr auf zu Hause gefreut, auf das Vertraute, Bekannte, Sichere; aber heute kam ihr alles eng und schal vor. Das Essen im National war ausgezeichnet gewesen, die Atmosphäre dafür steif und bemüht. Lieber wäre sie in Grenchen gewesen – dort hätte jemand etwas für Hannes getan.

Die Grenchner sahen nicht einfach weg, und sie sollte es auch nicht tun. Aber alles in ihr sträubte sich dagegen, sich wieder mit dem Tod von Emmi und Franz Stettler zu beschäftigen. Was ging es sie noch an? Es war nicht ihre Aufgabe, Detektiv zu spielen.

16

Beim Abendessen im *Maison* am Dienstag fiel kein Wort; selbst Euseb vergaß, seine Schwester zu piesacken. Tiefe Furchen durchzogen Herrn Schneiders Gesicht, und Frau Schneiders Gabel zitterte in ihrer Hand, während sie die Kartoffeln auf ihrem Teller hin und her schob.

So war die Stimmung, seit Sarah am Vorabend angekommen war. Ihr Vater hatte ihr eine Flasche Wein »für die Herrschaften« mitgegeben – er war kein Mann der großen Gefühle, aber er wusste offenbar, dass er sie verletzt hatte, und wollte es wiedergutmachen. Sie hatte den Wein Herrn Schneider geben wollen, aber beim ersten Blick in sein Gesicht hatte sie das verschoben. Die Erleichterung über die Entlastung seines Sohnes schien sich in sehr engen Grenzen zu halten.

Rosa trat so behutsam ins Esszimmer wie eine Krankenschwester an ein Patientenbett. »Ich habe ein Dessert für Sie. Es braucht noch zehn Minuten. Eine kleine Aufmunterung.«

Frau Schneider lächelte mühsam, und sogar der Jubel der Kinder war gedämpft, obwohl es unter der Woche selten

Süßes nach dem Essen gab. Herr Schneider bemühte sich nicht einmal, Freude zu heucheln.

»Wie konnte er nur?« Er stieß die Gabel in die Kartoffeln, und das Porzellan quietschte protestierend.

»Nicht, Robert«, erwiderte seine Frau. »Du weißt nicht …«

»*Du* weißt nicht! Sein Techtelmechtel kann mich in Teufels Küche bringen.« Er starrte auf seine malträtierten Kartoffeln. »Kannst du dir vorstellen, was für ein Geschrei es im Dorf gibt, und in der Firma? Es ist eine Katastrophe, und alles nur, weil der Junge sich mit einem dummen Weibsbild eingelassen hat. Ich hätte ihm mehr Vernunft zugetraut!«

Frau Schneiders Gesicht verhärtete sich. »Ich dachte, in der Liebe gehe es nicht um Vernunft. Hast du nicht einmal so etwas gesagt?«

»Das ist etwas anderes. Und was ist mit meiner Position in der Kirche? Der alte Bühler lästert jetzt schon über uns, und Peter hat gesagt, ich muss mich vorsehen. Ein voreheliches Techtelmechtel! Es wird heißen, ich könne nicht für Anstand unter meinem Dach sorgen.«

»Anstand?« Rote Flecken bildeten sich auf Frau Schneiders Wangen. »Soll Peter dafür ein Maßstab sein? Urteilen über andere ist immer leicht … Du reagierst völlig übertrieben.«

Sarah verlagerte ihr Gewicht auf dem Möchtegern-Louis Seize. So hatte sie Schneiders noch nie miteinander reden hören. Frau Schneider schien außer sich. Und sie hatte recht: Herr Schneider übertrieb maßlos. Wieso hackte er so auf seinem Sohn herum? Er klang so giftig wie Nachbars Pudel in Luzern, der jeden ankläffte, aber sofort den Schwanz einzog und das Weite suchte, wenn man ihn ansah.

Rosa brachte das Dessert, einen Schokoladenkuchen mit flüssigem Kern. Er roch fantastisch und war sicher sündhaft gut, aber sie schmeckte nur warmen, flüssigen Lehm.

»Wie war Ihre Zeit daheim, Fräulein Siegwart? Wie geht es Ihrer Familie?«

Herrn Schneider schien sein Ausbruch peinlich zu sein, aber sein Interesse klang nicht überzeugend, und sie hatte so gar keine Lust auf diese Unterhaltung.

»Danke, es geht allen gut.« Der Wein von ihrem Vater fiel ihr ein. »Mein Vater richtet Grüße aus, er hat mir etwas für Sie mitgegeben.« Sie holte die Flasche und überreichte sie Herrn Schneider. »Er ist von unserem früheren Gut in der Ostschweiz.«

Herr Schneider strich über das Etikett. »Wie nett von Ihrem Vater! Richten Sie ihm meinen Dank aus.« Sein Mund wurde schmal. »Ich sollte ihn Urs schenken, als vorauseilende Entschuldigung für den Ärger, den mein Sohn uns bereitet.«

Er fing schon wieder an! Abgesehen davon war es unhöflich, ein Geschenk weiterzuverschenken – und das auch noch so offen vor ihr zu sagen. Sie atmete tief durch und beäugte ihren Schokoladenkuchen.

»Hör jetzt auf, Robert«, erwiderte Frau Schneider.

»Du hast ja keine Ahnung!« Seine Stimme wurde wieder schärfer. »Es ist eine Katastrophe, und ich …«

»Ihre Frau hat recht, Herr Schneider. Wie wäre es, wenn Sie zu Ihrem Sohn stehen würden? Das ist doch kein Weltuntergang.«

Einen Moment herrschte verblüffte Stille, dann sprang Herr Schneider auf. »Was erlauben Sie sich? Sie werden sehen, was

Sie davon haben. Wenn Urs mich entlässt, können Sie Ihre Stelle vergessen.«

»Es tut mir leid.« Sie erhob sich hastig und floh nach oben in ihr Zimmer, wo sie sich aufs Bett setzte. Ihr Herz hämmerte.

Was war nur in sie gefahren?

Die Tür knarrte. Sie zuckte zusammen, aber es war nur Rosa, die sie besorgt musterte.

»Ich habe den Lärm gehört. Was ist denn los, Kind?«

»Ach, Rosa!« Sie seufzte. »Ich bin Herrn Schneider ziemlich schroff ins Wort gefallen; es ist einfach aus mir herausgeschossen. Ich habe mich geärgert, weil er so schlecht von Paul spricht. Ohne jedes Mitgefühl!«

Rosa nickte. »Herr Schneider fühlt sich unter Druck, und er gibt ihn an alle in seiner Umgebung weiter. So war es schon das ganze Wochenende.«

»Wahrscheinlich kann ich gleich die Koffer packen.«

»Ach was! Herr Schneider hat jetzt andere Sorgen. Aber vielleicht sollten wir aktiv werden.« Rosas dunkle Augen funkelten, und ihre Energie schien sich auf Sarah zu übertragen. Sie setzte sich aufrecht hin.

»Du hast recht. Gestern habe ich meinen Vater für seinen Mangel an Zivilcourage verurteilt. Wenn ich schon nichts für Hannes tun kann, kann ich mich wenigstens dafür einsetzen, dass in dieser Sache die Wahrheit ans Licht kommt.«

In der hintersten Reihe ihres Schachbretts thronte der schwarze König, flankiert von seiner Königin. Sie musste den dunklen Spieler in dieser Sache finden, und die Antworten lagen bei Franz Stettler.

»Ich könnte den rothaarigen Jakob suchen, Rosa. Er hat erzählt, Franz habe große Töne gespuckt.«

»Viel ist es nicht, aber es ist ein Anfang.« Rosa hob die Brauen. »Wenn du jetzt gehst, erwischst du den Burschen sicher noch auf dem Heimweg.«

Der kornblumenblaue Strom der Fabrikarbeiter wälzte sich bereits aus dem Gebäude, während die Fabrikglocke ihre silbern-bronzenen Töne von sich gab. Hastig suchte Sarah die grauen Gesichter ab. Jakob war nirgends zu sehen; hoffentlich war sie nicht zu spät. Dann beleuchtete die Abendsonne seinen Kupferkopf. Sie suchte sich einen Platz am Straßenrand, heftete sich an seine Fersen und tippte ihm auf die Schulter.

Er warf ihr einen resignierten Blick zu. »Sie schon wieder?«

»Haben Sie Zeit? Ich muss Sie etwas fragen.«

»Na gut.«

Sarah folgte ihm Richtung Schmiedeplatz, wo er sich auf einen Findling setzte. Er griff in die Tasche seines Kittels, holte eine selbst gedrehte Zigarette hervor und zündete sie an. Der Tabakduft vermengte sich mit dem leichten Ölgeruch, der seinem Mantel entströmte. »Was wollen Sie?«

»Es geht um Franz Stettler.«

Er verzog das Gesicht. »Die Landjäger haben schon den ganzen Tag herumgeschnüffelt.«

»Wer könnte Franz etwas angetan haben?«

»Was weiß ich? Da waren die Weibergeschichten – hab' ich Ihnen erzählt. Vielleicht hat er wen wütend gemacht. Oder hat wem Geld geschuldet – hat immer auf großem Fuß gelebt.« Er schnippte Asche auf den Boden.

»Sie haben mir erzählt, dass er große Töne gespuckt hat. Was genau hat er gesagt?«

»Ich kann mich nur erinnern, dass er sagte, er habe das bald nicht mehr nötig. Er war ja nicht lange bei uns und ist erst kürzlich wieder in der Dreherei gelandet.« Er zuckte die Achseln. »Tut mir leid.«

Sie sog die Luft ein. Er war ihre einzige Spur gewesen. Was nun?

Ein paar Matronen warfen ihr schräge Blicke zu, als fänden sie es unpassend, dass sie hier mit einem jungen Mann saß. Erst jetzt fielen ihr die kleinen Gruppen auf, die sich auf dem Platz verteilten. Das Gelächter einiger Kinder, die Steine in den Dorfbach warfen, ging fast im Murmeln unter, das wie Wellen von den verschiedenen Menschenknäueln zu ihr schwappte.

»Hab' ich Sie nicht beim Dorffest gesehen?«

Eine gedrungene Frau fixierte sie und Jakob mit dunklen Knopfaugen. Sie konnte sich nicht an das Gesicht erinnern, aber das sagte sie besser nicht.

»Das ist möglich.«

Die andere nickte befriedigt. »Sie haben mit Urs Schild getanzt. Sind Sie nicht die Hauslehrerin von Schneiders? Wie geht es ihnen? Ich habe gehört, man hat den Sohn befragt.« Sie schmatzte genießerisch.

»Es ist nett, dass Sie sich Sorgen machen, aber Schneiders geht es gut. Paul wurde entlastet.«

»Ach.« Sie klang verschnupft. Dann schürzte sie die Lippen. »Dann hoffen wir, Sie haben recht. Wo Rauch ist …«

Dieser Satz war ihr schon immer unsäglich auf die Nerven gegangen. »Wir wollen hoffen, dass die Landjäger die Wahrheit herausbringen, nicht wahr?« Sie brachte ein höfliches Lächeln zustande und drehte sich weg, und das Weibsbild zog Gott sei Dank ab.

Herr Schneider hatte recht gehabt, was das Geschwätz betraf – die menschliche Natur war überall gleich. Sie erinnerte sich gut an die mitleidig-sensationslüsternen Blicke, mit denen man sie nach Hannes' Tod nach dem Kirchgang beäugt hatte.

Sie erhob sich und reichte Jakob die Hand. »Vielen Dank für Ihre Hilfe.«

»Warten Sie. Paul wurde befragt?«

»Ja. Er … kannte Emmi näher.«

Jakob fuhr sich mit ölverschmierten Fingern durch den roten Schopf. »Ich kenne Paul gut. Aber wo Sie Schneiders erwähnen, fällt mir was ein. Franz hat kurz bei ihm gearbeitet. Nachdem er zurück in der Dreherei war, hat er ziemlich abfällig über ihn geredet.«

»Abfällig?«

»Er habe seinen Laden nicht im Griff – was von krummen Zahlen. Einmal hab' ich die beiden streiten sehen. Ich glaube, es war Anfang April; Franz war schon wieder bei uns. Ich habe nicht gehört, worüber sie gesprochen haben, weil ich es durch eine Scheibe gesehen habe, aber Herr Schneider sah sehr wütend aus.«

Die Luft schien plötzlich so dünn und giftig wie in Daniels Zimmer, wenn eines seiner chemischen Experimente gescheitert war. »Haben Sie das den Landjägern erzählt?«

»Ist mir erst jetzt eingefallen. Denen sage ich nichts.«

Sarah strich über den warmen Findling, und ihre Finger

verursachten ein kratzendes Geräusch. Worüber konnten sich Franz Stettler und Herr Schneider gestritten haben? Stettler hatte herumgeprahlt und auf großem Fuß gelebt, Bemerkungen über Herrn Schneider gemacht. Hatte er etwas über ihn gewusst, das nicht an die Öffentlichkeit gelangen sollte, ihm vielleicht sogar gedroht? Die »krummen Zahlen« deuteten darauf hin. Er war zum Zeitpunkt des Streits nicht mehr bei Herrn Schneider beschäftigt gewesen; eine Auseinandersetzung wegen seiner Arbeit war unwahrscheinlich. Und Herrn Schneiders Reaktion auf ihre Frage nach Stettler war seltsam gewesen: Er hatte getan, als könne er sich nicht an ihn erinnern, aber der Streit, den Jakob gehört hatte, sagte etwas anderes.

Eigentlich müsste sie dem Korporal von Schneiders Streit mit Stettler erzählen, aber sie hatte nicht die geringste Lust, sich von diesem Besserwisser maßregeln zu lassen. Außerdem würde das Herrn Schneider in die Bredouille bringen. Ein Schnellschuss war unklug; erst musste sie die Angelegenheiten im *Maison* wieder richten.

Schon vom Eingangstor aus sah Sarah den Rücken des Hausherrn, der sich über seine Rosen beugte. Er hob den Kopf, kniff die Augen gegen die Abendsonne zusammen und drehte sich zu seinen Rosen zurück.

Sarah gab sich einen Ruck. »Ich muss mich entschuldigen, Herr Schneider.«

Er erhob sich und sah sie lange an, dann nickte er. »Schon gut, Fräulein Siegwart. Ich muss mich auch entschuldigen. Es ist mit mir durchgegangen. Lassen Sie uns das vergessen.«

Der Druck in ihrem Magen ließ etwas nach. »Ich danke Ihnen.«

»Schon in Ordnung.« Er klopfte sich die Hände ab. »Was machen Sie eigentlich Pfingsten? Wollen Sie nach Hause fahren?«

»Nett von Ihnen, aber daheim war ich ja gerade.«

»Kommen Sie am Sonntag mit uns nach Olten? Pfarrer Herzog predigt. Es würde uns freuen.«

Sie zögerte. Für die Pfingsttage hatte sie eher an lange Spaziergänge gedacht, und Pfarrer Herzog war für jeden katholischen Luzerner ein rotes Tuch. Aber sie sagte besser zu; immerhin war etwas Frieden eingekehrt.

Sie wollte gerade antworten, als Frau Schneider aus dem Haus trat. Sie wirkte immer noch angespannt.

»Roswitha und Ida Kölliker sind nach dem Abendessen vorbeigekommen. Sie lassen ausrichten, dass sie für Pfingstsamstag ein Picknick planen. Sie haben die Ballys zu Gast und wollen ihnen etwas Unterhaltung bieten.«

Das musste der Mann sein, der auf dem Bild in Herrn Köllikers Büro mit ihm zu sehen war – der Schuhfabrikant. Herr Schneiders Gesicht hatte sich aufgehellt. »Das ist eine schöne Gelegenheit für Sie, Kontakte zu knüpfen«, sagte er befriedigt.

»Ich weiß nicht, ob ich in diese Runde passe.«

»Machen Sie sich keine Sorgen«, sagte Frau Schneider. In ihrer Stimme lag eine leichte Schärfe. »Ballys sind nette Menschen, und was Herrn Kölliker angeht: Er mag ein großes Haus führen, aber was Sie haben, kann er sich nicht kaufen – eine gute Abstammung. Im Gegensatz zu Robert hat er sich nicht einmal sein Vermögen selbst verdient; es stammt von seiner Frau.«

»Peter ist mein Freund, Esther.« Herr Schneiders Stimme klang so scharf wie die seiner Frau, und auf ihren Wangen erschienen wieder rote Flecken.

»Mögen muss ich ihn deshalb noch lange nicht!«

Herr Schneider stand abrupt auf. »Ich bin hier fertig.« Er stapfte vornübergebeugt ins Haus.

Sarah zupfte verlegen ein verdorrtes Blättchen von einer Rose. Offenbar war die Lage zwischen den Eheleuten noch nicht bereinigt. »Ist alles in Ordnung, Frau Schneider?«

»Aber natürlich. Robert und ich sind uns sonst in fast allem einig. Herr Kölliker ist die kleine – oder nicht ganz so kleine – Ausnahme.«

»Ich mag ihn auch nicht besonders.«

»Ich kenne keine Frau, die ihn mag, auch wenn er meistens den Anstand wahrt. Aber irgendwie …«

»Mir ist er unheimlich. Er wirkt wie – wie ein Widerling.«

»Sie sehen es also auch!« Frau Schneider nickte befriedigt. In dem Moment öffnete sich das Eisentor zum *Maison*, und Korporal Ringgenberg näherte sich. Er lüftete seine Mütze.

»Guten Abend, die Damen. Ich habe heute in Grenchen Nachforschungen angestellt und wollte kurz vorbeischauen.«

»Was haben Sie Neues?«, fragte Frau Schneider.

»Leider nicht viel. Wir wissen noch nicht, woher der Hinweis auf die Beziehung Ihres Sohnes kam. Aber das Ganze ist für ihn ja glimpflich abgelaufen.«

»Finden Sie?«

Herr Schneider war im Stechschritt aus dem Haus zurückgekehrt und funkelte den Korporal wütend an, aber der ließ sich nicht beeindrucken.

»Es war unsere Pflicht, der Sache nachzugehen, Herr Schneider.«

»Gehen Sie! Sie haben uns genug Ärger bereitet.« Herr Schneider griff nach dem Arm seiner Frau und stürmte mit ihr ins Haus, den Kopf eingezogen wie bei einem Gewitter. Dieser kleinliche Mann dachte immer und ausschließlich an sich selbst. Wie mochte es Paul dabei gehen? Ob er unter diesen Umständen bald wieder nach Grenchen kam? Und dachte er an das Dorffest – und an sie?

Du klingst wie eine der Dorfschnepfen. Denk doch mal an etwas anderes.

In dem Moment näherte sich glücklicherweise Korporal Ringgenberg. »Ich muss mich bei Ihnen entschuldigen, Fräulein Siegwart.« Ringgenbergs Gesicht war leicht gerötet. »Ich habe Ihren Verdacht als lächerlich abgetan. Verzeihen Sie mir.«

Sarah lächelte, und der neu entbrannte Ärger über Herrn Schneider rückte in den Hintergrund. »Vielleicht hätte ich mir auch nicht geglaubt.«

»Sie hatten den richtigen Instinkt.« Er setzte die Mütze auf. »Lassen Sie mich wissen, wenn Sie etwas haben, das uns weiterhilft.«

Sie zögerte. Jakobs Information preiszugeben war riskant. Und selbst wenn Herr Schneider sich mit Stettler gestritten hatte, hatte er noch lange keinen Grund gehabt, Emmi zu töten. Wenn sie ihn anschwärzte und er es erfuhr, war sie ihre Stelle los.

Ringgenberg sah sie neugierig an; sie hatte zu lange geschwiegen.

»Bitte entschuldigen Sie – ich war in Gedanken. Leider habe ich nichts Neues, aber sollte ich auf etwas stoßen, komme ich zu Ihnen.«

Zurück in ihrem Zimmer, setzte sie sich ans Fenster. Kaum war der Korporal gegangen, hatte es zu regnen begonnen, und schwere Tropfen prasselten gegen die Fensterscheiben. Sarah spähte durch die geschwollenen Rinnsale, und in ihrem Mund machte sich ein Geschmack breit, der sie an die neumodische Zahnpaste erinnerte, die ihr Vater einmal von einer Reise mitgebracht hatte – seifig und bitter.

Ringgenberg hatte sich die Blöße gegeben, sich bei ihr zu entschuldigen. War es nicht schäbig, sich nur um ihren Vorteil zu kümmern? Was war mit ihrem hehren Entschluss, für Gerechtigkeit einzustehen?

Ein hässlicher Fleck auf der Innenseite der Scheibe erregte ihre Aufmerksamkeit. Sie holte ihr Taschentuch hervor, spuckte darauf und rieb die Stelle, bis der Fleck verschwunden war.

Jakobs Aussagen bedeuteten noch lange nicht, dass Herr Schneider etwas mit der Angelegenheit zu tun hatte. Sie würde das vorerst für sich behalten und auch Rosa nichts sagen. Nach Pfingsten war immer noch Zeit, um die Wache aufzusuchen.

17

Sarah erhob sich erleichtert vom Sitzpolster, stieg aus der Kutsche und folgte Schneiders in Oltens Martinskirche, einen schnörkellosen, klassizistischen Bau mit kleinen Kuppen. Während der Fahrt hatte Herr Schneider in einem fort die Meriten Herzogs besungen, und obwohl sie neugierig auf den Mann war, konnte sie solche Lobhudeleien nicht ernst nehmen. Außerdem kamen auf jede Lobpreisung von Herrn Schneider zwei Wuttiraden ihres Vaters über diesen Mann.

Herzog, Sohn eines Bauern aus Schongau, hatte Luzerns Gymnasien besucht, Theologiestudien in Tübingen und Freiburg im Breisgau betrieben und seine Ausbildung im Priesterseminar Solothurn abgeschlossen. Im Frühling 1867 war er zum Priester geweiht und schon im Herbst 1868 als Professor der Exegese nach Luzern berufen worden. Seit dem Konzil war er ein Kritiker der Kurie und hatte sich vor einem halben Jahr endgültig von der katholischen Kirche losgesagt. Seither galt er als Speerspitze der neuen Bewegung der Christkatholiken. Seit Ostern war er Pfarrer in Olten, und Herr Schneider hatte ihr hochbefriedigt erzählt, wie man die »Römischen« aus

St. Martin hinausgeworfen habe – ein Ausdruck, den sie eiligst aus ihrem Gedächtnis gestrichen hatte.

Trotz dieser gemischten Eindrücke war sie gespannt auf den Mann wie auf die Messe selbst. Vielleicht war es neu, frisch, anders? Und sie hatte Gelegenheit, Schneider zu beruhigen und sich unter die »Seinen« zu mischen. Die Gilde der Grenchner Christkatholiken war fast vollzählig anwesend.

Die Messe begann wie jede andere. Pfarrer Herzog, glatt rasiert und mit großen Augen, einem flächigen Gesicht und einem tief sitzenden, strengen Scheitel im dunklen Haar, leitete die Messe souverän und genau so, wie sie es kannte. Nichts deutete darauf hin, dass sie sich in einem Ketzerhaus befand, wie ihr Vater es genannt hätte – nach dem Einzug die Begrüßung, das Kyrie, die Worte aus der Schrift; beruhigend und gleichzeitig etwas enttäuschend. Dann begab sich der Pfarrer zur Kanzel, und die Kirchenbänke knarrten, während jeder Rücken etwas gerader zu werden schien. Köpfe kippten nach hinten, eifrig und erwartungsvoll.

Sie blieben aufmerksam, obwohl der Pfarrer seinen Schäfchen trockene Kost zumutete: Hatten Sakramente, die christkatholische Priester ihren Gläubigen spendeten, Gültigkeit? Er verwies auf das Konzil von Trient und den bischöflichen Kommissar Winkler in Luzern, nach dessen Darlegungen ein zensurierter Priester, der geistliche Verrichtungen vornimmt, zwar schwer sündige, die Verrichtungen selbst aber gültig seien. Zu guter Letzt zitierte Herzog einen konservativen Kirchenrechtslehrer, der die von schismatischen Geistlichen gespendeten Priesterweihen ebenfalls für gültig erklärte. Seine Stimme wurde immer lauter.

»Der Heilige Geist ist es allein, der in der Kirche bindet und löst; der Heilige Geist ist aber ein Geist der Liebe, der keinem unrecht tut! Die Römischen scheinen zu glauben, Gott sei bei seiner Gnadenspendung an die Verordnungen der kirchlichen Behörden gebunden. Wenn diese auch in ganz ungerechter Weise einem Priester verbieten, fernerhin geistliche Funktionen vorzunehmen und ihn ungerecht exkommunizieren, so vermag Gott durch einen solchen Priester keinem Menschen mehr seine Gnade zuzuwenden; erst wenn der Herr Bischof den Bann gelöst und den Kanal wieder geöffnet hat, dann erst vermag es der Herrgott wieder, die Ströme seiner Gnade fließen zu lassen und die Herzen der armen ungeweihten Menschen zu erquicken. Das scheint mir fast eine gotteslästerliche Anschauung zu sein!« Er senkte den Kopf und legte die Hände auf das Pult.

Alles nickte beifällig, und Herr Schneiders Begeisterung hob seinen Hintern fast von der Kirchenbank. Sarah lächelte höflich mit, aber die Gesichter schienen ihr giftig und gehässig, und Herzogs Tirade gegen die »Römischen« hatte ungute Erinnerungen in ihr aufsteigen lassen. Sie erhob sich mit den anderen zum Gesang und starrte in das in Leder gebundene Büchlein, während die Noten vor ihren Augen verschwammen.

Sie war 1848 geboren und genauso alt wie der neue Bundesstaat, aber das hatte bei niemandem in ihrer Familie Freude ausgelöst. Ihr Vater wurde nicht müde zu erzählen, wie sich das liberale Regime in den ersten Jahren nach der Revolution mithilfe des Militärs und mit Wahlmanipulationen an der Macht gehalten hatte, und auch sie hatte Hass und Häme erfahren, als man ihr in der Schule Worte wie »Papsthure« und »Römerschlampe« entgegengeschleudert hatte. Die tiefste

Demütigung war ihr am Zehnjahresjubiläum des neuen Staates widerfahren. Die Schule hatte einen Festakt aufgeführt, und ihr Klassenlehrer hatte ausgerechnet sie ausgesucht, um Ferdinand Freiligraths Gedicht *Im Hochland fiel der erste Schuss* vorzutragen. Freiligrath hatte es im Februar 1848 in London geschrieben, nachdem die Konservativen im Jahr davor den Bürgerkrieg so bitter verloren hatten, und drückte darin seine Hoffnung aus, dass es auch in Baden und ganz Deutschland zu einer Revolution kommen würde. Sie hatte auf der Bühne gestanden, und das süffisante Lächeln von Lehrer Knüsel hatte in ihrem Nacken gebrannt, während sie mit zitternder Stimme angefangen hatte:

Im Hochland fiel der erste Schuss –
Im Hochland wider die Pfaffen!
Da kam, die fallen wird und muss,
Ja, die Lawine kam in Schuss –
Drei Länder in den Waffen!
Schon kann die Schweiz vom Siegen ruhn:
Das Urgebirg und die Nagelfluhn
Zittern vor Lust bis zum Kerne!

Das Gedicht hatte viele Zeilen gehabt, und sie hatte sie tapfer aufgesagt. Aber sie hatte das Gesicht ihres Vaters nie vergessen. Hoch aufgerichtet auf seinem Holzstuhl, hatte er starr geradeaus gesehen und sich nichts anmerken lassen. Aber die Demütigung, die sie in seinen Augen gelesen hatte, hatte tiefer gebrannt als ihr eigener Schmerz.

In den kommenden Jahrzehnten hatte sich die Lage beruhigt, und als die Konservativen vor zwei Jahren in Luzern die Mehrheit errangen und Vaters Freund Segesser zum Regierungsrat ernannt wurde, hatte sogar Vater auf einmal hoffnungsvoll gewirkt. Doch die Diskussionen um das päpstliche Dogma hatten die Streitereien wieder aufflammen lassen, und heute schienen die Gräben tiefer als jemals zuvor.

Ein Ellbogen bohrte sich in ihre Seite. Herr Schneider sah sie ärgerlich an, alle saßen bereits wieder in ihren Bänken. Hastig setzte sie sich. Es fehlte noch, dass sie sich hier unmöglich machte.

Nach der Messe versammelten sich die Grenchner und ihre Freunde. Auch Ballys, die sie beim gestrigen Picknick kennengelernt hatte, standen dabei. Herr Kölliker blies sich neben Herrn Bally auf, als hätte ihn Königin Viktoria eben zum Ritter geschlagen.

Der Pfarrer näherte sich ihrer Runde und gab allen die Hand. Herr Schneider schob sich vor Sarah, aber Pfarrer Herzog streckte ihr schon die Hand entgegen.

»Unsere Hauslehrerin, Herr Pfarrer«, sagte Herr Schneider rasch. »Fräulein Siegwart aus Luzern.« Den zweiten Teil seines Satzes verstand man kaum, aber Herzog hatte gute Ohren. »Aus Luzern? Etwa von Balthasar?«

Sarah nickte.

»Ich kenne Ihren Vater«, fuhr Herzog fort. »Er ist ein guter Freund von Regierungsrat Segesser, nicht wahr? Nicht ganz auf unserer Linie, soweit ich weiß.«

Sarah wurde heiß. Die Umstehenden starrten sie an, und Herr Schneider wirkte, als sei sein schlimmster Albtraum wahr geworden. Bevor sie antworten konnte, lachte Herzog.

»Keine Sorge! Schön, dass Sie hier sind.« Und schon zog er weiter.

Auf der Rückreise brütete Herr Schneider vor sich hin und warf ihr ab und zu unheilvolle Blicke zu, und kaum im *Maison* angekommen, legte er ihr eine Hand auf den Arm.

»Auf ein Wort, Fräulein Siegwart.«

Er ging ihr voraus in die Bibliothek, setzte sich hinter seinen Schreibtisch und strich über die glänzende Oberfläche.

»Ich weiß, dass ich Ihnen nur beschränkt Vorschriften machen kann, aber ich muss Sie bitten, den Umgang mit bestimmten Leuten aus dem römischen Umfeld zu vermeiden – vor allem den mit Peter Obrecht und seiner Familie. Seine Frau ist zwar eine Schild, aber sie stellen sich gegen uns. Dass Sie mit Rosa die Messe besuchen, kann ich kaum verbieten, aber lassen Sie sich nicht mit diesen Leuten ein.« Er griff nach einem Lineal und beugte es, bis es knackte. »Pfarrer Herzogs Worte haben auch andere gehört, und ich kann es mir nicht leisten, Ihretwegen Probleme zu bekommen. Es reicht, dass Paul mir solche Ungelegenheiten bereitet hat.«

Da war sie wieder, diese unterwürfige und ehrgeizige Ader, die alles andere verdrängte. Das mit Obrechts war nicht schlimm; sie hatte die Familie nur bei ihrer ersten Messe gesehen. Aber wie er ständig darum kreiste, inwiefern sich das Verhalten seiner »Lieben« auf seine Karriere auswirken würde, war einfach abstoßend. Von seinem älteren Sohn hatte er seit Tagen nicht gesprochen, und trotz der freien Pfingsttage war Paul nicht nach Grenchen gekommen. Wer konnte es ihm verübeln?

Sarah nickte kurz, ging hinauf in ihr Zimmer und zog die Sonntagskleider aus. Das Wetter war wunderbar, aber sie hatte keine Lust, hinauszugehen. Der Vormittag unter den vielen Menschen war anstrengend gewesen. Am besten nutzte sie den Pfingstmontag für eine Wanderung; sie musste sich endlich darüber klar werden, ob sie ihre Information an Korporal Ringgenberg weitergeben sollte. Eigentlich hatte Herr Schneider es nicht verdient, dass sie seinetwegen schwieg.

»Der Krieg interessiert mich nicht. Vater sagt, wir haben gewonnen.«

Euseb gähnte, kippte seinen Stuhl vor und zurück und sah sie dabei herausfordernd an, aber Sarah ignorierte ihn. Sie hatte sich fest vorgenommen, nach Pfingsten mit den Kindern die Bundesstaatsgründung zu behandeln. Herr Schneider hatte ihr erzählt, dass er Euseb nächstes Jahr nach Breidenstein schicken wollte, und es konnte nicht schaden, seinen Horizont zu erweitern. Irgendwie musste sie seine wissensundurchdringliche Schale knacken.

Sie schrieb ein paar Jahreszahlen an die Tafel. Nachdem sie die Resultate des Wiener Kongresses skizziert und die 1830er-Jahre abgehandelt hatte, leitete sie zum Sonderbundskrieg über, schilderte die Niederlage der Katholisch-Konservativen und den Sieg des liberalen Staates 1847/48. »Für die Staaten rund um die Schweiz waren wir ein Unruheherd«, erklärte sie. »Baden hat gespannt auf uns geblickt, weil es sich ebenfalls einen Sieg erhoffte, und …«

»Hat sie geblutet?«

Sarah blickte verwundert zu Euseb, der seinen Stuhl wieder nach vorn gekippt hatte. »Sagen Sie schon. Ist es aus Emmi herausgespritzt? Haben Sie etwas abgekriegt?«

»Wie in aller Welt kommst du jetzt darauf?«

»Ernst hat mich gestern gefragt, und ich konnte es ihm nicht sagen!« Frust drang durch Eusebs Gequengel.

»Ich glaube nicht, dass Sophie und du das hören wollt.«

Sophies Lippen zitterten, und ihre dunklen, sonst so wachen Augen wirkten ängstlich, verständlich für ein Kind mit einer so starken Vorstellungskraft. Vielleicht erzählte sie besser in sachlichen Worten, was passiert war; ein bekannter Schrecken war nur halb so schlimm wie das, was man sich in seiner Fantasie vorstellte.

Sie strich dem Mädchen über den dunklen Schopf. »Du brauchst dich nicht zu fürchten. Emmi hatte nur etwas Blut am Kopf.«

Euseb, von der sensationslosen Beschreibung zweifelsfrei enttäuscht, warf Sophie einen hinterhältigen Blick zu. »Sie könnte jetzt ein Geist sein! Weißt du noch, als du gesagt hast, sie sei langsamer als eine Schnecke? Vielleicht kommt sie und holt dich!«

Er stand auf und streckte die Hände nach Sophie aus, und ihr schrilles Kreischen bohrte sich wie ein giftiger Pfeil in Sarahs Hirn. Sie schlug mit dem Lineal so heftig aufs Pult, dass sich Holzsplitter lösten.

»Es reicht!« Sie fixierte den erschrockenen Euseb. »Du wirst keine Pause machen, sondern ein paar zusätzliche Rechenaufgaben lösen.«

»Das können Sie nicht!« Eusebs pummlige Wangen hatten sich gerötet. »Ich gehe zu Mama!«

»Du wirst tun, was ich gesagt habe.«

Sarah kritzelte hastig ein paar Aufgaben an die Tafel, verließ das Zimmer, schloss die Tür hinter sich und lehnte sich an das Holz. Der Puls hämmerte in ihren Ohren.

Es hätte nicht viel gefehlt, und sie hätte Euseb eine Ohrfeige verpasst.

Wie froh wäre sie jetzt gewesen, mit Regina oder Dorothea sprechen zu können; mit jemandem, der die Herausforderungen ihrer Arbeit kannte. Sie wusste nicht, was mit ihr los war.

Nach dem Essen schlich sie in die Küche.

»Hast du Zeit?«

Rosa drückte ihr ein kariertes Tuch in die Hand. »Wenn du abtrocknest. Was gibt es?«

»Ich hatte einen Streit mit Euseb.« Sarah griff nach einem feuchten Teller. »Ich komme einfach nicht mit ihm zurecht.«

»Er ist auch ein kleiner Satansbraten.«

»Ich weiß, aber früher war ich geduldiger und hartnäckiger. Irgendwie habe ich gar keine Lust, sein Interesse für die Schule zu wecken. Als Hannes noch lebte, war das anders.«

Sie rieb über den Tellerrand, auf dem kleine Rosen prangten. In der Küche war es warm und feucht, aber ihr war kalt.

»Wir haben einander von den Fortschritten unserer Schüler erzählt, haben uns gegenseitig Mut gemacht«, fuhr sie fort. »Er war so begeistert und leidenschaftlich, und ich auch. Jetzt ist nichts davon übrig.«

»Macht es dir keine Freude mehr?«

»Ich glaube nicht.« Sie seufzte. »Vielleicht war ich nur begeistert, weil er es war. Wenn ich mir vorstelle, dass ich das mein restliches Leben machen muss, habe ich das Gefühl zu ersticken.«

Rosa wusch eine Tasse aus und stellt sie auf den Tresen. »Vielleicht hast du noch nicht herausgefunden, was du wirklich willst. Mein Fred kam aus einer Gärtnerfamilie, aber ihm lag die Arbeit gar nicht. Dann hat er bei Anton Schild die Uhrmacherei gelernt und wollte nie mehr etwas anderes machen. Er meinte immer, wir müssen die Arbeit finden, die uns so viel Freude macht, dass wir uns fühlen, als ob wir fliegen könnten.« Sie zog ihre Hand durch das Seifenwasser im Küchentrog. »Beim Abwasch habe ich nicht das Gefühl, dass ich gleich aus dem Küchenfenster flattere, aber ich bin meiner Mutter schon als kleiner Knopf durch die Küche nachgetrippelt. Wenn ich einen schönen Braten vorbereite oder eine neue Suppe ausprobiere, sehe und höre ich nichts, bis ich fertig bin, und wenn es allen schmeckt, geht mir das Herz auf.« Sie lächelte. »Was ist mit dir? Was hat dich als Kind begeistert?«

Sarah zuckte die Achseln. »Das, was ich machen durfte, fand ich langweilig.« Sie warf einen Blick auf die Küchenschublade. »Als du mir Freds Uhr gezeigt hast, habe ich mich erinnert, wie mein Onkel mir einmal das Innere einer Spieluhr erklärt hat. Ich weiß noch, wie fasziniert ich war. Und als wir einmal in Bern waren, brachte mich Vater fast nicht mehr vom Zytgloggeturm weg. Ich weiß nicht, was mich so fasziniert hat, aber ich stand da wie angewurzelt.«

»Du hast jedenfalls ein Auge fürs Detail. Das habe ich schon bemerkt.« Rosa rieb energisch ein Glas aus. »Du bist jung. Du wirst noch herausfinden, was das Richtige ist.«

Sarah lachte. »Du setzt an das Alter einer Frau andere Maßstäbe als meine Mutter. Für die bin ich schon eine alte Jungfer.«

»Ach was! Aber ich glaube, dich beschäftigt noch etwas anderes.« Rosa musterte sie. »Du hast mir bisher nicht erzählt, was du vom jungen Jakob erfahren hast.«

Sarah zögerte. »Was würdest du tun, wenn du etwas wüsstest, das Herrn Schneider belasten könnte?«

»Was ist es denn?«

»Das spielt keine Rolle. Was würdest du tun?«

»Raus damit, sonst kann ich dir nicht helfen.«

»Na gut. Jakob hat gesehen, wie Herr Schneider und Franz Stettler sich übel gestritten haben. Er hat nichts gehört, aber er sagte, es sah sehr ernst aus.«

Rosa trocknete sich die roten Hände am Küchentuch ab. »Herr Schneider ist ein guter Arbeitgeber, und ich möchte ihm niemals schaden. Trotzdem solltest du es den Landjägern sagen. Ich kenne Herrn Schneider – der kann keiner Fliege etwas zuleide tun.«

»Vielleicht hast du recht.«

»Natürlich habe ich das. Du gehst dahin und erzählst, was du weißt.« Rosa zwinkerte ihr zu. »Und wenn wir schon im Beichtstuhl sitzen: Was ist mit dem jungen Herrn Schneider?«

»Was soll mit ihm sein?«

»Ich habe gesehen, wie er dich ansieht.«

»Wann denn? Er war lange nicht mehr hier.«

»Von Anfang an. Und ich habe euch tanzen sehen. Er mag dich. Was ist mit dir?«

Das nasse Glas in ihrer Hand trug noch Seifenspuren, und Sarah verfolgte die pastellenen Linien, bis sie sich am Fuß des Glases sammelten. »Ich weiß nicht. Ich mag ihn auch gern, aber …«

»Was denn? Er ist ein lieber Junge.«

»Und was ist mit Emmi? Das spricht nicht gerade für ihn.«

Es knackte in ihrer Hand. Im karierten Baumwolltuch steckte eine Scherbe.

»Ach, du lieber Himmel! Gib das lieber her.« Rosa nahm ihr das havarierte Glas aus der Hand und musterte sie scharf. »Es scheint dich mehr zu beschäftigen, als du zugeben willst.«

»Ach was. Es ist nur … einen Moment lang, als wir tanzten, war ich so unbeschwert wie schon lange nicht mehr. Das habe ich erst einmal empfunden.«

»Bei Hannes.«

»Ja. Bei Hannes.« Warum hatte sie Hannes verlieren müssen? Und was brachte es, wieder Gefühle zu investieren? Wie es gewesen war, würde es nie mehr sein.

Du lieber Himmel – sie hörte sich an wie Vater.

»Vielleicht bist du bereit für etwas Neues. Du bist jung, Kind.«

Rosas Worte schienen direkt in ihre Gedanken zu sprechen.

»Ich weiß es nicht, Rosa. Ich fühle …«

Was empfand sie wirklich? Sarah suchte nach passenden Worten, aber sie wollten sich nicht finden lassen. Dann ging die Türglocke. Der einzig richtige Moment! Erleichtert eilte sie hinaus und öffnete die Haustür. Vor ihr stand Korporal Ringgenberg, neben ihm der Mann, der zusammen mit ihm Paul abgeholt hatte.

18

»Herr Schneider ist hier, nehme ich an?«

Ringgenbergs Blick verhieß nichts Gutes. In Sarahs Kopf wirbelten die Gedanken wie die farbigen Seifenschlieren in Rosas Waschbecken. Sie führte die Herren in die Bibliothek zu Herrn Schneider, der beim Anblick der Männer von seinem Stuhl hochschoss.

»Was wollen Sie?«

»Sie kommen mit uns, Herr Schneider.«

Ringgenberg ignorierte Herrn Schneiders Proteste und führte ihn in die Eingangshalle.

Schritte klapperten auf der Treppe.

»Robert? Was ist passiert?« Frau Schneider, die Hand um das Geländer geklammert, starrte entsetzt auf die Herren.

»Sorge dich nicht, meine Liebe. Alles wird sich aufklären.« Frau Schneider schwankte, ihre Knie knickten ein. Sarah rannte zu ihr und griff ihr unter die Arme.

»Beruhigen Sie sich! Es wird alles gut.«

Frau Schneiders Brust hob und senkte sich wie die eines ängstlichen Vögelchens.

»Fräulein Siegwart! Ich hätte gern ein Wort mit Ihnen gesprochen.«

Ringgenberg. So kalt und trocken hatte er nicht einmal bei ihrem ersten Zusammentreffen geklungen.

Sie nickte ihm zu, brachte aber erst Frau Schneider in ihr Zimmer. Ihre Beine fühlten sich wie hölzerne Stelzen an, als sie dem Korporal anschließend in die Bibliothek folgte.

Er schloss die Tür. »Jakob Wenger hat uns gestern Abend über die Bemerkungen von Franz Stettler informiert, und über den Streit, den die Herren hatten. Er hat uns gesagt, dass er Ihnen letzte Woche davon erzählt hat.«

»Ich wusste nicht, wie …«

»Sparen Sie sich die Erklärungen. Wenn es darauf ankommt, denken Frauen nur an sich selbst.« Er zog seinen Gürtel straff. »Ich werde Ihren Herrschaften nicht sagen, dass Sie herumgeschnüffelt haben. Sie haben nichts zu befürchten.« Er verließ die Bibliothek, und die Tür knallte ins Schloss.

Sarah zuckte zusammen und starrte ihm nach. Dann griff sie nach einer Vase auf Herrn Schneiders Schreibtisch. Am liebsten hätte sie sie durch den Raum geschleudert und am Fenster in tausend Teile zersplittern sehen. Sorgfältig stellte sie das gefährliche Ding wieder ab und sah aus dem Fenster, gerade noch rechtzeitig, um den steifen Rücken des Korporals um die Ecke verschwinden zu sehen.

Wie selbstgerecht er sie angesehen hatte! Und wie feige von ihm, das Schlachtfeld zu verlassen, bevor sie sich verteidigen konnte. Aber wahrscheinlich wäre jede Erklärung an ihn verschwendet gewesen. Als Staatsbeamter konnte er sich offenbar nicht vorstellen, dass andere Leute um ihre Arbeit fürchteten, und um sich in andere hineinzuversetzen, fehlte ihm wahrscheinlich die Empathie.

Die Tür öffnete sich einen Spalt. »Was wollte der Korporal von Ihnen?« Frau Schneider krümmte die Finger um den Türgriff.

»Nichts Bestimmtes. Es tut mir so leid, Frau Schneider.«

Frau Schneiders sonst so kunstvoll geflochtenes, glänzendes Haar war wirr und stumpf. »Ich bin froh, dass Sie hier sind und sich um die Kinder kümmern.«

Sarah nickte und atmete tief durch. Sie hatte einen Auftrag und musste sich zusammennehmen.

Nachdem Frau Schneider wieder gegangen war, griff Sarah nach dem Füllfederhalter, mit dem der Korporal bei ihrem ersten Verhör gespielt hatte. Sie hatte in Ringgenbergs Gesicht neben dem Ärger auch Enttäuschung gesehen, wie damals in den Augen von Schwester Theresia, als sie ihr erbärmliches Andachtsgedicht über die Himmelfahrt des Herrn vorgelesen hatte. Theresias Missbilligung hatte ihr damals keine Kopfschmerzen bereitet, aber es traf sie, dass sie den Korporal enttäuscht hatte.

Trotzdem: Er mit seinem sicheren Posten konnte es sich leisten, Vorwürfe zu erheben. Außerdem spielte es keine Rolle, Jakob hatte ihm alles erzählt.

Ringgenbergs Konterfei verblasste, und sie sah Herrn Schneider vor sich, so blass und entsetzt, als sei der Leibhaftige hinter ihm her. Sie konnte sich genauso wenig wie Rosa vorstellen, dass dieser Mann jemandem ein Messer in die Eingeweide stieß. Aber wenn Herr Schneider seine Stelle verlor und sie entließ, musste sie Grenchen wahrscheinlich verlassen. Das sollte nicht so schlimm sein … nur war es das eben doch.

Als die Kirchenglocken vier Uhr schlugen und Sophie das Schulzimmer verließ, seufzte Sarah erleichtert auf. Sie hatte sich redlich bemüht, ihrem Lehrauftrag nachzukommen, aber nach der Verhaftung ihres Vaters waren die Kinder so verschreckt gewesen, dass nichts zu ihnen durchdrang. Schließlich hatte sie Sophie ein Buch lesen lassen und Euseb zum Spielen geschickt.

Sie stieg die Treppe hinunter. Ob Rosa Zeit für einen Kaffee hatte? Sie musste unbedingt auf andere Gedanken kommen. Doch Rosa stand bereits am Treppenende, das breite Gesicht bekümmert.

»Ich will auf den Markt, Knochenmark für eine Rinderbrühe holen. Frau Schneider muss bei Kräften bleiben.« Rosa seufzte. »Es bricht mir das Herz, sie so zu sehen. Begleitest du mich?«

Eine halbe Stunde später erreichten sie den Markt an der Bettlachstraße, der heute noch voller schien als während des Blasmusikfestes. Die Blicke der Marktbesucher fühlten sich an wie tausend heiße Nadelstiche. Neuigkeiten – vor allem die der schlechten Sorte – verbreiteten sich schnell. Rosa sah stoisch geradeaus, und Sarah heftete ihren Blick auf Rosas ausladendes Hinterteil.

Sie holten das Knochenmark am Metzgerstand und begaben sich zum Gemüsehändler, den Rosa in ein angeregtes Gespräch über Zwiebeln und Kopfsalat verwickelte. Sarahs Anspannung ließ gerade etwas nach, als sich eine dürre Frau neben ihr aufbaute und Rosa böse anstarrte.

Rosa schien den Blick zu spüren und drehte sich um. »Was willst du, Gäthchen?«

Die Dürre beugte sich vor, die langen Arme gebeugt wie eine Gottesanbeterin. »Gib endlich zu, dass deine Herren vom Teufel sind!«

Rosa lachte, aber der Ärger in ihrer Stimme drang durch. »Sag dem alten Bühler, er soll sein Gift für sich behalten.«

»Ich kann für mich selbst denken.« Das Gäthchen warf Sarah böse Blicke zu. »Und Sie haben sich in Olten blicken lassen!«

Sarah versuchte sich in einem unbeteiligten Gesichtsausdruck, aber die heißen Nadelstiche waren in ihrem Gesicht angekommen. Hier blieb wirklich nichts geheim.

Zum Glück konzentrierte Gäthchen ihren Zorn wieder auf Rosa. »Mit deinem Schneider wird es ein schlimmes Ende nehmen. Es ist der Zorn Gottes!«

»Wenn du nicht aufpasst, landest du in der Irrenanstalt.« Die letzten Worte kamen von einer Frau, die sich eben dazustellte, aber Gäthchen wirkte nicht beeindruckt.

»Misch du dich nicht ein, Lise! Deine Girards sind nicht besser; alles das gleiche Gesindel. Und der alte Bally zwingt seine Arbeiter in die Ketzerei. ›Vize-Gott von Schönenwerd‹, so benimmt er sich. Schilds genauso!«

»Schilds sind ehrenwerte Menschen.«

»Ehrenwert!« Gäthchen stieß die Köchin der Girards an. Die stolperte, streckte eine Hand nach dem Marktstandpfeiler aus, verpasste ihn aber und kippte nach hinten, wobei sie einen Korb mit Eiern umriss. Korb und Köchin landeten auf dem gepressten Lehmboden, wo sich Eiklar und Dotter zu einer gelben Brühe vermischten. Lise kniff die Augen zusammen, rappelte sich hoch und stieß Gäthchen so heftig in den Bauch, dass sie in den Früchte- und Gemüsestand prallte und mit dem Hintern in einer Schüssel Erdbeeren landete. Mit Worten auf den Lippen, die nicht zu ihrer Frömmigkeit passen wollten, stürzte sie sich auf die andere, und eine Traube weiblicher Zuschauer reckte die Hälse, um ja nichts zu verpassen.

Rosa packte Sarah am Arm. »Geh zum Bären. Ich komme nach, wenn ich diese Hyänen getrennt habe.«

Sarah hastete mit den Einkäufen in Richtung Dorfplatz, den gedämpften Lärm vom Marktplatz im Rücken. Wenn nur Rosa nichts abbekam! Auf der anderen Straßenseite erhob sich die Schildfabrik, dahinter der Lagerraum, der immer noch unheimlich wirkte. Sarah fröstelte. Dann spähte sie ins Fenster des Bären. Ein Glas Wasser wäre jetzt gut gewesen, aber es war nicht schicklich, allein in die Wirtschaft zu gehen.

Sie wollte sich eben abwenden, als etwas Grelles auf dem Fenstersims ihre Aufmerksamkeit erregte. Sie griff danach, ein gelbes, bedrucktes Stück Krepppapier mit abgerundeten Rändern, das eine verschnörkelte Inschrift trug:

»La Fleur Jaune – die schönsten Mädchen der Region!« Darunter, in fetteren Lettern: *»Nächsten Montag zur Feier der neuen Blüte in unserem Strauß: Rabatt auf unsere Schönen!«*

Mit spitzen Fingern drehte sie das Papier um und stockte. Von dieser Seite sah es tatsächlich wie eine gelbe Blume aus – wie die, die sie vor dem Hauseingang von Köllikers gefunden hatte. Bei ihrem Aufbruch damals hatte es leicht geregnet, aber die Blume war trocken gewesen; sie hatte noch nicht lange dort gelegen.

Herr Kölliker trieb sich also in Bordellen herum. Überrascht war sie nicht, aber beim Gedanken an den feisten Mann und die zarte junge Frau, die Hanna so ähnlich sah, wurde ihr leicht übel.

Endlich kam Rosa zurück, zum Glück ohne Blessuren. »Unglaublich, wie sich gestandene Frauen benehmen können. Aber was ist mit dir?« Sie musterte Sarah scharf. »Hat dich jemand angepöbelt?«

»Nein«, erwiderte Sarah. »Es ist nur …« Sie hielt Rosa das gelbe Papier entgegen. »Das habe ich eben gefunden.«

»Die sieht man hier überall – die sind vom Bordell an der Bielstraße. Eine von Herrn Bühlers ›Auswüchsen des Bösen‹, für die er die Christkatholiken, die Fabrikherren und den Liberalismus verantwortlich macht. Als hätte es nicht schon immer Hurenhäuser gegeben!«

»Ich habe eine bei Köllikers im Hauseingang gefunden.«

»Na, wer hätte das gedacht.«

»Du wusstest es?«

»Nein, aber es erstaunt mich nicht.«

»Mich auch nicht. Und dieser Widerling wird Herrn Schneiders Stelle erben, wenn man ihn entlässt.«

»Das wird nicht passieren!« Rosa atmete heftig, während sie zusammen Richtung Oelirain marschierten. »Ich habe dir gesagt, unser Herr Schneider kann niemandem etwas tun, und das glaube ich immer noch. Der arme Mann, und die arme Frau Schneider! Sie ist eine zarte Pflanze, und sie so leiden zu sehen …« Sie stellte den Korb ab und stemmte die Hände in die Hüften. »Wir lassen es nicht so weit kommen. Wir unternehmen etwas – du und ich. Ich kenne die Leute hier, und du hast Grips. Wir schaffen das.«

»Ich hoffe, du hast recht.«

Rosa hob die Brauen und lächelte. »Das hatten wir doch schon! Das habe ich immer.« Rosa schulterte ihren Korb und stieg wieder bergan, wie ein unbeirrtes Schlachtschiff in stürmischer See, und Sarah wurde leichter ums Herz. Wie gut, dass sie diese Frau hatte! Und Rosa hatte recht: Zusammen mussten sie es einfach schaffen.

19

»Damit habe ich nichts zu tun.«

Herrn Schneiders Schnurrbart zitterte. Viktor und Schneider saßen nur einen Meter von Gideon entfernt. Der Untersuchungsraum im Amtsgericht war in den letzten Jahren modernisiert worden; man hatte die Wände gestrichen und neues Parkett verlegt. Nur die Fenster waren noch dieselben: Schießscharten, die kaum Licht hereinließen und in den Befragten das Gefühl weckten, die nächste Tür führe direkt aufs Schafott. Ein gelungener Effekt, wie Gideon fand.

Nach der Verhaftung Schneiders und der damit verbundenen Euphorie war die Ankunft in der Realität hart gewesen, als Viktor ihm eröffnet hatte, dass er am Verhör nicht direkt mitwirken durfte. Es hätte ihn nicht überraschen dürfen – Landjäger hatten keine Befugnis, offizielle Verhöre abzuhalten. Trotzdem störte es ihn. War er wirklich nur dazu gut, Häuser abzuklappern und Spuren einzusammeln?

Immerhin, für Schneider sah es brenzlig aus. Nach Jakob Wengers Aussage hatten sie sich bei Schild die Zahlen aushändigen lassen und waren auf Unstimmigkeiten zwischen den

Verkaufs- und Produktionszahlen gestoßen. Das deutete darauf hin, dass Schneider versucht hatte, seine Abteilung besser dastehen zu lassen. Jetzt musste Viktor ihn einfach fester in die Zange nehmen.

»Warum sollte ich meine Position aufs Spiel setzen?« Schneiders Stirn glänzte.

»Sie haben eine junge Frau und zwei Kinder, für die Sie sich eine Hauslehrerin leisten«, erwiderte Viktor. »Sie sind ein Mann, der vorankommen will.«

»Ich würde niemals meinen Ruf riskieren! Ich habe mir alles, was ich habe, hart erarbeitet.« Seine geweiteten Augen verrieten nicht, ob er die Wahrheit sagte.

»Wenn Sie nichts damit zu tun haben, wer dann?«

Schneider nestelte an seinem Kragen. »Fragen Sie Vogt, er macht die Buchhaltung.«

»Das werden wir.« Viktor stellte sich neben Schneider. »Wie sieht es mit Ihrem Streit mit Franz Stettler aus? Es soll heftig zugegangen sein.«

»Mag sein.«

»Was denn nun?«

Schneider strich sich über den Schnurrbart. »Na gut, wir hatten Streit. Es ging um Stettlers miserable Leistungen. Darum habe ich ihn ja versetzen lassen.«

»Wieso sollten Sie sich mit ihm darüber streiten, wenn er gar nicht mehr bei Ihnen arbeitete?«

»Weil wir immer noch Probleme deswegen hatten!«

Viktor stützte die Hände auf das Pult und fixierte Schneider. »Stettler könnte es Ihnen heimgezahlt und Sie angeschwärzt oder erpresst haben.«

»Das hat er nicht!«

»Wo waren Sie am 23. Mai zwischen zwölf und fünf Uhr?«

»Mittags war ich zu Hause, am Nachmittag hatte ich Abteilungssitzung. Meine Sekretärin kann das bezeugen.«

»Wollen Sie behaupten, dass rund um die Uhr jemand bei Ihnen war? Wie lange dauerte Ihr Mittagessen?«

Schneider richtete sich in seinem Stuhl auf. »Diese Anschuldigungen sind lächerlich.«

»Wir werden sehen. Wie steht es mit dem Nachmittag des 2. Mai?«

»Ich war auf der Arbeit.« Er zögerte. »Bei gutem Wetter mache ich jeden zweiten Freitag nach dem Essen einen Spaziergang – wenn die Abteilungssitzung nicht stattfindet. Wahrscheinlich auch an dem Tag. Am Nachmittag war ich im Büro und traf gerade zu Hause ein, als Fräulein Siegwart aus dem Wald zurückkam.«

»Dieser Spaziergang – wo waren Sie? Hat Sie jemand gesehen?«

»Ich weiß es nicht. Ich mache oft einen Rundgang über den Friedhof und sehe mir die Rosen an. Ich kann mich nicht erinnern.«

Viktor stand auf. »Dann versuchen Sie es. Sie bleiben vorerst in Haft.«

»Was fällt Ihnen ein?! Was werden die Leute sagen?«

»Das interessiert uns nicht besonders.«

Viktor nickte Gideon zu. Der ergriff Schneiders Arm, brachte ihn in die Prison und kehrte in sein Büro zurück. Wahrscheinlich wollte Viktor noch mit ihm reden, aber er hatte keine Lust.

Warum hatte Viktor ihn nicht trotzdem am Verhör beteiligt? Zusammen hätten sie Schneider knacken können; seine Nervosität war unübersehbar gewesen. Viktor mochte ein ausgezeichneter Richter sein, aber er begegnete allen wie ein edler Patrizier, der das Volk gut behandeln will. Manchmal musste man die Leute härter anpacken. Wenn Viktor es selbst nicht konnte, hätte er wenigstens ihn einsetzen können.

Im Gang hasteten Landjäger hin und her. Ihre Schritte klangen schärfer als sonst, und die Luft schien sich zu kräuseln und auf den Gesichtern zu brodeln. In den zarten Ohren der Neulinge klangen Mordfälle aufregend, fast mystisch, und auch ältere Beamte beklagten sich manchmal über die ewig gleiche Jagd nach Bettlern und Vaganten und die nie abreißende Flut der Fälle von Diebstahl und Trunkenheit, aber im Grunde wünschten sich alle, dass die Kantonseinwohner in ihren Betten starben. Auch er war früher mit der Routine zufrieden gewesen. Dann war dieser Fall wie ein Leuchtfeuer am Horizont aufgetaucht, wo er glühte und funkelte – verführerisch, verheißungsvoll und knapp außerhalb seiner Reichweite.

Und dann diese Frau. Er hatte geglaubt, jemanden mit Verstand, Ehrgefühl und einem Sinn für Prioritäten vor sich zu haben, aber es blieb dabei: Weibern war nicht zu trauen. Sie handelten nur nach ihren Gefühlen.

Es klopfte, und er sah hoffnungsvoll hoch. Vielleicht hatte Friedli noch mehr aus den Papieren in Schneiders Abteilung herausgeholt. Aber es war nicht Friedli, sondern Wyss, der mit einer älteren Frau in der Tür stand. »Die Dame hat eine Aussage zum Fall Stettler zu machen, Herr Korporal.«

Die Dame, die sich schon in sein Büro gedrängt hatte, trug teures Tuch; er war sich sicher, sie schon bei Festivitäten in Solothurn gesehen zu haben. Eine der Burkis, wenn er sich nicht irrte.

Er nickte ihr zu. »Ihr Name?«

Sie setzte sich auf den Stuhl vor seinem Pult, die Ledertasche auf den mageren, zusammengepressten Knien. »Henrietta Kölliker.«

Den Namen hatte er schon gehört, ein leitender Angestellter von Schild. »Wie kann ich Ihnen helfen?«

»*Ich* kann *Ihnen* helfen.« Obwohl ihr Stuhl tiefer war als seiner, brachte sie es irgendwie fertig, auf ihn herabzusehen.

»Ich bin mir sicher, dass Frau Schneider den Mann im Schuppen getötet hat.«

Unter Gideons Blick strafften sich die Sehnen an Frau Köllikers Hals. »Der Schneider traut keiner so etwas zu, aber Sie werden Ihre Meinung noch ändern.« Sie beugte sich vor. »Ich war Freitag gegen eins im Dorf und bin an der Fabrik vorbeigekommen, als die Schneider zwischen Fabrikgebäude und Lagerschuppen herauskam. Sie hätten sie sehen sollen – blass wie der Tod! Und sie hatte einen flachen Korb dabei. Darin war ein Messer.«

»Was für ein Messer?«

»Was weiß ich? Es blitzte. Es war lang und dünn.«

»Wo standen Sie, als Sie Frau Schneider gesehen haben?«

»Was tut das zur Sache?« Offensichtlich hatte sie Lobpreisungen und keine Fragen erwartet.

»Ich möchte mir ein Bild machen.«

»Ich kam vom Spezereiladen und stand wohl vor dem

Bären. Ich ging über die Straße, um mit ihr zu sprechen, aber sie ist vor mir davongelaufen. Das sagt doch alles!«

Er erhob sich. »Ich danke Ihnen. Halten Sie sich für weitere Fragen zur Verfügung.«

»Was unternehmen Sie jetzt? Diesen Neureichen darf man nicht alles durchgehen lassen! Jetzt ist Peter wieder gut genug, um den Laden zu führen; dabei macht er sowieso immer die ganze Arbeit!« Mit zusammengepressten Lippen, augenscheinlich voller Ekel über die Ungerechtigkeit der Welt, erhob sie sich.

»Wir kümmern uns darum, meine Dame.«

Sie legte den Kopf in den Nacken und stolzierte hinaus. Er sah auf die Uhr. Es war schon längst Feierabendzeit, aber Viktor musste davon hören.

Glücklicherweise war er noch im Gericht. Als Gideon eintrat, hob Viktor den Kopf, den er tief über einen Stoß Papiere gebeugt hatte. »Schön, dass du noch kommst! Wohin bist du vorhin verschwunden?«

Gideon setzte sich in den ramponierten Stuhl vor Viktors Pult. »Ich hatte zu tun.«

»Ich weiß, was du denkst – ich hätte dich einbeziehen sollen. Du kennst die Grenchner, das ist wertvoll für mich. Aber wir dürfen die Strafprozessordnung nicht zu stark verbiegen.«

»Schon gut. Du kannst nichts dafür.« Gideon griff nach einem Bleistift und knibbelte am Lack herum. »Bist du weitergekommen?«

»Nicht wirklich. Morgen lasse ich den Buchhalter kommen, aber dass der die Zahlen gefälscht hat, macht wenig Sinn. Andererseits kann ich mir nicht vorstellen, dass Stettler das mit den Zahlen herausbekommen hat. So intelligent scheint der nicht gewesen zu sein. Jemand müsste ihn darauf gebracht haben, und wer soll das sein – und wozu?«

»Laut diesem Wenger hat Stettler damit geprahlt, dass er bald in Geld schwimmen werde und dass gewisse Leute Dreck am Stecken haben, denen man es nicht zutrauen würde. Etwas muss dran sein.« Gideon fuhr sich durch die Haare. »Ich habe mich gefragt, ob Stettler mit Absicht mit der kleinen Heiniger angebandelt hat. Vielleicht wollte er auf diese Weise mehr über Schneider herausfinden.«

Viktor runzelte die Stirn. »Aber warum musste sie dann sterben?«

»Ich weiß – zu Schneider passt das nicht. Stettler selbst? Sie könnte etwas mitbekommen und ihn deswegen unter Druck gesetzt haben; das würde zu seinem Brief passen. Dann hat er sich gedacht, er lässt sie besser verschwinden.«

»Wäre möglich«, erwiderte Viktor. »Ich habe den Arzt doch die Leichenöffnung vornehmen lassen. Emmi Heiniger war nicht schwanger, aber was die Todesursache angeht – er sagt, ein Sturz kann immer noch nicht ausgeschlossen werden, aber nach der genaueren Untersuchung der Wunde schließt er inzwischen auf einen Schlag mit einem Stein oder etwas Ähnlichem.«

»Verstehe. Dann bleibt nur Schneider der Ältere. Das heißt – bis eben.« Er erzählte ihm von Frau Köllikers Aussage. »Was denkst du?«

»Sprich noch einmal mit der Kölliker, wenn du in Grenchen bist. Wo will sie gestanden haben, als sie die Schneider mit dem Messer gesehen hat?«

»Das habe ich sie auch gefragt. Sie sagt, sie stand vor dem Bären. Außerdem ist mir noch etwas eingefallen: Hat der junge Schneider nicht gesagt, seine Beziehung mit Emmi Heiniger habe im März angefangen, als die noch bei Köllikers war? Vielleicht kommt der Hinweis auf Paul Schneider aus der gleichen Ecke wie der auf Frau Schneider. Ich werde Frau Kölliker danach fragen. Das Motiv von Frau Schneider ist mir außerdem völlig rätselhaft. Ich gehe morgen bei ihr vorbei.« Er beugte sich vor. »Warum versuchst du inzwischen nicht, aus Frau Köllikers Aussage Kapital zu schlagen und Druck auf Schneider auszuüben? Vielleicht hast du Glück.«

Viktors müdes Gesicht belebte sich, dann zögerte er. »Die Idee ist gut, aber ich kann nicht. Ich verreise für ein paar Tage und müsste schon weg sein.«

»Wo geht's hin?«

»Ich bringe Judith zur Kur auf den Weissenstein, die Schwangerschaft nimmt sie ziemlich mit. Ich bleibe ein paar Tage bei ihr.«

»Dann muss es warten.«

»Das wäre unklug. Wir können ihn nicht zu lange hierbehalten, wenn wir nichts Konkretes haben. Jetzt könnten wir ihn packen.« Viktor lehnte sich auf seinem Stuhl zurück und sah sinnend zur Decke. Dann stand er auf. »Warte hier.«

Er verließ das Büro, kam kurz darauf zurück und blieb unter der Tür stehen. »Du machst es.«

Gideons Mund wurde trocken. »Ist das dein Ernst? Was ist mit den Regeln?«

»Manchmal muss man etwas riskieren. Ich habe Wittmer einen Boten geschickt und ihn informiert, dass ich mich um meine Frau kümmern muss und es eilt. Ich habe Schneider holen lassen.«

»Das vergesse ich dir nicht!«

»Du hast es verdient. Viel Glück.«

Gideon zog an den Manschetten unter seinem Sakko, bis sie gerade saßen. Er würde Wittmer beweisen, dass er sein Vertrauen verdiente – so wahr ihm der protestantische oder katholische Gott helfe, oder auch im Alleingang.

Schneider starrte mit aufgerissenen Augen erst auf den Protokollführer in der Ecke und dann zu Gideon. Sein rechtes Augenlid zuckte. »Wo ist der Amtsgerichtspräsident?«

»Medizinischer Notfall.«

»Ich habe Herrn von Arx alles gesagt.«

»Das bezweifle ich. Wir können Ihren Herrn Vogt befragen, aber wir kürzen das Ganze ab.« Er lehnte sich nach vorn. »Heute Abend hat jemand in der Sache Stettler Anschuldigungen gegen Ihre Frau vorgebracht.«

Schneider zuckte zurück. »Gegen meine Frau? Wer?«

Touché. »Das spielt keine Rolle. Ihre Frau wurde zur möglichen Tatzeit in der Nähe des Leichenfundorts gesehen und hat sich verdächtig gemacht.«

Schneider verknotete seine Hände. »Lassen Sie sie aus dem Spiel! Meine Frau könnte niemandem etwas tun.«

Zeit für einen taktischen Zug. »Herr Schneider, beruhigen Sie sich. Ich bin Ihrer Meinung.« Dann, eindringlicher: »Aber Sie helfen Ihrer Frau nicht, wenn Sie lügen.«

Hufgeklapper drang dumpf durch die dicken Wände, und die untergehende Sonne brannte einen goldenen Pfeil auf Schneiders feuchtes, wächsernes Gesicht. Gideon zwang sich, ruhig sitzen zu bleiben, aber er fühlte sich wie damals, als er auf der Lauer lag, um seinen ersten Einbrecher zu fassen. Das Herz klopfte ihm schwer in der Brust.

Dann kniff Schneider die Augen zusammen und sank nach vorn. »Na gut. Ich habe die Manipulationen gemacht. Unsere Verkaufszahlen sind im ersten Quartal gesunken; die Amerikaner setzen uns mit ihren Maschinen unter Druck. Urs hat investiert, aber die Maschinen sind noch in Produktion. Und ich …« Er stockte. »Ich bin erst seit Anfang des Jahres Verkaufsleiter. Ich wollte nicht, dass Urs das Vertrauen in mich verliert. Ich war mir sicher, dass sich die Zahlen rechtzeitig erholen, das haben auch andere gesagt.«

Gideons Puls prickelte in seinen Ohren. »Und dann ist Ihnen Stettler draufgekommen, hat Sie erpresst – und Sie haben ihn getötet.«

»Er hat mich nicht erpresst, und ich habe ihn nicht getötet! Wir haben uns wegen einer Sache gestritten, die mit seiner Arbeit bei uns zu tun hatte. Ein Abnehmer ist abgesprungen, weil er fehlerhafte Offerten bekommen hat, und die waren auf Stettlers Mist gewachsen. Das hat mich wütend gemacht, weil ich sowieso wegen der Zahlen unter Druck stand.«

»Und wer sagt mir, dass Sie nicht wütend genug waren, um ihn später umzubringen?«

»Die Prognosen für das zweite Quartal waren gut! Ich war zuversichtlich, dass ich die Manipulationen rückgängig machen kann.«

»Und konnten Sie?«

»Ich – nein. Noch nicht. Der Schwarze Freitag an der Wiener Börse hat die Zahlen zusammensacken lassen.«

»Wusste Ihre Frau von den Manipulationen?«

»Sicher nicht. Ich habe zu Hause keine Papiere herumliegen.«

»Ich danke Ihnen, Herr Schneider.« Gideon nickte Wyss zu, der mit Schneider verschwand, stand auf und ballte die Fäuste. Die List war gelungen – jedenfalls halb. Dass Schneider die Morde abstritt, war eine andere Geschichte, aber morgen würde er sich Frau Kölliker und Frau Schneider vornehmen. Ihre Aussagen brachten hoffentlich Licht in die Angelegenheit. Vielleicht hatte Schneider Stettler doch auf dem Gewissen. Seine Alibis waren nicht sattelfest, weder für den Freitagmittag mit dem ominösen Spaziergang noch für den Freitagnachmittag im Büro am Tag, als Stettler starb. Sicher hätte Schneider kurz weggehen können. Er würde sich mit Schneiders Sekretärin unterhalten. Vor allem würde er Schneider vorerst hierbehalten; das würde ihn noch mehr zermürben – vielleicht genug, dass er noch vor Viktors Rückkehr gestand! Er gestattete sich den kleinen Tagtraum, dann rief er sich zur Räson. Jetzt war Knochenarbeit angesagt.

20

Der Schneidersche Garten bot ein trauriges Bild. Der Wind hatte ein paar Leintücher in die Rosenbüsche geweht, wo sie hingen wie die letzten Schneeflecken auf den oberen Grasmatten des Pilatus. Dutzende cremefarbene und purpurne Rosenblätter bedeckten den gepflegten Rasen und den Kiesweg. Die Luft war warm und drückend, und Sarah trat schon nach ein paar Schritten im Freien der Schweiß auf die Stirn.

Frau Schneider kauerte über den Rosenbüschen und versuchte, die vom Wind zerzausten Blumen hochzubinden. Handschuhe trug sie keine, und die Art, wie sie mit zerkratzten, blutigen Fingern über die cremefarbenen Blüten strich, löste einen dumpfen Druck in Sarahs Brust aus.

Seit die Landjäger gestern Herrn Schneider abgeholt hatten, hatte sich der Zustand seiner Frau dramatisch verschlechtert. Sie hatte kaum etwas gegessen und wirkte wie ein verhungertes Gespenst.

Sarah bückte sich. »Ich helfe Ihnen.«

»Ich muss mich um Roberts Blumen kümmern.«

Kies knirschte. Frau Schneider sprang hoch. »Vielleicht bringen sie Robert zurück!«

Es war Korporal Ringgenberg, und er war allein, sah dreimal so arrogant aus wie sonst und würdigte Sarah keines Blickes. »Ich hätte gern mit Ihnen gesprochen«, sagte er zu Frau Schneider. »Unter vier Augen.«

Frau Schneider zuckte zusammen und hob die Hand. Ein Dorn ragte aus ihrem Daumen. »Natürlich.«

Die beiden verschwanden im Haus. Sarah griff nach einem abgefallenen Blütenblatt und zerknüllte es, bis gelblicher Saft austrat. Ringgenberg war noch wütend – das war zu erwarten gewesen. Sie kniete sich wieder hin, um Frau Schneiders Bemühungen fortzusetzen, aber die dornigen Stiele zeigten sich widerspenstig.

Das Fenster zum Salon war leicht geöffnet, und ab und zu drangen Stimmen heraus, einmal etwas, das sich wie ein Schluchzen anhörte. Endlich kamen die beiden zurück. Ringgenberg verschwand ohne ein Wort oder einen Blick, aber schlimmer war der Anblick von Frau Schneider, die sich kaum auf den Beinen halten konnte. Sarah führte sie zurück in den Salon, half ihr behutsam in einen Sessel und machte sich auf in die Küche.

»Rosa, hast du etwas Stärkendes? Frau Schneider kippt sonst um!«

Rosa nickte und machte sich an einem Schrank zu schaffen, und Sarah kehrte zu Frau Schneider zurück, die wie eine Stoffpuppe im Sessel hing, während sie versuchte, wirre Strähnen ihres Haares hinter ihr Ohr zu klemmen.

»Was ist passiert?«

»Robert hat gestanden, dass er in der Fabrik Zahlen manipuliert hat. Sie verdächtigen ihn, den jungen Mann deswegen getötet zu haben. Und jemand hat behauptet, mich vor dem Mord an diesem Stettler in der Nähe der Fabrik gesehen zu haben. Mit einem Korb und einem Messer darin.« Ihre Hände öffneten und schlossen sich. »Ich wollte nur zum Metzger und zum Schleifer! Normalerweise schicke ich Rosa, aber letztes Mal hat uns der Metzger kein schönes Rind geliefert.« Sie presste die Lippen aufeinander. »Ich weiß, wer gepetzt hat. Es war Peters verdammtes Weib. Sie wollte mit mir sprechen, aber ich bin ihr aus dem Weg gegangen. Sie hasst mich.«

Sarah zuckte zusammen. Solche Ausdrücke hatte sie von Frau Schneider noch nie gehört, aber mit ihrer Einschätzung bezüglich Frau Kölliker lag sie wahrscheinlich richtig – sie musste sich nur Frau Köllikers Gesichtsausdruck beim Tanz ihres Mannes mit Frau Schneider in Erinnerung rufen.

Rosa fegte herein und stellte Frau Schneider energisch ein randvolles Glas hin. »Runter damit, meine Liebe!«

Frau Schneider griff zögernd danach, kippte es dann mit einer raschen Handbewegung nach hinten und leerte es in einem Zug. Sarah unterdrückte ein Lächeln. Frau Schneider musste außer sich sein, wenn sie trank wie ein Fuhrknecht. Sie hustete nicht einmal, und das Gesöff zauberte etwas Farbe in ihre Wangen.

»Ist es meine Schuld, wenn Henriettas Mann sich unschicklich verhält? Wenn es nach ihr geht, sicher. Viele denken, wenn ein Mann seine Hände nicht bei sich behalten kann, ist die Frau schuld. So ist es seit Adam und Eva.«

»Die Menschen, die Sie kennen, wissen, dass Sie nichts dafürkönnen«, erwiderte Sarah. Sie legte ihr die Hand auf den Arm und drückte ihn. »Er ist ein Widerling. Frau Kölliker ist selbst schuld, dass sie ihn geheiratet hat.«

»Da haben Sie recht – sie hat sich den faulen Apfel ausgesucht. Aber die Männer denken, dass er etwas kann.«

»Sie kennen doch die Männer«, sagte Rosa. »Wenn man ihnen genug Honig ums Maul schmiert, glauben sie alles.«

»Jetzt, da Robert in Untersuchungshaft sitzt, plustert Peter sich wieder auf. Es ist so ungerecht! Ich liebe Robert. Für ihn und die Kinder würde ich alles – fast alles – tun.« Sie schob ihr Glas in die Mitte des Tisches. »Manchmal wünschte ich, ich hätte Grenchen nie gesehen!« Schärfe und Bitterkeit lagen in ihrer Stimme.

»Ich dachte, Sie sind gern hier«, sagte Sarah überrascht.

»Lange war das auch so. Aber seit Robert sich in der neuen Kirche einsetzt und dieser sinnlose Katholikenstreit das Dorf vergiftet, ist es anders. Überall Gehässigkeit. Aber Robert liebt das Dorf.«

»Wie lange lebt Ihr Mann schon hier?«

»Seit fünfzehn Jahren. Er hat sich langsam emporgearbeitet. Für die Stelle als Verkaufsleiter hat er sich gegen Mitbewerber durchgesetzt, die schon länger hier ansässig sind, auch gegen Herrn Kölliker. Bei den nächsten Wahlen will er – wollte er – für den Gemeinderat kandidieren. Wer weiß, ob das noch möglich ist. Aber wo sollten wir hin? Hier ist mein Leben – ich habe kein anderes.«

Sie senkte den Kopf, und Sarah hatte plötzlich das Bild eines früheren Schülers vor Augen. Der kleine Samuel hatte seine Eltern bei einem Hausbrand verloren, und über Monate hatte er immer wieder Bilder seiner Familie gemalt, schwarzrote Kringel darübergeschmiert und dann den Kopf gesenkt und auf das Blatt gestarrt. Dabei hatte er so verloren ausgesehen wie Frau Schneider jetzt.

»Haben Sie keine Familie?«

»Keine, die den Namen verdient. Ich bin so schnell wie möglich weg von zu Hause. Ich bin in einem Städtchen im Aargauischen aufgewachsen und mit vierzehn Jahren nach Zürich gegangen, um Balletttänzerin zu werden. Die Ausbildung war hart, aber ich liebte es. Dann habe ich mich am Knie verletzt. Im Alltag behindert es mich nicht, aber für das Ballett war es der Todesstoß.«

Mit ihrem Körperbau und der natürlichen Grazie war sie sicher eine vorzügliche Tänzerin gewesen, und dass sie die nötige Disziplin hatte, sah man ihr an. Es musste entsetzlich sein, wenn man seinen Lebenstraum aufgeben musste.

»Das tut mir sehr leid. Wie furchtbar!« Sarah stockte. Die Worte fühlten sich unzulänglich und trocken an, wie das harte Brot, das Hanna den Pferden auf der Weide neben dem Friedhof brachte.

Frau Schneiders Gesicht wurde starr, und sie presste die schlanken Finger an die Porzellantasse.

»Das ist lange her. Hier ist mein Leben, und trotz allem will ich es nicht hergeben.« Ein matter Glanz war in ihre Augen zurückgekehrt. »Das Reiten macht mir große Freude, und Robert und die Kinder sind mein Ein und Alles.« Sie schluckte. »Ich mache mir solche Sorgen. Der Korporal sagt, Robert hat kein Alibi für den Tag, an dem Emmi starb – nicht über den

Mittag. Er geht meistens auf dem Friedhof spazieren, aber er glaubt nicht, dass ihn jemand gesehen hat.«

»Wie kann er das wissen? Sicher besuchen noch andere Leute über den Mittag den Friedhof. Vielleicht kann ich etwas herausfinden.«

»Sie tun genug, Fräulein Siegwart. Ich bin so froh, dass Sie für die Kinder da sind. Sie haben Ihre Ausbildung gut gewählt.«

Trotz ihrer eigenen Zweifel tat es gut, so ein Lob aus Frau Schneiders Mund zu hören. »Da war nicht viel zu wählen«, erwiderte sie kurz. »Entweder das oder das Kloster. Meine Eltern hatten klare Vorstellungen.«

»Immerhin interessierte sie, was aus Ihnen wird. Meinen war es egal, solange ich ihnen nicht auf der Tasche liege.« Frau Schneider erhob sich. »Ich werde mich etwas hinlegen. Danke – für alles.«

Sarah erhob sich ebenfalls und ging in die Küche, wo Rosa einen Teig bearbeitete. Die Köchin sah hoch. »Geht es Frau Schneider besser?«

»Ein wenig. Sie hat mir von früher erzählt; von ihrem Ballettunterricht. Sie hat all ihre Träume aufgeben müssen – sie tut mir leid.« Sarah erzählte ihr die Geschichte.

»Das wusste ich nicht.« Rosa seufzte. »Wirklich traurig. Sie muss sehr begabt gewesen sein.«

»Das glaube ich auch. Sie hat sich auf den Trümmern ihrer Träume ein neues Leben aufgebaut. Und jetzt ist alles in Gefahr.«

»Nicht, wenn wir etwas tun. Du könntest am Freitag auf dem Friedhof vorbeigehen, und ich werde bei meinen Bekannten herumfragen. Irgendjemand muss Herrn Schneider gesehen haben!«

Sie nickten sich ernst zu, und trotz der vertrackten Lage musste Sarah lächeln. Sie sahen sicher aus wie Verschwörerinnen auf einer heiligen Mission! Doch selbst wenn das Unterfangen mit dem Allmächtigen nichts zu tun haben mochte: Wichtig war es allemal..

21

Viktors Kopf in der Bürotür war ein freudiger, aber überraschender Anblick.

»Was ist aus dem Weissenstein geworden?«

Viktor ließ sich auf einen Stuhl fallen. »Ich musste immer an den Fall denken, und Judith geht es schon viel besser. Sie wird mich nicht vermissen.«

»Du hast wahrscheinlich gehört, dass Schneider die Manipulationen gestanden hat.«

»Habe ich.«

»Noch mal danke. Es hat mir viel bedeutet, dass …«

»Keine Ursache.« Viktor hielt inne. »Wittmer war heute Nachmittag bei mir. Er ist hocherfreut über das Resultat, aber er besteht darauf, nicht zu erwähnen, dass du das Verhör geführt hast.«

Das hätte er wahrscheinlich kommen sehen müssen. »Ich verstehe.«

»Ich konnte ihn nicht umstimmen.«

»Vergiss es. Den Mord an Stettler hat er schließlich nicht gestanden.« Gideon drehte seinen Brieföffner in den Fingern.

»Ich konnte kleinere Löcher in seine Alibis bohren. Er hatte am Freitag vor Stettlers Ermordung eine Abteilungssitzung, aber die Sekretärin hat mir gesagt, dass er ab elf aushäusig war. Danach war er ab viertel nach zwölf zu Hause beim Mittagessen, bis er ins Büro zurückkehrte. Der Nachmittag ist abgedeckt. Am Freitag, an dem Emmi Heiniger starb, hat er ein Fenster über Mittag. Er hat ausgesagt, dass er öfters auf dem Friedhof spazieren war, kann sich aber nicht erinnern, jemanden gesehen zu haben. Außerdem hat sich die Sache mit Frau Schneider geklärt. Der Metzger und der Messerschleifer haben ihren Besuch am Freitag Anfang Nachmittag bestätigt. Zwar könnte sie vorher im Schuppen gewesen sein, aber den beiden ist nicht das Geringste an ihr aufgefallen.«

»Und die Kölliker?«

»Ich habe mir die Distanz vom Bären zur Fabrik angesehen. Es ist höchst unwahrscheinlich, dass sie sehen konnte, was im Korb der Schneider gelegen hat. Sie war äußerst ungehalten, als ich ihr das erzählt habe.« Er grinste. »Als ich sie nach dem Zettel über Paul Schneiders Beziehung zu Emmi fragte, ging sie hoch wie ein Erst-August-Feuerwerk. Sie hat abgestritten, etwas damit zu tun zu haben, aber ich wette, dass der Hinweis aus ihrem Haus kommt.« Er lehnte sich auf seinem Stuhl zurück. »So sieht's aus. Schneiders Alibis sind wacklig, aber wir haben nichts, womit wir ihn festnageln können. Und nächste Woche kann ich kaum Leute für den Fall abstellen.«

»Fronleichnam?«

»Und die Versammlung des Volksvereins am Sonntag in einer Woche. Es werden über zwanzigtausend Leute erwartet. Ich hoffe, dass danach wieder Ruhe einkehrt.«

»Zumindest bis Maria Himmelfahrt.«

»Das sind zwei Monate. Meine Ansprüche sind gesunken.«

Viktor ging, und Gideon machte sich wieder an die Personaleinteilung, aber ein bitterer Geschmack saß in seiner Kehle. Viktor konnte nichts dafür; Wittmer wollte es sich in dieser hitzigen Atmosphäre nicht mit dem Regierungsrat verderben, und er musste sich damit abfinden. Arbeit zum Ablenken hatte er ja genug – angefangen mit der Personaleinteilung. Er beäugte die Liste auf seinem Tisch wie ein Kaninchen eine Schlange.

»Herr Korporal?«

Friedli stand mit einem schwer zu deutenden Gesichtsausdruck unter der Tür. Was immer er hatte, alles war besser als der Versuch, zu wenig Landjäger auf zu viele Brennpunkte zu verteilen.

»Was gibt es?«

Friedli setzte sich und raschelte in seinen Blättern. »Wir haben eine neue Spur im Mordfall Stettler.«

Nichts hörte er lieber! »Schießen Sie los.«

Sein Gegenüber zögerte. »Erinnern Sie sich an das Blatt mit den Frauennamen? Ich habe es damals bei unseren Ämtern herumgezeigt, wie Sie wissen, ohne Erfolg. Keine der Damen war im Kanton bekannt, aber jetzt ist der erste Name auf unserer Liste der registrierten Dirnen aufgetaucht. Die Frau arbeitet seit Anfang des Monats im Fleur Jaune.«

Ein Prickeln wanderte Gideons Arme hinauf. La Fleur Jaune, Grenchens Bordell an der Bielstraße, hatte früher in der Kantonshauptstadt seine Geschäfte betrieben. Im patrizischen Solothurn, lange Sitz der französischen Ambassadoren, war der Name ein guter Schachzug gewesen. Vor einigen Jahren hatte das Bordell seine Zelte in Grenchen aufgeschlagen, wahrscheinlich wegen der billigeren Mietpreise und in der Hoffnung, dass die jungen Fabrikarbeiter Zerstreuung brauchten. Die riskante Entscheidung für den abgelegenen Standort hatte sich bezahlt gemacht, jedenfalls war die Zahl der registrierten Dirnen gestiegen. Da die Buchführung über das Gewerbe nie exakt war, musste man zudem davon ausgehen, dass außer den registrierten noch weitere Dirnen ihre Dienste anboten.

Er hängte den Daumen in seinen Gürtel. »Und die anderen Frauen auf seiner Liste?«

»Sie tauchen im Fleur nicht auf, aber es könnten Dirnen sein, die er von anderen Bordellen kennt. Auf alle Fälle besteht eine Verbindung zum Bordell.«

»Gute Arbeit, Friedli! Wir werden uns dort umhören.«

Friedli stand auf, drehte sich um und griff nach der Türklinke. »Wissen Sie – ich bin der Sache nachgegangen, weil mir der Name bekannt vorkam. Am ersten Montag des Monats stellt das Fleur seine neuen Frauen vor, und ich war da. Aber ich war nicht im Dienst!«

Friedlis Gesicht hatte die Farbe einer überreifen Erdbeere angenommen.

Gideon seufzte. »Ihre Ehrlichkeit ehrt Sie, und Sie haben etwas unternommen. Den Rest vergessen wir für heute.«

Friedlis Züge lockerten sich. »Danke«, erwiderte er.

Gideon griff nach seinem Sakko. Endlich eine Spur, die zu verfolgen sich lohnte! Wenn Franz Stettler im Milieu verkehrt hatte, war alles möglich – Eifersucht, Erpressung von Freiern. Stettlers teure Kleider und seine Bemerkungen über ein neues

Leben passten dazu. Er würde dem Fleur Jaune sofort einen Besuch abstatten.

Gideon nahm den Hut ab und wischte sich den Schweiß von der Stirn. Von Weitem sah das zweistöckige Gebäude aus wie jedes andere. Erst aus der Nähe bemerkte man Einzelheiten, die nicht ganz zu einem gutbürgerlichen Anwesen passten: offene Fenster im ersten Stock mit grellgelben Vorhängen, die sich trotz Windstille leicht bewegten; weiße Hände, die den Vorhang beiseiteschoben und den Blick auf blasse Beine in hohen Schuhen freigaben. Aus dem Parterre drang Klaviergeklimper, und neben der Eingangstür blühten gelbe Nelken – ein erbärmlicher Versuch, dem Namen des Lokals gerecht zu werden. Aber was konnte man von einem Bordell erwarten, das sich in Grenchen niederließ?

Bei seinem Eintritt begrüßte ihn ein Gemisch aus Zigarrenrauch, Parfüm und Schweißgeruch. Der enge Raum war übervoll mit Männern jeden Alters und vier Frauen, deren Alter er auf sechzehn bis Mitte zwanzig schätzte, mit Ausreißern nach oben. Er rieb die feuchten Hände an seiner Jacke trocken. In seiner bisherigen Laufbahn bei den Landjägern hatte es ihn nie zur Sitte verschlagen, und dabei hätte es ruhig bleiben können. Er fühlte sich so fehl am Platz wie ein Gänseblümchen im Gülleloch.

Geduldig bahnte er sich einen Weg durch die trinkende und schäkernde Menge, vorbei an Sitzecken aus abgeschabtem Plüsch und fleckigen Tischen bis zur Theke, hinter der eine magere junge Frau mit blassblondem Haar Biere zapfte.

Er beugte sich über den Tresen. »Wo ist die Chefin?«

Die Magere strich mit der Hand über einen netzbestrumpften Schenkel. »Sie ist nicht mehr im Gewerbe. Wie wäre es mit mir?«

Er wich zurück. Ein Jammer, dass er nicht in der Uniform hergekommen war, allerdings hätte sich der Raum dann innerhalb weniger Sekunden geleert. »Ich bin dienstlich hier. Landjägerkorps.«

Die Magere sog erschrocken die Luft ein, stöckelte davon und kehrte mit einer hochgewachsenen Frau von der Gestalt einer Walküre zurück. Sie musste auf die fünfzig zugehen, hatte sich aber gut gehalten. Er nannte ihr seinen Namen und seine Zunft, worauf sie ein knappes »Madame George« erwiderte. Sie musterte ihn forschend und deutete dann mit dem Kinn auf eine Tür hinter der Bar.

Er folgte ihr in ein Hinterzimmer, das im Kontrast zum schmierig-opulenten Ambiente des Schankraums spartanisch möbliert war. Ein wuchtiger Schreibtisch, schmucklose Kommoden, die wahrscheinlich Akten enthielten, kein Plüsch, keine Blumen. Pures Geschäft.

Die Walküre wies ihm einen Stuhl zu, setzte sich in einen ramponierten Sessel und zündete sich eine Zigarette an. »Was wollen Sie?«

»Madame« klang gelangweilt und irritiert, obwohl sich die Kupplerinnen normalerweise um einen zivilisierten Umgang mit dem Landjägerkorps bemühten. Ihr Gewerbe existierte in einer juristischen Grauzone, und sie waren darauf angewiesen, dass die Beamten ein Auge zudrückten.

»Wir führen Ermittlungen in einem Mordfall«, antwortete er. »Das Opfer heißt Franz Stettler und soll hier verkehrt haben. Kennen Sie ihn, und was hat er mit Ihrem … *Etablissement* zu tun?«

»Franz ist tot?« Madame George klopfte ihre Zigarette ab. »Ich habe mich schon gewundert. Seit Anfang Mai war er ständig hier und ist dann plötzlich verschwunden.«

Das erklärte, warum er in Frau Gerbers Pension und bei Schild nicht mehr aufgetaucht war. »Was heißt, er war ständig hier?«

»Franz war mein Laufbursche und hat einen Teil der Aufgaben meiner Sous-maîtresse übernommen – die Mädchen abgeholt, wenn sie in Grenchen ankamen, mit ihnen geredet, wenn sie Kummer hatten. Auch Kundschaft besorgt.« Ihre braunen Augen waren mit grünen Sprenkeln versetzt, und sie hatte sie mit einem dunklen Stift umrahmt. Ausdrucksstark, aber nicht zu aufgesetzt. »Jammerschade um ihn. Er war sehr nützlich – hatte viel Charme und hat die Mädchen bei Laune gehalten.«

»Dann hatte er ein Zimmer hier? Das müssen wir untersuchen. Wie viele Angestellte haben Sie, und wie viele Frauen sind hier als Dirnen tätig?« Er verschränkte die Arme und bemühte sich um einen neutralen Gesichtsausdruck.

Madame George wedelte mit ihrer Zigarette. »Helena macht die Buchhaltung, Edith hält sauber, Lore kocht. Daneben arbeiten hier meine Sous-maîtresse und zwischen drei und vier Dirnen. Wenn Feiertage anstehen, brauchen wir mehr.«

»Wie lange bleiben die Frauen bei Ihnen?«

»Manche sind länger hier, aber die meisten wechsle ich alle paar Wochen aus. Die Kunden wollen Abwechslung.« Herausfordernd starrte sie ihn an.

Er gab den Blick zurück. »Ich brauche eine Liste der Frauen und der anderen Angestellten und möchte mit allen sprechen.«

»Das passt schlecht. Es ist Freitag.«

»Ich beeile mich.«

Sie schürzte die Lippen, stand auf, kramte in einer Schublade und reichte ihm ein Blatt. »Hier. Aber meine Sous-maîtresse ist krank, und Helena ist heute Abend weg.«

»Ich komme noch einmal vorbei, um die restlichen Gespräche zu führen. Jetzt würde ich gern Stettlers Zimmer durchsuchen.«

Sie sagte ihm, wo es zu finden war, und er verließ den Raum mit dem deutlichen Gefühl, dass ihre Augen sich in seinen Rücken bohrten.

Sankt Urs schlug schon elf, als Gideon endlich in seiner Wohnung ankam. Er roch an seinen Kleidern und rümpfte die Nase – als ob er sich einen Tag in Rauch, Branntwein, Parfüm und Schminke gewälzt hätte. Er zog sich um, schenkte sich ein Glas Wein ein und machte sich daran, die Ergebnisse des Tages zu Papier zu bringen.

Stettlers Kammer hatte nur wenige Hinweise enthalten. Immerhin konnte man aus dem Haufen stutzerhafter Kleider und einem aufgeschlagenen Katalog mit Luxusuhren schließen, dass Stettler Geld gehabt oder zumindest welches erwartet hatte. Die Bordellköchin und das Dienstmädchen, das ihn angesehen hatte wie den Leibhaftigen, hatten Stettler kaum gekannt, und die Gespräche mit den Dirnen hatten ihn seltsam berührt. Manche waren unter der dicken Puderschicht fast noch Kinder, und trotz der routinierten Verführungsversuche schien in ihren Augen tief verborgen etwas anderes zu schimmern.

Sie hatten entsetzt auf die Nachricht von Stettlers Tod reagiert. Offensichtlich hatten sie ihn gemocht – es schien, als habe der Nichtsnutz Talent für diese Arbeit gehabt. Aber wie tief musste man sinken, wenn man »Laufbursche in einem Bordell« als Spitze der Karriereleiter betrachtete?

Nach einigen Minuten waren die Frauen zugänglicher geworden, und bei einer der jüngeren Dirnen war er auf Gold gestoßen: Sie erzählte ihm freimütig, Stettler habe in der letzten Aprilwoche eine ausgewachsene Orgie finanziert – Champagner für alle Mädchen und eine private Soiree in seinem Zimmer, die bis in den Morgen gedauert hatte. Auf Fragen, woher das Geld kam, habe er erst keine Antwort gegeben, aber im fortgeschrittenen Stadium der Feier habe er ihr den Hintern getätschelt und gesagt, wo das herkomme, sei noch mehr zu holen. Er habe damals eine weitere »Feier« für den darauffolgenden Samstag angedeutet, aber als er an dem Tag endlich auftauchte, habe er sich sofort in sein Zimmer begeben und auf alle Fragen schroffe Antworten gegeben. Die kommenden Tage habe er sich kaum blicken lassen, aber in der letzten Woche sei er dann wieder aufgedreht und ganz der Alte gewesen.

Das alles deutete darauf hin, dass Stettler Ende April einen Geldsegen erhalten und mit einem weiteren gerechnet hatte, der dann nicht einging – und dann war Emmi Heiniger gestorben. Ob er sie für seine Zwecke eingesetzt hatte? Möglich war es. Vor allem stellte sich die Frage, wer Stettlers Opfer gewesen war. Doch Robert Schneider? Zwar hatte Stettler die krummen Zahlen erwähnt, aber das konnte er auch jemandem nachgeplappert haben. Da war das Bordellmilieu um einiges vielversprechender. Frauenhäuser und Huren gab es mindestens seit Rahab in der Bibel, und sicher verkehrten auch im Fleur gut gestellte, respektierte Männer. Vielleicht hatte Franz Stettler einen dieser Männer erpresst. Das war eine Möglichkeit – sie erklärte besser als die Schneider-Theorie, warum Emmi Heiniger sterben musste. Vielleicht hatte sie mit Stettler unter einer Decke gesteckt, und er hatte sie danach loswerden wollen, oder er hatte sie eingesetzt, und die erpresste Person hatte sie getötet. Sie hatte wohl kaum im Bordell verkehrt, und somit konnte kein Freier sie erkannt haben.

Stettlers Zimmer hatte er abgeschlossen und den Schlüssel mitgenommen, was die Madame grollend zur Kenntnis genommen hatte. So oder so würde er noch einmal im Fleur vorbeigehen müssen. Er würde sich bei den Dirnen nach Emmi Heiniger erkundigen – man wusste nie – und die beiden Frauen befragen, die er heute verpasst hatte. Außerdem musste ihm die Madame eine Liste der Freier überlassen. Das kam sicher gut an. Er rieb sich über das Gesicht. Das Fleur Jaune war der letzte Ort auf Erden, den er noch einmal von innen sehen wollte.

22

Der Weg zum Stall war immer noch mit Blättern übersät. Sarah näherte sich langsam der hölzernen Tür. Hoffentlich hatte sie endlich Glück und traf Paul an.

Am Freitag war sie fest entschlossen gewesen, nach dem Mittagessen den Friedhof zu besuchen, aber pünktlich zur Stunde hatte sich ein heftiges Gewitter über dem Dorf entladen, und sie hatte ihr Vorhaben verschoben. Heute war sie mit Rosa in die Messe gegangen und hatte sich doppelt unbehaglich gefühlt. Herr Schneiders Worte bezüglich Obrechts waren ihr nachgegangen, und unangenehmerweise hatte Rosa nach der Messe prompt ein Gespräch mit den beiden angefangen. Außerdem hatte sie mehrere Kirchgänger dabei ertappt, wie sie sie anstarrten und dann wegsahen. Offenbar zählten die »Römischen« sie nun auch zum Feindeslager.

Die Tage seit Ringgenbergs Besuch waren ein Albtraum gewesen. Frau Schneider verließ ihr Schlafzimmer nur noch, wenn es absolut nötig war, und aß so gut wie nichts. Sie musste etwas unternehmen, und Paul konnte ihr vielleicht helfen. Er war am Samstagabend eingetroffen, nachdem Frau Schneider ihn in einem Brief darum gebeten hatte zu kommen, aber sie hatte noch nicht mit ihm sprechen können. Beim Frühstück hatte er gefehlt, und nach dem Mittagessen war er sofort aufgestanden und verschwunden. Sie hatte ihn vergebens im Haus gesucht, bis ihr der Stall eingefallen war.

Zögernd öffnete sie die Tür. Wie mochte es ihm gehen? Und wie würde er ihr begegnen? Vielleicht war er ihr absichtlich aus dem Weg gegangen.

Er stand in einer der Boxen, streichelte die Nüstern eines Pferdes und sprach leise mit dem Tier, das seine Schnauze an seiner Hand rieb. So entspannt hatte er nicht einmal auf ihrem Spaziergang ausgesehen.

Er hob den Kopf, und einen Moment lang stand er im Eingang der Box wie damals in ihrer Zimmertür, als sie sich kennengelernt hatten. Heute lag keine distanzierte Neugier in seinen Augen, aber sie waren auch nicht warm und funkelnd wie beim Dorffest. Ein Ausdruck zwischen Erwartung und vorsichtiger Höflichkeit lag darin, und noch etwas anderes – was mochte es sein?

Das Pferd scharrte mit den Hufen. Paul stand da und wartete, während sie seinen Gesichtsausdruck analysierte. Wie albern von ihr.

»Wie schön, Sie zu sehen! Haben Sie sich erholt?«, fragte sie schließlich.

»Danke, es geht mir besser. Abgesehen von der Sache mit Vater natürlich.« Eine Falte bildete sich zwischen seinen Augen. »Mich erstaunt, dass Jakob mit den Landjägern gesprochen hat. Er ist sonst kein Freund der Behörden.«

»Das ist wahrscheinlich meine Schuld.« Ein Gewicht legte

sich auf ihren Brustkorb wie eine von Mathildes stramm gewickelten Kampferkompressen. »Ich habe ihm von Ihrem Ärger erzählt. Und nun ist Ihr Vater in Schwierigkeiten, sogar Frau Schneider! Ich habe alles schlimmer gemacht.«

»Sie wollten nur helfen. Machen Sie sich keine Vorwürfe. Ich bin mir sicher, dass sich alles klären wird.«

»Ich hoffe, Sie haben recht. Haben Sie eine Idee, wie wir Ihren Vater unterstützen könnten?«

»Bis jetzt ist mir leider noch nichts eingefallen.« Er strich über die Nüstern des Pferdes und blickte lächelnd hoch. »Das ist Pax. Kommen Sie ruhig näher.«

Sie streckte die Hand aus. Die sanften, braunen Pferdeaugen musterten sie vorsichtig, dann stieß der große Fuchs den Atem aus und schüttelte den Kopf. Sie strich über das glänzende Fell. »Ein schöner Name.«

»Esthers Wahl. Sie hat das Pferd von einem Offizier und fand, dass es genug Krieg gesehen hat.« Er tätschelte den Pferdehals. »Das arme Tier war völlig verstört; es hat mitten im Kampfgeschehen gestanden. Anfangs hat es getobt, wenn auf dem nächsten Bauernhof geschlachtet wurde. Vater wollte ihn Zeus nennen; er schwärmt für die griechische Mythologie. Es erstaunt mich, dass er seinen Jüngsten nicht Sokrates genannt hat.«

»Immerhin hat der Name Sophie einen griechischen Ursprung, er bedeutet Weisheit. Das passt zu ihr.«

»Ich mag die Kleine, aber abgesehen von ihr sind mir Tiere lieber. Die meisten Menschen sind falsch und oberflächlich.«

»Aber nur die meisten.«

Einen Moment hörte man nur das Scharren von Pax' Hufen.

»Was fanden Sie an Emmi?«

Warum fragte sie so etwas? Sie wandte sich ab und studierte eingehend die Risse in der Boxenwand. So, wie ihr Gesicht sich anfühlte, machte es sogar Erdbeergesicht Wyss von der Wache Konkurrenz.

Schweigend streichelte er das Pferd. »Emmi war kein intelligentes Mädchen«, sagte er schließlich. »Aber sie war ehrlich und liebevoll und mochte mich, wie ich bin, und das ist wichtiger als alles andere. Verstehen Sie das nicht?«

»Doch.« Und wie sie es verstand.

»Vater wollte immer, dass ich mich mit Herrn Köllikers Töchtern anfreunde, aber ich finde sie grässlich, und sie mögen mich auch nicht.«

Sie strich Pax über die Nase. »Ida ist in Ordnung, aber sie kuscht vor ihrer Schwester. Und Roswithas Vater ist ein Widerling.«

Sie erzählte ihm von der Papierblume, die sie bei Köllikers und im Dorf gefunden hatte.

»Ist das wahr? Bevor ich gestern herkam, war ich in der Käserei. Der Sohn des Käsers arbeitet auf der Hauptwache und hat seinem Vater erzählt, dass das Korps im Fleur Jaune ermittelt. Franz Stettler scheint Verbindungen dorthin zu haben.«

»Meinen Sie, Roswithas Vater hat etwas damit zu tun? Stettler hat einmal bei Schild im Verkauf gearbeitet, und Emmi war früher bei Köllikers angestellt. Was, wenn sie etwas mitbekommen und es Stettler erzählt hat? Vielleicht hat Stettler ihn erpresst!«

Pauls Augen leuchteten. »Sie müssen den Landjägern davon erzählen. Es könnte Vater entlasten!«

Sarah zögerte. Herrn Schneider zu entlasten klang gut, und Kölliker würde als das entlarvt, was er war – ein Widerling und möglicherweise ein Mörder. Aber Roswitha würde schäumen, wenn sie erfuhr, dass der Hinweis von ihr kam. Und Ringgenberg war immer noch wütend auf sie. Der Gedanke, vor seiner Tür zu stehen und von ihm abgekanzelt zu werden, war so gar nicht verlockend.

»Bitte.« Seine blauen Augen hefteten sich auf ihr Gesicht, und sie spürte die Röte in ihren Wangen.

Schließlich nickte sie. »Ich versuche es.«

Er griff nach ihrer Hand und drückte sie. »Ich danke Ihnen so sehr! Und ich möchte mich gern revanchieren – ich hätte da eine Idee. Ich habe die nächsten Tage frei und wollte sie hier verbringen, um Esther beizustehen. Sie haben sich doch für die Uhr von Rosas Mann interessiert. Soll ich Ihnen zeigen, wie man ein Uhrwerk zusammenbaut?«

»Das klingt wunderbar!«

Er strahlte. »Das freut mich! Hätten Sie jetzt Zeit?«

Sie nickte.

»Ich bereite noch etwas vor«, sagte er rasch. »In einer halben Stunde, in Ordnung?«

Er drehte sich um und eilte zum Haus, und Sarah starrte auf seinen schlanken Rücken in dem einfachen Hemd. Was für eine nette Idee! Er hatte offensichtlich über sie nachgedacht – vielleicht lag ihm doch etwas an ihr. Und was war mit ihr? Eines war sicher: Der Gedanke, mit ihm allein zu sein, war keineswegs unangenehm.

Eine halbe Stunde später klopfte sie an die Tür des kleinen Zimmers, das Paul belegte, wenn er in Grenchen war. Er öffnete und führte sie an ein kleines Pult, wo auf dunklem Stoff eine flache, kreisrunde Platte lag, daneben eine Pinzette und eine Art Metallband, aufgerollt wie eine Schnecke. In einer Schale unter einem Glasdeckel, der mit seiner kleinen Kuppel wie eine Miniatur eines Kuchendeckels aussah, lagen in abgetrennten Fächlein feinste Schräubchen und Rädchen, manche mit bloßem Auge kaum sichtbar.

»Vater hat immer Material im Haus, weil viele Frauen es für die Heimarbeit bei ihm abholen.« Er wies auf einen kleinen Hocker. »Bevor wir anfangen: Was wissen Sie über die Uhrenindustrie und das Handwerk?«

»Herr Schild hat mir ein wenig über das Gewerbe erzählt, aber für das Handwerk hat es nicht gereicht.«

»Ich will nicht zu lange reden. Eine Uhr entsteht in drei Schritten: Erst wird das Uhrwerk gefertigt, dann das Gehäuse, und dann folgt die Terminage, in der die Uhr fertig gestellt wird. Jeder dieser Schritte ist in viele kleinere unterteilt, die man Partien nennt. Die Décolletage beinhaltet das Drehen aller runden Teile – das haben Sie vielleicht in der Fabrik gesehen. Dann gibt es das Etampieren, die Gouge, das Adoucieren, die Percage, die Pointage, die Polissage, die Taillages und die Taraudages. Ein gelernter Uhrmacher sollte natürlich alles können. Aber das reicht erst mal, sonst schlafen Sie mir noch ein.«

»Das nicht, aber all diese französischen Ausdrücke!«

»Das Uhrenhandwerk in der Schweiz begann in Genf, viele der ersten Uhrmacher waren Hugenotten aus Frankreich. Von dort hat sich die Handwerkskunst über den Jurabogen ausgebreitet. Aber lassen Sie uns praktisch werden. Ich erkläre Ihnen, was ich mache; dann können Sie es versuchen.«

Paul griff nach einem schwarzen Zylinder, wie ihn die Fabrikarbeiter bei Schild getragen hatten. Er hing an einem Drahtbogen, war an einem Ende offen und am anderen von einem Vergrößerungsglas verschlossen. Er befestigte ihn über seinem rechten Auge und beugte sich dicht über die runde Metallscheibe, die größere und kleinere Löcher und mehrere kreisrunde Ausfräsungen aufwies. »Das ist die Platine – die Grundplatte. Darauf werden mit Schrauben die Brücken und Zahnräder montiert.« Er zeigte auf das straff gewickelte Metallband. »Das ist das Federhaus; in der Mitte sitzt der Arbre – die Achse, um die das Federband aufgewickelt wird, wenn man die Krone der Uhr dreht. So wird die Kraft in der Uhr gespeichert.«

Seine schlanken Finger setzten geschickt winzige Schräubchen in die glänzende Platine und drehten sie mit einem winzigen Schraubenzieher ein. »Ein Uhrmacherlehrling fängt nicht mit einer Taschenuhr an. Zuerst muss er sich im Feilen und dann im Drehen der Teile üben, und danach bearbeitet er Großuhren. Aber Sie können gern versuchen, ein paar Schräubchen einzudrehen. Wollen Sie?«

Sie nickte eifrig und griff nach einer Lupe und einer Pinzette, um das Schräubchen einzusetzen. Ihre Finger zitterten.

»Sie müssen die Hand ruhig halten.« Seine warmen Finger schlossen sich um ihr Handgelenk. »Drehen Sie den Arm ein wenig, dann geht es besser. Sehen Sie?«

Ein Prickeln wanderte über ihre Haut. In Pauls Augen lag

wieder ein Funkeln, so intensiv und warm wie bei ihrem Tanz beim Dorffest. Hastig wandte sie sich ab, aber nicht, ehe sie die Röte in seinen Wangen gesehen hatte.

Sie griff nach dem Schraubenzieher und versuchte, das Schräubchen einzudrehen, und zu ihrer Freude klappte es. Paul montierte die Teile der Uhr und ließ sie helfen, soweit es möglich war. Nach seinen Anweisungen fügte sie weitere Schräubchen und Brücken hinzu, und mit jedem eingesetzten Bestandteil löste sich, wie Schichten einer Zwiebel, jede Nervosität von ihr ab. Die Alltagsgeräusche verebbten, bis alles, was außerhalb des kleinen Pults lag, verschwand und sich ihr Universum auf die glänzende Scheibe und die silberfarbene Pinzette in ihren Fingern reduzierte. Aus den Augenwinkeln registrierte sie, wie sich das Licht im Zimmer veränderte, goldener wurde. Nachdem sie das letzte Schräubchen eingedreht hatte, hob sie den Kopf. Die Sonne stand tief; es mussten Stunden vergangen sein. Erst jetzt spürte sie einen leichten Schmerz in der Hand, mit der sie die Pinzette gehalten hatte.

Paul griff in ein Kistchen und holte einen winzigen, goldenen Reif mit drei Speichen hervor, unter dem ein spiralförmig aufgewickeltes Metallband schwang. »Das ist die Unruh. Sie setzt das Werk in Gang. Sie ist der komplexeste Teil der Uhr, daher wird sie im Gegensatz zu vielen anderen Uhrenteilen noch in Heimarbeit zusammengebaut, meistens von speziell ausgebildeten Frauen, sogenannten Régleusen. Wie Vater oft sagt, hinken wir im Bereich der Automation Amerika ein paar Schritte hintendrein.«

Vorsichtig setzte er das Teilchen auf das Uhrwerk. Sarah hielt den Atem an, während er die Unruh mit der Hemmung und den Zahnrädern verband. Paul gab der Uhr mit dem Daumen einen kleinen Schlag, und die Zahnräder begannen sich zu drehen – wie ein lebendiges Wesen, aber präzise und gleichmäßig, während die Unruh hin und her flirrte; pragmatisch und majestätisch in einem. Wunderschön.

Er verschraubte mit geschickten, flinken Bewegungen das Gehäuse und legte ihr die Uhr in die Hand. »Für Sie.«

Sie blickten einander an, und nur das Ticken der kleinen Uhr durchbrach die Stille. »Es war wunderbar«, sagte Sarah schließlich mit belegter Stimme. »Wie kann ich Ihnen danken?«

»Es gibt nichts zu danken.«

Unter seinem Blick wurde ihr wieder warm. »Es ist spät. Ich sollte gehen.«

Sie wollte sich umdrehen, als er eine Hand auf ihren Arm legte. Er beugte sich vor, und seine warmen Lippen streiften die ihren, kurz und sanft. »Gute Nacht.«

»Gute Nacht.« Ohne zu wissen, wie, verließ sie den Raum, seinen Blick in ihrem Rücken.

In ihrem Zimmer setzte sie sich an den Tisch, lauschte dem lauten Schlag ihres Herzens und dem leisen Ticken der Uhr, die unter der Petroleumlampe blitzte. Die Welt war machtvoll zurückgekehrt, die Geräusche erschienen klarer, die Farben strahlender. Das blitzende Perlmutt des Zifferblatts, das stählerne Ticken der Uhr, der leichte Geruch von Öl, vermischt mit dem Duft von Gras, der durch das Fenster hereindrang. Jede Zelle ihres Körpers schien wach zu sein und unter Spannung zu stehen, und irgendwie fühlte sie sich wie Thor, Zeus und Gottvater in einem: Schöpfer des Universums.

Das hier war ihr Werk – ihres und Pauls.

Paul. Seine schlanken, geschickten Hände, das blonde Haar, das ihm beim Arbeiten in die Stirn fiel, die blauen Augen, in denen heute Abend nichts Eisiges gewesen war, sondern Wärme, Anerkennung und etwas anderes, Intensiveres, Aufregenderes. Pauls Lippen, die ihre streiften wie der Flügelschlag eines Schmetterlings, so leicht, als wäre es nicht passiert. Ein Glimmen erfüllte jede Zelle ihres Herzens.

Sie legte die Uhr auf den Nachttisch, wo sie sie vom Bett aus sehen konnte, und betrachtete sich im Spiegel: die Wangen rot, die Augen groß und strahlend. Sie musste die Hand nicht an ihr Gesicht legen, um die Wärme zu spüren, und die Frage nach ihren Gefühlen, die Rosa ihr in der Küche gestellt hatte, war plötzlich einfacher zu beantworten.

Sie empfand mehr für Paul, als sie gedacht hatte. Und er? Wenn sie an seinen Blick und den zarten Kuss dachte, war sie sich sicher, dass sie ihm etwas bedeutete.

Morgen würde sie die Wache stürmen und den Korporal überzeugen – koste es, was es wolle. Ringgenberg war der Horeb, den es zu bezwingen galt, aber wenn sie dafür Herrn Schneider und sich selbst helfen konnte – und Paul sie noch einmal küsste –, dann war es das wert.

23

Das Bordell war am Montag so schäbig wie am Freitag zuvor, und die Missbilligung der Madame hatte sich noch gesteigert.

»Helena kann nicht mit Ihnen sprechen. Es geht ihr nicht gut.«

»Es deutet alles darauf hin, dass dieses Haus in die Mordfälle verwickelt ist. Ich werde nicht gehen, ehe ich mit ihr gesprochen habe.«

Die Madame runzelte die Stirn, aber schließlich nickte sie. Gideon folgte ihr zwei Stockwerke hinauf zu einem Zimmer, an dessen Tür sie anklopfte und sie einen Spaltbreit öffnete.

»Helena, der Korporal ist hier.« Sie drehte sich um, ohne ihn anzusehen, und stieg die Treppe wieder hinunter.

Die Frau, die ihn ins Zimmer ließ, sah aus wie Ende zwanzig und war fast so groß wie er, ihr langes, dunkles Haar voll und lockig. Sie deutete auf einen hellbraunen Ledersessel.

Er setzte sich. »Danke, dass Sie sich Zeit nehmen. Ich hoffe, es geht Ihnen gut genug für ein kurzes Gespräch.«

»Es geht schon.«

Ihr Zimmer – gepflegte Kirschholzmöbel, geschmackvolle Gemälde und ein dezent gemusterter Schurwollteppich – passte ganz und gar nicht zum Stil des Bordells. Ihre Stimme war dunkel und angenehm, und sie musterte ihn aus freundlichen, grauen Augen.

Warum arbeitete eine Frau wie sie an so einem Ort? Zwar war sie nur administrativ tätig, aber sie schien hier fehl am Platz.

»Was sind Ihre Aufgaben im Fleur?«

»Ich mache die Buchhaltung und die Korrespondenz.«

»Wie lange sind Sie schon hier?«

»Seit zehn Jahren.«

»Und davor?«

»Ich bin direkt nach der Ausbildung hierhergekommen.« Sie nannte ein angesehenes Handelsinstitut.

Er stutzte und fuhr dann fort. »Ist Ihnen Franz Stettler in den letzten Wochen verändert vorgekommen?«

Sie wickelte eine Strähne ihres dunklen Haares um ihren Finger. »Seit er im Mai ständig hier wohnte, wirkte er unruhig und nervös, aber in der letzten Zeit hatte ich das Gefühl, dass er wieder Oberwasser bekam.«

»Mochten Sie ihn?«

Sie wandte sich ab. »Er war charmant, aber ich habe ihm nicht über den Weg getraut.«

»Verzeihen Sie die Frage, aber warum arbeiten Sie hier? Sie könnten sicher anderswo unterkommen.«

»Ich nehme an, dass sie es Ihnen nicht gesagt hat. Madame George – Frau Dolder – ist meine Mutter.«

Sie erwiderte seinen Blick so gelassen, als sei das die normalste Sache der Welt. Sie glich der Bordellmutter nicht, abgesehen von den dunklen Haaren und der starken Präsenz. Aber ihre war weder feindlich noch aggressiv, und sie hatte Würde und Stil. Erstaunlich, dass eine Frau wie sie aus so einem Ort hervorgehen konnte.

»Sie sind hier aufgewachsen?«

Ihre Züge verhärteten sich. »Meine Mutter hat gut für mich gesorgt. Sie hat mir die Ausbildung bezahlt und mich gedrängt, woanders hinzugehen, aber ich wollte bei ihr sein.«

Gegen die Liebe einer Tochter war wohl kein Kraut gewachsen.

»Können Sie mir mehr über den … *Betrieb* sagen? Wird über die Besuche Buch geführt?«

»Wir führen eine Buchhaltung, und jede Dirne führt ihr ›Büchelchen‹, in dem sie die Freierbesuche und die Beträge einträgt. Die Einnahmen gehen an meine Mutter, von diesen wird ein Betrag für Wäsche, Kost und Logis abgezogen. Der Rest geht an die Dirnen.«

»Ich habe mit den Dirnen, der Köchin und dem Dienstmädchen gesprochen. Sind das alle Angestellte?«

»Ja. Manche Bordelle haben einen Hausknecht, um renitente Kunden in die Schranken zu weisen, aber Mutter macht das selbst.«

Das konnte er sich lebhaft vorstellen. »Wo wohnen die Dirnen, und was tun sie, wenn sie nicht … arbeiten?«

»Sie haben Zimmer unter dem Dach, manche teilen sich einen Raum. In ihrer freien Zeit spielen sie Karten, stricken oder lesen, wenn sie das können. Einmal in der Woche dürfen sie ins Dorf oder in die Stadt, aber nur in Begleitung der Sous-maîtresse. Wenn sie verhindert ist, gehe ich. Sie wissen ja, dass die Dirnen keine Kaffeehäuser oder Gasthöfe besuchen dürfen.«

»Was genau macht die Sous-maîtresse?«

»Sie ist die Stellvertreterin meiner Mutter, wählt die Dirnen aus und ist für sie verantwortlich.«

»Den Rest kann sie mir selbst erzählen. Ich danke Ihnen.« Er stand auf und reichte ihr die Hand. Ihr Griff war kräftig, und er zuckte zusammen, als sich scharfes Metall in seine Finger bohrte. Ringe? Wenn sie in diesem Zimmer lebte, war sie kaum verheiratet. Er warf einen Blick auf ihre Hand. Tatsächlich trug sie einen Siegelring, der zu groß für ihre Hand schien.

»Entschuldigen Sie«, sagte sie. »Ich habe ihn verengen lassen, und seitdem hat er eine scharfe Ecke. Sie sind nicht der Erste, der sich beklagt.«

»Ein schönes Stück«, erwiderte er.

»Meine Mutter hat ihn mir geschenkt. Er hat meinem Vater gehört.«

»Darf ich mal sehen?«

Zögernd hob sie ihm die Hand entgegen, und der Duft ihrer Haut drang ihm in die Nase, kräftig und angenehm, von Kräutern und Blumen. Der Ring war schwer und vergoldet und trug ein reich verziertes Wappen – ein klassisches Familienerbstück. Erstaunlich, dass ein Mann diesen Ring einer Dirne oder Bordellmadame schenkte.

»Wissen Sie, wer er war?«

Sie schüttelte den Kopf. »Mutter spricht nicht über ihn.«

Er verabschiedete sich und machte sich auf in den Schankraum, der verlassen war bis auf die Madame, die hinter dem Tresen hantierte.

Gideon setzte sich auf einen Hocker. »Warum haben Sie mir nicht erzählt, dass Helena Ihre Tochter ist?«

»Es tut nichts zur Sache.« Sie wischte mit einem Lumpen über das zerkratzte Holz.

Vielleicht war es besser, einen versöhnlichen Ton anzuschlagen. »Helena war sehr hilfsbereit.«

Madame George zündete sich eine Zigarette an. »Überrascht? Sie ist freiwillig hier, damit das klar ist.«

»Ich weiß.« Es hatte keinen Zweck; sie hatte etwas gegen die Polizei. Aber noch war er nicht fertig.

»Ich habe den Ring gesehen.«

»Und?«

»Ein interessantes Wappen. Was sagt denn der Vater dazu, dass Ihre Tochter den Ring trägt?«

»Das geht Sie nichts an.«

Wenn er noch etwas von ihr wollte, wechselte er besser das Thema; er konnte ein anderes Mal darauf zurückkommen. »Ich brauche die Büchelchen Ihrer Dirnen.«

Wie erwartet runzelte sie die Stirn. »Diskretion ist in unserem Geschäft unerlässlich.«

»Bei Mord ist Schluss mit Diskretion.«

Sie seufzte. »Welche brauchen Sie? Die Junibüchelchen haben die Mädchen noch.«

»Geben Sie mir März, April und Mai. Das sollte für den Anfang reichen.« Das war einfacher gewesen, als er gedacht hatte. »Kann ich jetzt mit Ihrer Sous-maîtresse sprechen?«

Sie zuckte die Achseln. »Ich hole sie und besorge die Büchelchen.«

Kurz darauf kam sie mit einem Stapel Hefte zurück und

drückte sie ihm in die Hand, stellte sich wieder hinter den Tresen und gab den Blick auf eine füllige Frau frei, die eben den Schankraum betrat. Ihre Gesichtszüge ließen vermuten, dass sie früher gut ausgesehen hatte, aber die Jahre und das Milieu hatten Spuren hinterlassen. Sie wirkte fast so alt wie Madame George, obwohl sie um einiges jünger sein musste. Unwillig zündete sie sich eine Zigarette an, während Madame George ihr ein Glas Weißwein hinstellte.

Gideon zog sein Heft hervor. »Wie heißen Sie, und wie alt sind Sie?«

»Sylvia Steiner.« Ihre Stimme dehnte sich träge. »Im Milieu die ›Könizer Katze‹. Wofür brauchen Sie mein Alter?«

»Routinefragen.«

»Ich bin fünfunddreißig.« Sie lehnte sich an den Tresen und schob die Schultern nach vorn, was ihren Busen näher an sein Gesicht brachte. »Glaub mir, Herzchen: Nach einer Stunde mit mir wäre dir mein Alter egal.« Ein unangenehm schelmischer Blick aus stark geschminkten Augen traf ihn, als wolle sie ihm das Bild dieses Schäferstündchens aufzwingen. Er starrte entschlossen in sein Notizheft. »Wie lange arbeiten Sie schon hier?«

»Seit fünf Jahren – drei davon als Sous-maîtresse. Davor war ich in Biel. Und in Zürich.« Sie stützte den Arm auf den Tresen und hielt ihr Profil ins Licht. Offenbar erwartete sie einen Ausruf der Bewunderung oder dergleichen, aber er konnte sich beim besten Willen nicht vorstellen, wieso.

»Was können Sie mir über Franz Stettler sagen?«

»Charmant. Hatte Ahnung, was im Milieu ankommt. Nicht so besessen von diesem Jugendwahn.« Ein scharfer Seitenblick auf die Madame, die unbeeindruckt an einem Glas Rotwein nippte.

»Wer könnte Interesse an seinem Tod haben?«

»Keine Ahnung. Kann ich gehen?«

Sie hatte es verdächtig eilig. »Sind Sie sich sicher, dass Sie mir nicht helfen können?«

»Ich weiß nichts.« Sie stürzte ihren Weißwein hinunter. »Ich habe Kunden und muss mich frisch machen.«

Ehe er antworten konnte, war sie schon bei der Tür.

»Warten Sie!«

Sie drehte sich widerstrebend um.

»Wenn Ihnen noch etwas einfällt, melden Sie sich.«

»Jaja.« Schon war sie weg.

Auf dem Rückmarsch im Regen, die Büchelchen sicher verwahrt, ließ Gideon die Gespräche Revue passieren. Helena Dolder hatte ehrlich gewirkt, obwohl er eine gewisse Spannung bemerkt hatte, als er Franz Stettler erwähnte. Die Sousmaîtresse hingegen verbarg etwas. Er würde nochmals mit ihr sprechen müssen.

Helena Dolders Ring war ein Mysterium. Wer konnte der Vater sein? Madame George war damals noch nicht »Madame George« gewesen – sie war um die fünfzig, Helena Ende zwanzig. Es war anzunehmen, dass die Madame früher selbst als Dirne gearbeitet hatte; das war bei der Mehrheit der Bordellbetreiberinnen der Fall. Warum hatte sie das Kind überhaupt geboren? Ehinger von der Sitte hatte ihm erzählt, dass viele Dirnen wegen Geschlechtskrankheiten unfruchtbar waren, aber wenn sie doch schwanger wurden, suchten sie meist Engelmacher auf. Das war gefährlich, aber es befreite sie von der Last einer Schwangerschaft und der eines Kindes, beides dem Geschäftsgang bestimmt nicht besonders förderlich.

Und warum hatte der Mann ihr den Ring geschenkt? War er ein Freier gewesen, der nicht mit ihr zusammen sein konnte oder wollte? Das Wappen war ihm vertraut vorgekommen – es könnte das einer Familie aus der Solothurner oder Grenchner Oberschicht sein. Sein Instinkt sagte ihm, dass er auch dieser Sache auf den Grund gehen sollte. Bordellbesuche mochten gang und gäbe sein, aber sie konnten den Ruf eines Mannes zerstören. Das galt mindestens so sehr für eine von einer Hure geborene uneheliche Tochter, die in der Gegend wohnte.

Ob die Madame den Mann geliebt hatte? Oder hatte sie das Kind bekommen, um ein Druckmittel in der Hand zu haben? War Stettler vielleicht sogar auf die Identität von Helenas Vater gestoßen? Er hatte vor seinem Aufenthalt in Grenchen in Solothurn gelebt, dort war die Auswahl der Männer von Rang beträchtlich höher als in diesem Kuhdorf. Hoffentlich förderten die Büchelchen ein paar Namen zutage. So oder so würde er der Sous-maîtresse und Madame George nochmals auf den Zahn fühlen müssen.

Resigniert blickte er auf den noch fernen Turm von Sankt Ursen, der wie eine Fata Morgana im frühsommerlichen Dunst schimmerte. Offensichtlich musste er sein Glück, dem Milieu in all den Jahren bei den Landjägern entgangen zu sein, nun mit einer Intensivkur bezahlen.

24

Die Hauptwache ragte vor Sarah in den grauen Himmel wie ein düsterer Turm. Regen hatte den Stein verdunkelt, und die Mauer schien mit den tief hängenden Wolken zu verschmelzen.

Paul war heute Morgen zurück nach Mümliswil gereist; sie hatte ihn nicht mehr gesehen. Rosa hatte er erzählt, dass die Kammfabrik ihm die freien Tage gestrichen hatte, weil eine beträchtliche Zahl Arbeiter mit einer Lungenentzündung darniederlag. Sie hatte gehofft, ihn nach dem vergangenen Abend noch zu treffen, aber offenbar hatte er den ersten Zug genommen. Ob er am Samstag nach Grenchen zurückkam?

Die Aussicht hatte sie befeuert, sich nach der Arbeit sofort nach Solothurn aufzumachen, aber während der Zugfahrt war die Erinnerung an ihre letzten Zusammentreffen mit Ringgenberg in ihr hochgestiegen. Vielleicht weigerte er sich, sie zu empfangen. Aber sie würde zu ihm vordringen, selbst wenn sie vor seiner Bürotür übernachten musste. Entschlossen betrat sie die Wache und baute sich vor dem Empfang auf.

»Der Korporal hat keine Zeit.«

Erdbeergesicht Wyss beäugte sie wie die Pest im Quadrat.

»Ich bestehe darauf. Ich habe Informationen zu den Fällen Stettler und Heiniger und gehe nicht, bevor ich ihn gesprochen habe.«

Wyss' roter Schädel auf dem dünnen Hals hob und senkte sich, während er sie mürrisch musterte. Endlich erhob er sich, bummelte den Gang hinunter und verschwand um eine Ecke.

Ein Klopfen, ein Klicken. Leises Gemurmel. Der rote Kopf tauchte wieder auf und ruckte mit dem Kinn in ihre Richtung. Sarah ging zu Ringgenbergs Büro, holte tief Luft und trat ein.

Der Korporal wies unwirsch auf den Stuhl vor seinem Tisch. »Ich wollte gerade gehen, also machen Sie es kurz. Haben Sie tatsächlich Informationen und wollen uns sogar daran teilhaben lassen?«

»Ich verstehe Ihre Reaktion, und ich entschuldige mich noch einmal. Es war falsch von mir, Sie anzulügen.« Eigentlich war Lüge ein gar harter Begriff, aber sie musste ihn gnädig stimmen.

»Was haben Sie für mich?«

Sie kramte in ihrer Börse, zog die Papierblume hervor und legte sie auf den Tisch. »Das habe ich vor dem Hauseingang bei Herrn Kölliker gefunden, als ich bei seiner Tochter zu Besuch war. Er ist ein Freund von Herrn Schneider und sein Stellvertreter. Emmi war bei ihm angestellt, bevor sie zu Schneiders kam. Es ist Werbung für das Fleur, und ich glaube, Herr Kölliker verkehrt dort.«

»Ich verstehe.«

Sarah rutschte an den Stuhlrand vor. »Werden Sie ihn festnehmen?«

»Immer mit der Ruhe.« Ringgenberg wies auf einen Stoß Hefte auf seinem Pult. »Wir prüfen momentan, wer im Bordell verkehrt hat, und Herrn Köllikers Name ist mir bisher nicht untergekommen. Sollte sich erweisen, dass er dort war, werden wir sicher mit ihm sprechen, aber für eine Verhaftung brauchen wir einen dringenden Tatverdacht.«

»Ist das nicht genug? Er kannte Franz Stettler, und Emmi hat bei ihm gearbeitet! Sie könnte etwas gesehen haben!«

Stille. Fast erwartete sie, die alte Härte in seinen Augen zu sehen, aber offenbar nahm er es nicht persönlich.

»Es ist mir ebenso wichtig wie Ihnen, dass der Tod dieser Menschen gesühnt wird.« Er gab ihr die Hand. »Nochmals danke. Wenn Sie wieder etwas haben, melden Sie sich.«

Sarah verließ die Wache, unbefriedigt und erleichtert zugleich. Bei ihrer Ankunft beim *Maison* fand sie Rosa wieder einmal auf den Knien im Garten vor.

»Rosa! Wusstest du, dass die Landjäger im Bordell ermitteln?«

Rosa erhob sich. »Nein. Warst du dort?«

»Nicht im Bordell natürlich. Ich habe Korporal Ringgenberg das mit Herrn Köllikers Papierblume erzählt, aber er unternimmt noch nichts.« Sie seufzte. »Komischerweise steht Herr Kölliker nicht auf der Liste der Freier, aber das Fleur ist ein Hinweis. Findest du nicht?«

»Doch, aber der Korporal hat recht. Es macht keinen Sinn, die Sache zu überstürzen, wenn er nichts Konkretes hat. Woher hast du das mit den Ermittlungen im Bordell?«

»Paul hat es mir erzählt.« Sie spürte die Wärme in ihren Wangen und wandte sich ab, aber Rosa hatte gute Augen.

»Und was hat dir Paul sonst noch erzählt? Er war heute Morgen in auffällig guter Stimmung.«

»Nichts! Er hat mir gezeigt, wie man eine Uhr zusammenbaut. Ich habe darüber völlig die Zeit vergessen, und als er die Uhr dann zum Laufen gebracht hat … das war einfach wunderbar!«

»Sieh an! Ich dachte mir, dass dir die Arbeit liegen könnte.« Rosas Augen funkelten. »Aber das war nicht alles …«

»Er hat mich geküsst. Oder so etwas.«

»Oder so etwas gibt es nicht!«

»Es war nur ein leichter Kuss.«

»Kuss ist Kuss. Und du magst ihn.«

»Ja. Aber heute ist er so schnell verschwunden. Vielleicht bereut er es.«

»Ach was! Er muss doch arbeiten. Warte nur, bis er wiederkommt, dann wirst du es sehen.«

»Hoffentlich! Aber wann?« Meine Güte, sie hörte sich verzweifelt an. »Es wird sich schon weisen, wie du gesagt hast. Wir haben jetzt anderes zu tun. Diesen Freitag nehme ich mir den Friedhof vor.«

Rosa nickte, ein wissendes Lächeln auf den Lippen, und Sarah macht sich eilig davon, bevor sie einer weiteren Befragung unterzogen wurde.

25

»Das war fantastisch, Mutter. Wann eröffnest du deinen Gasthof für Heimwehberner?«

Gideon legte die Gabel neben seinen Teller. Das Mittagessen bei seiner Mutter war in den letzten Wochen zu kurz gekommen, und es tat gut, sich einmal nicht in eine Wirtschaft setzen zu müssen.

Mutter lächelte. »Ich glaube, du hattest es nötig. Du siehst müde aus.«

»So schlimm ist es nicht.«

»Seid ihr für Fronleichnam vorbereitet?«

»So gut es geht, auch wenn ich nicht weiß, woher ich das Personal nehmen soll. Sonntag findet die Tagung des Freisinnigen Volksvereins statt, und es werden zwanzigtausend Leute erwartet.«

Seine Mutter gab ein mitfühlendes Geräusch von sich. »Und wie geht dein Fall mit dem Dienstmädchen und dem jungen Mann voran?«

»Vom Verdacht auf Schneiders habe ich dir erzählt. Den jungen Schneider mussten wir gehen lassen, weil er ein Alibi hatte, aber sein Vater ist noch in Haft. Er hat für keinen der Todesfälle ein lückenloses Alibi. Aber es hat sich eine neue Wendung ergeben. Franz Stettler hat im Fleur Jaune verkehrt, und momentan ermitteln wir dort. Viktor hat mir die Verantwortung dafür übertragen.« Er nahm einen Schluck Wein. »Ich war Freitag und Montag dort. Ich kenne mich ja nicht aus, aber es ist kein Etablissement der ersten Güteklasse. Die Bordellmadame ist eine Nummer für sich. Sie nennt sich Madame George und sieht aus wie eine von Wagners Walküren. Am Mittwoch habe ich mit ihrer Tochter gesprochen, die in der Buchhaltung arbeitet. Eine erstaunlich gebildete Frau. Ich hätte nicht erwartet, dass jemand es zu etwas bringt, der in so einem Drecksloch aufwächst.«

Er sah hoch. Das Gesicht seiner Mutter war so blass geworden, dass es durchsichtig wirkte.

»Nur die Ruhe, Mutter! Zwei kurze Aufenthalte im Fleur werden keinen Hurenbock aus mir machen.«

Sie zuckte zusammen, und er hatte plötzlich einen Kloß im Hals. Er hatte in ihrer Gegenwart noch nie so einen Ausdruck verwendet. War es wegen der Morde oder wegen des Ambientes, das ihm so gegen den Strich ging, oder weil für ihn viel auf dem Spiel stand? Natürlich trugen die Konfessionsstreitigkeiten auch nicht zur Beruhigung bei – er hatte langsam genug davon, von allen Seiten misstrauisch beäugt zu werden.

Mutter war aufgestanden und trug die Teller hinaus, wobei der ganze Haufen klapperte. Er stand auf und nahm ihr den Stapel ab. »Ich mache das, Mutter. Entschuldige.«

»Du stehst unter Druck. Das verstehe ich.«

Sie tranken noch Kaffee, aber sie wirkte müde, und er verabschiedete sich kurz darauf und hastete durch leichten Regen über die sich verdunkelnden Pflastersteine.

Was für ein Narr er war! Er vergaß immer wieder, aus was für einer behüteten Welt seine Mutter kam. Ihr musste schon die Existenz eines Lokals wie das Fleur widerwärtig sein, und dass er dort ermittelte, bereitete ihr natürlich Sorgen. Für sie blieb er immer das Kind, das sie beschützen musste; umso mehr, da sie ihn allein aufgezogen hatte.

Die Friedhofsgänge mit seiner Mutter fielen ihm ein; das Plätschern des Brunnenwassers, wenn sie ihre Kanne gefüllt hatte, der Frieden, die Stille. Er war keine fünf gewesen, als sein Vater starb, und hatte seine Mutter fast jeden Tag auf den St.-Katharinen-Friedhof begleitet. Das Angebot des Landjägerkorps, die Grabpflege zu bezahlen, hatte sie zurückgewiesen, zu jeder Jahreszeit neue Blumen gepflanzt und am Anfang jeden Tag Unkraut gejätet. Noch heute konnte man sie fast täglich mit einer Hacke am Grab antreffen, und jeden Sonntag besuchte sie es vor dem Gottesdienst. Es war ihr Ort der Andacht und Erinnerung. Er musste sie unbedingt häufiger besuchen.

Zurück im Büro warf er einen Blick auf die Uhr an seiner Wand. Da ihn das Thema ohnehin eingeholt hatte, könnte er dem Fleur einen Besuch abstatten; er musste dringend mit der Madame sprechen. Nach dem Besuch von Fräulein Siegwart hatte er sich die Büchelchen nochmals angesehen, um zu prüfen, ob er den Namen Kölliker überlesen hatte. Das war nicht der Fall, und auch sonst hatten die Büchelchen keinen Namen zutage gefördert, der ein Echo auslöste, mit Ausnahme von

Friedli, dessen Dienstpläne ihn aber entlasteten. Dafür war ihm aufgefallen, dass viele ortsunübliche Namen dabei waren. Natürlich besuchten manche Männer lieber ein Bordell, das weiter von ihren heimischen Gefilden entfernt war, aber so viele? Das Fleur war nicht so exquisit, dass es reihenweise Gäste aus anderen Kantonen anzog. Auch das Fehlen von bekannteren Namen war verdächtig. Zwar hatte Solothurn inzwischen ein edleres Bordell, das die begüterten Solothurner vielleicht bevorzugten, aber er hätte doch erwartet, dass örtliche Prominenz auf der Liste stand. Vielleicht vergab die Madame Decknamen. Er hatte sich bei Ehinger erkundigt – so etwas kam vor. Das würde erklären, warum sie die Büchelchen so bereitwillig aus den Händen gegeben hatte.

Am besten ging er später vorbei – es war der Vorabend von Fronleichnam; da dürfte das Bordell voll sein. Er würde die Madame überraschen, wenn sie unter Druck stand.

Ein paar Stunden später nippte er befriedigt an einem Glas Apfelsaft, das ihm Madame George widerwillig gebracht hatte. Seine Anwesenheit bei Hochbetrieb wirkte wie erhofft wie ein Senfpflaster.

»Sylvia ist beschäftigt.« Ihre Augen feuerten giftige Pfeile ab. »Sie wird erst um Mitternacht Zeit haben.«

»Sie wird sich vorher Zeit nehmen, wenn sie nicht will, dass ich sie aufs Revier mitnehme. Ich werde hier warten.« Er nahm noch einen Schluck.

Unwirsch wandte sie sich ab, während er das Treiben begutachtete. Die paar Dirnen machten zum Glück einen Bogen um ihn, aber das Geschäker und all die Männer, die mit ihrer

Freizeit nichts Besseres anzufangen wussten, als hier ihre Triebe zu befriedigen, ließen seinen Blutdruck steigen.

Endlich öffnete sich die Schanktür, aber herein kam nicht die Könizer Katze, sondern Helena Dolder. Sie schritt zur Theke, ließ sich ein Glas Weißwein einschenken und stellte sich neben ihn an den Tresen.

»Haben Sie vor dem Feiertag nichts Besseres zu tun?«

»Und Sie?«

»Ich bin am Halbjahresabschluss und brauche eine Pause von den Zahlen.« Sie nippte an ihrem Wein.

»Und läuft das Geschäft?«

Sie musterte ihn forschend. »Sie können dem gar nichts abgewinnen.«

»Sie etwa?«

Sie ließ den Blick durch das Lokal schweifen. »Ich sehe natürlich, was für Auswirkungen das Gewerbe auf die Frauen hat. Ich versuche, Mutter dazu zu bewegen, den Dirnen weniger Geld für ihr Logis abzuziehen, und ich habe kein Verständnis für Männer, die ihre Frauen betrügen und hier ihre Triebe ausleben. Aber es gibt andere Fälle. Nicht alles ist schwarz-weiß.«

»Wie meinen Sie das?«

»Die Einsamkeit dieser Zeit. Junge Männer ziehen vom Land in die Stadt, sind allein und haben nicht genug Geld, um zu heiraten. Sie sehnen sich nach Nähe und Wärme und finden sie hier.«

»Einen erbärmlichen Abklatsch, wenn Sie mich fragen. War Franz Stettler auch so ein armer junger Mann?«

Sie verschränkte die Arme vor der Brust. »Nein.«

»Und Sie konnten ihn nicht leiden.«

»Ist das ein Verbrechen?«

»Natürlich nicht.« Er würde das Thema wechseln; es schien schwer vorstellbar, dass sie mit dem Ganzen etwas zu tun hatte. Der Ring fiel ihm ein. Er warf einen Blick auf ihre Hand und stockte. Er war weg.

»Wo haben Sie Ihren Ring?«

Ihre Wangen röteten sich. »Meine Mutter hat ihn. Sie hat mir angeboten, ihn schleifen zu lassen.«

»Warum gerade jetzt?«

»Das müssen Sie sie schon selbst fragen.« Ihre Stimme war kühl geworden.

»Das werde ich.«

»Ich sollte weitermachen«, sagte sie kurz. »Wenn Sie nichts mehr haben …«

»Im Moment nicht.« Er nickte ihr zu und sah ihr nach, wie sie mit ihrem Glas den Raum verließ. Inzwischen war der Schankraum proppenvoll. An einem ramponierten Klavier klimperte ein Bursche, während eine Sängerin ihre Waden präsentierte und ein zotiges Lied zum Besten gab. Immerhin hatte sie eine gute Stimme.

»Das ist Lula. Importiert aus Nürnberg.« Madame George warf ihm einen lauernden Blick zu; wahrscheinlich versuchte sie, niedere Instinkte aus seinen Pupillen herauszulesen. Aber er würde sich nicht provozieren lassen.

»Warum haben Sie Ihrer Tochter den Ring abgenommen?«

»Ich will ihn nachschleifen lassen.«

»Etwas Besseres fällt Ihnen nicht ein?«

»Was spielt das für eine Rolle?«

»Ist Ihnen nicht in den Sinn gekommen, dass Helenas Vater ein Mordmotiv haben könnte? Wenn Franz Stettler herausgefunden hat, wer der Mann ist, und er in der Region bekannt ist, macht ihn das verdächtig. Sie brauchen mir den Ring nicht zu geben – Sie können mir einfach sagen, wer Helenas Vater ist. Vielleicht verhindern wir weitere Morde.«

Sie rieb mit einem trockenen Lappen ein Glas aus. »Helenas Vater hat mit der Sache nichts zu tun.«

»Wie können Sie sich da sicher sein?«

»Ich bin es eben.«

»Ich kann Sie abführen lassen, wenn Sie nicht kooperieren. Und ich kann Ihren Laden rund um die Uhr bewachen lassen. Nicht gut fürs Geschäft.«

»Ich lüge nicht. Helenas Vater ist tot.«

»Hatte er Familie? Es gibt Leute, die so etwas geheim halten wollen.«

»So ist es nicht. Und mehr erfahren Sie von mir nicht.«

Es war ihr offensichtlich ernst. Am besten beließ er es im Moment dabei, er hatte noch ein größeres Huhn mit ihr zu rupfen.

»Ich habe mir die Büchelchen angesehen. Kein einziger bekannter Name. Wie ist das möglich?«

»Was weiß ich. Solothurn hat einen neuen Betrieb; wahrscheinlich gehen die feinen Pinkel jetzt dorthin.«

»Wir haben starke Hinweise, dass ein bestimmter Grenchner hier verkehrt hat, aber sein Name fehlt. Dafür führen Sie Namen, die nicht in die Gegend passen und nach Decknamen klingen.«

»Ich weiß nicht, was Sie meinen.«

»Wir machen es so: Sie sagen mir, ob es Decknamen sind, oder ich stelle einen Landjäger vor Ihre Tür. Auf unbegrenzte Zeit.«

Sie musterte ihn finster. »Na gut. Es sind Decknamen dabei.«

»Ich brauche diese Namen.«

»Ich habe auch Kundschaft aus Ihren Kreisen.«

»Das spielt keine Rolle. Sie haben gesagt, dass Sie mich noch so gern hier weghaben wollen. Beweisen Sie's.«

»Na gut.« Sie verschwand hinter der Schanktür, kam kurz darauf mit einer Liste zurück und warf sie auf den Tresen.

»Ich muss um Diskretion bitten.«

Er griff nach der Liste, und ein gespanntes Prickeln stieg in ihm hoch. Zögernd steckte er das Papier in seine Sakkotasche. Am liebsten hätte er sie sofort untersucht, aber erst war die Sous-maîtresse dran.

»Ist Frau Steiner da?«

Madame George zog an ihrer Zigarette. »Hab' ich Ihnen doch gesagt – sie ist beschäftigt. Läuft heute gut bei ihr.«

Die rauchgeschwängerte Luft schien plötzlich noch stickiger. Sollte er es darauf ankommen lassen und die Frau zur Befragung auf die Wache mitnehmen? Sie wusste mit Sicherheit mehr als das, was sie ihm bei ihrem ersten kurzen Gespräch gesagt hatte. Andererseits war morgen Fronleichnam, und er hätte seine Landjägermütze darauf verwettet, dass es zwischen den innerkatholischen Streithähnen zu Kämpfen kommen würde. Da musste er ausgeschlafen sein und seinen Kopf beisammenhaben.

»Na gut. Sagen Sie Frau Steiner, ich komme bald wieder vorbei.«

»Sie wird sich gern Zeit nehmen.« Sie lächelte vielsagend und stolzierte mit wiegendem Hinterteil davon.

Er verließ den rauchigen Laden und wandte sich nach Osten. Der Nieselregen hatte aufgehört. Er zog die Liste hervor und überflog hastig die Namen, die neben den Decknamen standen. Zwei Kantonsräte und ein Amtsgerichtspräsident – nicht Viktor natürlich. Ein Kantonsschullehrer aus einer bekannten katholisch-konservativen Familie. Die anderen konnte er noch nicht zuordnen, aber der Anfang war vielversprechend. Mit diesen Leuten würde Viktor sprechen. Dann, etwas weiter unten auf der Liste, endlich der Name, auf den er gehofft hatte. Fräulein Siegwart hatte recht gehabt! Kölliker würde er sich nach Fronleichnam selbst vorknöpfen – und er freute sich darauf.

26

»Kommst du mit?«

Sarah schreckte von ihrem Gartenstuhl hoch. Rosa stand im Sonntagsstaat vor ihr und sah sie ungeduldig an.

»Wohin?«

»In die Messe! Die Prozession wird dir gefallen.«

Wie hatte sie Fronleichnam vergessen können? In Luzern war der Feiertag ein Großereignis; wenn die Herrgottskanoniere ihre Salutschüsse vom Gütsch feuerten, wurde es – wie ihr Vater zu sagen pflegte – »dem strammsten Atheisten warm ums Herz«. Ob das stimmte, konnte sie nicht beurteilen, aber sie hatte die Feier immer geliebt.

Sie eilte nach oben, um sich umzuziehen. Der Unterricht der letzten Tage war anstrengend gewesen, und sie hatte sich zusammennehmen müssen, um Euseb nicht anzufahren, wenn er seine Tricks versuchte, um nicht arbeiten zu müssen. Herr Schneider war noch in Haft, und mit jedem Tag, der verstrich, stieg ihre Angst davor, dass er von der Gebrüder Schild AG die Kündigung erhielt. Auch von Paul hatte sie nichts gehört. Alles schien in der Schwebe zu sein.

Eine Viertelstunde später betrat sie mit Rosa die Kirche. Heute war jeder Platz besetzt, aber aus der Grenchner Schar der Christkatholiken schien niemand da zu sein. Ihr war es recht, nur Pauline hätte sie gern gesehen. Jetzt musste sie sich bis zum Musikabend gedulden.

Der Pfarrer betrat die Kirche im purpurnen Talar, die Orgel dröhnte. Plötzlich erklangen scharfe Rufe von draußen, dann die Worte »Laden!« und »Abfeuern!«. Drei Gewehrsalven erschütterten die Kirchenmauern. Sarah lächelte. Grenchen hatte offenbar seine eigenen Herrgottskanoniere.

Nach der Messe versammelten sich die Kirchgänger vor dem Bauernhaus schräg gegenüber der Kirche, wo ein hölzerner Altar aufgebaut war. Ein weißes Seidentuch schimmerte auf dem Holz, die Sonne strahlte vom blauen Himmel, und Fahnen flatterten im Wind. Ein festlicher Anblick, aber Pfarrer Walser wirkte ernst, und das Häuflein Ministranten drückte sich eng zusammen.

»Pfarrer Walser fürchtet Störungsversuche der Christkatholiken«, sagte Rosa. »Sie finden, es sei Götzendienst, die Hostie zu feiern.«

Die Kirchgänger knieten sich hin, und Pfarrer Walser segnete die Menge. Unter dem Ächzen der älteren Besucher erhob sich die Menge wieder und versammelte sich hinter dem Allerheiligsten, das von der Sonne beleuchtet hoch über ihren Köpfen vorangetragen wurde. Nach einer Weile erreichten sie den zweiten Altar, wo sich die Prozedur wiederholte. Knien, Segen, aufstehen.

Der dritte Altar stand auf der Nordseite des Gasthofs Löwen. Als sich alles vor dem Altar niederkniete, streckte

Pfarrer Walser das Allerheiligste in den Himmel, weiter und höher als vorhin, als wolle er es dem Herrgott persönlich übergeben. Eine andächtige Stille breitete sich aus.

In diesem Moment flog etwas durch die Luft, traf auf das Glas des Allerheiligsten und zerplatzte. Eiweiß und Dotter liefen über Glas und Gold und dem Pfarrer über die dünne Hand. Dann eine Stimme aus dem Nichts. »Das ist für euch, ihr römischen Götzendiener!« Eilige Schritte und Gelächter, dann Totenstille.

Der Pfarrer stellte das Allerheiligste mit purpurnen Wangen ab und gestikulierte einen Messdiener herbei, der das Ei vom Glas wischte. Die Stille, zuvor nur unbehaglich, lud sich auf wie die gelbe, schweflige Luft vor einem Gewitter.

Wut und Rachedurst brodelten auf den Gesichtern der Männer und Frauen, und Sarah wurde flau. Wer konnte es ihnen verdenken? Beim Anblick des Allerheiligsten, verschandelt durch einen boshaften Streich, spürte sogar sie einen Hauch heiligen Zorns. Die Hostie mochte kein anbetungswürdiges Gottesgeschenk sein, aber die Täter waren in ihrer Rüpelhaftigkeit und Boshaftigkeit nicht besser als die rohen Buben, die damals auf dem Pausenplatz den kleinen Jungen gepiesackt hatten, bis sie selbst als Dreikäsehoch dazwischengegangen war.

»Lasst uns zurückgehen«, sagte Pfarrer Walser, der über der purpurnen Stola blass geworden war. In dem Moment drängte sich ein dünner Mann mit schwarzem Haar neben den Pfarrer.

»Bühlers Sohn«, flüsterte Rosa. Es wäre nicht nötig gewesen – die gleichen scharfen Gesichtszüge, der gleiche Fanatismus in den Augen.

Er ballte die Faust gen Himmel. »Lasst uns nicht weichen. Die Christkatholiken wollen Krieg – den sollen sie haben! Die aufrechten katholischen Männer folgen mir ins Wirtshaus. Wollen wetten, dass sie hier drinsitzen!«

»Was haben die vor?«

»Nichts Gutes«, erwiderte Rosa düster. »Männer! Wenn sie sich nur prügeln können!«

Der Pfarrer setzte zu beschwichtigenden Worten an, aber die gingen in wütendem Gemurmel unter. Mit Bühler an der Spitze stürmten die Männer den Gasthof, und nach kurzer Zeit drang gedämpfter Lärm nach draußen. Es klirrte, Biergläser flogen aus dem ersten Stock und zerbarsten auf dem Vorplatz. Schaumiges Bier spritzte auf die Stola des Pfarrers.

Rosa packte Sarah am Arm. »Ab nach Hause mit dir! Ich komme nach, aber ich muss Girards Frau beistehen.«

Sarah machte sich auf den Heimweg, den Schlachtenlärm im Rücken. Was für ein Gott freute sich an solchem Hader? Worüber stritten diese Leute überhaupt? Beide Seiten waren überzeugt davon, in Gottes Gunst zu stehen, fügten einander Leid zu und konnten dem anderen sein Recht nicht lassen, zu glauben, was für ihn das Richtige war. Das war ihr letzter Versuch gewesen, dem Kirchgang etwas Gutes abzugewinnen.

»Das hättest du sehen sollen!« Rosa attackierte den Zopfteig mit beiden Fäusten. »Euseb Girard rannte Haare raufend durch sein Wirtshaus, und ich habe seiner Frau geholfen, gebrochene Arme einzuschienen. Die Frauen auf beiden Seiten werden heute Hosen flicken und Blessuren pflegen.« Rosa lächelte grimmig und wollte eben fortfahren, als der Kies in der Auffahrt knirschte.

Das musste Frau Schneider sein – sie war mit den Kindern zu ihrem Mann gefahren.

»Ich muss mich beeilen.« Rosa holte den Suppentopf, als Frau Schneiders Stimme von der Eingangstür in die Küche drang.

»Fräulein Siegwart? Haben Sie einen Moment?«

Die Hausherrin stand im Foyer und war erschreckend blass. Der Besuch bei ihrem Mann hatte ihr offenbar keinen Trost gespendet. Ob Herr Schneider seine Stelle verloren hatte?

»Mein Mann lässt Sie grüßen, Fräulein Siegwart. Er ist froh, dass Sie bei uns sind.«

Sarah atmete auf. Das klang nicht danach, dass ihr gleich gekündigt würde.

»Er hat allerdings eine Bitte. Sehen Sie künftig davon ab, bei Pfarrer Walser in die Messe zu gehen.«

»Warum? Herr Schneider und Sie sind doch auch ab und zu da.«

»Jetzt nicht mehr. Bühlers machen Stimmung gegen alle Christkatholiken im Dorf. Außerdem hat Herr Kölliker Urs Schild erzählt, Sie seien von den Römischen in unser Haus geschleust worden, um die Kinder zu beeinflussen.«

»Wie kommt er denn auf so etwas? Das ist lächerlich.«

»Das habe ich ihm auch gesagt. Peter versucht nur, Stimmung gegen Robert zu machen, damit Urs ihn fallen lässt.« Frau Schneiders Lippen wurden schmal. »Robert dachte, Peter sei sein Freund, aber ich wusste immer, dass er sich täuscht. Trotzdem: Geben Sie Köllikers keinen Grund, sich negativ zu äußern. Das würden wir sonst nicht verlangen, aber Roberts Zukunft hängt davon ab, und damit auch Ihre.«

Sarah starrte auf die geschwungenen Entenschnabelfüße der Foyerkommode. Am liebsten hätte sie dem massiven Möbelstück einen Tritt versetzt. Die Messe war ihr gleichgültig, besonders nach gestern. Aber gegenüber Köllikers so zu tun, als sei alles wunderbar? Es war wie damals, als ihre Mutter ihr befohlen hatte, sich mit der hochnäsigen Tochter des neuen Regierungsrats anzufreunden, um Vaters Chancen auf die Stelle im Kantonsarchiv zu erhöhen.

»Was ist mit Rosa? Sie geht auch in Walsers Messe.«

»Rosa kennt man im Dorf. Sie kommen aus Luzern, und Ihre Familie ist durch und durch römisch. Herr Kölliker hat Leserbriefe Ihres Vaters erwähnt. Ich weiß nicht, wo er die herhat, aber das spielt keine Rolle. Kann ich auf Sie zählen?«

»Natürlich. Kann ich gehen? Ich will mich vor dem Essen frisch machen.« Nur raus hier, bevor sie etwas Falsches sagte.

In ihrem Zimmer griff sie nach der Bürste und zog sie heftig durch ihre Locken. Ihre Kopfhaut protestierte, aber sie spürte es kaum.

Warum machte ihr das so viel aus? Sie wusste nur, dass sie sich eingeengt fühlte, ganz zu schweigen davon, dass ihr Vater einen Aufstand machen würde, wenn er das wüsste. Aber sie hatte keine Wahl. Wenn sie bleiben wollte, musste sie sich fügen, und bleiben wollte sie – auch wegen Paul. Wenn sie Grenchen verlassen musste, sah sie ihn womöglich nie wieder.

Aus dem Treppenhaus drang das sanfte, vielstimmige Ticken der Wanduhren an ihr Ohr.

Sie lächelte. Und wegen der Uhren wollte sie auch bleiben.

Die Arbeit an Pauls Uhr, die Konzentration auf die winzigen Teile hatten sie auf seltsame Weise beruhigt. Für einmal waren ihr nicht tausend Gedanken gleichzeitig durch den Kopf gegangen, und die Energie, die sie danach erfüllt hatte, war um so viel kraftvoller gewesen als jedes Erfolgsgefühl, das sie beim Unterrichten erfahren hatte. Eins wusste sie: Ihre Neugier war gerade erst geweckt worden.

Sobald Herr Schneider freikam, würde hier hoffentlich alles wieder seinen gewohnten Gang gehen. Heute war wieder Freitag, und das Wetter stimmte. Zeit für ihren Friedhofsbesuch.

Eine Stunde später öffnete Sarah das Friedhofstor. Es war niemand zu sehen, aber ein Reißen und Graben drang an ihr Ohr. Sie folgte dem Geräusch zu einer älteren Dame, die an einem Grab Unkraut jätete.

»Guten Tag. Haben Sie kurz Zeit?«

Die Dame, das Gesicht braun und verwittert wie ein alter Apfel, kniff die Augen zusammen. »Warum?«

»Ich … Ich wollte fragen, ob Sie am Freitag öfter hier sind.«

»Warum?«

»Ich muss wissen, ob Sie Herrn Schneider gesehen haben. Er arbeitet für Herrn Schild und …«

»Der im Gefängnis sitzt?« Die Frau stieß eine Hacke in die braune Erde. »Wann soll ich ihn gesehen haben?«

»Am 2. Mai.«

»Das ist über einen Monat her!« Die Dame schüttelte den Kopf. »Ich habe zu tun.« Sie beugte sich über das Grab und hackte wieder verbissen auf einen Gänsefuß ein.

Sarah wandte sich resigniert ab und spähte durch die Reihen. Am Brunnen füllte ein Mann eine Kanne. Als er den Kopf hob, zuckte sie zusammen. Herr Bühler der ältere. Der würde ihr kaum helfen, aber versuchen musste sie es.

Sie trat zu ihm. »Herr Bühler, ich brauche Ihre Hilfe. Ich müsste wissen, ob Sie am 2. Mai hier waren. Herr Schneider …«

Er hob seine dünne Nase und inspizierte sie vom Scheitel bis zur Sohle. »Sie sollten sich andere Herrschaften suchen!« Er wandte ihr demonstrativ den Rücken zu.

Was nun? Sonst war niemand hier. Sarah schritt durch die Gräberreihen, vorbei an buntem Blumenschmuck und kunstvollen Gravierungen. Die Gräber waren alle neu; Rosa hatte ihr erzählt, dass der Friedhof erst vor drei Jahren vom Kirchhof hierherverlegt worden war.

Nach einer Runde um die Gräber war niemand Neues gekommen; vielleicht saßen alle beim Mittagessen. Aber einen Durchgang würde sie noch machen.

Die Luft war warm, Bienen summten in den Stauden am Rand des Kieswegs. Sarah bog erneut in die Gräberreihen ein, las die Namen und Inschriften. Da war ein junger Mann mit gerade vierundzwanzig Jahren gestorben, im selben Alter wie Hannes. Im nächsten Grab lag ein Ehepaar, bei dem der Mann seiner Frau nach drei Tagen in den Tod gefolgt war. Oder dieses Grab – der Mann war am 13. Juni 1871 gestorben, heute vor zwei Jahren. Ein frischer Strauß Lilien stand auf dem Grab; wahrscheinlich hatte ihn jemand heute vorbeigebracht.

Sie hielt den Atem an.

Kein Tag war so beliebt für Friedhofsbesuche wie der Todestag. Es waren nicht so viele Gräber, aber vielleicht …

Sie begann von Neuem, schritt sorgfältig die Gräber ab und wurde kurz darauf fündig: Ein Grabstein trug den 2. Mai als Datum des Todes. Er gehörte einer verheirateten Frau namens Elisabeth Tschui, die 1872 im Alter von fünfundvierzig Jahren verstorben war – vor einem Jahr. Sicher war Elisabeth Tschuis Mann an ihrem Todestag bei dem Grab gewesen, und wenn er in etwa so alt war wie seine Frau, ging er einer Arbeit nach und war wahrscheinlich mittags oder abends hier gewesen. Sie musste Rosa danach fragen, falls sie sie gleich zu Hause antreffen würde.

Sie hatte Glück – Rosa steckte noch mit beiden Händen im Abwasch.

»Eine traurige Geschichte«, sagte sie. »Elisabeth war eine eifrige Kirchgängerin und eine tüchtige Frau. Dann kam diese Lungenkrankheit. Ich habe manche Kerze angezündet und gebetet, aber die Krankheit hat sie innerhalb weniger Monate dahingerafft. Sie war ein schmales Persönchen.«

»Und ihr Mann? Kennst du ihn auch?«

»Ja. Hab' ihn eine Weile nicht in der Messe gesehen, aber letzte Woche war er da. Ich werde ihn besuchen. Was willst du wissen?«

»Ob er am 2. Mai mittags am Grab seiner Frau war! Das müsste er fast, nicht wahr?«

»Ich frage ihn heute Nachmittag.«

»Danke, Rosa!« Sie umarmte die dralle Köchin heftig.

»Jetzt bist du voller Seifenschaum, Kind!«

»Das macht nichts!« Sie rannte nach oben. Endlich ein Lichtblick! Wenn Herr Tschui am Grab gewesen war und Herrn Schneider gesehen hatte, waren sie einen gewaltigen Schritt weiter.

27

Der Diener, der Gideon das Köllikersche Anwesen öffnete, sah ihn an, als strömte er einen schlechten Geruch aus. Herr Kölliker sei nicht da.

»Wo ist er zu finden?«

»Was geht hier vor?« Frau Kölliker stakste auf ihn zu, das grau-blonde Haar hochgetürmt über der blässlichen Stirn.

»Der Herr sucht den Herrn.« Das erste »Herr« kam dem Diener nur mühsam über die Lippen.

»Ich muss Ihren Mann sprechen. Wo finde ich ihn?«

Sie hob die Hand zu den murmelgroßen Perlen in ihren Ohrläppchen. »Was ist passiert?«

»Ich benötige nur ein paar Informationen, meine Dame.«

Gideons Kopf pochte dumpf. Die Arroganz dieser »Dame« brauchte er so wenig wie ein Magengeschwür, und er war den dritten Tag in Folge in Grenchen. Dieses Kaff war seine Nemesis.

Fronleichnam hatte alles Bisherige übertroffen. Erst hatte Friedli ihn zur Unterstützung ins Wirtshaus Löwen gerufen, und es war mehr als unangenehm gewesen, die Streithähne zu trennen. In den Dörfern um Solothurn waren mehrere Scharmützel aufgeflackert, und vor dem Solothurner Sankt Stephan war es wieder heiß hergegangen. Wittmer hatte auf eine detaillierte Berichterstattung bestanden, und er hatte der Sache den ganzen Vormittag gewidmet. Und jetzt das! Aber Kölliker war eine Spur, der man nachgehen musste. Viktor war unterwegs, um die Erlauchten Solothurns auf der Liste abzuklappern, aber bisher hatte keiner eine so starke Verbindung zu den Toten wie Kölliker.

Die Kölliker musterte ihn angstvoll. Ein befriedigender Anblick, aber für die Verhaftung eines Mannes mit solchen familiären Verbindungen brauchte er mehr als einen Bordellbesuch. Von diesen Verbindungen zeugte auch die geschmackvoll möblierte Eingangshalle der Köllikers: an der Wand ein Bild des Malers Disteli, ein alter Stich der Stadt Solothurn und ein großes, farbig gedrucktes Wappen. In der Mitte prangte ein gehörntes Tier.

Gideon stutzte. »Was ist das für ein Wappen?«

Für einen Moment schien Frau Kölliker die Angst zu vergessen. »Es ist das Wappen meiner Familie.«

»Was ist mit Ihrem Mann? Trägt er es auch, oder hat er ein eigenes?«

Ihre Lippen kräuselten sich. »Seine Familie hat kein Wappen, aber er ist stolz, unseres zu tragen.«

»Trägt er einen Ring?«

Sie sah ihn an, als hätte er sie nach Köllikers Leibwäsche gefragt. »Ich habe ihm zu unserer Verlobung einen geschenkt, aber er trägt ihn selten.«

Das war hochinteressant. »Wo finde ich also Ihren Mann?«

»Er isst im Löwen.« Die Angst war in ihre Augen zurückgekehrt. Gideon verließ das Haus, bevor Frau Kölliker etwas erwidern konnte.

Das Wirtshaus Löwen thronte an der Kreuzung zur Kirchstraße. Es hatte sich seinen jahrzehntealten Ruf als Revoluzzerhort redlich verdient und war öfters Schauplatz von Versammlungen gegen die Obrigkeit gewesen; die Liberalen hatten hier ihren »Holzstreik« von 1836 besprochen. Gideon hatte in seiner Grenchner Zeit der Wirtschaft ab und zu einen Besuch abgestattet; Gott sei Dank selten dienstlich.

Das Innere trug noch Spuren der Fronleichnams-Schlägerei, und Euseb Girard, der ihm entgegenkam, lächelte säuerlich. »Ich schwöre, dass heute keine Stühle zu Bruch gegangen sind.«

Der Löwenwirt, dessen vorzügliches Bier bis nach Solothurn bekannt war, war Mitte sechzig, und man munkelte, dass er seinen Gasthof bald seinem Sohn übergeben wollte. Seine Locken waren ergraut, und er hatte Fett angesetzt, aber mit den kräftigen Brauen, der geraden Römernase und seinem markanten, spitzen Kinn sah er immer noch gut aus.

»Ich hätte gern mit Herrn Kölliker gesprochen.«

Der Tisch, an den Girard ihn führte, war voll besetzt, aber nur Urs Schild sah hoch. Die anderen starrten in ihre Biergläser.

»Der Korporal will mit Herrn Kölliker sprechen.«

Ein beleibter Mann Anfang fünfzig mit rotem Gesicht stemmte die dicken Arme auf den Holztisch. »Was wollen Sie?«

Gideon legte die Hand an seinen Vorderlader. »Ein paar Minuten Ihrer Zeit.«

»Schikane aus Solothurn – immer das Gleiche!«

Er erhob sich scheinbar ungerührt von seinem Stuhl, aber das Flackern in seinen Augen sprach eine andere Sprache. Sie traten auf die erhöhte Freitreppe des Löwen, die auf die Lebernstraße ging. Feiner Regen hatte eingesetzt, und Kölliker beugte sich vor, um eine Zigarre anzuzünden. »Was wollen Sie?«

»Ich würde gern über Ihre Besuche im Fleur Jaune sprechen.«

Gideon verbiss sich ein Grinsen, während Köllikers Konterfei von tiefrot zu blassgrün wechselte. »Ich weiß nicht, was Sie meinen.«

»Ihr Name ist in den Büchelchen vermerkt.«

»Das kann nicht sein.«

»Wir wissen über die Decknamen Bescheid. Sie erzählen mir besser, was ich wissen will, sonst können Sie es auf der Wache tun.«

»Na gut. Aber kein Wort zu meiner Frau!«

»Das hängt ganz von Ihnen ab.«

Am Folgetag starrte Gideon auf sein Pult. Die Erstellung des Personalplans hatte ihn den ganzen Vormittag gekostet. Es war schon für Fronleichnam schwierig gewesen, aber der morgige Volksvereinsanlass rief nach der wundersamen Vermehrung der Fische und Brote in der Bibel, mit dem Unterschied, dass bei ihm kein Wunder passierte.

Dann der Fall. Das Gespräch mit Kölliker war ein Schlag ins Wasser gewesen. Er konnte nur hoffen, dass Viktors Befragungen erfolgreicher gewesen waren. Außerdem musste er sich endlich die Sous-maîtresse vorknöpfen.

»Wie wäre es mit einer Ruderpartie? Du brauchst frische Luft.«

Die Frage kam von Viktor, der unbemerkt eingetreten war. Gideon schüttelte den Kopf. »Ich will noch im Fleur vorbei.«

»Was hast du am Mittwoch herausgebracht?«

»Ich konnte mit Helena Dolder sprechen, aber viel hat es nicht gebracht. Außerdem ist da die Sache mit dem Ring, von der ich dir erzählt habe: Die Madame hat Helena Dolder den Ring abgenommen. Sie behauptet, Helenas Vater sei tot, aber wer sagt, dass das die Wahrheit ist? Falls der Mord mit ihm zusammenhängt, brauche ich den Ring oder eine Aussage der Madame. Wir müssen im Bordell andere Saiten aufziehen.«

»Nimm einen Landjäger mit und lass ihn vor dem Laden patrouillieren, vielleicht klopft sie das weich. Was ist mit Kölliker?« »Bisher eine Sackgasse. Dass wir das mit den Decknamen wissen, hat seine Zunge gelockert; er hat mir erzählt, dass er auf den Jurahöhen aufgewachsen ist und früher als Handelsvertreter den Jurasüdfuß abgeklappert hat. Dann hat er abfällig über die Dirnen im Fleur gesprochen und behauptet, dass er dort kaum noch hingeht. Der einzige Lichtblick sei die ›neue Kleine, ein wahrer Jungbrunnen‹. Ich wäre ihm fast an die Gurgel gegangen!« Er seufzte. »Aber dann wurde es übel. Am Tag von Stettlers Tod will er am Vormittag einen Fabrikbesuch in Delsberg gemacht haben, am Nachmittag eine Abteilungssitzung zwischen zwei und fünf – die gleiche, bei der Schneider war. Die Fahrtzeiten nach Delsberg müssen wir noch prüfen, viel Spielraum bleibt nicht. Friedli wird sich bei der Fabrik erkundigen, aber Kölliker klang sehr selbstsicher.

Ich habe ihn nach seiner Beziehung zu Madame George befragt, und er schien eine Spur blasser zu werden, aber er sagt, er wusste nicht, dass Helena Dolder Madame Georges Tochter ist.«

»Wieso hast du ihn danach gefragt?«

»Auf dem Familienwappen von Köllikers Frau ist ein Tier mit langen Hörnern auf einem Felsen. Auf Helena Dolders Siegelring war auch ein gehörntes Vieh, aber ich kann mich nicht an die Details erinnern.« Er beugte sich vor. »Was, wenn Kölliker der Vater von Helena ist und Madame George den Ring geschenkt hat? Er war schon früher in der Gegend, und diese Art Mann fängt mit Bordellbesuchen nicht erst mit fünfzig an.«

»Wann soll er ihr den Ring gegeben haben? Sicher nicht vor dreißig Jahren, da war er noch nicht verheiratet. Er müsste ihn ihr später gegeben haben, und warum sollte er?«

»Als Wiedergutmachung? Sie könnte ihn bei einem seiner Besuche mit seiner Vaterschaft konfrontiert haben.«

»Das sind eine Menge Spekulationen. Ich weiß, wie wichtig dir der Fall ist, aber wenn sich die Alibis bestätigen, hast du keine Handhabe.«

»Ich habe Friedli jedenfalls gebeten, das Wappen abzuzeichnen. Was ist mit dir? Wie waren die Gespräche mit den ›Erlauchten‹?«

»Auch nicht sehr ergiebig. Mein Amtskollege war peinlich berührt, aber er hat Alibis für beide Morde – einmal eine Gerichtsverhandlung, und einmal war er im Elsass. Die beiden Kantonsräte hatten Session, ihre Anwesenheit ist in den Ratsprotokollen verbürgt. Kantonsschullehrer Meichtry ist offen. Seine Familie ist fromm und wohlhabend, aber er selbst ist ein Nichtsnutz, dem man einen Posten als Lehrer verschafft hat. Er ist verheiratet, war aber in den letzten drei Monaten mindestens einmal die Woche im Bordell, meistens bei Sylvia Steiner. Außerdem hat seine Familie eine Enterbungsklausel ins Testament aufgenommen, falls er sich etwas zuschulden kommen lässt. Er ist mit seiner Frau seit Anfang Juni in Rom und nimmt mit uns Kontakt auf, sobald er wieder zu Hause ist.«

Gideon lehnte sich auf seinem Stuhl zurück. »Es geht nicht vorwärts! Ich muss unbedingt im Bordell vorbei. Die Sous-maîtresse hat mir nicht alles gesagt.«

Viktor stand auf. »Wollen wir Montag rudern gehen? Wir könnten danach zusammen essen. Judith ist aus der Kur zurück und im Komitee-Fieber, und ich muss sonst von hartem Brot leben.«

»Herr Korporal?« Friedli stand in der Tür. »Ich konnte für das Wappen einen Fotografen auftreiben. Hat eine Weile gedauert, bis es genug belichtet war, aber es ging schneller, als es detailgetreu abzubilden.«

Das war ein Glücksfall. Die Landjäger hatten keine eigenen Apparate, dafür war die Technik zu neu. »Lassen Sie das Bild sofort entwickeln. Und jetzt können Sie mich nach Grenchen begleiten.«

Gideon nahm sein Sakko vom Haken, als ein Schatten auf seine Tür fiel. Wittmer – auch das noch.

»Ich brauche Sie, Herr Korporal. Der Regierungsrat will wissen, was für Vorbereitungen wir für Sonntag getroffen haben.«

»Ich wollte mit den Untersuchungen in Grenchen fortfahren.«

Wittmer wischte mit der Hand durch die Luft. »Das muss warten. Wir müssen Vigier beweisen, dass wir alles im Griff haben, und Sie haben die Pläne erstellt. Also los!«

28

Sarah saß im Garten mit Blick auf Herrn Schneiders Rosen, denen man immer mehr ansah, dass ihnen die liebevolle Betreuung ihres Herrn fehlte. Wo blieb Rosa? Vom samstäglichen Marktbesuch war Leni, das neue Dienstmädchen, allein zurückgekommen und hatte das Mittagessen hergerichtet. Es war fast ungenießbar gewesen, aber außer ihr schien das niemand gemerkt zu haben. Immerhin sorgte nun endlich wieder jemand für die Wäsche, und putzen konnte sie ganz ordentlich.

Endlich quietschte das Eingangstor, und Rosa kam über den Kiesweg auf das Haus zu.

»Rosa! Komm herein und erzähl.«

»Wenn du mich nicht verschnaufen lässt, falle ich hier und jetzt tot um.« Rosa holte Luft. »Gestern hatte ich Pech. Tschui war an dem Freitag nicht am Grab; er war in Kur auf dem Weissenstein. Aber sie haben einen Sohn in Bettlach und eine Tochter in Selzach. Ich habe die beiden besucht.«

»Und?«

Ein triumphierendes Lächeln breitete sich auf Rosas gerötetem Gesicht aus. »Die Tochter war am Vormittag am Grab, aber der Sohn arbeitet in Grenchen und war über Mittag da. Und er hat Herrn Schneider gesehen.«

»Ist er sich sicher?«

»Ganz sicher.«

»Aber warum erinnert sich Herr Schneider nicht an ihn?«

»Der junge Mann ist nicht so bekannt, und da Herr Schneider freitags öfter auf dem Friedhof ist, kann er kaum unterscheiden, wen er wann gesehen hat. Aber der Sohn ist sich sicher.«

»Das sind wunderbare Neuigkeiten!«

»Und bitter nötig. Lore hat auf dem Markt erzählt, dass die Landjäger gestern Herrn Kölliker befragt haben. Am Abend sind bei Köllikers die Fetzen geflogen, aber Lore sagt, er hat seiner Frau geschworen, dass er ein Alibi hat.«

Dann waren Tschuis ihre einzige Hoffnung. Aber die sah im Moment sehr gut aus! Sarah umarmte Rosa. »Ich danke dir. Ich gehe sofort zur Wache.«

»Hat das nicht bis Montag Zeit? Heute Abend bist du bei Schilds eingeladen.«

»Ich bin rechtzeitig zurück. Je eher die Landjäger es wissen, desto eher haben wir Herrn Schneider wieder zu Hause.«

Landjäger Wyss sah Sarah heute um einiges gnädiger entgegen. »Was wünschen Sie?«

»Ist Korporal Ringgenberg zu sprechen?«

»Er ist nicht da.«

Ausgerechnet heute! »Wann kommt er zurück?«

Die frische Bluse, die sie für den Gang auf die Wache angezogen hatte, war im schwülwarmen Wetter klatschnass geworden und klebte an ihrer Haut. Sie musste unmöglich aussehen, aber wichtig war einzig, dass Ringgenberg von Herrn Schneiders Alibi erfuhr.

»Er hat nichts gesagt«, erwiderte Wyss. Der Landjägerjargon hatte sich wieder eingeschlichen. »Der Korporal …«

In dem Moment öffnete sich die Tür und gab den Blick auf einen zerzausten Ringgenberg frei. »Sie schon wieder?«

Sarah schluckte kurz bei seinem Tonfall, aber er fasste sich rasch. »Entschuldigen Sie. Wir hatten einen harten Tag.«

Sie folgte ihm in sein Büro, und er wies auf den Stuhl vor seinem Pult. »Was haben Sie für mich?« Die Falten in seinem Gesicht schienen tiefer geworden zu sein.

»Ich habe einen Zeugen gefunden, der bestätigt, dass Herr Schneider am 2. Mai zwischen halb eins und halb zwei auf dem Friedhof war. Ein junger Mann namens Thomas Tschui. Seine Mutter ist am 2. Mai letztes Jahr gestorben, und er hat über Mittag ihr Grab besucht. Er hat Herrn Schneider erkannt und ihn zwei- oder dreimal gesehen, während er am Grab war. Zuletzt um etwa zwanzig nach eins.«

Er sah beeindruckt aus. »Wie sind Sie auf ihn gekommen?«

»Ich bin auf das Grab eines Mannes gestoßen, der vor genau zwei Jahren gestorben ist, mit frischen Blumen darauf. Das brachte mich auf die Idee, nach einem mit dem 2. Mai als Todesdatum zu suchen.« Sie griff in ihre Börse. »Hier ist die Anschrift des Mannes.«

Er griff nach dem Zettel, und ihre Finger berührten sich kurz. Seine waren noch wärmer als ihre.

»Ich danke Ihnen. Das war eine ausgezeichnete Idee. Sie müssen viel Zeit dafür geopfert haben.«

Seine grauen Augen schienen ihre Seele zu durchleuchten.

»Ich wollte, dass Herr Schneider freikommt, und ehrlich gesagt hatte ich Angst um meine Stelle. Ich möchte gern in Grenchen bleiben.« Sie zögerte. »Und ich wollte mein Verhalten wiedergutmachen. Ich hätte Sie nicht hintergehen dürfen.«

»Sie haben es mehr als wiedergutgemacht.« Ein Lächeln ließ Ringgenbergs kantiges Gesicht aufleuchten. »Es ist unerfreulich, wenn wir jemanden von der Liste streichen müssen, aber ich will vor allem die Wahrheit herausfinden. Ich werde den Amtsrichter informieren. Wir gehen von einem einzigen Täter aus und werden Herrn Schneider kaum hierbehalten.«

Sie konnte nicht anders, als ihn anzustrahlen. Wahrscheinlich sah sie wie eine Irre aus, aber das hier war noch besser als der Moment, als sie ihren Vater zum ersten Mal im Schach geschlagen hatte. Die Mission war erfüllt, und Ringgenberg respektierte sie wieder. Das bedeutete ihr mehr, als sie gedacht hatte.

Wie auf Wolken eilte sie zum Bahnhof und stieg in den Zug nach Grenchen, und der Klang der Fabrikglocken, der sie bei ihrer Ankunft begrüßte, erschien ihr wie ein persönliches Triumphgeläut.

Der Weg vom Bahnhof ins *Maison* produzierte neue Flecken auf ihrer Kleidung. In der Eingangshalle war es angenehm kühl, aber Sarah zuckte zusammen, als es unter ihren Füßen knirschte. Scherben der blauen Vase, die immer auf der Entenfußkommode stand, und ein paar Rosen lagen in einer Pfütze.

»Wo waren Sie?« Frau Schneiders Stimme klang zittrig und scharf.

»Auf der Wache, Frau Schneider. Ihr Mann kommt frei! Rosa und ich haben einen Zeugen für seinen Friedhofsbesuch gefunden.«

Frau Schneider starrte sie an, als würde sie nichts begreifen, dann knickten ihre Knie ein. Sarah griff nach ihren Schultern. »Alles in Ordnung?«

Tränen glitzerten zwischen Frau Schneiders Wimpern. »Es geht schon.« Sie schloss Sarah in die Arme, etwas, das sie noch nie getan hatte. Der knochige Körper zitterte, darunter hämmerte das Herz, flirrend wie die Unruh in Pauls Uhr. »Ich bin Ihnen so dankbar.«

»Das ist gern geschehen. Aber was ist hier passiert?«

»Nur Moby Dick.« Frau Schneider lächelte zittrig. »Ich muss alles für Roberts Ankunft vorbereiten.« Sie eilte die Treppe hoch, und Sarah folgte ihr. Sie musste sich beeilen, wenn sie rechtzeitig bei Schilds sein wollte.

Sie trat ins Zimmer und knöpfte die feuchte Bluse auf, als ihr ein Umschlag auf dem Schreibtisch auffiel. Vaters Schrift! Sie öffnete den Brief, überflog die Zeilen, und ihr Hals wurde trocken. Er wollte morgen zu Besuch kommen. Was nun?

Aus der Küche drang ein stakkatoartiges Hacken. Zum Glück war Rosa da.

Der Brief ihres Vaters war keine Überraschung; seine Instinkte waren immer messerscharf gewesen. Er wollte sich vergewissern, dass in Grenchen alles mit rechten Dingen zuging, aber er würde nicht lange brauchen, um herauszufinden, dass dem nicht so war.

Sarah strich sich eine feuchte Locke aus der Stirn. »Hast du Zeit, Rosa?«

Rosa nickte, ohne den Blick von der Zwiebel auf dem Holzbrett zu lösen. »Wie war es auf der Wache?«

»Gut! Herr Schneider sollte morgen freikommen. Aber ich habe ein anderes Problem. Mein Vater will mich besuchen.« Hastig setzte sie die Köchin ins Bild. »Was rätst du mir?«

»Du wirst es nicht gern hören.« Rosa wischte die gehackten Zwiebeln in eine Steingutschüssel. »Sag ihm die Wahrheit. Er wird dir nicht den Kopf abbeißen.«

»Du weißt nicht, wie er ist! Wenn es um die Kirche geht, versteht er keinen Spaß. Und Herr Schneider – Frau Schneider hat mir von ihm ausrichten lassen, ich solle nicht mehr zu Pfarrer Walser in die Messe gehen.«

Rosa runzelte die Stirn. »Das sollte doch deine Sache sein.«

»Das finde ich auch. Dir hat Herr Schneider die Messe ja auch nicht verboten.«

»Das würde er nicht wagen! Aber zurück zu dir: Steh zu den Tatsachen. Dein Vater ist sicher ein verständiger Mann.«

»Nicht, wenn es um die Christkatholiken geht!« Sarah seufzte. »Ich denke darüber nach.«

Zurück in ihrem Zimmer, setzte sie sich an ihren Schreibtisch. Sollte sie ihren Vater wirklich kommen lassen und ihm reinen Wein einschenken? Sie versuchte sich vorzustellen, wie der Besuch ablaufen könnte. Vater würde eintreffen … Ihr Bauch rumorte. Und dann? Sollte sie ihm erst erzählen, dass ihr Arbeitgeber gerade aus der Untersuchungshaft entlassen worden war – falls Herr Schneider dann überhaupt schon da war? Oder dass er ihr verbot, in eine »rechtsgläubige« Messe zu gehen? Dass sich die Kriegsparteien an Fronleichnam hinter dem Löwen die Köpfe eingeschlagen hatten? Dass Vater am Sonntag kommen wollte und eine Messe verpasste, sprach Bände darüber, wie besorgt er war.

Es gab eine andere Möglichkeit. Sie konnte ihm telegrafieren, dass sie morgen einen Ausflug unternahm, und sich dann in aller Ruhe überlegen, wie sie ihm die Tatsachen schonend beibrachte. Ehrlichkeit war gut und recht, aber gerade jetzt wollte sie sich nicht mit ihm herumschlagen. Kutscher Alfred konnte das Telegramm am Bahnhof aufgeben.

Es mochte nicht der geradlinigste Weg sein, aber für den Moment war es alles, was sie zustande brachte. Sie musste sich endlich für den Musikabend bereit machen. Darauf freute sie sich seit Langem; es war die Gelegenheit, die Freundschaft mit Pauline zu vertiefen. Sie wollte den Abend nicht mit der Angst auf das Zusammentreffen mit Vater verbringen.

Eine Stunde später folgte Sarah Pauline durch den Garten, der von hohen Tannen und Fliederbüschen begrenzt war, ins breite, zweistöckige Haus der Schilds, das schräg gegenüber der Kirche stand. Sie hatte es pünktlich zu sieben Uhr geschafft, und der volle Klang der benachbarten Kirchenglocken vermischte sich mit dem Bimmeln der Fabrikglocke. »Adolfs Freunde vom Orchesterverein sind schon hier«, sagte Pauline. »Möchtest du das Haus sehen?«

Als Sarah bejahte, führte sie sie über eine Steintreppe ins Erdgeschoss und hoch in den ersten Stock.

»Den oberen Stock haben wir an einen Lehrer aus Breidenstein vermietet. Im Moment haben wir unten genug Platz.«

Paulines Wangen röteten sich. »Adolf und ich haben erst diesen Januar geheiratet.«

Sie traten auf einen schmiedeeisernen Balkon. Die Abendsonne beleuchtete eine metallene Lyra, die den Balkon schmückte. Sarah beugte sich über die Brüstung und berührte die Harfe, auf der die Zahl 1870 stand.

»Die haben wir für meinen Schwager machen lassen, Adolfs Bruder Josef.« Pauline lächelte, aber sie klang traurig. »Er ist – war – ein Tenor in Diensten des Weimarer Hofes. Vor zwei Jahren hat er sich zum Heldentenor umschulen lassen, und das hat seine Stimme ruiniert. Im Moment kann er nicht singen.«

»Wie schrecklich für ihn!«

»Wenn er nach Grenchen kam, hat er oft bei uns im Haus oder auf dem Balkon gesungen. Die Leute haben sich auf der Straße versammelt, um ihn zu hören.«

»Ich hoffe, er fasst wieder Mut.«

»Das hoffe ich auch. Er hat genug Sorgen.« Paulines Blick wanderte zum Kirchturm auf der anderen Straßenseite. »Josef war ein enger Freund von Pfarrer Walser, aber über die Dogmastreitereien haben sich die beiden entzweit. Jetzt kämpft Josef mit Urs gegen den Pfarrer, und Adolf muss mitziehen.« Sie seufzte. »Wir haben hier geheiratet. So nahe an der Kirche zu wohnen sollte eigentlich eine Freude sein.«

»Bedeutet dir Gott viel?«

»Dir nicht?«

Sarah zögerte. Normalerweise sagte sie nichts zu diesem Thema, aber Pauline war so offen gewesen. »Seit mein Verlobter gestorben ist, habe ich Mühe mit dem Glauben.«

»Ich verstehe dich. Mich ärgern diese Grabenkämpfe, und manchmal fällt es mir schwer, mich an Gott zu freuen, wenn die Männer sich um ihn balgen wie Hunde um einen Knochen.«

»So sind sie eben!«

Pauline lachte. »Du sagst es. Ich bin froh, wenn ich an etwas anderes denken kann. Ich habe im Welschland den Handel gelernt und möchte einen Laden aufmachen.«

Aus Paulines Gesicht strahlten Tatkraft und Entschlossenheit – eine Frau mit eigenen Plänen, die sie mit Leidenschaft verfolgte.

Sie kehrten ins Erdgeschoss zurück, und Pauline führte sie mit unverkennbarem Stolz durch die großzügigen Räume. Das Esszimmer zierte eine gemütliche Sitzbank, und die geräumige Küche ging auf einen ansehnlichen Garten hinaus; gepflegter Rasen umrahmt von alten Bäumen; im Hintergrund zwischen den Bäumen, wie eine blaugrüne Schildwache, die bewaldete Jurakette.

Durch ein Herrenzimmer betraten sie nun das Wohnzimmer, das sich gefüllt hatte. Die meisten Gäste kannte sie schon. Das war beruhigend; leichtfüßiges Parlieren mit Fremden war nicht ihre Stärke. Roswitha, Ida und die beiden anderen waren auch dabei, und Roswitha wirkte noch blasser als sonst – bei Köllikers hing sicher der Haussegen schief.

Es klingelte erneut, und Pauline kam mit einem Paar herein, bei dessen Anblick Sarah leises Unbehagen beschlich: Peter Obrecht mit seiner Frau Anna Maria. Warum hatte Pauline die beiden eingeladen? Natürlich war Obrechts Frau Adolfs Schwester, aber nach den Fronleichnamstumulten schien es ein gewagtes Unterfangen. Andererseits waren die beiden

Gäste des Hauses – niemand konnte ihr einen Vorwurf machen, wenn sie sich mit ihnen unterhielt.

Die beiden begrüßten sie freundlich, aber beim Anblick Roswithas verdüsterte sich Anna Marias Gesicht. Einen Moment war es still, dann betrat Adolf Schild die Stube, und sein wohlwollendes Strahlen verdrängte den unangenehmen Moment.

»Lasst uns anfangen.« Er gesellte sich zu den Musikern, setzte seine Trompete an und blies einen Tusch, und nach einem Instrumentalstück begannen die Darbietungen – gemeinsam gesungene Volkslieder, dann Einzelstücke. Die Gesellschaft wurde immer ausgelassener.

»Singst du uns *In diesen heiligen Hallen*?« Anna Maria lächelte zu ihrem Bruder hoch.

»Wollt ihr immer die gleichen Kamellen hören? Na gut.« Adolf stand auf, und seine Stimme füllte den Raum.

»In diesen heil'gen Hallen kennt man die Rache nicht,
Und ist ein Mensch gefallen, führt Liebe ihn zur Pflicht.
Dann wandelt er an Freundes Hand vergnügt und froh ins bess're Land.
In diesen heil'gen Mauern, wo Mensch den Menschen liebt,
Kann kein Verräter lauern, weil man dem Feind vergibt.
Wen solche Lehren nicht erfreun, verdienet nicht, ein Mensch zu sein.«

Seine sonore Stimme war irgendwo zwischen Bass und Bariton angesiedelt, und er sang Sarastros Worte aus der *Zauberflöte* mit Inbrunst. Dennoch beschlich Sarah leise Traurigkeit. Von dieser Herzenshaltung schien heutzutage nicht viel übrig zu sein.

In der Pause stürzten sich alle auf Kuchen und Kaffee, und Pauline setzte sich neben Sarah. »Wie gefällt es dir?«

»Es ist wundervoll! Dein Mann hat wirklich eine beeindruckende Stimme.«

»Die hat er.« Pauline drückte ihrem Mann die Hand. »Singst du mir den *Sonntag*?«

Adolf stand lächelnd auf und begann zu singen. Als er die »blauen Augen seiner Maid« beschwor, sahen die beiden sich an, und die Liebe und das Vertrauen in ihrem Blick ließen eine leise Sehnsucht in Sarah aufsteigen. Das war es, was sie sich wünschte – einen Gefährten, der ihr Herz kannte. Könnte Paul dieser Mann sein?

Nach den Darbietungen setzten sich alle um den langen Esszimmertisch. Adolf schenkte Portwein ein; die Männer sprachen über die Sitzungen des Gemeinderats, und die Frauen gruppierten sich um Pauline, die Guetzli herumreichte.

»Wie läuft der Unterricht bei Schneiders?«, fragte sie.

»Es geht ganz gut. Sophie ist jedenfalls sehr wissbegierig.«

»Wir waren Fronleichnam in Dulliken.« Roswithas dünne, laute Stimme drang durch das Zimmer. »Eine schöne Messe, ohne dieses römische Brimborium.«

Sarah pickte unsichtbare Krümel von ihrem Teller. Der verächtliche Ton in Roswithas Stimme trieb ihren Puls hoch. Hoffentlich hatte sie damit genug Gift versprüht.

»Vater sagt, diese papsttreuen Pfaffen haben alle Dreck am Stecken, tun heilig und treiben sich wer weiß wo herum!«

Er musste es ja wissen! Aber sie würde nichts sagen.

»Wie geht es Schneiders? Eine schlimme Sache!« Roswitha schenkte Sarah einen mitfühlenden Blick, der aufs Haar Mutters »Sauce-Béarnaise«-Visage imitierte. »Vater sagt, bei Schild ging es drunter und drüber, aber jetzt hat er die Sache im Griff. Herr Schneider ist weg vom Fenster. So kommt es, wenn man Leute einstellt, die nicht von hier sind.«

Sarah starrte auf ihren Teller. Wie sich dieser Mann aufblähte! Dabei wusste kein Mensch, unter welchem Stein er hervorgekrochen war. Und war er nicht Herrn Schneiders Freund? Offenbar nicht mehr, seit er in der Firma Morgenluft witterte.

»Du wolltest von deinen Schülern erzählen, Sarah. Interessiert sich Sophie für Geschichte?«

Paulines Stimme hatte etwas Stählernes, und Sarah atmete auf. »Das tut sie. Letzten Mittwoch …«

»Letzten Donnerstag wären wir besser in Dulliken geblieben.« Roswitha wieder. »Vater war danach im Löwen, und einer dieser Römischen hat seine beste Hose zerrissen.«

Anna Maria beugte sich über den Tisch. »Was ist mit dem Ei, das auf das Allerheiligste geworfen wurde? Und was deinen Vater angeht …«

»Das mit dem Ei war ein Scherz! Ihr nehmt Zeug ernst, das überhaupt keine Rolle spielt.«

»Lasst uns von etwas anderem reden.« Pauline warf den Kontrahentinnen warnende Blicke zu, aber es nützte nichts.

Anna Maria funkelte Roswitha an. »Mein Neffe wird gebüßt, weil er nicht zu einem Ketzer in die Christenlehre geht!«

Roswitha warf die Haare zurück. »Ihr Römischen seid nicht bei Trost. Stellen sie sich in Luzern auch so verrückt an, Sarah?«

Die Blicke aller Frauen richteten sich auf Sarah, und in Roswithas Augen lag ein boshaftes Funkeln. Wahrscheinlich war es der Frust im Hause Kölliker, der sie dazu trieb, aber Sarah durfte Köllikers nicht vor den Kopf stoßen. Wie sagte ihr Vater immer? Sie musste »darüberstehen« und »gute Miene machen«.

Sie schluckte an einem harten Klumpen. »In Luzern wie überall.« Sie biss in ein Stück Kuchen.

Roswitha kicherte, aber Pauline wandte den Blick ab. Das Dröhnen der Kirchturmglocken, die zehn schlugen, war eine Erlösung.

»Ich muss gehen«, sagte Sarah. Auch die anderen standen auf, und Sarah verabschiedete sich, wobei ihr nicht entging, dass Anna Maria Obrecht ihr die Hand nur widerwillig gab.

Die laue Sommernacht empfing sie mit Wärme und zartem Fliederduft. Aus der Bahnhofstraße drang Musik, und hinter dem Haus von Urs Schild gingen zwei Frauen die Kirchstraße hoch – eine davon die junge Frau vom Bahnhof. Auch die Frau, die bei ihr war, war dieselbe wie letztes Mal. Sie trug ein unauffälliges Kleid in Altrosa, brachte es aber dennoch fertig, Blicke auf sich zu ziehen.

»Wo sich dieses Gesindel überall herumtreibt!« Roswitha rümpfte die Nase. »Wahrscheinlich wollten sie vor dem Sternen Kundschaft anlocken. Schamlos!«

Dann drang Paulines Stimme scharf und bestimmt durch die Fliederhecke. »So etwas will ich hier nicht hören.«

Sarah wandte sich nach links in Richtung Centralstraße und Oelirain. Die beiden Dirnen waren weg, aber sie hatte den Ausdruck im Gesicht der jungen Frau gesehen, als Roswitha ihr Gift versprüht hatte. Weder Überraschung noch Wut, nur Resignation und die Erkenntnis, dass so das Leben war. Am liebsten wäre sie den beiden nachgegangen und hätte sie freundlich gegrüßt, aber dafür war es zu spät.

Trotz dieses unangenehmen Ausgangs – der Abend war wunderbar gewesen; der gemeinsame Gesang, Pauline und Adolf, deren innige Liebe so spürbar gewesen war.

Paul schlich sich in ihre Gedanken. Seit dem Abend mit der Uhr und dem flüchtigen Kuss war erst eine Woche vergangen, aber es schien ihr viel länger her. Vielleicht kam er morgen nach Grenchen für den Fall, dass sein Vater nach Hause zurückkehrte. Dann würde sich hoffentlich zeigen, wie sie miteinander standen. Sie würde sich zurückhalten; es war immerhin möglich, dass ihm der Kuss nichts bedeutete. Wie ihr Vater beim Schach oft anmerkte, sollte man seine Deckung nicht zu früh fallen lassen.

29

Als Sarah am Sonntag den Salon betrat, fiel ihr Blick als Erstes auf Paul, der ihr entgegenlächelte.

»Ich wollte da sein, wenn Vater kommt.«

Sie lächelte zurück, und das Leuchten in seinen Augen verriet ihr, dass ihre Deckung etwas löchrig geraten war. Aber nach dem turbulenten Morgen war ihr das egal.

In der Früh waren zwei Telegramme eingetroffen: eins von ihrem Vater, der ein anderes Mal zu Besuch kommen wollte, und eins von Herrn Schneider, der seine Ankunft für elf Uhr angekündigt hatte. Seit Eintreffen des Telegramms war Frau Schneider rastlos im Haus herumgestolpert, hatte sich Dutzende Male kurz hingesetzt und war wieder hochgeschossen. Schließlich hatte Rosa ein Machtwort gesprochen und sie auf das Chintzsofa im Salon genötigt. Seitdem pendelte Frau Schneiders Blick zwischen der Wanduhr und dem Fenster hin und her, und sie schreckte bei jedem Geräusch hoch. Als endlich Pferdehufe klapperten und kurz darauf Schritte auf dem Kies knirschten, sprang sie auf und rannte hinaus, den Rest der Hausgesellschaft im Gefolge.

Herr Schneider stand mitten im Rosenbeet und strich über seine purpurfarbenen Rosen; dünn und blass, aber mit einem Lächeln im Gesicht. Frau Schneider eilte zu ihm und umarmte ihn so stürmisch, dass der dünne Mann fast das Gleichgewicht verloren hätte. Ihre Haare waren wirr, und ihre Haut war so blass wie die ihres Gatten, aber so glücklich hatte Sarah sie noch nie gesehen.

Herr Schneider strich seiner Frau über die Haare, löste sich vorsichtig von ihr und wandte sich Paul zu. »Schön, dass du hier bist.« Er drückte seinem Sohn die Hand, und sein Lächeln wurde etwas gequält. »Man hält es nicht mehr für wahrscheinlich, dass ich zwei Morde begangen habe.«

Frau Schneider griff nach seinen Händen und drückte sie heftig. »Wie jemand überhaupt auf den Gedanken kommen kann! Ich hole Gläser.« Auf den Fußballen, wie eine Ballett-tänzerin, flog sie ins Haus.

Herr Schneider wandte sich an Sarah. »Der Korporal hat mir erzählt, dass ich das Ihnen und Rosa zu verdanken habe. Ich weiß nicht, wie ich es Ihnen vergelten soll.« Er räusperte sich. »Urs hat mich gestern kurz besucht. Er muss sich noch überlegen, ob er mir eine zweite Chance geben will. Ich kann ihm keinen Vorwurf machen. Ich hoffe einfach.« Seine Augen waren feucht. »Jetzt muss ich Esther helfen.« Er eilte ins Haus und kam kurz darauf mit der Weinflasche aus dem Hause Siegwart zurück. »Heute ist der richtige Anlass dafür. Ich bin so dankbar, dass dieser Albtraum für uns vorbei ist!«

Er prostete seiner Frau zu, und einen Moment sah Frau Schneider so aus, als würde sie in Tränen ausbrechen.

»Du bist hier.« Sie presste ihre Finger in seinen Arm.

»Das bin ich, Liebes.« Er strich ihr beruhigend über den Arm und sah seinen Sohn an, und zum ersten Mal, seit Sarah Paul kannte, leuchteten dessen Augen warm, während er den Blick seines Vaters erwiderte. Sie prostete ihm zu, lächelte ihn kurz an und wandte sich ab, aber sie fühlte seinen Blick während des ganzen Essens auf sich ruhen, wie ein warmes, prickelndes Gewicht.

Nach dem Essen trat er vor dem *Maison* auf sie zu. »Vielen Dank – für Vater.«

Ihre Hände wurden feucht. »Sie müssen mir nicht danken.«

»Wollen wir nicht endlich Du sagen? Die letzte Woche ist mir unendlich lang vorgekommen.«

Die Röte in seinen Wangen brachte eine Saite in ihr zum Schwingen und erzeugte einen tiefen, warmen Ton in ihrer Brust. »Gern.«

Paul griff nach ihrer Hand und zog sie an seine Lippen. Die Berührung prickelte, während er ihren Blick festhielt.

»Würdest du mit mir im Hallgarten einen Kaffee trinken? Zur Feier des Tages.«

»Gern! Ich hole meine Tasche.«

In ihrem Zimmer setzte sie sich vor den Spiegel. Rasch kämmte sie sich die Haare und spritzte Wasser auf ihr Gesicht. Sie warf einen Blick auf das Bild von Hannes, aber sie hatte nicht das Gefühl, dass sie etwas Falsches tat – im Gegenteil.

Die Sonne schien warm, und der betäubende Duft naher Lindenbäume streichelte die Luft. Der Jurarücken leuchtete grün und blau, während Sarah neben Paul in Richtung Dorfzentrum spazierte.

Von der Hallgartenterrasse wehten Stimmen, Gelächter, das

Klirren der Gabeln auf den Kuchentellern und der Duft von Kaffee auf die Straße. Sie suchten sich einen Tisch am Terrassenrand unter einer Linde und setzten sich, Paul bestellte Kaffee und Kuchen. Dann wurde es still zwischen ihnen. Keiner schien zu wissen, was als Nächstes kommen sollte. Endlich ergriff Paul das Wort und erzählte ihr von seiner Arbeit in der Kammfabrik. Sarah hörte ihm erleichtert zu, während sie heimlich seine schlanken Hände und das sandblonde Haar betrachtete, das ihm in die Stirn fiel.

»Wie war deine Woche?«, fragte er.

»Es ging. Die Kinder waren leidlich artig. Aber ich denke immer wieder an den Nachmittag mit der Uhr.«

Hoffentlich verstand er das nicht falsch. Schon spürte sie die Röte in ihrem Gesicht. »Das Zusammenbauen, meine ich. Es war wundervoll.«

»Wirklich? Es ist doch nur Handwerk.«

Sie blickte über die Tische und Sonnenschirme, dachte an das perlmutterne Zifferglas, das sanfte Ticken, das magische Drehen und Ineinandergreifen der Zahnräder.

»Es ist nicht nur das Handwerk. Man muss es beherrschen wie die Hebamme ihre Griffe, um, wenn nötig, das Kind aus dem Leib der Mutter zu holen. Aber das Wunder ist das Kind. Die Uhr ist ein Wunder, zu dem ich beigetragen habe.«

Wie konnte sie so sentimental sein? Er musste sie für albern halten.

Aber Paul lächelte. »So habe ich es nie gesehen. Wie ist es mit dem Unterrichten? Bist du da nicht auch die Hebamme, die aus dem Kind herausholt, was in ihm steckt?«

»So sollte es sein, aber so habe ich es nie erlebt. Hannes …

Wenn er einem Schüler etwas begreiflich machen konnte, funkelten seine Augen, und er konnte nicht aufhören, davon zu erzählen. Ich war immer nur erschöpft vom Ordnung halten und davon, die Aufmerksamkeit der Kinder zu gewinnen. Aber nach der Arbeit an der Uhr fühlte ich mich voller Energie. Diese Uhrenteile – sie wurden geschaffen, um ein Ganzes zu ergeben, und ich kann der Schöpfer sein, der dieses Ganze zum Leben erweckt.«

»Warum lernst du nicht die Uhrmacherei?«

»Ich hätte nie gedacht, dass ich so etwas je sagen würde, und ich weiß immer noch nicht, was genau mich so fasziniert – aber es klingt wunderbar.« Sie seufzte. »Aber es hat keinen Zweck, dass ich mir darüber Gedanken mache. Mein Vater würde es nie erlauben, und meine Mutter erst! Sie kommt selbst aus einer Handwerkerfamilie, aber darüber wird nicht gesprochen.«

»Gib nicht gleich auf! Aber ich weiß, wie du dich fühlst. Mein Vater will mich auch nicht im Stall beim Ausmisten sehen.«

»Wie kann dein Vater dich daran hindern, zu tun, was du dir wünschst? Du bist ein Mann – du hast mehr Freiheiten.«

Er griff nach seiner Kuchengabel und drehte sie in den Fingern hin und her. »Wenn ich einen Hof pachten will, brauche ich Geld, und in Mümliswil verdiene ich nicht genug, um etwas beiseitezulegen. Vater gibt mir nichts.« Er schüttelte den Kopf und lächelte. »Aber darüber wollte ich eigentlich nicht sprechen. Es ist so schön, mit dir hier zu sein.« Er legte die Gabel wieder neben seinen Teller, sah sie zögernd an und griff sanft nach ihrer Hand. »Der letzte Sonntag war wunderschön, und ich ... ich würde ihn gern wiederholen. Können wir uns öfter sehen?«

Die Wärme der Sonne vertiefte sich und dehnte sich in Sarahs Brust aus. »Von mir aus sehr gern.«

Pauls Augen leuchteten auf. Zärtlich strich er über ihre Finger. »Dann komme ich am Samstagabend nach Grenchen. Wir könnten spazieren gehen oder zum Tanz ... oder was dir gefällt.«

Sie drückte seine Hand und lächelte ihn an. »Solange du dabei bist, ist alles schön.«

Leichtes Donnergrollen von Westen ließ die Terrassengäste hochblicken. Schon platschten dicke Tropfen auf die Tische.

»Lass uns zurückgehen, bevor wir durchweicht sind«, sagte Paul. Sarah nickte, und sie brachen sofort auf Richtung Oelirain. Es war schwül, und dunkle Wolken ballten sich hinter dem Romontberg. Als sie beim *Maison* ankamen, verstärkte sich der Regen zusehends.

»Ich sehe rasch nach den Pferden; Gewitter mögen sie nicht. Kommst du mit?«, fragte Paul.

Sarah nickte, und eine leise Wärme stahl sich in ihre Wangen. Das leichte Zögern in Pauls Stimme war ihr nicht entgangen – vielleicht wollte er mit ihr allein sein. Gemeinsam gingen sie über den Kiesweg in Richtung Stall, und Paul öffnete die Tür. Aber sie waren nicht allein – Frau Schneider war in der Box von Pax. Die leichte Enttäuschung, die in Sarah hochgestiegen war, verflog sofort. Frau Schneider war endlich wieder ausgeritten! Eben beugte sie sich mit einem Schwamm über Pax' schmutzig-weiße, lehmige Hufe, aber das Tier machte es ihr schwer und tänzelte hin und her, und das Weiße in seinen

Augen trat deutlich hervor. Jetzt erst bemerkte Sarah, dass Frau Schneiders Gesicht glänzte und ihre Hände zitterten. Erschrocken trat sie näher. »Ist etwas passiert?«

»Nichts Schlimmes.« Frau Schneiders Stimme klang flach. »Wir waren an der Aare. Es hat geknallt, und Pax hat sich erschrocken und ist durchgegangen. Ich bin nicht mehr in Übung, und er hat mich abgeworfen.«

»Geknallt? Was war es denn?«

»Ich weiß nicht. Vielleicht ein Streich der Römischen.«

Wieder dieses Wort. Aber man musste es Frau Schneider nachsehen. »Haben Sie sich verletzt? Was ist mit Ihrem Knie – Ihre alte Verletzung hat sich doch nicht verschlimmert?«

Frau Schneider schüttelte den Kopf. »Ich habe mir nur eine Prellung geholt und mich aufgeschürft und bin nass geworden. Ich werde nachher ein Bad nehmen.«

Sarah eilte durch den einsetzenden Regen in die Küche. »Rosa, wo ist Leni? Sie soll Frau Schneider ein Bad einlassen, sie ist beim Reiten gestürzt.«

Rosas Augen umwölkten sich. »Leni macht oben die Zimmer. Geht es Frau Schneider gut?«

»Sie hat sich nichts getan.«

Sarah stieg die Treppe hoch, um Leni zu suchen, die zwar wirklich gründlich war, Emmi aber in Sachen Trägheit noch übertraf. Schneiders hatten bei den Dienstmädchen einfach kein Händchen, und angesichts ihrer eigenen mageren Erfolge bei Euseb stellte sie inzwischen auch deren Gespür bezüglich Lehrerinnen infrage.

Als sie wieder herunterkam, war Paul aus dem Stall zurückgekehrt. »Ich muss mich auf den Weg machen. Sehen wir uns also nächstes Wochenende?« Sie nickte, und er drückte kurz ihre Hand, dann wandte er sich ab und war kurz darauf schon um die Ecke gebogen.

Sarah hob die Hand, die noch Pauls Seifenduft trug, an die Wange. Ihr Herz schlug rasch, aber war es die Aufregung wegen Frau Schneider oder Paul? Ein flaues Gefühl saß ihr im Magen.

Warum hatte er sie nicht geküsst? Warum hatte er die Gelegenheit verstreichen lassen? Dann rief sie sich zur Räson. Vielleicht war er wegen Frau Schneider besorgt; sie hatte wahrlich keinen Grund, sich wie ein unreifer Backfisch aufzuführen. Paul würde am Wochenende wiederkommen, und seine Worte, Blicke und Berührungen hatten ihr deutlich gezeigt, dass sie ihm etwas bedeutete. Am besten hörte sie auf, an allem herumzudeuteln, und erlaubte sich endlich, einfach glücklich zu sein.

30

Ein Trommeln schien seine Schädeldecke sprengen zu wollen. Regnete es noch?

Gideon kämpfte sich aus dunklen Tiefen empor, öffnete die Augen und sah auf die Wanduhr. Sechs Uhr früh, und er trug noch Uniformhose und Hemd.

Ihre Personalpläne waren am Samstag in der Luft zerfetzt worden. Auf Geheiß Wittmers hatte er einen neuen Plan erstellt und sich noch einmal mit ihm getroffen, und danach hatte er sich gefühlt wie ein nasser Lappen. Dann war Fräulein Siegwart bei ihm gewesen, und sosehr er ihre Tatkraft bewunderte, hatte sie ihn doch seines Verdächtigen beraubt. Die Ermittlungen gegen die anderen Freier hatten bisher nichts ergeben.

Erst war er fest entschlossen gewesen, noch im Bordell vorbeizugehen, aber dann hatte er an Sonntag gedacht und beschlossen, dass er seinen Schlaf brauchte. Eine gute Idee: Die zwanzigtausend Besucher des Volksvereinsanlasses hatten die Schankstuben und Gasthöfe aus allen Nähten platzen lassen.

Das Trommeln verstärkte sich. Es war tatsächlich Regen, der auf die Dachziegel prasselte, aber zusätzlich kam es von seiner Wohnungstür. Er stand auf und öffnete.

»Na endlich! Wir haben ein Problem.«

Viktors Haarpracht trug Zeichen der frühen Stunde, der Ausdruck in seinem Gesicht nicht.

Gideon griff nach der Uniformjacke. »Erzähl.«

»Ein Bauer hat um fünf in der Nähe des Lengnauer Waldes eine Tote gefunden. Es könnte eine Dirne aus dem Fleur sein.«

31

Die Sonne, eine Wohltat nach den heftigen Regengüssen des Vormittags, schien warm auf die Schneidersche Terrasse, und Sarah lehnte sich an die warme Bank – nur ein paar Minuten, bevor der Unterricht wieder anfing. Plötzlich verschwanden Wärme und Helligkeit. Rosa hatte sich in ihrer ganzen Fülle vor ihr aufgebaut.

»Hast du es schon gehört?«

So aus dem Häuschen war Rosa selten. »Was denn?«

»Man hat wieder eine Leiche gefunden. Es soll eine Dirne sein – wohl eine aus dem Fleur Jaune. Sie soll furchtbar zugerichtet sein.«

Sarahs Magen drehte sich um. Sie sprang auf und rannte davon, ohne auf Rosa zu achten, die ihr etwas nachrief.

Das schmale Gesicht der jungen Frau drängte sich in ihre Gedanken; erst rosig, dann blass, dann mit Blutflecken übersät, die Elfengestalt mit verkrümmten Gliedern, auf schmutzigem Waldboden liegend wie ein Bündel Kleider. Sie kniff die Augen zusammen, um das Bild zu vertreiben, aber es bohrte sich wie ein Widerhaken in ihren Kopf.

Nach kurzer Zeit befand sie sich weit über dem Dorf. In der Nähe lag der Feldweg mit den Lindenbäumen, wo sie mit Paul gesessen hatte, daneben die Kapelle Allerheiligen. Sie rannte zum kleinen Gotteshaus. Einen Moment blieb sie unter dem Vordach stehen, öffnete dann die Tür, durchquerte das Mittelschiff und ließ sich in eine Bank fallen, während ihr Mieder bei jedem Atemzug gegen ihre Rippen presste. Das ewige Licht, an einer Metallkette über dem Altar hängend, warf einen blutigen Schimmer auf die weiß verputzte Wand.

Sie hatte geschwiegen, als die Mädchen die junge Dirne verspotteten. Und jetzt war sie vielleicht tot.

Hinter dem Altar prangte, eingebettet in ein reich verziertes Holzgebilde, ein Ölgemälde. Es zeigte den Messias, aber er hing nicht mehr am Kreuz, sondern lag blass und tot unter dem Kruzifix, während sich die trauernden Frauen um ihn scharten. Sie wandte den Blick ab.

Rosa und Pauline hätten gesagt, sie solle mit ihrem Schmerz zu Gott gehen, aber die beiden wussten nicht, wie lange sie schon auf solche Gespräche verzichtete.

Das Bild des toten Messias und das der jungen Frau verblassten und wurden überlagert von der Erinnerung an die Stunden und Tage nach Hannes' Tod. Die besorgten Blicke der Verwandten, die sensationslüsternen der Nachbarn, die nicht enden wollenden Fragen der Luzerner Kantonspolizisten. War Sarah bei ihm gewesen? Warum nicht? Hatte er einen Grund gehabt, sich umzubringen?

Es war unerträglich gewesen, und als es überstanden war, blieb nichts übrig als die Fragen, die in ihrem Herzen brannten wie Gift.

Warum? Warum, wenn du allmächtig bist und uns liebst? Was hat Hannes getan, um das zu verdienen?

Sie hatte keine Antwort erhalten, und sie würde Gott auch heute nichts fragen.

Sie war weiter in die Messe gegangen, hatte die Kommunion empfangen, das Vaterunser und den Rosenkranz gebetet, und sie hatte sich redlich bemüht, ihr Gewissen in der Beichte zu erleichtern. Aber eines hatte sie für sich behalten: ihre Gleichgültigkeit gegenüber Gott. Niemand hätte sie verstanden. Aber es konnte sie auch niemand zwingen, etwas zu glauben, das keinen Sinn ergab.

Wenn Gott allmächtig war, war er grausam oder gleichgültig; wenn er die Liebe war, konnte er nicht allmächtig sein. So einen Gott brauchte sie nicht; er war eine Krücke für zarte Menschen wie Hanna, die einen Halt brauchten.

Das ewige Licht schimmerte kalt. Es schien sie zu fragen, wie sie sich fühlen würde, wenn die junge Frau tot war. Sie erhob sich. Hier drin fand sie keine Hilfe.

Sie musste wissen, welche Dirne gestorben war. Und während sie den Feldweg in Richtung Dorf wieder hinunterrannte, ertappte sie sich all ihren Gefühlen zum Trotz bei einem leisen Gedanken, einem drängenden Wunsch, der einem Gebet so nahekam, wie es ihr möglich war.

Lass es eine andere sein.

32

Ein heißer Klumpen klebte in Gideons Hals. »Welche ist es?«

»Wissen wir noch nicht.«

Der Klumpen wanderte in seinen Magen. Er griff nach seiner Mütze und stürmte nach unten.

Warum war er nicht im Bordell vorbeigegangen? Stattdessen hatte er am Sonntagabend des Langen und Breiten die Fotografie studiert, die Friedli vom Wappen der Burkis hatte anfertigen lassen, und sich gefragt, ob er die Sterne darauf auch auf Helena Dolders Ring gesehen hatte. Dann war er nach Hause gegangen und hatte sich gesagt, dass Montag auch noch ein Tag war.

Ein Tag zu spät. Ein weiterer Mord war übel, sie standen schon genug unter Druck. Und es hatte wieder ein Mensch sein Leben verloren. Er hatte versagt.

Anderthalb Stunden später trafen sie durchweicht am Tatort ein. Sie lag auf dem Waldboden, das Gesicht verzerrt, die Augen aufgerissen, eine Seite ihres Kopfes eingedrückt. Das getrocknete Blut hatte sich wieder verflüssigt und lief an ihrer Schläfe hinunter. Es war Sylvia Steiner.

Genau das hatte er befürchtet. Er hatte gewusst, dass sie etwas vor ihm verbarg. Hätte er sie am Mittwoch oder am Samstag in die Mangel genommen, wäre sie vielleicht noch am Leben.

Doktor Schild war schon bei der Arbeit. »Ich vermute, dass sie zwischen gestern Mittag und dem frühen Abend getötet wurde. Der Regen hat die Spuren verwischt. Mehrere heftige Schläge mit einem harten Gegenstand. Aber das ist nicht alles. Sehen Sie diese Stiche?« Der Doktor deutete auf ein paar kaum sichtbare Löcher im Brustbereich. »Die wurden ausgeführt, als sie schon tot war, es ist kaum Blut ausgetreten.«

»Mordwaffe?«

»Den stumpfen Gegenstand haben wir noch nicht gefunden, aber die Einstiche könnten von derselben Waffe stammen wie bei Stettler. Ich muss das anhand meiner Unterlagen überprüfen.«

»Wie ist sie vom Fleur hierhergekommen?«

»An den Schuhen kleben Tannennadeln, am Ärmel kleine Zweige. Wahrscheinlich ist sie zu Fuß durch den Wald gegangen. Abdrücke sind keine zu sehen, dafür war es in den letzten Tagen zu trocken. Ich vermute, dass sie vor fünf Uhr getötet wurde, als der starke Regen einsetzte.« Schild zeigte auf den zertrümmerten Schädel. »Wahrscheinlich hat der erste Hieb sie getötet. Der Mörder hat weiter auf sie eingeprügelt und danach noch auf sie eingestochen. Da muss Wut im Spiel gewesen sein.«

Gideon blickte auf die zerquetschte Schläfe, ein Brei aus Blut und Knochen. Ihm wurde übel.

»Der Mörder kannte sie?«

»Das vermute ich stark. Außerdem haben wir das hier in ihrer Hand gefunden.«

Schild reichte ihm ein Stückchen Papier. Es war dicker als normales Papier und beschichtet.

»Ein Stück einer Fotografie?«

Der Arzt nickte. Der Fetzen zeigte den Teil einer Lampe und eines Vorhangs mit Troddeln, außerdem eine aufwendige Hochsteckfrisur, zwei weitere weibliche Haartrachten und den oberen Teil eines Hutes. Keine Gesichter.

Ihm war immer noch flau. Warum nur hatte er am Mittwoch nicht darauf bestanden, mit Sylvia Steiner zu sprechen, oder war gestern noch einmal im Fleur vorbeigegangen? Sein Urteilsvermögen war erbärmlich gewesen.

»Du solltest ab jetzt im Bordell ermitteln, Viktor. Wittmer wird an die Decke gehen.«

»Auf keinen Fall! Mit Wittmer werde ich fertig. Was hättest du tun sollen? Er hat dich seit Fronleichnam auf Trab gehalten.« Viktor streckte die Hand aus. »Ich bringe die Beweise ins Revier und lasse jemanden nach der Mordwaffe suchen. Du gehst ins Fleur.«

Der Druck hinter Gideons Stirn ließ etwas nach. Wenn er stramm marschierte, war er in einer halben Stunde an der Bielstraße.

Bei Gideons Ankunft wirkte das Fleur verlassen. Er hämmerte an die Tür, bis ihm Helena Dolder öffnete. Wahrscheinlich war sie als Einzige zu dieser Tageszeit auf den Beinen.

»Was gibt es?«

Täuschte er sich, oder wirkte sie angespannter als sonst? »Eine ihrer Dirnen wurde ermordet.«

»Mein Gott! Wer ist es?«

»Sylvia Steiner.«

»Das wird Mutter umbringen.« Sie presste die Lippen zusammen. »Allerdings bin ich nicht besonders überrascht. Kommen Sie herein.«

Er folgte ihr in die Schankstube. »Wie meinen Sie das?«

»Sie kam mir in der letzten Zeit seltsam vor – aufgeregt, erwartungsvoll, aber nicht unbedingt auf eine gute Art.« Sie griff nach einem Glas im Regal hinter dem Tresen. »Ich genehmige mir einen. Sie auch?«

Er schüttelte den Kopf. »Ich hatte schon länger den Eindruck, dass sie mir etwas verheimlicht. Wir gehen davon aus, dass Franz Stettler jemanden erpresst hat. Vielleicht war sie daran beteiligt und hat es nach seinem Tod auf eigene Faust versucht.«

Helena kehrte mit einem Glas mit einer karamellfarbenen Flüssigkeit zurück, setzte sich und leerte es in einem Zug. »Es würde zu ihr passen. Sie hat sich oft beklagt, dass es bei ihr nicht mehr so gut läuft.«

»Ihre Mutter hat mir erzählt, dass sie hier beliebt war.«

»Das war sie! Aber für sie war es ein Abstieg. Zwischen sechzehn und zwanzig war sie eine der bestbezahlten Dirnen eines Zürcher Edelbordells. Sie hat immer erzählt, wie viel sie dort verdient hat, was für Kunden sie hatte, wie gut sie sich mit den anderen Dirnen verstanden hat. Hier war sie Sousmaîtresse, aber sie hat weiter als Dirne gearbeitet, weil ihr das Geld nicht reichte.«

»Was ist mit dem Geld, das sie früher verdient hat?«

»Einen großen Anteil behält die Bordellmutter, und gerade im Edelbordell muss eine Dirne viel Geld für Kleidung aufwenden. Der Rest? Naschereien, Zerstreuung, Alkohol.«

Ein dumpfer Druck lag auf seiner Brust. Ein hartes Los. Dennoch: Am Ende entschied jeder selbst, was er aus seinem Leben machen wollte. Die Frau vor ihm war ein Beweis dafür.

Die Tür zum Schankraum öffnete sich und gab den Blick auf Madame Georges üppige Figur frei. »Was wollen Sie schon wieder?«

Er erzählte es ihr, und ihre Haut unter der Puderschicht wurde leichenblass. Es war also doch möglich, sie zu schockieren.

»Ich muss mich mit Ihnen unterhalten.«

»Erst brauche ich etwas zu trinken. Helena, bringst du mir einen Epesses?«

»Soll ich bleiben?«

Madame George schüttelte den Kopf, und Gideon wartete, bis Helena den Schankraum verlassen hatte.

»Eine bemerkenswerte Tochter haben Sie.«

»Ich weiß.«

»Warum haben Sie das Kind ausgetragen? Ich nehme an, Sie waren damals selbst eine Dirne.«

»Das geht Sie nichts an.«

»Hier ist eine Erpressung im Gang, die schon drei Todesopfer gefordert hat.«

»Und Sie glauben, ich sei darin verwickelt?« Sie lachte trocken. »Wenn ich die Schwangerschaft zu Geld hätte machen wollen, hätte ich es anders angepackt. Und wie hätten Franz oder Sylvia etwas über Helenas Vater herausfinden sollen?«

Er legte die Arme auf den Tisch und verschränkte die Hände. »Wer könnte Emmi Heiniger, Franz Stettler und Sylvia Steiner getötet haben? Ich möchte verhindern, dass es noch mehr Opfer gibt.«

»Ich weiß es wirklich nicht.«

»Könnte Sylvia einen Freier aus besseren Kreisen erpresst haben?«

»Solche hatte sie kaum – die suchen sich jüngere Ware.«

Er attackierte sie weitere zehn Minuten, aber sie konnte oder wollte ihm nichts Neues sagen. Schließlich gab er auf und machte sich daran, die Dirnen und das übrige Personal aus ihren Betten zu holen.

Eine Stunde später machte er sich auf den Rückweg. Die Befragungen hatten nichts Neues ergeben. Die anderen hatten bestätigt, dass Sylvia gern von ihrer Vergangenheit gesprochen hatte und dass sie in den letzten Wochen aufgeregt schien, aber das war es auch schon. In seinen Augen gab es zwei mögliche Erpressungsopfer: ein Freier, der viel zu verlieren hatte, oder Helenas Vater. Egal, ob dieser Vater ein Freier gewesen war oder eine Beziehung zu Madame George gehabt hatte: Wenn er entgegen der Aussage der Madame noch lebte, war er ein mögliches Ziel. Und falls er nicht mehr lebte, hatte er vielleicht eine Familie, die seinen Ruf schützen wollte.

Der brutale Mord an Sylvia Steiner deutete allerdings noch in eine andere Richtung: dass der Mörder sie gekannt hatte und die Erpressung mit ihrer Vergangenheit zu tun hatte. In ihrem Zimmer hatte er keine Hinweise gefunden außer einem hellen Fleck an der Wand, wo möglicherweise die Fotografie gehangen hatte, deren Überreste sie in Sylvias Fingern gefunden hatten. War es ein Bild aus dem Fleur oder eines aus Sylvia Steiners Vergangenheit? Aber wie viele Grenchner oder Solothurner reisten schon nach Zürich ins Bordell? Es war wahrscheinlicher, dass es um einen aktuellen Freier ging oder um die Vaterschaft Helenas, und die Vorgehensweise ließ sich auch damit erklären, dass die Hemmung zu töten nach dem ersten Mal nachließ und der Täter in die Enge getrieben worden war.

Stettler war vor Sylvia gestorben; er hatte wahrscheinlich die Fäden in der Hand gehabt. Das deutete nicht auf Sylvia Steiners Vergangenheit, es sei denn, sie hatte ihn benutzt, um die Nachrichten zu überbringen. Als Bordelldirne konnte sie sich nicht frei bewegen. Dann hatte der Erpresste vielleicht erst mit Franz abgerechnet, weil er dachte, Franz sei der Drahtzieher. Und Franz hatte Emmi mit hineingezogen.

Meichtry fiel ihm ein. Er hatte als einer der wenigen Freier Sylvia vorgezogen. Vielleicht war er bereits zurück aus Rom und hatte sich nur noch nicht gemeldet. Die Befragung würde er Viktor überlassen müssen, aber vielleicht konnte er jetzt schon mehr über ihn herausfinden. Er würde diesen Fall lösen. Er war mitverantwortlich für Sylvia Steiners Tod und war es ihr schuldig, diese Sache aufzuklären, bevor es noch mehr Tote gab. Schon der Gedanke daran ließ ihn erschauern.

Als Gideon wieder im Büro ankam, klebte ihm der Uniformfilz auf der Haut, und seine Füße quietschten in den Stiefeln. Zwischen Bellach und Solothurn hatten sich die Wolken erneut entleert. Das Wunderbare am Uniformstoff war, dass man in diesem Zustand nicht nur wie ein nasser Hund aussah, sondern auch so roch. Er kämpfte sich gerade aus dem Sakko, als die Tür aufging. Es war Wyss, und seine Gesichtsfarbe entsprach der Stufe kurz vor einer Kriegsmobilmachung.

»Der Leutnant will Sie sprechen.«

Wittmer saß hinter seinem Pult, die breiten Arme auf der Tischfläche, die Augen auf Gideons Gesicht fixiert. »Berichten Sie.«

Gideon setzte sich, die Uniformhose klebte wie nasskalte Pappe an seinem Hintern. Die Resultate, die ihm schon auf dem Rückmarsch dürftig vorgekommen waren, schienen unter Wittmers sengendem Blick zu einem Häufchen Asche zu verbrennen.

»Die Mordwaffe könnte dieselbe sein wie im Fall Stettler, der Arzt wird das prüfen.« Er berichtete von seinen Untersuchungen im Bordell und schloss mit den Resultaten bezüglich der Freier. »Die meisten sind aus dem Rennen, außer Kantonslehrer Meichtry. Angeblich ist er in Rom, aber die Möglichkeit, dass er bereits zurückgekehrt ist, ohne sich bei uns zu melden, möchte ich nicht ausschließen. Dass er meistens zu Sylvia Steiner ging, fällt nach dem Mord noch mehr ins Gewicht. Außerdem hat seine Familie eine Enterbungsklausel ins Testament aufgenommen. Das klingt vielversprechend.«

Es hörte sich erbärmlich an, und Wittmer schien das genauso zu sehen.

»Das nennen Sie vielversprechend? Haben Sie eine Ahnung, was ich mir vom Regierungsrat anhören musste? Ich brauche Antworten, sonst muss ich Sie abziehen.«

»Wenn ich am Samstag wie geplant ins Fleur …« Er stockte, als Wittmers Gesicht sich violett färbte. »Der Amtsgerichtspräsident vertraut mir.«

»Der Amtsgerichtspräsident ist Ihr Freund; Ihr Vorgesetzter bin immer noch ich. Außerdem wird auch Richter von Arx Ihretwegen nicht seinen Kopf riskieren wollen.«

Gideon presste die kalten Hände an den Stuhlrand. »Er hat ausdrücklich gewünscht, dass ich mit den Ermittlungen im Bordell fortfahre. Lassen Sie mich weitermachen.«

Wittmer schenkte ihm den gleichen Blick wie sein erster Ausbilder, wenn er ihm Zusatzaufgaben gegeben hatte, um seinen »Reformiertenhintern auf Trab zu bringen«. »Sie wissen, dass ich mich durchsetzen musste, um Ihre Beförderung durchzubringen.«

»Inwiefern spielt das eine Rolle?«

»Alles spielt eine Rolle. Wir haben drei Morde am Hals. Sehen Sie, dass Sie vorankommen.« Wittmer wandte sich den Unterlagen auf seinem Tisch zu.

Gideon kehrte in sein Büro zurück, ließ sich auf seinen Stuhl fallen und griff nach seinem Brieföffner. Stellte ihn auf die Spitze, drehte ihn im Loch auf seinem Pult.

Dachte Wittmer wirklich, jemand anderes hätte in der gleichen Zeit mehr herausgebracht? Zugegeben, Wittmer selbst hatte eine steile Karriere hinter sich: Er war mit sechsundzwanzig Jahren ins Korps eingetreten und schon nach fünf Jahren zum Korporal befördert worden. Im Alter von siebenunddreißig Jahren folgte die Beförderung zum Feldweibel mit gleichzeitiger Ernennung zum Chef des Landjägerkorps, und seit 1867 war er nun Leutnant. Wittmer konnte sich durchaus auf eigene Leistungen berufen. Andererseits war offensichtlich, dass er in diesem Fall auch an sich selbst dachte. Er stand unter Druck, brauchte Resultate und würde das Pferd wechseln, wenn es noch brenzliger wurde.

Der Blick seines Vaters schien ihn vom Bild an der Wand herab zu fixieren. Wegen seiner Talente bei Befragungen hatte man Ludwig Ringgenberg ehrfürchtig »Skalpell« genannt – er hatte die Kunst beherrscht, sich exakt an die Vorschriften zu halten und dennoch die Schwachstellen seiner Verdächtigen freizulegen. Dank seiner Hinweise hatte der Amtsgerichtspräsident dutzendweise Verhaftungen vollzogen. Trug er dieses Erbe überhaupt in sich?

Bei der Erinnerung an Wittmers hartes Gesicht bohrte er den Brieföffner tiefer ins Pult, bis sich die Holzsplitter häuften und das Loch sich zu einem kleinen Krater mauserte. Jetzt musste er sich beweisen, und sein Vater würde ihm dabei nicht helfen. Er war auf sich gestellt.

33

Im Dorf angekommen, war Sarah klatschnass, und ihr Gesicht glühte. Sie musste furchtbar aussehen, aber das war ihr gleichgültig. Eben dröhnten die Fabrikglocken durch die Straßen, und heute hatten sie keinen triumphierenden, sondern einen anklagenden Ton.

Blaue Kittel eilten Richtung Schildgebäude. Die Nachmittagsschicht begann, genau wie ihr Unterricht. Aber auch das war ihr egal.

Vor der Post hatte sich eine Gruppe Frauen versammelt, darunter das dürre Gäthchen, das sich mit Girards Köchin einen Kampf geliefert hatte. Sarah drängte sich dazwischen. »Reden Sie von der toten Dirne?«

Gäthchen kniff die Augen zusammen. »Du weißt sicher mehr als wir. Bist du nicht die Lehrerin von Schneiders? Kaum haben sie den rausgelassen, stirbt jemand!« Die Frauen wandten ihr den Rücken zu.

Die Hitze in Sarahs Gesicht wanderte in ihren Brustkorb. Sie tippte einer der Frauen auf die Schulter

»Bitte – wissen Sie, welche Dirne starb?«

Widerwillig drehte sich die Alte um. »Eine von denen, die hier immer herumlungern«, erwiderte sie befriedigt.

Wie konnten ihre Hände plötzlich so kalt sein? »War es – die junge Frau?«

»Nein, das Schlachtross.«

Die Frauen gackerten, aber Sarah hörte es kaum. Sie lehnte sich an eine Säule, als ihre Knie nachgaben. Die junge Frau lebte! Aber das genügte nicht. Sie musste sie sprechen. Vielleicht kam sie heute auf der Post vorbei.

Eine halbe Stunde verging, ohne dass die Dirne auftauchte. Die Sonne brannte auf den Stein, der die Wärme zurückwarf. Sie konnte nicht gehen, bevor sie das erledigt hatte. Rosa hatte erzählt, das Bordell sei an der Bielstraße; es zu finden, würde nicht schwierig sein.

Eine Viertelstunde später hatte sie ihr Ziel erreicht. Vor dem Eingang stand eine Gruppe Männer und im Schatten eines Ahornbaums ein junger Mann, dessen Blick über die Fenster glitt. Sarah überquerte die Straße. Bei ihrem Anblick wich der junge Mann zurück. Wahrscheinlich hielt er sie für eine dieser Frauen aus den Frömmigkeitsbewegungen, die sich manchmal vor Freudenhäusern postierten.

Sie kramte in ihrer Börse und drückte ihm eine Münze in die Hand. »Würden Sie für mich hineingehen und dafür sorgen, dass die junge Dirne kurz herauskommt?«

»Wer soll das sein?« Sein Blick kroch von ihren Knöcheln bis zum Scheitel, wanderte zurück und verweilte auf ihrem Dekolleté.

»Sie ist mittelgroß und zierlich«, sagte Sarah hastig. »Und sie hat langes, dunkelblondes Haar und mandelbraune Augen.«

Der junge Mann löste seinen Blick von ihrem Busen, griff nach dem Geldstück und verschwand im Innern des Gebäudes.

Sarah stellte sich unter den Ahornbaum, stieß ein paar Kiesel über den Boden und versuchte, die Blicke und stummen Fragen der Passanten zu ignorieren.

Endlich öffnete sich die Tür, und ein zierliches Persönchen kam heraus.

Sarah trat zu ihr. »Haben Sie einen Moment Zeit für mich? Ich bin Sarah Siegwart.«

»Ich bin Marie Flückiger.« Die Dirne musterte Sarah, ein schmales Lächeln auf den Lippen. »Wollen Sie Ihren Schirm wiederhaben?«

Sarah lächelte zurück. »Nein. Ich … Ich möchte mich entschuldigen.«

»Wofür?«

»Sie erinnern sich vielleicht nicht. Meine Freundinnen … die Mädchen, mit denen ich zusammen war, haben letzte Woche schlecht über Sie gesprochen, und ich habe nichts gesagt. Das tut mir leid.«

»Deswegen kommen Sie vorbei?«

»Sie haben genauso viel Respekt verdient wie jeder andere.«

»Finden Sie? Da sind Sie die Einzige.« Die Worte klangen so hart und trocken wie ein Geschoss. »Trotzdem danke. Das ist das erste Mal, dass jemand wie Sie so etwas zu mir sagt.« Jetzt schwang etwas Gefühl in der rauen Stimme.

Sarah zögerte. »Entschuldigen Sie die Frage, aber wie sind Sie an diesen Ort gekommen? Was ist mit Ihrer Familie? Sie sind doch kaum sechzehn!«

»Ich bin zwanzig. Ich habe im Bernbiet als Dienstmädchen gearbeitet, dann hat mich ein Mann gefragt, ob ich mehr verdienen möchte. Ich hätte Zukunft, weil ich so jung aussehe. Die Männer mögen das. Und zu Hause war es schlimmer.« Ihr Gesicht verhärtete sich.

Sarah zog ein Stück Papier aus ihrer Börse, kritzelte ihre Adresse bei Schneiders darauf und reichte Marie das Blatt. »Wenn ich Ihnen jemals helfen kann, melden Sie sich.«

Die junge Frau nickte kurz, nahm den Zettel und verschwand im Haus. Der Druck auf Sarahs Brust ließ endlich nach. Für Marie mochte ihr kurzes Gespräch nicht von Bedeutung sein, aber für sie selbst umso mehr.

Vor dem *Maison* schnippelte Herr Schneider an einer *Russeliana* herum.

»Geht es Ihnen besser, Fräulein Siegwart?«

»Bitte entschuldigen Sie, Herr Schneider. Ich hatte vom Tod der Dirne erfahren und …«

»Schon gut. Rosa hat es uns erzählt. Sie können die Stunden mit den Kindern morgen nachholen. Erholen Sie sich erst einmal.« Er erhob sich und klopfte die Hände ab. »Ich habe gute Neuigkeiten. Ich kann meine Stelle behalten.«

»Wie wunderbar!«

»Offenbar haben Peters … *Geschichten* Urs ernüchtert. Ich glaube, Adolf hat sich auch für mich eingesetzt.« Er räusperte sich. »Paul hat mir von Ihrem Interesse an der Uhrmacherei erzählt. Ich will Sie hier nicht verlieren, aber wenn Sie sich für die Uhrmacherei eignen, wäre das auch für uns ein Gewinn. Sie könnten ein kleines Praktikum machen, wenn wir im Juli verreisen. Dann könnten Sie herausfinden, ob Ihnen der Beruf zusagt. Was meinen Sie?«

Sarah starrte ihn an. Sie wollte Danke sagen, aber kein Wort kam über ihre Lippen.

Herr Schneider lachte. »Sie müssen sich nicht gleich entscheiden.«

Ein eigenartiges Prickeln breitete sich in ihrem Kopf aus, ein Hochgefühl, wie sie es noch nie erlebt hatte. Endlich kehrten die Worte zurück. »Ich will – sehr gern sogar.«

In dem Moment trat Rosa mit einem Korb vor die Tür. »Da ist ja die Ausreißerin! Ich muss ins Dorf; ich habe im Hallgarten eine Torte bestellt. Heute wird gefeiert! Willst du mitkommen?«

»Gern.« Rosas besorgter Blick sprach Bände, und kaum waren sie außer Hörweite, legte sie los. »Geht es dir besser? Und was ist passiert? Du siehst aus, als hättest du etwas ausgefressen.«

»Das habe ich nicht.« Sie erzählte Rosa von ihrem Gespräch mit der Dirne.

Rosas Augen funkelten. »Ich bin stolz auf dich. Und Herr Schneider hat mir von dem Praktikum erzählt, das er dir anbieten will. Wirst du es machen?«

»Und ob!« Sarah lächelte, als sie die Freude in Rosas Augen sah.

Die Schlange an der Hallgartentheke schien endlos, aber schließlich konnten sie die Torte in Empfang nehmen – ein Prachtstück aus Rahm, Schokolade und den ersten Kirschen. Sie wollten eben gehen, als ein bekanntes Schnattern zu ihnen herüberdrang. Roswitha und ihre Truppe.

»Ich würde nicht zu früh feiern. Vater meint, Urs Schild wird seine Entscheidung bereuen.«

Roswitha klang noch gehässiger als sonst, und Sarah spürte den gefährlichen Drang, dem rohen Ding die Meinung zu sagen. Am besten ging sie so rasch wie möglich.

»Ich habe keine Zeit.«

»Kennt ihr den neuen Vers aus dem *Postheiri*? *Alle diese Dogma-Pfaffen sind nicht mehr als schwarze Affen.*« Die Mädchen kicherten.

Rosa legte Sarah eine Hand auf den Arm. »Wir müssen los.«

»Warte.« Sarah hob das Kinn. »Ich finde das nicht komisch. Ich habe es nicht nötig, mich über andere lustig zu machen.«

Roswitha zuckte zurück. »Ich würde den Mund nicht so voll nehmen, wenn ich du wäre. Oder willst du es dir mit allen verderben, die hier etwas zu sagen haben?«

»Falls du damit dich meinst, noch so gern. Du brauchst mich nicht mehr einzuladen.«

Roswitha verzog das Gesicht. »Auch recht. Geh am besten dahin zurück, wo du hergekommen bist – Römerschlampe.«

Sarah wandte sich ab und marschierte mit Rosa aus dem Laden.

»Mach dir nichts draus«, sagte Rosa. »Sie sind es nicht wert.«

»Ich weiß.«

Das alte Schimpfwort stach noch, aber der Stachel hatte sein Gift eingebüßt. Ein innerer Druck schien von ihr abzufallen, als wäre ein straff gewickeltes Band um ihre Seele durchgeschnitten worden. Endlich hatte sie diesen Hühnern die Stirn geboten.

Sie stiegen in einem Rosa genehmen Tempo die Kirchstraße hoch und bogen in die Rainstraße ab. Vielleicht war Pauline zu Hause, sie musste sich bei ihr bedanken. Wenn Adolf Schild sich für Herrn Schneider eingesetzt hatte, steckte sicher sie dahinter.

Sie hatte Glück, die Hausherrin kniete neben einem Beet und schnitt ein paar Rosen ab.

»Pauline!«

Pauline hob lächelnd den Kopf, dann wurde ihr Lächeln plötzlich schwächer und verschwand schließlich ganz. »Guten Tag, Sarah.«

Unbehagen beschlich sie wie Morgenfrost auf der Haut, und sie musste sich zwingen, weiterzusprechen. »Ich wollte dir danken – du hast dich sicher für Herrn Schneider eingesetzt.«

»Gern geschehen«, erwiderte Pauline kurz. »Richte ihm Grüße aus, auch von Adolf.« Sie wandte sich ab.

»Warte! Was hast du?«

»Ich hätte nicht gedacht, dass du Roswithas Spiel mitspielen würdest. Es hat Anna Maria sehr wehgetan.«

Der Musikabend. Daran hatte sie nicht mehr gedacht.

Der Blick aus Paulines Augen war streng und fern, und sie wirkte plötzlich viel älter. Sarah schluckte. »Du hast recht. Es tut mir leid. Aber heute habe ich …«

»Ich dachte, du seist anders als diese Hyänen.« Pauline kehrte ins Haus zurück, ohne sich noch einmal umzudrehen.

»Was war das eben?«, fragte Rosa.

»Ich hatte es dir nicht erzählt.« Die Tränen in ihren Augenwinkeln brannten wie Säure. »Am Musikabend hat Roswitha über die Römisch-Katholischen gelästert, und ich … ich habe mitgemacht.«

Nun würde auch Rosa enttäuscht sein und sich abwenden. Sie beschleunigte ihre Schritte.

»Warte! So schnell bin ich nicht!« Rosa griff nach ihrem Arm, und sie drehte sich widerwillig um.

Auf Rosas Gesicht lagen Sorge und etwas Traurigkeit. »Warum rennst du weg?«

»Du bist sicher enttäuscht von mir.«

»Enttäuscht? Vielleicht ein bisschen. Aber wir alle machen Fehler.« Sie lächelte. »Umarmen kann ich dich nicht, sonst können wir den Kuchen vergessen. Ich mag dich immer noch, also Schluss mit der Jammerei. Lass Pauline ein bisschen Zeit; sie wird sich wieder beruhigen.«

»Hoffentlich hast du wie immer recht. Ich bin mir nicht so sicher.«

Rosas Freundlichkeit linderte den Druck auf ihrem Herzen, aber die Niedergeschlagenheit ließ sich nicht so leicht abschütteln.

Endlich kamen sie beim *Maison* an. Jetzt umziehen, rasch essen, dann ins Zimmer, die Decke über den Kopf ziehen und an nichts mehr denken. Sie durchquerte die Eingangshalle Richtung Treppe.

»Fräulein Siegwart?« Herrn Schneiders Stimme aus dem Salon. »Kommen Sie bitte.«

Wo blieb das »Kyrie«, das Erbarmen?

Die Tür zum Salon war einen Spalt geöffnet. Sie schob sie weiter auf. Mitten im Raum stand Herr Schneider, daneben, steif wie ein Stock neben dem monströsen Plüschfauteuil, ihr Vater.

34

Gideon beäugte den Packen Papier auf seinem Schreibtisch. Das war der letzte Strohhalm; wenn er hier nichts fand, war die Sackgasse perfekt. Aber seine Hoffnung hielt sich in sehr engen Grenzen.

Alle Verdächtigen hatten sich in Luft aufgelöst. Köllikers Alibis waren unerschütterlich, und er hatte den Siegelring vorbeibringen lassen. Schneider kam für den Mord an Emmi Heiniger nicht mehr infrage und war in den Büchelchen ohnehin nie aufgetaucht, auch nicht unter Decknamen.

Der letzte Strohhalm war der Bericht über die Gespräche mit den erlauchten Freiern, den Viktor ihm vor einer halben Stunde gebracht hatte, da man ihn ins Spital gerufen hatte. Bei Judith hatten Blutungen eingesetzt, und Viktor war außer sich gewesen. Das auch noch! Er fühlte mit seinem Freund, aber gerade jetzt hätte er ihn gern an seiner Seite gehabt.

Eine halbe Stunde später hatte er seine Lektüre beendet und damit den letzten Strohhalm geknickt. Er hatte ohnehin nicht geglaubt, dass Viktor etwas entgangen war, und er hatte recht behalten. Wittmer konnte ihm jeden Augenblick die

Fälle wegnehmen; das Gezeter des Leutnants brannte immer noch wie ein Ausschlag in seinem Nacken.

»Herr Korporal?« Wyss stand mit einem Streifen Papier in der Tür. »Ein Telegramm von Herrn Meichtry. Er ist wieder daheim.«

Gideon griff danach. »Danke.« Er seufzte. »Das wird uns nicht viel helfen; wenn er heute zurückgekommen ist, kann er Sylvia Steiner nicht getötet haben.«

Er überflog den Text und stutzte. Der Mann führte wortreich aus, dass er am Samstag zurückgekommen sei, seine Frau noch ihre Schwester besuche und er nun bereit sei, Herrn von Arx zu empfangen. Am Samstag! Dann war alles möglich.

Er griff nach seinem Sakko. »Ich erledige das.«

»Sind Sie sicher? Ist das nicht einer der Fälle …«

»Wittmer will, dass der Fall gelöst wird. Herr von Arx ist bei seiner Frau im Spital.«

Gideon setzte die Mütze auf. Sein Vater schien ihn von seinem Bild aus ermutigend anzusehen. Er zog sein Sakko straff. Das »Skalpell« schlummerte auch in ihm, und er würde es beweisen.

Kantonslehrer Meichtry wirkte nicht wie ein Bordellgänger – gut aussehend und mit jugendlich zerzaustem Haar und exaltierter Kleidung hatte er etwas von einem Bohemien an sich. Er schmauchte eine Zigarre und trug einen sorglosen Ausdruck im Gesicht, aber die Hand, die die Zigarre hielt, zitterte leicht.

»Was wollen Sie wissen?«

»Alles über Ihre Besuche im Fleur Jaune.«

»Sie tun so, als wäre ich der Einzige, der dort verkehrt.«

»Das nicht – aber nicht jedem droht eine Enterbung.«

Meichtry wurde eine Spur blasser, aber er lachte. »*Mes chers parents* würden das niemals tun. Ich bin ihr einziger Sohn.«

Das Erbe war sicher nicht zu verachten. Der Raum, in dem sie saßen, war von verschwenderischer Größe, der Kronleuchter aus schwerem Kristall, die Möbel edel. An den Wänden hingen teure Stiche und Fotografien – Porträts, Landschaften und Städte, darunter eine Bilderreihe mit den Bahnhöfen in Luzern, Zürich und Basel, so weit er sehen konnte.

»Sie lassen sich das Leben etwas kosten – teure Möbel, Bilder, Fotografien.«

»Die Fotografien mache ich selbst.«

»Eine solche Ausrüstung ist nicht billig und das Gehalt eines Lehrers schmal. Sie brauchen das Erbe, um Ihren Standard aufrechtzuerhalten. Und im Testament steht, dass das ganze Vermögen an das Kloster Mariastein geht, wenn Sie sich nicht benehmen.«

Meichtrys Züge wurden schärfer. »Was wollen Sie? Ich muss noch weg.«

»Sie waren die letzten drei Monate jede Woche im Bordell, meistens bei Sylvia Steiner. Warum gerade bei ihr?«

»Erfahrung ist mir wichtiger als Jugend.« Er stieß Rauch aus den Nasenlöchern. »Ich mag das Besondere.«

Was auch immer das bedeuten mochte, er würde nicht fragen. »Sagen Sie mir, wo Sie Freitag, den 2. Mai, Freitag, den 23. Mai, und Sonntag, den 15. Juni, waren.«

»Das ist lange her. Wochentags unterrichte ich.«

Gideon zog eine Liste hervor. »Dann helfe ich Ihrem Gedächtnis auf die Sprünge. Der 23. Mai war der Freitag nach

Auffahrt, da hatten Sie frei. Sonntags arbeiten Sie ja wohl nicht. Und am 2. Mai waren Sie krankheitshalber abwesend.« Das Kollegium hatte er sich selbst vorgeknöpft. Er hatte der Sekretärin des Rektors angesehen, dass sie sein Vorgehen skandalös fand, aber am Ende hatte sie die Informationen herausgerückt.

»Ich weiß es nicht, Herr Korporal, aber ich bemühe mich, es herauszufinden.« Er war nicht unsympathisch, aber er klang, als könne ihm nichts etwas anhaben.

»Beeilen Sie sich, sonst können Sie Ihr Quartier in der Prison aufschlagen.«

Zurück im Büro, trat Gideon ans Fenster. Es hatte wieder zu regnen begonnen, schwere Tropfen prasselten an die Scheiben und hinterließen Striemen auf dem dreckigen Glas.

Das war nicht schlecht gelaufen. Meichtry wirkte leutselig, aber seine Nervosität hatte er nicht verbergen können. Er gab ein plausibles Erpressungsopfer ab, und er war Dauerkunde bei Sylvia Steiner gewesen. Vielleicht kannte er sie von früher. Er würde den Werdegang dieses Mannes durchleuchten. Dann die Fotografien an der Wand. Vielleicht bestand ein Zusammenhang zum Bild aus Sylvia Steiners Zimmer – der Mann hatte Talent; die Bilder waren erstklassig.

Sein Blick fiel auf das Bild seines Vaters. Auch ein gelungenes Exemplar, das dessen Charakter einfing, wie Mutter ihn immer geschildert hatte: der stolze, gerade Blick, der Körperbau, seinem so ähnlich, in der alten, litzenstarrenden Landjägeruniform. Die kräftige Hand mit dem Siegelring, die er auf seine Brust gelegt hatte.

Gideon stutzte. Stellte sich vor das Bild, bis seine Nasenspitze das Glas berührte.

Waren das Hörner?

Er griff nach der Lupe auf seinem Schreibtisch, legte sie auf das Glas und hob sie an, bis das Bild klar wurde.

Auf dem Wappen prangte ein Steinbock mit langen, gebogenen Hörnern. Er stand auf felsigem Grund, und links und rechts der Hörner saßen verschlungene Kringel.

Er zog den Kopf zurück, öffnete das Fenster und pumpte Luft in seine Lungen, während die Tropfen auf sein Gesicht prasselten und der Lärm der Hauptgasse an seine Ohren drang.

Das Tier und die Kringel. Hatte er nicht so etwas auf Helena Dolders Ring gesehen?

Er konnte sich nicht erinnern, das Wappen seines Vaters jemals gesehen zu haben. Seine Familie war ehrbar, aber einfach. In Solothurn galt eine protestantische Familie aus dem Berner Oberland nicht viel, und seine Mutter hielt trotz des distanzierten Verhältnisses zu ihrer Familie ihr eigenes Wappen in Ehren.

Sicher gab es Dutzende Wappen, auf denen Steinböcke zu sehen waren, angefangen bei dem der Burkis. Er zog die Fotografie hervor, die Friedli hatte machen lassen. Auch hier ein Steinbock, aber anstelle der zwei Kringel, die Vaters Siegelring zierten, waren zwei Sterne abgebildet.

Was war auf Helenas Siegelring gewesen? Sterne oder Kringel?

Das Ganze war lächerlich. Wie sollte Vater etwas mit dem Ring zu tun haben? Außerdem gab es noch andere Ringgenbergs.

Allerdings nicht in Solothurn. Die Verwandten seines Vaters

klebten alle an ihrer Berner Scholle. Und Vater hatte eine Zeit lang bei der Sitte gearbeitet. Wittmer hatte ihn erst dahin versetzen wollen und erwähnt, wie gut sein Vater sich geschlagen hatte.

Ein flaues Gefühl breitete sich in seinem Magen aus. Er musste mit Madame George sprechen; sie musste den Ring herausrücken. Das Verhalten der Bordellmutter ihm gegenüber war auch seltsam gewesen. Erst hatte sie ihn neugierig gemustert, dann, als sie seine Ablehnung gespürt hatte, war sie verschlossen und abweisend geworden.

Ob sie ihn geprüft hatte? Versucht hatte, herauszufinden, wie viel Ähnlichkeit er mit seinem Vater hatte?

Hirngespinste. Er würde das Weib in die Mangel nehmen, und dieses Mal würde er sich nicht abwimmeln lassen.

Es klopfte an der Tür, und Viktor trat ein. »Judith geht es besser. Ich bin so erleichtert …« Er stockte. »Ist etwas?«

»Ich freue mich für dich. Ich … kann es dir nicht sagen. Es ist persönlich.«

»Sind wir Freunde oder nicht?«

»Ich muss erst etwas herausfinden. Wyss kann dich informieren, was hier passiert ist. Ich muss los.«

Gideon griff nach seinem Sakko. Seine Mutter kam ihm in den Sinn, ihr entrückter Blick, wie sie das Andenken seines Vaters beschwor. Wenn sich das, was er fürchtete, als wahr herausstellte, würde es sie umbringen.

Zwei Stunden später betrat er das Bordell, stellte sich an die Bar und fixierte Madame George, die am Zapfhahn hantierte. Sie hob den Kopf, und ihre Züge verhärteten sich.

»Was wollen Sie?«

»Mit Ihnen sprechen. Unter vier Augen, und zwar sofort.«

»Das geht nicht. Sie sehen doch, was hier los ist.«

Er drückte die Daumen fest gegen die Tresenkante. Auf dem Weg ins Fleur hatte er versucht, Bilder zu verdrängen, in denen sich sein Vater mit Madame George paarte wie eine brünstige Wildsau, und wenn sie ihn noch eine Sekunde länger warten ließ, wusste er nicht, was er tun würde.

»Entweder reden Sie mit mir, oder ich lasse alle abführen und nach Solothurn zum Verhör bringen.«

Was sie in seinem Blick las, schien sie zu überzeugen. Sie winkte die dünne junge Frau herbei, die sich hinter die Bar stellte, stöckelte ihm voran in ihr Zimmer, setzte sich in ihren zerschlissenen Sessel und zündete sich eine Zigarette an.

»Worum geht es?«

»Das wissen Sie.«

»Ich habe keine Zeit zum Rätselraten. Ich führe hier einen Betrieb.«

»Ein großartiger Betrieb.« Er beugte sich vor. »Ich will den Ring Ihrer Tochter sehen.«

Madame George legte ein Bein über das andere und entblößte einen kräftigen Schenkel im Netzstrumpf. »Nein.«

»Ich lasse Ihren Laden auseinandernehmen.«

Ungerührt klopfte Madame George ihre Zigarette ab, aber in ihren halb geschlossenen Augen lauerte ein gefährliches Funkeln.

»Entweder zeigen Sie mir den Ring, oder Sie begleiten mich nach Solothurn. Was darf es sein?«

»Na gut.« Sie ging zum Schreibtisch, riss eine Schublade auf, griff hinein und kam zurück. Warf den Ring auf den Tisch. »Zufrieden?«

Der Ring landete mit einem Pling, drehte sich zweimal um die eigene Achse und schoss goldene Blitze durch das Zimmer, bis er schließlich liegen blieb.

Gideon schloss die Finger um das kühle Metall und drehte den Ring, bis das eingravierte Wappen vor ihm lag.

Ein Steinbock auf Felsengrund mit langen, gebogenen Hörnern. Zwei ineinander verschlungene Kringel.

»Hat der Ring meinem Vater gehört?«

»Ja.«

Das Blut wich aus seinem Kopf und strömte doppelt so schnell zurück. »Wie konnten Sie ihn an sich nehmen?«

Madame George schnellte aus ihrem Sessel hoch. »Er hat ihn mir geschenkt! Wir haben uns geliebt.« Ihre Wut kochte so heiß wie seine.

»Er war seiner Familie ergeben. Mag sein, dass er einen Ausrutscher …«

»Es war kein Ausrutscher!«

»Sie haben ihn umgarnt, und er ist schwach geworden. Aber er ist zu seiner Familie zurückgekehrt.«

»Er war ein Ehrenmann, aber er liebte mich. Er war nie so glücklich wie bei mir.«

»Das ist gelogen.« Sein Herz hämmerte bis zum Hals.

»Jedenfalls liebte er mich auch.« Ihr Blick glitt von seinen Füßen bis zum Scheitel. »Er war Mann genug für zwei Frauen. Und Sie?«

Verdammte Hure.

Er schnellte hoch und ballte die Fäuste. Sie erblasste und

wich zurück. Abrupt wandte er sich ab, griff nach einer Porzellanfigur auf dem Schreibtisch und warf sie an den Fensterrahmen, wo sie klirrend zerbarst. Die Tür öffnete sich, und eine der Dirnen blickte verschreckt auf die Szenerie.

»Alles in Ordnung, Madame?«

»Alles gut.« Die Hand, in der sie die Zigarette hielt, zitterte leicht, während die Madame Gideon kalt anstarrte. »Der Korporal wollte gerade gehen.«

Seine Hände öffneten und schlossen sich. Er wollte noch einmal auf sie zugehen, aber eine leise Stimme befahl ihm, das Weite zu suchen.

»Ich hoffe, Sie sind zufrieden. Das wird meine Mutter umbringen.«

Sie lächelte verächtlich. »Ihre Mutter weiß es seit dreißig Jahren.«

35

»Ich kann nicht glauben, dass du mich angelogen hast.«

Roswithas »Römerschlampe« hallte in Sarahs Kopf nach, und Paulines Blick saß wie Gift in ihren Adern. Dennoch hätte sie beides mit Freuden ertragen, wenn sie dafür nicht hier hätte stehen müssen. Vor ihrem Vater, sein Gesicht eine steinerne Maske.

»Es tut mir leid, Vater. Ich …«

»Von Haller hat mir geschrieben, dass er dich an einem Sonntag in Olten gesehen hat. Nach der Messe bei diesem Herzog.« Er zog ein Stück Papier aus der Jackentasche. »Mich hat schon dein Telegramm misstrauisch gemacht, aber ich konnte es nicht glauben. Ich habe von Haller geschrieben, das sei unmöglich, aber er solle diskret nachforschen. Gestern kam die Antwort.« Er warf den Brief auf den Salontisch. »Er schreibt, dass du mit jungen Frauen verkehrst, die dieser Bewegung angehören, und dass sogar deine Arbeitgeber dabei sind.«

»Gegen die Christkatholiken ist nichts zu sagen«, erwiderte Herr Schneider scharf.

»Sie halten sich heraus.« Ihr Vater drehte sich wieder zu ihr. »Herr Schneider hat mir von dieser Mordsache erzählt. Wie konntest du mir das verschweigen und auch noch deine Nase hineinstecken? Du hast mein Vertrauen missbraucht!«

Der Schmerz in seiner Stimme war unerträglich, und fast begrüßte sie die Wut, die in ihr hochstieg.

»Ich war nicht oft in dieser Messe, und mit den Mädchen bin ich nicht mehr befreundet. Ich wollte nur hierbleiben. Und ich wollte, dass Emmis Tod aufgeklärt wird. Nicht wie der von Hannes.«

»Du und deine Wahnvorstellungen! Hannes hatte einen Unfall, und das Mädchen geht dich nichts an. Vor allem war es kein Grund, deine Mutter und mich anzulügen.«

»Hättest du mich hierbleiben lassen, wenn du es gewusst hättest?«

»Ich hätte dich gar nicht erst gehen lassen sollen. Die Gegend und die Leute haben dich verdorben.« Er stopfte den Brief in die Tasche. »Geh packen. Wir fahren nach Solothurn und übernachten bei von Hallers, und morgen reisen wir heim.«

Sarah stieg auf zitternden Beinen die Treppe hoch in ihr Zimmer, warf wahllos Bücher, Kleider und Gegenstände in den Koffer. Als sie die Treppe wieder hinunterstieg, bohrte sich das Ticken der Schneiderschen Wanduhren, scharf und anklagend, wie Nadeln in ihren Kopf. Ihr Herz lag kalt und dumpf in ihrer Brust, ein Fremdkörper, den sie nicht erreichen konnte. Und sie war froh darum.

36

Gideon hämmerte an die Tür. Ein zerknittertes Gesicht am Nachbarfenster beäugte ihn neugierig. Es war eine unchristliche Zeit, aber nichts hätte ihn weniger interessieren können.

Er war mitten in der Nacht von Grenchen in seine Wohnung zurückgekehrt. In seinem Bett hatte er sich hin und her gewälzt, kein Auge zugetan und es schließlich nicht mehr ausgehalten. Gern hätte er geglaubt, dass Madame George gelogen hatte, aber er wusste es besser. Er musste sich nur Mutters Reaktion auf seine Ermittlungen im Bordell in Erinnerung rufen. Er hatte angenommen, sie sei schockiert, weil so etwas nicht in ihre heile Welt passte, dabei hatte sie längst gewusst, dass es diese heile Welt nicht einmal in ihren vier Wänden gab.

Schließlich öffnete seine Mutter ihm, das Gesicht blass. Er stürmte an ihr vorbei.

»Wie konntest du mir das verschweigen?«

Ihre hellblauen Augen füllten sich mit Tränen, aber sie hielt seinem Blick stand. »Ich wollte dich nicht damit belasten.«

»Und mir eine heile Welt vorspielen?«

»Ich habe deinen Vater geliebt. Als er mir alles gestand, brach es mir das Herz. Aber ich habe ihm vergeben.«

»Wie nobel! Und warum hast du mir Vater als Heiligen verkauft?«

»Was hätte es dir genützt, es zu wissen? Ich dachte, es sei am besten für dich, die Frau und das Kind. Es war das Einzige, was ich ihr neben Geld geben konnte.«

»Was für Geld?«

»Dein Vater hat sich nicht aus der Verantwortung geschlichen. Er hat Frau Dolder finanziell unterstützt, damit sie ihrer Tochter eine gute Ausbildung bezahlen kann, und nach seinem Tod habe ich dafür gesorgt, dass sie das Geld weiterhin erhält.«

»Du hast für Vaters Misstritt auch noch bezahlt?«

»Frau Dolder hat das Geld nur für Helena eingesetzt. Das hat sie mir selbst gesagt.«

»Du hast diese Person getroffen?«

Sie runzelte die Stirn. »Diese ›Person‹ ist ein Mensch wie du und ich. Dein Vater wusste das, und darum vertrauten ihm die Menschen.«

»Und wie sie ihm vertrauten. So sehr, dass sie unter seine Decke krochen oder er unter ihre.«

»So redest du nicht über deinen Vater!«

Er ballte die Fäuste in den Hosentaschen. »Er war ein Hurenbock. Ein Hurenbock in Staatsdiensten.« Er wandte sich zur Tür. »Das werde ich dir nie verzeihen.«

»Das meinst du nicht so.«

»Genau so meine ich es.« Er schloss die Tür, aber nicht,

bevor er die Qual in ihren Augen gesehen hatte. Und ein dunkler Teil in ihm freute sich darüber.

Es war erst halb sieben morgens, als er in die Wache kam. Alles still – Gott sei Dank. Er betrat sein Büro und stellte überrascht fest, dass Viktor im Stuhl vor seinem Schreibtisch saß. »Was machst du um diese Zeit hier?«

»Ich wollte dir berichten. Geht es dir besser?« Viktors Gesichtsausdruck war stoisch wie immer, aber die dünnen Linien auf seiner Stirn verrieten Gideon, dass ihn etwas beschäftigte.

»Eigentlich nicht, aber lassen wir das. Was hast du Neues?«

»Ich bin gestern noch einmal zurückgekommen«, erwiderte Viktor. »Deine Befragung …«

»Herr Korporal.«

Wittmer stand in der Tür und ruckte mit dem Kinn in Richtung seines Büros, Viktor ignorierte er. Dann ließ er Gideon vorgehen und schloss die Tür hinter ihnen. Nach einer gefühlten Ewigkeit erschien der Leutnant in Gideons Blickfeld.

»Was haben Sie sich dabei gedacht? Wissen Sie, was für einen Ärger wir haben?«

Gideon legte eine Hand an seinen Gürtel, wo glatt und beruhigend seine Lederscheide saß.

»Falls Sie von Herrn Meichtry sprechen: Ich bin mir sicher …«

»Ich spreche davon, aber nicht nur. Gehen wir der Reihe nach: Meichtrys machen mir seit gestern die Hölle heiß. Sie haben sich beim Regierungsrat beschwert.«

»Ich hatte Grund zur Annahme …«

»›Grund zur Annahme‹ reicht nicht!« Wittmer wedelte mit einem Streifen Papier. »Herr Meichtry hat seine Alibis vorgelegt. Am 2. Mai war seine Mutter bei ihm, weil er krank war, und am 23. Mai war er auf einer Lehrerkonferenz in Zürich; er ist auf der Teilnehmerliste eingetragen. Am 15. Juni will er zu Hause gewesen sein; da seine Frau nicht da war, ist dieses Alibi unbestätigt, aber wir gehen ja nicht von mehreren Tätern aus. Sie haben sich mit einer der ältesten Familien der Stadt angelegt, und das als Protestant!«

»Was ist, wenn er die Lehrerkonferenz frühzeitig verlassen hat? Und wenn die Mutter ihrem Sohn das Alibi verschafft hat? Das wäre doch …«

Kaltes Artilleriefeuer schoss aus Wittmers Augen. »Hören Sie auf! Sie haben sich in die Sache verbissen, haben im Kollegium herumgefragt – mit dem Dampfhammer! Dann haben Sie Meichtry befragt und damit Ihre Befugnisse überschritten. Aber das ist noch nicht alles.«

Eiswasser sickerte in Gideons Adern. Er schwieg.

»Sie wissen, worauf ich anspiele.« Wittmer warf einen Blick auf einen Zettel. »Frau Dolder hat Anzeige erstattet. Sie haben Sie bedroht und Mobiliar zerstört. Außerdem hat sie geschrieben, dass sie mit Ihrem Vater ein Kind hat.«

»Sie hat meine Familie beleidigt.«

»Selbst wenn sie Ihre Mutter eine dreckige Hure geschimpft hätte – Sie sind Landjäger! So etwas darf Sie nicht aus der Fassung bringen.« Wittmer verschränkte die Hände. »Ihr Verhalten im Fleur beweist, dass Sie momentan nicht in der Lage sind, Ihrer Arbeit nachzugehen. Ich ziehe Sie von diesem Fall ab und suspendiere Sie.«

Suspendierung. Er hatte die ganze Zeit gehofft, dass Wittmer das nicht sagen würde.

»Geben Sie mir noch eine Chance.«

»Sie verstehen nicht.« Wittmers Stimme war sanft, aber eisig. »Das ist die Chance, die ich Ihnen gebe. Ich schicke Sie nach Hause, damit Sie über Ihr Verhalten nachdenken und der Zorn von Meichtrys und Konsorten verrauchen kann. Sonst hätte ich Sie entlassen müssen.«

»Das ist nicht Ihr Ernst.«

»Sie gehören zu den Hoffnungsträgern, die wir vor zwölf Jahren eingestellt haben, und Sie waren bisher ein untadeliger Landjäger. Ich rate Ihnen, sich still zu verhalten und in sich zu gehen – und zu beten, dass Meichtrys sich beruhigen. Sie können gehen.« Er beugte sich abrupt über seine Papiere und begann, darin zu blättern. Audienz beendet.

Gideon verließ das Büro. Aus den anderen Räumen folgten ihm die Augenpaare. Also wussten alle Bescheid.

Viktor saß immer noch in seinem Büro. »Es tut mir leid. Ich habe alles versucht, um ihn umzustimmen.«

»Ich kann nicht glauben, dass er mich suspendiert. Ich muss mir unbedingt die Unterlagen noch mal ansehen.«

»Du musst jetzt vor allem Ruhe bewahren.« Viktor legte ihm die Hand auf den Arm. »Ich sehe nach dir.«

Gideons Augen wurden feucht. Er wandte sich schnell ab. »Ich komme schon zurecht. Grüß Judith.«

Er verließ Büro und Wache. Zu Hause öffnete er die Tür zur Vorratskammer. In den Regalen Mehl und Zucker in kleinen Säcken, Kartoffeln, Trockenfleisch. Dann die Konserven – eingemachtes Gemüse, Früchte, das Quittengelee, das Mutter gemacht hatte. Aber an Mutter wollte er jetzt genauso wenig denken wie an das, was eben geschehen war.

Sein Blick wanderte in den hinteren Bereich des Regals. Er griff nach einer Flasche Rotwein, musterte sie kurz, stellte sie zurück ins Regal und griff sich die staubbedeckte Flasche Bätzi und ein Schnapsglas, Geschenke seiner Verwandten aus dem Oberland. Dergleichen gerüstet, ließ er sich in seinen Sessel fallen, öffnete die Flasche, goss sich einen großzügigen Kurzen ein und leerte ihn in einem Zug. Der Schnaps brannte sich seinen Weg in seinen Magen. Zügig goss er ein zweites Glas ein und kippte es nach. Nach einigen Minuten breitete sich eine angenehme Leere in seinem Kopf aus, die mit der Stille in seiner Wohnung einen bizarren Tanz einging. Er füllte das Glas ein weiteres Mal. Wieso auch nicht? Immerhin hatte der Hang zu moralischem Fehlverhalten durchaus Tradition im Hause Ringgenberg.

37

Das Kartoffelgratin, das es zum Abendessen gab, roch verführerisch, aber Sarah brachte nichts herunter. Die einzigen Geräusche am Tisch waren das Kratzen des Bestecks auf dem Teller. Hannas Gesichtchen war blass und bedrückt, selbst Daniel wagte keine Scherze, und ihre Mutter bohrte mit geschürzten Lippen ihre Gabel in die Kartoffeln. Aber Sarahs Blick hing an ihrem Vater, der mit gesenktem Kopf auf seinem Teller herumpickte. Kaum hatte er aufgegessen, stand er auf und verschwand wortlos in seinem Arbeitszimmer.

Sarah schob ihren Teller nach hinten. »Ich nehme keinen Nachtisch, Mathilde.« Sie verließ das Esszimmer und ging nach oben, ohne sich um das entrüstete Schnauben ihrer Mutter oder die überraschten Gesichter ihrer Geschwister zu kümmern.

Die Fahrt nach Luzern war schrecklich gewesen: der starre Blick ihres Vaters aus dem Fenster hatte ihr jeden Mut genommen, das Schweigen zu brechen, und schließlich hatte sie ein Buch hervorgeholt und so getan, als würde sie lesen.

Die Luft in der Kutsche war feucht und stickig gewesen, und sie hatte das Ende der Reise ersehnt wie einen Schluck kühlen Wassers.

Zögernd hängte sie ihre Kleider in den Schrank, stellte das Bild von Hannes auf den Nachttisch, die Bücher in die leeren Stellen im Regal. Fehlte noch das Seitenfach des Koffers. Sie schob die Hand hinein, ertastete ein paar saubere Taschentücher, die sie immer hier verstaute, und wollte die Hand schon herausziehen, als sie kühles Metall berührte. Die Uhr, die sie mit Paul gemacht hatte. Sie zog sie heraus und strich sanft darüber. An Paul konnte sie jetzt nicht denken.

Auf dem Fensterbrett stand das Schachspiel, wie sie es nach der Partie mit ihrem Vater hatte stehen lassen. Die Erinnerung an das hart erstrittene Remis und Vaters anerkennenden Blick schmerzte wie ein Messerschnitt. Warum konnte das Leben nicht sein wie eine Partie auf dem Brett?

Wenn sie es recht bedachte, war es das am Ende sogar: Gerade jetzt war sie ein weißer König, umzingelt von schwarzen Figuren, ohne Ausweg. Schachmatt.

Ihr Blick fiel auf ihr Erbteil aus dem Hause Pfyffer. Still und zierlich stand die kleine Standuhr zwischen ihren anderen Preziosen, und die goldene Sonnenkugel funkelte im Schein der Petroleumlampe. Sie zog das Gewinde auf, legte sich auf ihr Bett und schloss die Augen, während das mystische Ticken ihr Zimmer erfüllte und ihr Herz beruhigte.

Im Morgengrauen schlich Sarah die Treppe hinunter, nahm sich in der Küche ein Stück Brot und stahl sich hinaus. Sie hatte kaum geschlafen, aber im Zimmer hielt sie es nicht länger aus, und eine erneute Mahlzeit unter Vaters strengem Blick ertrug sie jetzt nicht.

Die Stadt streckte gerade erst ihre Glieder. Ein paar Fuhrwerke mit Säcken und Fässern ratterten durch die Straßen, Handwerker bummelten oder hasteten in ihre Geschäfte, und Ladenbesitzer richteten ihre Auslagen, während Luzerns Bürger noch in ihren Häusern saßen, sich am Kaffee labten und überlegten, was sie mit dem Tag anfangen sollten. Auch der Seequai war verlassen; die Bürgerfrauen mit ihren Hündchen und die unternehmungslustigen Touristen, die auf ein Dampfschiff warteten oder sich den Gletschergarten ansehen wollten, schlummerten noch in ihren weichen Betten.

Ihre Lieblingsbank vor dem Grand Hotel National war leer. Der Pilatus trug heute eine schwarzgraue Wattemütze, und die Boote auf dem Vierwaldstättersee tanzten wie schmutzigweiße Spielzeuge in einer grauen Brühe. Neben der Bank hatte sich eine winzige Margerite den Weg durch den Kies gekämpft. Sarah riss sie heraus, hielt sie vor ihr Gesicht und drehte den Stängel, bis sich die Blüte in Schlieren von Weiß und Gelb verwandelte.

Es half nichts, die unangenehmen Gedanken vor sich herzuschieben. Mit ihrem Opportunismus und ihrer Feigheit hatte sie sich das alles selbst eingebrockt.

Die religiösen Ansichten ihres Vaters mochten engstirnig sein, aber sie hätte sie respektieren können. Obwohl die Situation von Schneiders sie in eine schwierige Lage gebracht hatte, hätte sie ihm reinen Wein einschenken müssen, auch über ihren Einsatz für die Aufklärung von Emmis Tod. Stattdessen hatte sie den Weg des geringsten Widerstandes gewählt, bis alles wie ein Kartenhaus über ihr zusammengebrochen war. Und Pauline? Wäre sie sich selbst treu gewesen, hätte sie ihr Vertrauen nicht verloren. Ihre Motive mochten zum Teil ehrenhaft gewesen sein, aber ihr Verhalten war es nicht, und damit hatte sie alles, was sie hatte gewinnen wollen, zunichtegemacht.

Es war vorbei. Grenchen gehörte der Vergangenheit an, und ihre Zukunft verschwand im Nebel wie die Straße, die von Grenchens Bahnhof ins Dorf führte.

Die Glocken der Hofkirche drangen durch die morgendliche Stille. Sieben Uhr. Die ersten zwei Arbeitsstunden bei Schild waren vorbei; die Blaukittel begaben sich vielleicht für eine Raucherpause vor die Fabrik. Ob Adolf Schild gerade einen Rundgang beendete, hie und da prüfend eingriff, korrigierte und lobte?

Konnte es wirklich vorbei sein?

Die Taschenuhr blitzte vor ihrem inneren Auge auf. Durfte sie so schnell aufgeben, nachdem sie etwas gefunden hatte, bei dem sie sich so lebendig fühlte?

Aber die Tatsachen ließen sich nicht ignorieren. Sie hatte kein Geld, um eine Lehre zu beginnen, und ihr Vater hatte das Machtwort gesprochen.

Vater. Der Schmerz in seinem Blick war schlimmer als jeder Verlust über verpasste Möglichkeiten. Sie durfte ihn nicht noch mehr enttäuschen.

Der Wind über dem See hatte aufgefrischt, und die Wolken stoben über die Bucht wie eine Herde grauschwarzer Schafe. Eine wurde vom Wind verzogen, und für einen Moment sah sie Pauls Gesicht darin. War er in Mümliswil, beschäftigte sich mit seinen ungeliebten Kämmen? Und dachte er an sie?

Sie wandte sich ab und strich über die Bank. Sie musste Paul aus ihren Gedanken verbannen – jedenfalls für den Moment. Zwischen ihnen war noch nicht viel passiert; nicht einmal der Kuss war ein richtiger Kuss gewesen. Aber sie würde seine Worte und Berührungen nicht vergessen, und wenn er sich etwas aus ihr machte, würde er sich bei ihr melden. Bis dahin musste sie ihre Energie auf ihre Zukunft richten. Der Lehrerberuf war nicht ihr Traum, aber man konnte damit sein Brot verdienen. Sie würde sich Arbeit außerhalb Luzerns in einem größeren Institut suchen, wo sie wohnen konnte. Irgendetwas würde sich finden. Und vor allem musste sie reinen Tisch mit ihrem Vater machen.

Die Familie hatte schon gefrühstückt, als sie zurückkam. Sie klopfte an die Tür zur Bibliothek und schob nach Vaters »Herein« die Tür auf. Er saß wie so oft über einem dicken Buch, das aufgeschlagen auf seinem Tisch lag. Seinem langen, faltigen Gesicht war keine Gemütsregung anzusehen.

Sie holte tief Luft und verschränkte die Hände hinter dem Rücken. »Ich möchte mich entschuldigen, Vater. Was ich wegen Emmi getan habe, dazu stehe ich. Auch dass ich einen Neuanfang wollte. Aber ich habe dich hintergangen, und das war unrecht. Ich hoffe, du kannst mir vergeben.«

Vater strich mit der Hand über die vergilbten Seiten. »Dein Verhalten hat mich sehr enttäuscht. Von dir hätte ich Ehrlichkeit erwartet.«

Sie schluckte und spürte die Wärme der Scham in ihrem Gesicht.

»Aber ich verstehe dich«, fuhr er fort. »Und ich kann deinen

Schmerz über Hannes' Tod nachempfinden.« Er stand auf, ging um den Tisch herum und nahm ihre Hände in seine. »Es ist in Ordnung, Kind. Wir sind alle auf Vergebung angewiesen.«

Der dünne Eispfahl, der seit ihrem ersten Blick auf ihren Vater in Grenchen in ihrem Herzen steckte, schmolz ein winziges Stück. »Danke, Vater.«

»Was willst du jetzt tun? Ich kann mich für dich umhören.«

»Das ist nett von dir, aber ich will es selbst versuchen.«

»Sag mir, wenn ich helfen kann.«

»Das werde ich, Vater.« Das schmale, gütige Lächeln, das er ihr schenkte, ließ die Wärme in ihrem Gesicht zu ihrem Herzen wandern, verwandelte Scham in Dankbarkeit und Erleichterung.

Sie kehrte in ihr Zimmer zurück, und ein Quäntchen Energie belebte ihre Glieder. Das, was vor ihr lag, war nicht ihr Lebenstraum, und die Kraft dafür musste sie erst aufbringen. Aber der Brocken auf ihrer Seele hatte sich gelöst. Morgen würde sie mit der Suche nach einer neuen Stelle beginnen.

Samstag war in Luzern Markttag, und die Straßen waren noch voller als sonst. Sarah schob sich unwillig zwischen warmen Leibern hindurch, durch die Gerüche von frischem Fisch aus dem See, von dem Fett der Backwaren und rohem Fleisch.

Sie hätte gern auf die Strapaze verzichtet, aber die liberale Zeitung *Luzerner* gab es im Hause Siegwart nicht. Sie enthielt mehr Anzeigen als das *Vaterland* und brachte ausführliche Informationen aus Gegenden, die nicht zu den katholisch-konservativen Regionen zählten – wie Solothurn. Mit der Zeitung unter dem Arm schlenderte sie Richtung Seeufer und setzte sich auf ihre Stammbank.

Gestern war sie bei Hannes' Vater zu Besuch gewesen. Er hatte sich gefreut, sie zu sehen, und versprochen, ihr die Anzeigen aus der *Entlebucher Zeitung* zu schicken. Es war ein angenehmer Nachmittag gewesen, bis Hannes' Onkel dazugestoßen war. Der jüngere Bruder von Hannes' Vater hatte bisher wenig zustande gebracht, und dass die Bahnlinie über Sursee, die seinem Bruder unerwarteten Wohlstand eingebracht hatte, den Wert seines Landes in Wohlhusen halbiert hatte, belastete die Beziehung zwischen den Brüdern. Sie hatte sich daraufhin rasch verabschiedet. Dennoch war es wohltuend gewesen, Zeit mit einem Menschen zu verbringen, der Hannes auch geliebt hatte.

Sie überflog die Meldungen und ging dann die Anzeigen durch. Eine Stelle in Meggen, eine in Sursee – dann könnte sie die Stadt verlassen. Aber die Inserate klangen nichtssagend. Ödnis, wohin man blickte!

Am Vortag war ein Päckchen mit einem ausführlichen Brief von Rosa eingetroffen. Schneiders hatten mit der Suche nach einer neuen Lehrerin begonnen, und die Befragungen unter den Freiern des Fleurs hatten in mehr als einem Grenchner Haushalt den Frieden gestört. Lise hatte vergnügt berichtet, dass das Dienstmädchen aus dem Fleur bei Girards seine Aufwartung gemacht hatte, aber hochkant hinausgeflogen war. Das Geschwätz im Dorf über Herrn Schneider zermürbte seine Frau, und seine Stelle bei Schild stand auf wackligen Füßen. Herr Kölliker hatte Schild verlassen und bei der Schuhfabrik Bally in Schönenwerd angeheuert. Bühler junior hatte in seiner Funktion als Handelsinspektor eine Buchprüfung bei Schild angeordnet, aber Bühlers griffen auch auf anderen Fronten an: Sie planten eine Unterschriftensammlung gegen »die verderbten Christkatholiken«. Herr Schneider saß laut Rosa nach der Arbeit nur noch in der Bibliothek und fürchtete sich vor seinem eigenen Schatten.

Am Ende schrieb Rosa, dass sie auf ein Wiedersehen hoffe und Sarah den Inhalt des Päckchens genießen solle. Er bestand aus einem Säckchen, dem ein zarter Duft von Orange, Zitrone und Honig entstieg: Rosa hatte ihr Willisauer Ringli gebacken. Beim Anblick der kreisrunden, goldbraunen Guetzli mit dem charakteristischen Loch in der Mitte musste Sarah die Tränen zurückdrängen. Sie vermisste Rosa mehr, als sie ihre Mutter jemals vermisst hatte – neben Pauline war Rosa für sie der Inbegriff von Grenchen.

Von Paul schrieb Rosa nichts, und es war kein Brief von ihm eingetroffen. Und sosehr sie sich bemüht hatte, ihre Hoffnungen kleinzuhalten: Sein Schweigen schmerzte sie mehr, als sie gedacht hatte. Sie hatte sich ihm geöffnet, ihre Träume mit ihm geteilt – dem ersten Mann, der seit Hannes ihr Herz berührt hatte. Sicher hatte er mitbekommen, dass sie weg war; er musste wissen, dass es ihr nicht gut ging. War es – war sie – ihm gleichgültig?

Sie wandte sich wieder der Zeitung zu, aber das Gefühl der Leere dehnte sich aus. Wahrscheinlich hatte sie sich auch in ihm und seinen Absichten getäuscht; nach allem, was geschehen war, konnte sie ihrem Urteil nicht mehr trauen.

Sie blätterte weiter zum überregionalen Teil, als schwarze Lettern sie ansprangen.

»Landjägerkorps in Solothurn wieder in Verruf? Korporal wegen Tätlichkeit suspendiert und unter Hausarrest gestellt. Ein Blick auf eine Organisation mit schwieriger Vergangenheit.«

Sie beugte den Kopf über die Seite und begann zu lesen; erst langsam, dann schneller, bis ihr Blick mit wachsender Bestürzung über die Zeilen flog.

»Das Landjägerkorps in Solothurn hat bewegte Zeiten hinter sich. Vor zwölf Jahren wurden sechs Korpsmitglieder wegen Trunksucht und Vernachlässigung aus dem Dienst entlassen. Man gelobte Besserung, doch nun wurde ausgerechnet einer der Hoffnungsträger, die damals neu ins Korps aufgenommen wurden, suspendiert. Korporal Gideon Ringgenberg, bisher ein Landjäger mit untadeligem Leumund, soll in den Grenchner Mordermittlungen Befragungen außerhalb seiner Befugnisse durchgeführt haben. Die Familie des betroffenen Mannes aus Solothurns Oberschicht hat Beschwerde eingereicht. Des Weiteren habe Ringgenberg während Ermittlungen im Bordell La Fleur Jaune Mobiliar zerstört und die Bordellmutter bedroht. Es wurde zudem ruchbar, dass sein Vater, der legendäre Wachtmeister Ludwig Ringgenberg, mit der Bordellmutter eine illegitime Tochter hat. Ob Ringgenberg ins Korps zurückkehren kann, ist offen. Unsere Quelle berichtet, dass schon die kürzlich erfolgte Ernennung Ringgenbergs zum Korporal aufgrund seiner Konfession zu Unmutsbekundungen geführt hatte. Korpschef Leutnant Wittmer wollte dies nicht kommentieren, aber es ist nicht ausgeschlossen, dass die Karriere des bisher untadeligen Korporals seinem Temperament und der aufgeheizten Kulturkampfstimmung zum Opfer fällt.«

Mit einem Hupen glitt das Kursschiff »Victoria« majestätisch Richtung Seehafen. Sein Bug legte das Wasser in Wellen in der Farbe von dunklem Schiefer – der Farbe der ernsten Augen des Korporals.

Mitgefühl, so dunkel und heftig wie die Bugwelle, schoss durch Sarahs Herz. Sie und Ringgenberg hatten wahrlich einen schwierigen Anfang gehabt, aber der Korporal war ein integrer Mensch mit hohen Ansprüchen an sich und andere, ein Mensch, der leidenschaftlich Wahrheit und Gerechtigkeit suchte. Dass er in der Hitze des Gefechts seine Befugnisse überschritten hatte, war ihm zuzutrauen. Hoffentlich kam für ihn alles wieder ins Lot.

Als sie ins Stadthaus zurückkehrte, fand sie ihren Vater in die Lektüre seines Leib- und Magenblattes vertieft. Sein Stirnrunzeln sagte ihr, dass da nichts Gutes stand. Ob das *Vaterland* über Grenchen berichtet hatte?

»Schlechte Neuigkeiten?«

»Die Religionsartikel. Wenn das so umgesetzt wird, wie der Bundesrat es will, werden die katholischen Kirchengemeinden unterdrückt und beraubt. Ein Skandal!«

Die Revision der Bundesverfassung. Sarah seufzte innerlich. »Vielleicht wird es nicht so schlimm.«

»An diesem ›Solothurnertag‹ wurden noch schlimmere Anträge gestellt. Sie wollen die völlige Loslösung von Rom.« Er seufzte. »Ich halte es mit dem, was Segesser vor Jahrzehnten gesagt hat: ›Luzern ist meine Heimat, und der Bund interessiert mich so wenig wie die kleine Tartarei.‹ Laut Segesser geht sogar das Gerücht, dass die Radikalen am eidgenössischen Sängerfest einen Putsch versuchen, aber das sind Räubergeschichten;

er sagt das Gleiche. Es spielt keine Rolle. Wie es mal war, wird es nie mehr sein.«

Immer dieses Nachtrauern alter Zeiten! Aber sie wollte Vater nicht schon wieder gegen sich aufbringen. Sie wandte sich nach oben.

»Warte! Dein Schwieger… der Vater von Hannes ist vorbeigekommen.« Er reichte ihr einen Umschlag. Sarah öffnete ihn und entnahm ihm ein paar Zeitungsausschnitte und ein kleines Kärtchen. Hannes' Vater hatte Wort gehalten und ihr die Anzeigen aus dem *Entlebucher* geschickt. Die meisten Stellen befanden sich an kleineren Schulen, aber eine, ein Mädchengymnasium in Ebikon, hatte er mit einem X markiert.

»Liebe Sarah, hier die paar Anzeigen, die letztens im Entlebucher standen. Eine habe ich für dich markiert. Ich halte sie für vielversprechend, und da ich die Institutsleiterin kenne, könnte ich ein gutes Wort für dich einlegen. Ich bin mir sicher, dass du Chancen hättest. Es würde mich freuen, wenn ich dir helfen dürfte! Gottes Segen, Albert Pfyffer.«

Ebikon. Warum nicht? Es war so gut wie alles andere, eine Stelle, die sie aus Luzern wegführte, weg von den ewiggleichen Klageliedern, der Enge und den Erinnerungen an ihr Versagen in Grenchen. Sarah stieg die Treppe hoch in ihr Zimmer, setzte sich an ihren Schreibtisch und holte ihre Feder aus der Schublade, tauchte sie in ihr Fässchen und setzte sie auf einen Bogen Papier.

38

So konnte es nicht weitergehen.

Gideon öffnete die Fensterläden, und das Sonnenlicht bohrte sich wie heiße Nadeln in seine Augen. Er trat in die Küche und rümpfte die Nase. Teller mit verkrusteten Kartoffelresten, leere Flaschen – er musste dringend Ordnung schaffen. Er öffnete das Fenster und blickte über die Stadt. Seine Stadt. Aber war sie das noch?

Seit Tagen saß er allein in seinen vier Wänden. Viktor hatte hartnäckig jeden Mittag und Abend geklingelt, aber er hatte niemanden sehen wollen.

Sein Leben lang hatte er gehört, dass er sein Schicksal selbst bestimmte. Seine Familie hatte keine Meriten angesammelt; ihr Stammbaum verlor sich in Bauernhöfen rund um den Thunersee. Sein Vater war der Erste, der sich einen Namen gemacht hatte, und seine Mutter hatte es verstanden, Gideon seine Verantwortung einzubrennen: Er war derjenige, der das Erbe weiterführen musste. Aber damit war es vorbei. Seine glorreiche Laufbahn war in einer Sackgasse geendet.

Die Leere in seinem Inneren verdichtete sich zu einem

heißen Klumpen. Wie hatte Vater sich zu so etwas hinreißen lassen können? Er, der genau wusste, was gut und richtig war, und dessen Aufgabe es war, für dieses Gute und Richtige zu kämpfen. Und Mutter. Er würde nie verstehen, warum sie ihm die Wahrheit verschwiegen hatte. Das konnte er ihr nicht verzeihen.

Es klopfte. »Gideon?«

Viktor – der Mann gab nicht auf. Widerwillig öffnete er, und Viktor trat ein. »Gott sei Dank. Ich dachte schon, du willst dich ewig verkriechen.«

Gideon lächelte. Es tat trotz allem gut, seinen Freund zu sehen. »Setz dich.«

»Ich habe eine bessere Idee: Du kommst zu uns und isst etwas Richtiges. Es ist Sonntag.«

»Ich sehe nicht präsentabel aus.«

»Wir gehen ja nicht ins Theater.«

Nach zehn Minuten hatten sie Viktors Stadthaus erreicht. In der geräumigen Eingangshalle kam Judith ihnen entgegen. »Es ist schön, dich zu sehen.«

Sie war blass und wirkte mitgenommen, aber ihre braunen Augen leuchteten sanft und mitfühlend, und der Knoten in Gideons Magen lockerte sich. Er folgte den beiden ins Esszimmer. Judiths Terrine schmeckte fabelhaft, und erst jetzt merkte er, wie hungrig er gewesen war.

Nach dem Essen folgte er Viktor in den Garten und setzte sich auf eine schmiedeeiserne Bank, während emsige Bienen die Rosenstöcke an der Hausmauer umsummten. Viktor zündete sich eine Zigarette an. »Geht es dir besser?«

»Mehr oder weniger.«

»Warst du bei deiner Mutter?«

»Warum sollte ich? Sie hat sicher aus der Zeitung von meiner Suspendierung erfahren. Außerdem ist sie mitschuldig. Wenn sie Vater nicht gedeckt hätte …«

»Dein Vater hat kein Verbrechen begangen.«

»Er hat meine Karriere ruiniert. Ich kann mich im Korps nie mehr blicken lassen.«

»Jeder versteht, dass du die Beherrschung verloren hast.«

»Er hat unsere Familie in den Dreck gezogen.«

»Du bist immer noch derselbe. Du musst das Ganze hinter dir lassen und mit deiner Mutter sprechen.«

Er strich sich über die kratzigen Wangen. »Ich kann nicht.«

Viktor stand auf, schlenderte an den Rosen vorbei zu einem Himbeerstrauch, pflückte eine Handvoll Beeren und kam zurück. Gideon nahm eine. Sie war süß und saftig.

»Gut, nicht?« Viktor zog an seiner Zigarette. »Sie reifen früher als andere Sorten, und der Strauch ist sehr ergiebig. Aber wir haben auch Stauden, die nur Dornen tragen. Am Anfang hat der Gärtner sie abgeschnitten, aber sie kamen immer wieder. Wenn man sie nicht mit Stumpf und Stiel entfernt, gräbt sich die Wurzel immer tiefer ein.« Seine braunen Augen blickten ernst. »Wenn du deinen Eltern nicht vergibst, wird sich die Bitterkeit in dir festfressen.«

»Du hörst dich an wie Mutters Lieblingspfarrer.«

»Muss ein gescheiter Mann sein! Ich meine es ernst.«

»Das weiß ich doch. Ich tue, was ich kann.«

Viktor war mit dieser Antwort offensichtlich nicht zufrieden, aber er nickte, und zusammen kehrten sie ins Haus zurück. An der Haustür reichte Viktor ihm die Hand.

»Pass auf dich auf.«

»Moment! Habt ihr neue Spuren?«

»Ich weiß nicht, ob wir darüber sprechen sollten.«

»Ich bitte dich.«

»Na gut. Es wird dir nicht gefallen. Kantonslehrer Meichtry hat inzwischen zugegeben, dass er am 15. Juni nicht zu Hause, sondern im Fleur war.«

»Ach was! Stand das in den Büchelchen?«

»Nein, aber eine der Dirnen hat den Besuch bestätigt. Er habe darum gebeten, dass auch sein Deckname nicht verwendet wird, es stand ein ganz anderer darin.«

»Und wenn die Dirne lügt?«

»Das wäre möglich, aber was hat sie davon?«

»Meichtry hat Geld.«

»Warum sollte er so eine peinliche Geschichte erfinden? Denk an die Enterbungsklausel.«

»Ich glaube ihm kein Wort!«

»Wittmer schon. Er setzt jetzt auf die anderen Freier im Fleur und hat dafür alle verfügbaren Leute angesetzt.«

»Das ist Zeitverschwendung! Wittmer hat die Hosen voll, weil ihm der Regierungsrat im Nacken sitzt.«

Einen Moment herrschte Stille.

»Und was ist mit mir? Wann kann ich wieder arbeiten?«

»Wittmer schweigt sich aus.« Viktor fixierte ihn. »Du musst dich jetzt um dich selbst kümmern. Ich sorge dafür, dass wir im Fall nichts übersehen, und Wittmer wird nichts übers Bein brechen. Das Korps braucht dich. Nimm dir Zeit, um alles zu verdauen.«

Gideon nickte und machte sich auf den Heimweg. Viktor

hatte recht: Er musste sich heraushalten, wenn er im Korps noch eine Zukunft haben wollte. Aber Seelenarbeit? Darin war er noch nie gut gewesen. Am besten räumte er erst einmal seinen Saustall auf; vielleicht konnte er dann klarer denken.

39

»Du hast ja sonst nichts zu tun.«

Seufzend nahm Sarah die Schatulle entgegen.

»Was stimmt damit nicht?«

Eine von Mutters plötzlichen Ideen! Heute Morgen hatte sie beschlossen, sich mit ihrem Mann beim Sängerfest unters Volk zu mischen, und wollte dafür ihre schönste Brosche tragen, die offenbar einen Makel hatte.

»Der Verschluss wackelt, und siehst du die Blüte am Rand? Der Stein sitzt nicht richtig und ist nicht so gut geschliffen wie die anderen.«

»Das siehst auch nur du.«

Mutter hatte das Auge eines Handwerkers, aber das hörte sie nicht gern. Immerhin verschaffte ihr der Auftrag etwas Ablenkung. Seit zwei Tagen trug sie ihre Bewerbung für Ebikon in der Tasche, und der Brief wog schwer wie ein Mühlstein. Sie zog sich um und machte sich auf zu Breitschmid.

Das Luzerner Uhrmachergeschäft in der Pfistergasse, das 1854 eröffnet worden war, hatte sich in kurzer Zeit einen hervorragenden Ruf erarbeitet, und in der Hochsaison drängten sich die Touristinnen in dem kleinen Laden. Dieser Junitag war keine Ausnahme: Schwarzäugige Italienerinnen, elegante Französinnen und zierliche Japanerinnen uhten und ahten und drängten sich um die Vitrinen. Die Asiatinnen mit ihren glatten, schwarzen Haaren waren heute in der Überzahl. In der Zeitung hatte gestanden, dass fünf japanische Botschafter zu einer Sondermission in der Schweiz weilten und der Bundespräsident heute mit ihnen die Eröffnung der Bahnstrecke Staffelhöhe – Rigikulm beging.

An der Theke herrschte zum Glück kein Großandrang. Bisher verkaufte Breitschmid selbst keinen Schmuck, aber er machte hie und da kleinere Reparaturen. Ein junger Mann eilte herbei, und nachdem sie ihm Mutters Wünsche geschildert hatte, nickte er. »Ich frage Herrn Breitschmid, bis wann es gemacht werden kann.« Er verschwand in den hinteren Räumen. Das Gewusel und der Lärm verstärkten sich von Minute zu Minute, und die Touristinnen drängten sich immer enger um die Vitrinen mit den prachtvollen, exquisiten Taschenuhren, bestückt mit Brillanten und Rubinen, auf dunkelgrünem Samt, und sie schnatterten in den Sprachen aller Herren Länder. Aber Sarahs Blick wurde von etwas anderem angezogen. In einer kleineren Vitrine, von den Damen gänzlich unbeachtet, lagen die schlichteren Uhren, und ganz hinten in der Ecke eine Taschenuhr mit perlmutternem Zifferblatt – genau wie die, die sie mit Paul gemacht hatte.

»Gefallen Ihnen unsere Uhren?« Der junge Mann war zurückgekehrt und lächelte freundlich.

»Ja. Sagen Sie, ist das eine Grenchner Uhr? Eine Schild?«

»Sie kennen sich aus?«

»Ich habe in Grenchen gearbeitet und eine gesehen. Sogar eine mitgebaut.« Das hatte sie gar nicht sagen wollen, sicher klang es lächerlich.

Der junge Mann schien das nicht zu finden. »Wir reparieren sie selbst; ich hab' gerade eine auf meinem Tisch. Der Kunde wollte sie nur ausputzen lassen, aber darauf lassen wir uns nicht ein, wenn es ein fremdes Stück ist. Ich war grad dabei, sie wieder zusammenzusetzen. Möchten Sie es sehen?«

»Gern!« Lieber Himmel – sie hörte sich an wie ein Schulkind, dem man ein Bonbon in einem Glitzerpapier angeboten hatte. Trotzdem folgte sie ihm neugierig nach hinten. Der leichte Ölgeruch, der ihr von seinem Arbeitstisch entgegenkam, verursachte einen Kloß in ihrem Hals. Sie atmete tief durch und richtete ihre Aufmerksamkeit auf den jungen Mann.

»Ich musste das Federhaus flachrichten«, erklärte er ihr. »Es ist ein robustes Teil, aber es gilt auch als ›Magen der Uhr‹. Und wenn's im Magen nicht stimmt, geht es dem Rest auch nicht gut!« Er setzte sich die Lupe aufs Auge und wandte sich der Taschenuhr zu, die schon halb zusammengesetzt war. Geschickt setzte er die filigranen Teile wieder ein, drehte alles fest und gab der Uhr, wie Paul damals, einen kleinen Schlag. Schon drehten sich die Räder wieder, und die Unruh flirrte und funkelte im Sonnenlicht.

Der Kloß in Sarahs Hals war größer geworden, während der junge Mann seine Arbeit machte. Abrupt wandte sie sich ab. »Ich muss gehen.«

»Fräulein, warten Sie! Ist Donnerstag in Ordnung?«

Sie nickte und verließ das Geschäft im Laufschritt Richtung Reuss.

Der Fluss glitzerte träge in der Sonne, und die Kieselsteine der Uferpromenade spritzten unter ihren Schuhen hervor, während Sarah an Touristen und Spaziergängern vorbeirannte. Als ihr Atem sich nur noch als dünnes Pfeifen aus ihrem Hals herausquetschte, blieb sie stehen. Sie wartete, bis sich das Hämmern in ihrer Brust verlangsamt hatte, und setzte sich auf eine Bank.

Auf der anderen Seite der Bucht thronte der Pilatus; heute ohne Wolkendecke. Eine Möwe segelte über die Bucht, und einen Moment lang wirkte der schmutzig-weiße, plumpe Vogel fast majestätisch, wie er mit ausgebreiteten Flügeln den Himmel durchschnitt. Dann schrie er – ein klagender Möwenschrei, trotzdem voller Schönheit und Freiheit, der Schrei eines Wesens, das seine Bestimmung erfüllte und in ihr aufblühte.

Was hatte Rosas Fred gesagt? Wenn man tat, wozu man bestimmt war, fühlte es sich an, als würde man fliegen. Sie hatte sich nur einmal in ihrem Leben so gefühlt, und eben hatte sie diesen Moment neu durchlebt.

Die Möwe schrie ein weiteres Mal, und in ihren Schrei mischte sich das mystische Ticken der Pfyfferschen Standuhr in ihrem Zimmer. Sie sah Sonne und Mond, wie sie die Erde umkreisten; so weit weg und doch Taktgeber des Lebens auf der Erde. Der Blick auf die Gestirne, auf die gewaltige Schöpfung, war es gewesen, der, vermengt mit dem überirdischen Ticken der Uhr, ihr Herz ein Stück weit hatte annehmen lassen, was sie an jenem Spruch aus der Predigt so geschmerzt hatte: dass die Zeit ein Mysterium, dass das Leben vergänglich war und dass man Unabänderliches akzeptieren musste. Jede Uhr war mehr als ein mechanisches Objekt, das man zum Laufen brachte; sie war ein Sinnbild für die Linearität des menschlichen Lebens auf Erden, dieses kurzen Augenblicks in der Ewigkeit. Und jede Uhr, auch die kleinste und einfachste, war ein Versuch des Menschen, das Mysterium der Zeit und seine eigene Rolle darin zu erfassen, den Plan, den Gott oder das Schicksal für ihn bestimmt hatte.

Sie legte die Hände auf ihre Oberarme und presste die Daumen in das weiche Fleisch. Vermessene Gedanken. Sie war nur ein Staubkorn im Universum, ein Wurm auf der Weltenkugel. Warum sollte ihr Schicksal oder welchen Beruf sie ergriff eine Rolle spielen? Außerdem hatte sie kein Geld und in Grenchen niemanden außer Rosa, die ihr auch nicht würde helfen können. Und ihr Vater würde sie niemals gehen lassen.

Plötzlich hörte sie Vaters Stimme in ihrem Kopf. Sie zitierte einen Psalm; Worte, die sie schon oft gehört hatte, meistens mit halbem Ohr und dem Versuch, dabei andächtig auszusehen.

»Denn du hast mein Inneres geschaffen, mich gewoben im Schoß meiner Mutter. Ich danke dir, dass du mich so wunderbar gestaltet hast. Ich weiß: Staunenswert sind deine Werke. Als ich geformt wurde im Dunkeln, kunstvoll gewirkt in den Tiefen der Erde, waren meine Glieder dir nicht verborgen. Deine Augen sahen, wie ich entstand, in deinem Buch war schon alles verzeichnet; meine Tage waren schon gebildet, als noch keiner von ihnen da war.«

Die alten Worte schienen eine Spur in ihr Herz zu brennen, und eine Stimme flüsterte, dass ihr Leben ihr gehörte, dass es kostbar und einzigartig war. Fremde und wilde Worte, die aus dem Buch eines Gottes stammten, an dem sie zweifelte. Und doch fühlten sie sich echt und wahr an.

Grenchen erstand vor ihrem inneren Auge, mit seinen rauchenden Schornsteinen und den blauen Kolonnen, der grünen Kirchturmspitze, dem glitzernden Band der Aare, die sich durch die »Witi« schlängelte, wie die Grenchner die Ebene nannten. Den schneebedeckten Alpen, die sich scharf und zackig am Horizont erhoben. Sie sah die Menschen, die sie zurückgelassen hatte, zu denen sie sich unmerklich immer mehr zugehörig gefühlt hatte: ein Menschenschlag mit Witz und Verstand, in dem Tatkraft und Lebensfreude pulsierten. Sie mochten Dörfler sein, aber sie interessierten sich nicht nur für die eigene Scholle. Sie sahen die Zukunft als Hort der Möglichkeiten, die man selbst gestalten konnte, und sie standen für Menschen ein, denen niemand helfen wollte. Es kam ihr vor, als fürchteten sie nichts und niemanden. Sie hatte diese stolzen und rebellischen, festfreudigen und tatkräftigen Menschen ins Herz geschlossen, und hier und heute wusste sie, dass sie eine von ihnen war.

Die anderthalb Jahre seit Hannes' Tod glitten wie ein langer Traum an ihr vorbei, ein Kokon, in dem sie gefangen und der in Grenchen aufgebrochen war. Zwischen den Rissen der trockenen Hülle war etwas aufgeblitzt, das in ihr geschlummert hatte, und während sich der Kokon geöffnet hatte, hatte er immer mehr davon freigelegt. Jetzt war dieses trockene Gefängnis verschwunden. In ihrem Kopf erhob sich ein Wind und steigerte sich zu einer Sturmböe, die durch jede Ecke ihres Hirns brauste und alles Stickige herausdrängte, bis nur noch süße Frische übrig war und eine unbändige Freude wie ein Feuer – ein Feuer, das so hell loderte, dass auch der Gedanke an ihren Vater es nicht zu dämpfen vermochte.

Ihr Leben. Es gehörte *ihr*.

Sie durfte sich ihren Traum nicht zerstören lassen – sie musste darum kämpfen. Sie würde nach Grenchen zurückkehren und versuchen, die Wahrheit über die Mordfälle herauszufinden. Wie sie das anstellen wollte, wusste sie noch nicht, aber glücklicherweise lebte im Schoß der Siegwarts ein Individuum, das für waghalsige Unterfangen berühmt war.

»Das ist verrückt. Wie stellst du dir das vor? Vater wird es niemals erlauben.«

Daniel, der sich eben noch entspannt auf ihrem Bett gefläzt hatte, setzte sich auf. In seiner Stimme schwang ungläubiges Staunen mit, aber auch ein Respekt, der ihr Auftrieb gab.

»Das hat dich doch nie interessiert.«

»Aber dich! Was ist in dich gefahren?«

»Ich möchte nach Grenchen, die Uhrmacherei lernen. Aber dafür brauche ich die Hilfe von Herrn Schneider. Solange die Morde nicht aufgeklärt sind, steht er im Dorf unter Generalverdacht. Außerdem wurde der Korporal suspendiert, der den Fall untersucht hat. Ich möchte auch ihm helfen.«

Er blies sich die blonden Strähnen aus der Stirn. »Du hast nur den Weltfrieden vergessen! Du weißt doch, was Vater von solchen Berufen hält.«

Er starrte sie an, als hätte er sie noch nie gesehen, und irgendwie stimmte das sogar. Heute war die Rebellin aus ihrer Kindheit auferstanden, das dünne Mädchen mit dem Wust dunkler Haare, das auf eine Gruppe älterer Jungen eingeschrien hatte, die junge Frau, die im Siegwartschen Esszimmer fast eine Karaffe pulverisiert hatte. Und das war gut so, denn sie würde sie brauchen.

»Ich muss herausfinden, wer Emmi, Franz und die Dirne getötet hat. Was schlägst du vor?«

Er verschränkte die Arme hinter dem Kopf und studierte die Decke. »Na gut. Nach allem, was du erzählt hast, müssen die Antworten bei diesem Stettler im Bordell liegen. Dort musst du ansetzen.«

»Ich?«

Er grinste. »Wer sonst?«

»Ich kann doch nicht in ein Bordell! Wie soll ich da hineinkommen? Etwa als Dirne?«

»Gott bewahre! Das Bordell hat doch sicher auch andere Angestellte.«

»Rosa hat mir geschrieben, dass das Dienstmädchen des Fleur bei Girards unterkommen wollte. Vielleicht braucht das Bordell ein neues. Ich kenne eine der Dirnen und könnte sie um Hilfe bitten.«

Sie spürte förmlich, wie sie bei Daniel an Ansehen gewann. »Na also! Ich beschaffe dir eine Dienstmädchenuniform und borge dir Geld, und du schreibst dieser Dirne.«

»Und ich sollte mir Bilder von wichtigen Grenchnern besorgen.«

»Vielleicht helfen dir deine Schneiders?«

Sie schüttelte den Kopf. Das Ehepaar Schneider hatte genug durchgemacht. »Ich will sie nicht damit behelligen. Aber ich könnte Rosa schreiben – der Köchin. Sie hilft mir sicher.«

»Sehr gut. Dann müssen wir dich nur noch unauffällig in den Zug schaffen, und ich denke mir eine Geschichte für Mutter und Vater aus.«

Vater.

Ein leises Unbehagen kroch in Sarah hoch. Sie würde ihren Vater wieder hintergehen, und gegen das, was sie dieses Mal vorhatte, war alles Vorherige ein Klacks. Und ihre Mutter? Sie würde vor Scham im Boden versinken.

»Was ist? Kriegst du das Flattern?«

»Irgendwie schon.«

»Jetzt heißt es Augen zu und durch!«

»Du scheinst dich richtig darauf zu freuen, aber du musst ja auch nicht hin! Und wenn das herauskommt? Was werden die Leute denken?«

»Schwesterherz.« Er senkte den Kopf, als wolle er zur Sonntagspredigt ansetzen. »Nimm diese Perle der Weisheit von mir an: Was die Leute sagen, ist gänzlich unwichtig.«

»Für dich vielleicht.«

»Für dich auch.« Er erhob sich. »Mach dich an die Briefe.«

Er ging hinaus und schloss die Tür hinter sich, und Sarah setzte sich zögernd an ihren Sekretär. Durch das halb geöffnete Fenster drangen Vogelgezwitscher, der Geruch heißer Ziegel und der nahen Reuss herein. Die Sonne spiegelte sich im dunklen Schreibtischholz und erzeugte einen verzerrten Schatten – einen Mann mit gezackter Krone. Der schwarze König auf dem Fenstersims. Sie wandte sich ihrem Schachspiel zu, griff nach der weißen Königin, wog sie zögernd in der Hand und stellte sie so auf das Schachfeld, dass sie den schwarzen König bedrohte.

Sie musste sich an die Briefe machen. Aber erst brauchte sie ein Zwiegespräch mit dem einen Menschen, der sie im Innersten verstanden hatte.

Nach einem kurzen Fußmarsch erreichte sie die Kapuzinergasse und bog Richtung Probsteimatte ab. Langsam glitten die Ziegelquader der Friedhofsmauer vorbei, bis sie vom eisernen Tor unterbrochen wurden, hinter dessen Stangen die Grabsteine und ihr bunter Blumenschmuck leuchteten. Sarah stieß das Tor auf und spazierte über den Kiesweg in Richtung der neueren Gräber.

Die Blüten des Rittersporns auf Hannes' Grab hatten sich geöffnet und leuchteten in königlichem Blau, und die Wildblumen, die sie gestern vorbeigebracht hatte, spiegelten sich als bunte Farbtupfer auf dem Marmor. Sie strich über die Gravur. Der Stein war kalt.

All die duftenden, strahlenden Blumen konnten nicht darüber hinwegtäuschen, dass sie wie Zuckerguss auf einem bitteren Kuchen lagen: kühle Erde und ein Kasten mit den Überresten eines Menschen, der geliebt, gelacht und geträumt hatte und jetzt in aller Stille und sicher würdevoll zu Staub zerfiel.

Was war nach anderthalb Jahren übrig? Knochen, Haut, Haare, Nägel? Getrocknetes Blut, wo Hannes' Schädel zerborsten war?

Bienen summten über dem Grab, suchten sich die schönsten Blüten und holten sich, was sie brauchten, um anderswo Leben zu bringen. Aber unter diesem Beet herrschten nur Würmer, Käfer und der Tod.

Sarah strich über eine samtene blaue Blüte. Hannes war fort; was hier lag, war nicht er. Wenn Vaters Glaube etwas taugte, lebte er weiter, irgendwo bei Gott. Aber für diese Welt war er tot.

Nicht nur er. Auch Emmi, Franz Stettler und der Dirne war das Leben geraubt worden. Wie auch immer ihre Lebensentwürfe ausgesehen hatten: Der Psalm, den sie in ihrem Kopf gehört hatte, galt auch ihnen, und niemand hatte das Recht gehabt, ihr Leben zu beenden.

Sie erhob sich, und etwas in ihrer Tasche knisterte. Der Brief für Ebikon. Sie holte ihn hervor, riss ihn in lange Streifen, dann in kleine Fetzchen, und ließ sie auf das Grab rieseln. Wie schwarz gesprenkelter Schnee flatterten sie in der leichten Brise, schaukelten und ließen sich sanft zwischen den blauen und lila Blüten und auf der warmen, braunen Erde nieder.

Sie würde zurückkehren, aber nicht nur für sich selbst. Sie musste versuchen, auch Emmi, Stettler und der Dirne Gerechtigkeit zu verschaffen.

40

Sankt Ursen läutete den Mittag ein, und Hufgeklapper drang gedämpft durchs Fenster in seine Stube. Gideon strich über die ramponierte Sessellehne und starrte an die Tapete.

Es war zwei Tage her, seit er bei Viktor gewesen war, aber Viktors Ermahnungen hallten immer noch nach: stillhalten, unauffällig bleiben. Seiner Mutter schreiben. Dummerweise ging ihm das alles gegen den Strich.

In den beiden Tagen hatte er sich eifrig mit dem Fall beschäftigt. Es musste möglich sein, in der Ruhe seiner Wohnung auf die Lösung zu kommen! Dann hatten die Gedanken an seine Mutter, an seinen Vater, sogar an Madame George in seinem Kopf immer mehr Raum eingenommen. Immer wieder hatte er den Blick seiner Mutter bei ihrem Abschied vor Augen gehabt, Vaters Bild an der Wand, die Szene mit Madame George. Was war in ihn gefahren? Viel hatte nicht gefehlt, und er hätte sie tätlich angegriffen.

Wenn er ehrlich war, hatte er sich einen Teil des tiefen Lochs, in dem er sich jetzt befand, eigenhändig gegraben. Seine Mutter hatte ihm eine grobe Skizze des Bildes gemalt, das er von seinem Vater haben sollte, aber er hatte es bereitwillig ausgeschmückt. Seine gehobene Stellung hatte Gideon, den Vaterlosen, zu etwas Besonderem gemacht, zu mehr als nur einem Jungen aus Berner Landen, der mit einer verwitweten Mutter mehr schlecht als recht über die Runden kam. Er hatte daran glauben wollen, weil es ihm das Gefühl gegeben hatte, kein Niemand zu sein.

Vielleicht hatte das, was sein Vater getan hatte, nichts mit ihm zu tun, aber es fiel ihm schwer zu vergeben. Ein Teil von ihm konnte seine Mutter verstehen, aber ihr schreiben konnte er nicht. Noch nicht.

Dann Madame George und Helena Dolder. Seine Schwester, die Tochter seines Vaters.

Halbschwester. Tochter einer Bordellmadame und eines Hurenbocks.

Er stand auf und ließ die Finger über die Lederrücken in seinem Bücherregal gleiten. War das wichtig? Und wer war er, über seinen Vater zu urteilen? Genauso wenig konnte er Madame George zur Last legen, dass sein Vater sich ihr zugewandt hatte. Er hasste ihr Gewerbe, aber sie trug an allem nicht mehr Schuld als sein Vater. Und ob es ihm gefiel oder nicht: Er hatte sich falsch verhalten. Sie hatte ihn provoziert, aber er hatte ihr Eigentum beschädigt und sie fast angegriffen.

Der Gedanke an seine Eltern schmerzte noch zu sehr, aber mit Madame George konnte er reinen Tisch machen.

41

Der Himmel über Luzerns Bahnhof war grau, die Bank im Zweite-Klasse-Abteil hart. Die Dienstmädchenuniform, die sie sich in der Toilette am Bahnhof hastig übergestreift hatte, zwickte unter Sarahs Armen, und gut gekleidete Passagiere, die ihr Abteil durchquerten, würdigten sie keines Blickes. Endlich setzte sich der Zug in Bewegung. Sie lehnte sich an das harte Rückenpolster und verschränkte die Hände.

Ihre Eltern hatten sie zu Hause nichts ahnend verabschiedet und ihr einen schönen Ausflug gewünscht; ihr Vater hatte sogar seine Geldbörse gezückt und ihr ein Zehnfrankenstück in die Hand gedrückt, damit sie sich »eine Freude machte«. Sie durfte nicht daran denken, wie sie reagieren würden, wenn sie von ihrem falschen Spiel wüssten.

Am Vortag waren zwei Briefe angekommen, und beide hatten gute Nachrichten enthalten. In Maries Antwort stand, die Buchhalterin des Bordells habe ihr beim Lesen geholfen und den Brief verfasst. Tatsächlich hatte die Bordellmadame noch kein neues Dienstmädchen gefunden, und Marie hatte vorgeschlagen, Sarah solle unter dem Namen Anna Rechsteiner auftreten. Sie hatte der Bordellmutter erzählt, dass sie einander aus früheren Diensten kannten, und offenbar war die Lage so brenzlig, dass die Madame eingewilligt hatte. Rosa hatte versprochen, sich um Bilder zu kümmern, und ihr vorgeschlagen, sich mit ihr hinter dem Bahnhof zu treffen.

Gestern Abend hatte sie Hanna erzählt, dass sie weg sein würde, natürlich ohne das Bordell zu erwähnen. Hannas sanftes Gesicht hatte sich verdunkelt, aber sie hatte versprochen, nichts zu verraten. Dafür hatte sie in feierlichem Ton angekündigt, sie werde in der Hofkirche eine Kerze anzünden und zur Mutter Gottes beten, »damit sie über dir wacht«. Bei der Vorstellung der Mutter Gottes, die über einem Bordell schwebte, hätte Sarah fast gelacht. Andererseits hatte Maria die Courage gehabt, den Erlöser in einem schmutzigen Stall zu gebären, und sie brauchte ohnehin jede Hilfe, die sie kriegen konnte.

Das ältliche Weib ihr gegenüber schnarchte in gleichmäßigen Stößen, die zum Ruckeln des Zugs passten. Schon tauchten die ersten Gehöfte Grenchens auf. Die Zeit war in der Tat ein Mysterium: Die Fahrt mit Vater nach Luzern war so quälend langsam verstrichen, als hätte man ihr einen Dorn mit Widerhaken aus dem Fleisch gezogen, während ihr Grenchen heute im Eiltempo entgegenraste.

Zehn Minuten später war sie bereits angekommen. Sie ging auf die Rückseite des Hundehüttenbahnhofs, die so verlassen war wie bei ihrer ersten Ankunft. Dort setzte sie sich auf einen großen Stein und hielt Ausschau nach Rosas üppiger Gestalt.

Eine Viertelstunde verstrich, dann eine halbe. Ob Rosa aufgehalten worden war? Die Zeit wurde knapp: Der Zug, den sie im Bordell angegeben hatte, würde in einer halben Stunde ankommen und sie würde abgeholt werden. Sie warf einen Blick auf ihre Taschenuhr, als sie eilige Schritte hörte. Endlich! Sie wandte sich um und blickte direkt in die hellen Augen von Paul.

Sie schoss hoch. Was machte er hier? Was fiel ihm ein, sie so zu überfallen, nachdem er die ganze letzte Woche nichts von sich hatte hören lassen? Aber er sollte nicht sehen, dass er ihr wehgetan hatte.

Sie hob das Kinn. »Wo ist Rosa?«

»Ich habe ihr den Gang abgenommen.«

»Wie gütig von dir.«

Sein Gesicht hatte sich gerötet. »Ich wollte dich sehen.«

»Tatsächlich? Warum denn? Du hast nicht ein einziges Mal etwas von dir hören lassen.« Sie biss sich auf die Lippen.

»Es tut mir leid«, sagte er leise. Sein Blick lag forschend auf ihr. »Ich wusste nicht, was ich schreiben sollte. Ich bin nicht gut mit Worten und …«

»Ach ja? Wie schwierig wäre es gewesen, mich zu fragen, wie es mir geht?«

Er zuckte zurück, als hätte sie ihn geschlagen, und der Schmerz in seinem Gesicht traf sie gegen ihren Willen.

»Vergessen wir das jetzt«, sagte sie kurz. »Ich muss bald zum Bahnhof zurück.« Sie setzte sich wieder auf den Findling. »Wie geht es deinem Vater?«

Er warf ihr einen scheuen Blick zu. »Nicht besonders. Er steht unter Druck wegen der Buchprüfung durch das Handelsinspektorat. Er hat erzählt, dass Urs Schild einen großen Ankäufer am Haken hat, und wenn er ihn verliert, sieht es böse aus. Herr Kölliker stänkert jetzt aus Schönenwerd, und Bühlers sind immer noch auf Kreuzzug. Aber immerhin geht es Esther besser. Sie reitet wieder aus und macht Besuche.«

»Was hört man im Dorf?«

»Rosa hat mir erzählt, dass sich alles nur noch das Maul über Herrn Kölliker zerreißt. Es heißt, dass seine Frau über die Scheidung nachdenkt, und das interessiert die Leute fast mehr als die Morde.«

»Und der Korporal?«

»Er soll suspendiert sein, mehr habe ich nicht gehört.«

»Hast du die Bilder?«

Paul kramte in seiner Jackentasche und setzte sich neben sie, so nahe, dass sie den herben Geruch seiner Seife riechen konnte. »Hier habe ich eins von Rosa von einem Ausflug des Kirchgemeinderats.« Er rückte noch näher, bis ihre Schultern sich berührten. »Und die hier habe ich selbst ausgegraben: Hier ist eines vom Vorstand der radikalen Partei mit ihren Gattinnen. Dann noch eines von einem Picknick nach der Firmung in Olten.«

Zum Teil waren die Gesichter ziemlich klein, und natürlich deckte die Auswahl nur einen Teil der Grenchner Oberen ab, aber es war besser als nichts.

»Danke«, sagte sie kurz.

»Gern.«

Er sah sie von der Seite an, die blauen Augen fragend, als ob er noch etwas sagen wollte.

Bei seinem Blick wurde ihr warm. Zu warm. Sie stand auf. »Ich sollte gehen. Grüß Rosa von mir.«

Er erhob sich ebenfalls. »Bitte sei vorsichtig. Ich möchte dich in einem Stück wiedersehen.«

Sie lächelte schwach, griff nach ihrem Koffer und machte entschlossen ein paar Schritte Richtung Geleise.

»Warte.«

Seine Hand berührte ihren Ärmel, wie damals, als er sie um den Spaziergang gebeten hatte. Ungeduldig stellte sie den Koffer ab und drehte sich wieder um. Den Blick auf ihr Gesicht gerichtet, griff er nach ihrer Taille, legte den anderen Arm um ihre Schulter und küsste sie auf den Mund, wild und heftig, presste sie an sich, als wolle er sie nie mehr loslassen. Ihr war schwindlig und warm, und die Zeit schien sich zu dehnen, stehen zu bleiben.

Ein schrilles Pfeifen bohrte sich in ihre Ohren. Abrupt ließ Paul sie los. »Gott behüte dich.« Er eilte davon.

Sie starrte ihm nach, das dumpfe, rasende Klopfen ihres Herzens im Hals.

Der Zug bremste ab, sie musste sich beeilen. So rasch es ihr Koffer zuließ, kehrte Sarah zu den Gleisen zurück, zupfte an der Uniform und versuchte, trotz des Tumults in ihrem Inneren gelassen auszusehen. Einen Moment lang stand sie im Geist vor ihrer Prüfungsklasse und spürte den Blick der Baldeggschwester, die ihre Lektion überwacht hatte. Das hier war ihr Gesellenstück, und sie konzentrierte sich besser darauf. Nur mit Mühe drängte sie die Gedanken an Paul zurück.

Eine üppige, hochgewachsene Frau trat auf sie zu und streckte eine kräftige Hand mit roten Nägeln aus. »Anna Rechsteiner?«

Sie wollte schon den Kopf schütteln, als ihr die Sache mit dem Decknamen wieder einfiel. Hastig nickte sie.

»Etwas schwer von Begriff? Das treiben wir dir noch aus. Ich bin Madame George.«

Die Madame hob den Koffer, als wäre er mit Stroh gefüllt, und trug ihn über die Straße zu einer ramponierten Kutsche, die von einem dürren Braunen gezogen wurde. Achtlos warf sie das Gepäck hinein, stieg auf den Bock und griff nach den Zügeln. »Wird das heute noch was?«

Sarah stieg auf den Bock, und sie zuckelten los; zum Glück nicht Richtung Kirchstraße, sondern in die Bachstraße, wo kein Wirtshaus stand. Wenn sie jemandem begegnete, der sie von Schneiders kannte, war alles vorbei. Vorsichtig drehte sie den Kopf nach links und rechts, während Madame George in knappen Sätzen dahinredete.

»Ich hole die Dienstboten und Dirnen sonst nicht selbst ab. Mein Laufbursche und meine Sous-maîtresse sind mir abhandengekommen.«

Es klang trocken und gefühllos, aber die Schatten unter den dunkel umrandeten Augen sprachen eine andere Sprache.

»Wir hatten Ärger mit den Landjägern«, fuhr sie fort. »Inzwischen ist die Kundschaft zurück, und deine Dienste werden dringend benötigt.«

Sie waren nach links in die Bielstraße eingebogen, und die Häuser wurden spärlicher. Ein Heuwagen mit einer Zeile Mädchen, die die Beine baumeln ließen, bog vor ihnen in ein Feld ab, und sie lachten laut, als der Wagen einen Satz nahm und sie durchschüttelte.

Sarahs Puls stieg. Es waren die Stimmen einiger Mädchen aus der Schild-Familie. Zum Glück waren sie mit anderem beschäftigt, als einen Blick auf den Kutschbock zu werfen.

»Wo hast du vorher gedient?«

Was hatte Marie erzählt? Im Brief hatte nichts Derartiges gestanden, oder sie konnte sich nicht erinnern. Madame George schien zum Glück keinen Verdacht zu schöpfen, sondern sie für beschränkt zu halten. Normalerweise wäre ihr das gegen die Eitelkeit gegangen, aber heute war sie froh darüber.

»Am späteren Abend solltest du um den Schankraum einen Bogen machen; die Männer machen keine Unterschiede bei den Weibsbildern«, sagte sie. »Wenn du keinen Ärger willst, bleibst du im Zimmer.« Ihre Blicke streiften Sarahs Gesicht und glitten über ihre Figur. »Warst du früher Dirne? Hier sind sie beim Alter nicht so wählerisch, und schlecht beisammen bist du nicht. Aber erst einmal brauche ich jemanden, der putzt.«

Sarah wurde flau. Marie hatte geschrieben, dass viele Dienstmädchen in den Bordellen vorher Dirnen gewesen waren, aber lieber würde sie sich zu Tode schuften.

Nach weiteren zehn Minuten erreichten sie das alleinstehende, zweigeschossige Steinhaus. Aus dem Parterre drang Klaviergeklimper, und vor der Tür standen ein paar Männer, die rauchten und sich unterhielten. Sarah klammerte sich an den Rand der Kutsche und spürte die Feuchte ihrer Handflächen. Die schwüle Luft wirkte plötzlich dünn, wie auf einer Wanderung im Hochgebirge. Sie ließ den Blick über die Köpfe schweifen. Der junge Mann, den sie angesprochen hatte, war zum Glück nicht dabei.

Die Kutsche hielt knirschend auf dem Kies, und die Männer drehten die Köpfe. Sarah stieg hinunter, ihr Kleid schob sich hoch und gab den Blick auf ihre Waden frei.

Raues Gelächter. »Madame George, was bringst du da? Frischfleisch ist das nicht!« Ein untersetzter Mann um die dreißig musterte sie abschätzig.

»Aber leidlich beisammen!«, entgegnete ein dünner, etwa fünfzigjähriger Mann mit ledriger Haut.

Madame George stemmte die Hände in die Hüften. »Stell dich nicht dumm. Du siehst doch, dass sie eine Dienstmädchenuniform trägt.« Sie gestikulierte Sarah, ihr hineinzufolgen, während der Ältere sich nicht aus der Ruhe bringen ließ.

»In einem schönen Kleidchen würde sie viel besser aussehen.«

Sein Blick kroch über Sarahs Rundungen, und ihre Haut prickelte kalt. Hastig folgte sie Madame George ins Haus.

Gläserklirren, Gelächter und Klaviergeklimper dröhnten durch den Raum, dessen niedrige Decke voller Rauchschwaden hing. Ein paar Männer standen an der Theke, andere folgten gebannt der Darbietung einer jungen, blonden Frau, die auf einem kleinen Podest sang und ihr Dekolleté präsentierte.

Die Madame führte sie an einen Tisch in einer abgeschiedenen Ecke. »Helena wird dich einweisen.«

Eine schlanke, dunkelhaarige Frau, die nicht so recht in das schäbige Ambiente passte, reichte ihr die Hand. »Herzlich willkommen im Fleur.« Sie wartete, bis Madame George sich entfernt hatte. Dann schob sie Sarah einen Teller mit belegten Broten hin, stellte die Ellbogen auf den Tisch, verschränkte die Hände und legte das Kinn darauf. »Ich habe Marie mit dem Brief geholfen. Ich weiß, warum du hier bist, Sarah.«

Einen Moment blieb ihr die Luft weg.

»Keine Angst«, fuhr Helena fort. »Ich möchte auch wissen, wer die Morde begangen hat.« Ihr Blick hatte etwas Stählernes.

Die hintere Tür öffnete sich, und eine junge Frau kam herein. Es war Marie, das zarte Gesicht mit hellem Puder überzogen, die braunen Augen schwarz umrandet. Sie stakste an die Theke und setzte sich neben einen älteren, dicklichen Herrn, der seine Hand auf ihren Schenkel legte. Sarah wandte sich hastig ab.

»Versuch, dir nichts anmerken zu lassen«, sagte Helena. »Sonst wird rasch jemand merken, dass du das Milieu nicht kennst. Und ich rate dir, am Abend nicht herunterzukommen – das hat dir Madame George sicher schon gesagt. Es hat noch einen anderen Grund. Die meisten Grenchner meiden uns im Moment, aber bei manchen ist der Trieb stärker als die Angst. Jemand könnte dich erkennen. Nun zu deinen Aufgaben: Du musst Schankraum und Zimmer sauber halten und regelmäßig mit frischer Wäsche versorgen. Wenn die Dirnen arbeiten, kannst du ihre Zimmer machen, am Vormittag, wenn sie schlafen, den Schankraum und die Freierzimmer. Auf jedem Stock hat es einen Raum mit Putzmaterial. Am besten fängst du heute Abend mit der ersten Hälfte der Mädchenzimmer an. Jetzt hast du freie Bahn, und es ist der einfachere Einstieg.«

Nach dem Imbiss holte Sarah sich das Putzmaterial und machte sich an die Arbeit. Die Zimmer der Dirnen befanden sich direkt unter dem Dach, und sie begann mit den zwei größeren Zimmern, die von jeweils zwei Mädchen bewohnt wurden. Im ersten türmten sich Kleider in wüsten Haufen auf Stühlen und Schminke auf der Kommode, während das andere penibel ordentlich war. In einem lagen Modehefte, im anderen Bücher, in beiden hingen Bilder – vielleicht von Verwandten oder Freunden – und in einem ein kleines Holzkreuz, an dem ein Rosenkranz baumelte.

Sarah strich über die hölzernen Perlen. Sie waren glatt und glänzend, als ob ihn jemand regelmäßig benutzte. Wie waren all die Frauen hier gelandet?

Die Luft staute sich unter dem Dach, und der Schweiß lief ihr unter der kratzigen Uniform über die Haut. Ihr Rücken und ihre Füße schmerzten, und die Hände brannten von der scharfen Seife.

Nach getaner Arbeit schleppte sie sich in das Zimmer, in das Helena ihren Koffer gestellt hatte. Es war klein und muffig, aber nicht allzu schmutzig. Nachdem sie ihre Sachen eingeräumt hatte, holte sie ein Buch aus ihrem kleinen Koffer und versuchte zu lesen, aber die Zimmer der Dirnen gingen ihr nicht aus dem Kopf. In den aufreizenden Kleidern steckten Frauen wie sie, die sich wahrscheinlich ein anderes Leben erträumt hatten. Aber was wusste sie schon?

Sie legte das Buch hin, und ihr Blick wanderte zur Taschenuhr auf dem Nachttisch. Sie strich über das glatte Glas, in dem sich Pauls Gesicht zu spiegeln schien. Der Blick aus seinen blauen Augen, die sie nicht losgelassen hatten, drang in ihre Seele, und sein Kuss brannte noch auf ihren Lippen; sein Herzschlag, der durch das dünne Hemd gedrungen war; seine kräftigen Arme, um sie geschlungen, als ob sein Leben davon abhinge. Was für ein Unterschied dieser Kuss gewesen war zum ersten, den er ihr gegeben hatte – damals sanft und zurückhaltend, zart, kaum wahrnehmbar, heute ein unkontrollierter Ausbruch; wie der Föhnwind in der Innerschweiz, der die dunklen Wogen des Vierwaldstättersees aufpeitschte und die Gischt an die Quaimauern prasseln ließ: unbändig, gefährlich, aber auch faszinierend und unwiderstehlich.

Zögernd legte sie die Uhr zurück und lauschte dem leisen, gleichmäßigen Ticken, das ihr aufgewühltes Inneres zu beruhigen schien. Sie musste sich auf ihre Mission konzentrieren – was auch immer zwischen Paul und ihr war, musste warten. Sie musste einen Weg finden, um mit den Dirnen zu sprechen. Der erste Zug war gemacht, und je schneller sie hier wieder wegkam, desto besser.

Sarah schrak hoch, als es an ihre Tür klopfte. Ein Blick aus dem Fenster sagte ihr, dass es früher Morgen sein musste. Verwirrt sah sie an sich hinunter. Sie trug immer noch die Dienstmädchenuniform, die sich klamm und feucht anfühlte. Offenbar war sie gestern einfach eingeschlafen. Benommen erhob sie sich und zuckte zusammen. Ihre Beine brannten wie Feuer. In kleinen Schritten humpelte sie an die Tür.

Helena, frisch wie eine Sommerblume, musterte sie mitfühlend. »Das war ein harter Einstieg, aber leider geht es gleich weiter. Du musst Kaffee aufbrühen und das Frühstück bereitstellen, bevor du an die Zimmer gehst. Mach dich fertig, dann zeige ich dir alles.«

Die Frühstücksvorbereitungen waren einfach, da die meisten Dirnen nur Kaffee und ein Brötchen wollten und es sich holten, wann immer sie aufwachten. Nach einer Tasse Kaffee griff Sarah nach dem Putzzeug und machte sich daran, den Schankraum zu säubern. Zwei Stunden später war das letzte Glas poliert, der Boden glänzte, und ihr Rücken brannte schon wieder. Sie sah sich nochmals um, aber hier gab es nichts weiter zu tun. Die Freierzimmer warteten …

Sie stieg die Treppe hoch und strich sich über die feuchte Uniform. Aus der Putzkammer im ersten Stock holte sie den Wagen mit Eimer und Tüchern und rollte ihn vor das erste Zimmer. Ein saurer Geschmack füllte ihren Mund.

Zögernd öffnete sie die erste Tür. Es roch nach Alkohol, Schweiß und etwas Undefinierbarem – wie Algen in der Luzerner Seebucht, die zu lange in der Sonne gelegen hatten. Sie öffnete das Fenster, nahm ein paar tiefe Atemzüge und wandte sich um. Auf dem abgeschabten Teppich standen leere Gläser und Weinflaschen. Sie sammelte sie ein und legte sie auf den Putzwagen, dann drehte sie sich zögernd zum Bett.

Es sah weniger schlimm aus, als es roch, und den Gedanken an das, was sich auf diesen Laken abgespielt hatte, drängte sie eilig zurück. Sie entfernte den Bezug der Bettdecke und des Kissens und warf beides in den Waschkorb, dann zog sie das Laken mit spitzen Fingern von der Matratze. Jetzt musste sie das Bett nur noch frisch beziehen, dann hatte sie es geschafft.

Das nächste Zimmer war in ähnlichem Zustand. Als sie fertig war, warf sie einen Blick auf die Uhr an der Wand. Vielleicht war Marie jetzt auf. Sie stieg die Treppe hoch und klopfte an die Tür, die Helena ihr gezeigt hatte.

Marie öffnete. Heute sah sie wieder so aus, wie Sarah sie in Erinnerung hatte – schmal, zart, blass. Unter ihren Augen lagen hellbraune, halbmondförmige Schatten. Sie ließ Sarah hinein und griff nach einer Tasse Kaffee, die auf einer verschrammten Kommode stand. Unter Sarahs Blick verschloss sich ihr Gesicht.

»Danke für Ihre Hilfe«, sagte Sarah rasch.

»Schon in Ordnung.« Marie wies auf einen zerschlissenen Sessel am Fenster. Sarah setzte sich, und Stille breitete sich aus wie eine feuchtkalte Decke.

»Lassen Sie uns nicht über das hier sprechen«, sagte Marie kurz. »Sie sind nicht deswegen hier.«

Wieder erinnerte Marie sie an Hanna, wären da nicht die harten Augen und die scharfen Linien um den jungen Mund gewesen – nichts von der scheuen, in sich gekehrten Stille und dem Frieden, den Hanna ausstrahlte.

»Erzählen Sie mir von den anderen Dirnen. Ich würde mich gern mit ihnen unterhalten.«

»Ich bin noch nicht so lange hier wie die anderen. Ein Mädchen kam Anfang Juni, aber sie ist wieder gegangen, nachdem Sylvia starb. Madame George wollte sie ersetzen, aber die ganze Geschichte hat ihr einen Strich durch die Rechnung gemacht. Es sind noch vier andere Dirnen hier. Lula und Paula sind seit April da; sie teilen sich ein Zimmer. Lisa und Evelyne gehören zur Stammbesetzung. Am Nachmittag machen sie Handarbeiten oder lesen, und oft spielen wir Karten. Dann kann ich sie mit Ihnen bekannt machen.«

»Das klingt nach einem guten Plan.« Sarah lächelte Marie zu, bedankte sich und verließ das Zimmer. Im Korridor war es still, fast so still wie manchmal im Internat, wenn alle anderen Mädchen schliefen und sie es nicht mehr im Bett ausgehalten hatte und durch die Gänge geschlichen war. Aber da hörten die Gemeinsamkeiten auch schon auf.

Wie hatte sie sich damals über die Enge und über die Strenge der Nonnen ärgern können, über das eine oder andere langweilige Studienfach, und wie wenig war ihr klar gewesen, was für ein Privileg sie hatte, wie behütet und beschützt sie war. In diesem Niemandsland, in dem Zimmer nach Algen rochen, sehnte sie sich wie nie zuvor nach diesem Gefühl zurück.

Das nächste Zimmer war weder schlimmer noch besser als das erste. Hier war viel geraucht worden. Sarah, dieses Mal vorausschauend durch den Mund atmend, öffnete das Fenster, wandte sich der Bettstatt zu und griff nach dem Laken.

»Was tun *Sie* hier?!«

Diese Stimme kannte sie.

Sarah fuhr herum. Er war es tatsächlich: Korporal Ringgenberg, seine Schieferaugen groß, sein Blick so entsetzt, wie sie es war.

Sie gestikulierte ihm, die Türe zu schließen. Der Korporal, offensichtlich immer noch verdattert, tat es ohne Widerspruch, stellte sich hinter die verschlossene Tür und starrte sie an. Er trug Alltagskleidung, und irgendwie kam er ihr darin nackt vor.

»Herr Schneider ist immer noch in Schwierigkeiten«, erwiderte sie rasch. »Und – ich habe gelesen, dass Sie suspendiert wurden. Ich musste einfach etwas unternehmen.«

Er sah sie immer noch an, als hätte er einen Geist gesehen. »Glauben Sie, das Landjägerkorps ist auf Ihre Hilfe angewiesen?«

»Und was machen Sie hier? Sie sind doch suspendiert.«

Angriff war die beste Verteidigung – das sagte Vater oft bei einer Partie Schach. Und es wirkte.

Ringgenberg verschränkte die Arme. »Ich bin privat hier. Haben Sie die Zeitung gelesen?«

»Ja.«

»Dann wissen Sie, dass ich verwandtschaftliche Beziehungen zu diesem Ort habe. Helena Dolder ist meine Halbschwester.«

In der Zeitung hatte nur gestanden, Ringgenbergs Vater habe ein Kind mit der Bordellmadame, aber eine Verwandtschaft zwischen Helena und Ringgenberg schien nicht so unglaubhaft.

Sarah legte das Laken auf das Bett und verschränkte die Hände. »Lassen Sie mich bleiben. Als Frau kann ich an Informationen kommen, die Männern verwehrt sind.«

Er runzelte die Stirn. »Sie wissen nicht, womit Sie es zu tun haben. Ich möchte keinesfalls dafür verantwortlich sein, dass Ihnen etwas zustößt.«

»Ich passe auf mich auf. Helena weiß Bescheid.«

Er schwieg, und ihr Puls erhöhte sich.

»Na gut«, sagte er schließlich. »Aber halten Sie mich auf dem Laufenden, und telegrafieren Sie um Himmels willen sofort, wenn Sie Probleme haben.«

Er holte ein Stück Papier aus seiner Jacke, kritzelte etwas darauf und reichte es ihr. »Bitte seien Sie vorsichtig.«

Er drehte sich um und ging, sein Rücken so steif und gerade wie bei ihrer ersten Begegnung. Aber die grimmige Entschlossenheit, die er ausstrahlte, konnte nicht verbergen, dass seine harte Schale zerbrochen und er den Ereignissen in seinem Leben hilflos ausgeliefert war.

Abrupt wandte sie sich wieder der Bettstatt zu, einen dumpfen Schmerz in der Brust. Sie musste einfach etwas herausfinden. Nicht nur für sich selbst und die Gerechtigkeit, sondern, weil sie den Korporal nie mehr in so einem Zustand sehen wollte.

42

Gideon starrte auf die Tür zum Schankraum. Er hatte absichtlich die Hintertür genommen, um sich langsam an die Madame heranzupirschen; dann hatte er sich gedacht, er könnte erst mit Helena Dolder sprechen. Aber bevor er den Mut dazu aufbringen konnte, war er Sarah Siegwart begegnet.

Nichts hatte ihn darauf vorbereitet, sie hier in der Uniform eines Dienstmädchens anzutreffen, das sich anschickte, die gebrauchten Laken eines Bordellbetts abzuziehen. Die klassisch törichte Aktion einer Frau, die ihren Gefühlen folgte! Aber es war mehr als das. Ein solches Unternehmen erforderte Selbstlosigkeit und eine gehörige Portion Mut. Vielleicht sollte er sich ein Beispiel nehmen.

Er stieß die Tür auf. Madame George stand hinter dem Tresen und sah ihm schmallippig entgegen.

»Sind Sie nicht suspendiert?«

»Ich bin nicht wegen des Falls hier.«

Sie stellte abgetrocknete Gläser in die Regale. »Was wollen Sie dann?«

»Mit Ihnen sprechen. Und mit Helena.«

»Auf einmal?«

»Auf einmal.«

Stille breitete sich zwischen ihnen aus, die nur vom Klirren der Gläser unterbrochen wurde. Er starrte auf seine Hände.

Ein Teil von ihm hasste diese Frau und das, wofür sie stand, aber unter ihrer schroffen Schale steckte kein schlechter Mensch. Die Stärke, die Helena ausstrahlte, stammte auch von ihr, und sie hatte ihr Bestes getan, um ihrer Tochter einen besseren Start ins Leben zu ermöglichen.

»Ich hatte kein Recht, über Sie zu urteilen.«

Die Worte kamen so zäh, als müsste er sie aus einem Fass Teer herausziehen.

»Ich brauche Ihre Billigung nicht.«

»Ich weiß. Ich möchte mich entschuldigen.«

Überrascht hob sie den Kopf.

»Ich wollte nicht akzeptieren, was geschehen ist«, fuhr er fort. »Und ich habe Ihnen die Schuld an allem gegeben. Bitte verzeihen Sie mir.«

Sie wandte sich wieder ab, aber das machte nichts. Er hatte nicht erwartet, dass sie ihm um den Hals fiel. »Falls Ihnen noch etwas einfällt, das uns helfen könnte, lassen Sie es mich wissen.«

»Warten Sie.« Sie griff nach einem Putzlappen und drehte ihn in den Fingern. »Es tut mir leid, dass ich Sie angezeigt habe. Ich habe Sie absichtlich provoziert. Ihr Auftauchen hier hat auch bei mir etwas ausgelöst.« Sie legte den Lappen hin. »Wenn Sie wollen, ziehe ich die Anzeige zurück.«

»Ich würde lügen, wenn ich sagen würde, dass es keine Rolle spielt.«

Sie nickte schweigend.

»Sie kennen Ihre Dirnen und die Männer, die hierherkommen«, sagte er. »Wer könnte in die Sache verwickelt sein?«

Als sie antwortete, klang sie zum ersten Mal nicht feindselig. »Ich weiß es wirklich nicht. Wir haben Freier in wichtigen Posten, aber auch wenn wir kein Edelbordell sind, sind wir diskret. Da dringt nichts nach außen.«

»Aber Franz und Sylvia wussten, wer diese Kunden waren.«

»Sie haben die Büchelchen gesehen. Die ›besonderen‹ Kunden haben Decknamen, und Franz wusste nicht, wer sie waren. Sylvia gehörte nicht zu den Dirnen, zu der solche Kunden gingen; die suchen sich jüngere Frauen.«

»Außer Kantonslehrer Meichtry«, erwiderte Gideon. »War er am Montag, als Sylvia Steiner starb, wirklich hier? Haben Sie ihn gesehen?«

»Nein. Sie müssen Lula fragen. Er ist wohl zu ihr gegangen, weil Sylvia nicht hier war.«

»Was ist, wenn er sie bestochen hat? Entschuldigen Sie, aber …«

Sie winkte ab. »Die meisten Dirnen verdienen gern dazu, weder Lula noch – zu ihrem Unglück – Sylvia bilden da eine Ausnahme. Wirklich gute Verdienste sind rar, darum hat Sylvia so gern über ihre Zeit im Edelbordell gesprochen.«

»Das muss eine Weile her sein.«

Sie zündete sich eine Zigarette an. »Mitte der Fünfziger. Ein mittelgroßes, feines Bordell mit sechs bis acht Dirnen. Drei gaben den Ton an, alle noch keine zwanzig; die ›Könizer Katze‹ – das war sie selbst –, die ›Brugger Amazone‹ und der ›Engelberger Engel‹. Sie hat uns damit zu Tode gelangweilt.«

Sie zapfte ein Bier und sah ihn fragend an.

Er lächelte. »Im Dienst bin ich nicht.«

Sie stellte es vor ihn hin. »Nach Zürich war sie eine Weile in Biel. Als sie zu mir kam, hat sie sich erhofft, in einem kleinen Bordell von ihrem Ruf leben zu können, und eine Weile hatte sie viel Erfolg. Aber die Jahre sind unbarmherzig. Das weiß keine besser als ich.« Einen Moment waren ihre Augen fast schwarz, und als sie weitersprach, klang ihre Stimme anders, brüchig und zögerlich. »Sie sollten wissen, dass Ihr Vater kein Freier war.«

Er hob die Hand, um sie zum Schweigen zu bringen, aber das Drängen in ihrer Stimme ließ ihn kapitulieren. Er lehnte sich zurück und nahm einen Schluck Bier.

»Er ist mir in einer gefährlichen Situation beigestanden«, fuhr sie fort. »Hat sich nicht darum geschert, dass ich eine Dirne war. Das hat mich beeindruckt. Wir mochten uns sofort. Ich habe ihm gesagt, dass er einen Hang zum Retter der Enterbten hat. Und ich wiederhole mich gern: Er war ein Ehrenmann, auch wenn er an Ihrer Mutter falsch gehandelt hat.« Die Wertschätzung in ihrer Stimme war unüberhörbar.

»Es freut mich, dass Sie ihn in guter Erinnerung haben.«

Die Schanktür öffnete sich, und Helena näherte sich der Theke. »Ein Umtrunk? Ich schließe mich an.«

Wieder war er erstaunt über ihre Eleganz und ihren Stil, und bei ihrem forschend-freundlichen Blick stieg ihm die Wärme ins Gesicht. Sie musste inzwischen wissen, dass sie seine Halbschwester war.

»Herr Korporal.« Sie sah ihn belustigt an. Ihre Mutter hatte ein Glas Weißwein vor sie hingestellt. Er hob sein Bier. »Fräulein Dolder.«

Sie lachte schallend. »Damit haben wir der Etikette Genüge getan. Ich bin Helena.«

»Gideon.«

»Auf gute Verwandtschaft.«

Er sah sie verwundert an. War ihr das so leichtgefallen?

Sie schien seine Gedanken zu lesen. »Ich hatte auch daran zu kauen. Vor allem daran, dass Mutter mich nicht früher eingeweiht hat. Aber inzwischen freue ich mich.« Ihre grauen Augen, den seinen so ähnlich, funkelten belustigt. »Gute Beziehungen zur Polizei sind nie zu verachten.«

Er lachte ebenfalls und prostete den beiden zu. Dann leerte er sein Bier. »Ich werde noch mit Lula sprechen und dann gehen, bevor Sie volles Haus haben – eigentlich sollte ich nicht hier sein. Auf ein anderes Mal.« Er verließ den Schankraum.

Eine halbe Stunde später trat er vor die Tür. Die Bielstraße war verlassen, und in der Ferne konnte er hinter dem Dunst den Lengnauer Wald ausmachen. Vor dem breiten Jurarücken mit seinen dunklen, gezackten Tannen leuchtete die Allerheiligenkapelle in der Nachmittagssonne.

Das Gespräch mit Lula hatte ihn nicht wirklich weitergebracht. Sie hatte bei allen Heiligen geschworen, dass Meichtry bei ihr gewesen war, aber er hätte nicht sagen können, ob sie log. Allzu viel hatte er also nicht erfahren.

Er machte sich auf in Richtung Solothurn. Der Fall war immer noch verworren, aber er fühlte sich um Welten besser.

43

Um drei Uhr brannten Sarahs Beine wie nach einer unfreiwilligen Begegnung mit einem Brennnesselfeld, und ihre Hände waren aufgequollen und rot. Sie schleppte sich auf ihr Zimmer, ließ sich auf das Bett fallen und legte den Kopf auf das dünne Kissen. Nur eine Minute, sonst überlebte sie den Tag nicht. Sie dämmerte weg, bevor sie den Gedanken zu Ende gebracht hatte.

Musik, das Klirren von Gläsern und Gelächter drangen aus dem Erdgeschoss. Sarah schreckte hoch, kramte Pauls Uhr hervor und starrte ungläubig auf die Ziffern. Acht Uhr abends. Sie hatte fünf Stunden geschlafen und den Moment verpasst, um mit den Dirnen zu sprechen, ganz abgesehen davon, dass sie noch die zweite Hälfte der Dirnenzimmer zu putzen hatte.

Ihr Kopf pochte dumpf. Sie wusch sich das Gesicht, holte das Material aus dem Putzschrank und machte sich an Lulas Zimmer. Ihre steifen Glieder protestierten, aber sie ignorierte den Schmerz. Jetzt noch Maries, dann konnte sie sich wieder hinlegen.

Maries Raum war winzig und penibel ordentlich. Rasch zog sie neues Bettzeug auf, hob Nippes und Figürchen auf Maries Kommode hoch und wischte den Staub vom zerschrammten Nussbaumholz. Auf einem mit Seidenpapier überzogenen Pappbildchen, das an einer Steingutvase lehnte, blickte der heilige Christophorus salbungsvoll ins Zimmer. Sarah griff danach und musterte es amüsiert. Ob es einen Schutzpatron für Dirnen gab?

»Sieh mal einer an.«

Wieder eine Stimme, die sie kannte. Aber jetzt floss Eiswasser in ihre Adern und fror ihre Glieder ein.

Sie drehte sich um. Wie lange stand er schon in der Tür? Einen Moment füllte die massige Gestalt den schmalen Türrahmen aus, dann trat er ein und schloss die Tür hinter sich.

Kölliker.

Sarah löste die kalten Finger vom Heiligenbildchen, das einen Knick davongetragen hatte. Kölliker näherte sich ihr mit dem gewohnt leutseligen Blick, aber seine Augen funkelten kalt, während er mit seinem dicken Finger über die Kommode strich.

»Du bist gründlicher als das Ding vor dir. Und hübscher. Hat dir Madame George noch keinen Nebenverdienst angeboten?«

Er trat zu ihr und legte ihr die Hände auf die Schultern. »Die Aufmachung steht dir.«

Sie wich zurück, aber er lachte nur, griff nach ihrem Arm und drehte sie zum Spiegel über Maries Kommode. Sie sah ihre eigenen Augen, groß und dunkel, die roten Flecken auf ihrem Gesicht, spürte Köllikers heiße, schwere Hände auf ihren Schultern.

»Ich würde das Angebot annehmen«, sagte er leise. Sein schnapsgeschwängerter Atem drang ihr in die Nase. »Es gibt keinen besseren Weg, etwas aus einem Mann herauszuholen. Wer weiß, wie viel Zeit du hast, bis die Madame erfährt, wer sich an ihrem Busen eingenistet hat.«

Er stellte sich so nahe hinter sie, dass sie seinen Körper an ihrem spürte. Unfähig, sich zu bewegen, sah sie im Spiegel zu, wie Köllikers fette Hände von ihren Schultern zu ihrem Hals glitten, über ihr Dekolleté und zu ihren Brüsten über dem Mieder.

»Von mir erfährt sie nichts – wenn du mir etwas entgegenkommst«, sagte er leise. Er strich mit den Daumen über die Wölbung ihrer Brüste, presste sie in das weiche Fleisch.

Schritte erklangen auf dem Korridor. Kölliker nahm die Hände von ihrem Busen, und sie unterdrückte ein Schluchzen der Erleichterung.

»Das müssen wir wohl verschieben, Kleine. Grüß mir Marie und sag ihr, ich komme bald vorbei. Sie soll sich bereithalten. Das gilt auch für dich.« Er neigte den Kopf, und obwohl sie versuchte, ihr Gesicht wegzuziehen, landeten seine Lippen auf ihrer Wange.

»Weidmannsheil, kleine Lehrerin.« Er lachte, dann klickte die Tür. Er war weg.

Sarahs Hände waren kalt und feucht. Sie musste hier raus. Aber was, wenn er noch draußen stand?

Schließlich öffnete sie zögernd die Tür. Niemand zu sehen. Sie rannte in ihr Zimmer, schloss die Tür hinter sich und verriegelte sie. Ihr war eiskalt, aber sie zog sich aus, tauchte einen Lappen in die Waschschüssel und schrubbte ihre Haut, bis sie brannte. Schlüpfte in ihr Nachthemd. Legte sich ins Bett und zog die dünne Decke bis zum Kinn.

Warum hatte sie sich nicht gewehrt? Warum hatte sie ihn gewähren lassen? Was hätte sie ihn alles machen lassen?

Ungewollte Bilder drängten in ihr Bewusstsein, in denen er sie auf das Bett drückte, ihre Kleider hochschob. Bittere Galle stieg in ihrer Kehle hoch. Vielleicht kam er wieder, und dann kam womöglich niemand durch den Gang. Und was, wenn ein anderer es versuchte? Die Männer hielten sie sowieso für eine abgehalfterte Dirne.

Reiß dich zusammen. Es ist nichts passiert.

Sie versuchte zu lesen, aber sie konnte sich nicht konzentrieren. Zwei Stunden später lag sie immer noch wach und spürte Köllikers Hände auf ihren Brüsten. Ihr war übel.

Es war das erste Mal, dass die Hände eines Mannes sie so angefasst hatten. Zwischen ihr und Hannes hatte es nur scheue Küsse gegeben, Händchenhalten und zärtliche Berührungen. Sie hatte sich nach dem Tag gesehnt, an dem sie sich ihm hingeben würde. Und wie anders war es mit Paul gewesen! Dieser Moment schien jetzt weit weg, und die Erinnerung vermischte sich auf Übelkeit erregende Weise mit Köllikers Übergriff. Ganz egal, was noch kommen mochte – es würde immer Kölliker sein, der diesen Teil ihres Körpers als Erster angefasst hatte. Sie benutzt und beschmutzt hatte.

Sie legte die Hand auf das weiche Fleisch ihres Unterarms und drehte es, bis sie ein leichtes Brennen spürte. Sie drehte weiter, bis es brannte wie Feuer, aber die Erinnerung an Köllikers Hände klebte an ihr wie getrockneter Schneckenschleim. Morgen würde sie blaue Flecken haben.

Tränen tropften aus ihren Augenwinkeln auf das Kissen. Was gewesen war, war widerlich genug; was noch kommen konnte, würde schlimmer sein. Der Preis war zu hoch. Sie erhob sich, kleidete sich an, warf ihre Sachen in den Koffer und legte die Uhr auf ihr Kopfkissen. Das Ticken klang heute vorwurfsvoll, aber es war ihr gleichgültig. Sie würde diesen Ort bei Tagesanbruch verlassen.

Nach dem gefühlt millionsten Ticken ihrer Uhr war es immer noch erst vier Uhr morgens. Egal, sie würde sofort aufbrechen. Sarah schob die Uhr in ihre Schürze, eilte zu Maries Zimmer und horchte. Stille; dann war hoffentlich kein Freier mehr da. Sie klopfte, und nach einer Weile öffnete sich die Tür einen Spaltbreit. Ein schwarz verschmiertes Auge starrte sie feindlich an.

»Was wollen Sie? Und warum steht Putzmaterial in meinem Zimmer?«

»Ich erkläre es Ihnen, wenn Sie mich hereinlassen. Ich werde gehen.«

Das Auge weitete sich. »Wieso? Und wo waren Sie gestern?«

Marie ließ sie ein, setzte sich auf das zerwühlte Bett, zog die Beine an und verschränkte die Arme davor. »Beeilen Sie sich. Ich brauche meinen Schlaf.«

Sarah zögerte. Es schien unmöglich, Marie ihr Grauen zu vermitteln. »Sie werden mich nicht verstehen.« Sie schluckte kurz. »Gestern hat mich in Ihrem Zimmer ein Mann belästigt. Es ist nicht viel passiert, aber ich ertrage es nicht.«

»Ich verstehe Sie. Das heißt, ich könnte es.« In Maries rauer Stimme schwangen Verständnis und Mitgefühl, und irgendwie traf sie das härter, als Ärger oder Verachtung es gekonnt hätten. »Ich könnte mich erinnern, wie ich mal war«, fuhr Marie fort. »Aber das hilft nichts.« Sie zog sich die Decke über die mageren Knie. »Alles Gute.«

Sarah durchquerte den Schankraum, in dem es nach kaltem Rauch stank, und trat vor die Tür. Die Sonne ging gerade auf, und die frische Luft roch nach Gräsern. Sie würde sich nicht damit aufhalten, den Kutscher zu wecken.

Eine halbe Stunde später erreichte sie den Bahnhof. Ihre Füße brannten, aber sie begrüßte den Schmerz; er lenkte sie von Kölliker und seinen Händen ab.

Und von Korporal Ringgenberg. Und von Marie.

Marie, wie sie auf dem Bett saß. Die dünnen Beine mit den darum geschlungenen Armen, die ihren Körper zu einem Kokon zusammenpressten. Die wirren Haare, das graue Gesicht mit den viel zu großen Augen.

Wollte sie wirklich aufgeben, nur weil ihr etwas Unangenehmes zugestoßen war? Es war grässlich gewesen, und sie würde es nie vergessen, aber im Vergleich zu Maries Leben war das Geschehene eine Bagatelle. Sie drückte die Hände an die Brust. Der Gedanke, zurückzukehren, schnürte ihr die Luft ab. Sosehr sie es wollte – sie konnte es nicht.

Endlich fuhr der Zug ein, und Sarah griff nach ihrem Koffer. Die Türen öffneten sich, und ein kornblumenblauer Strom ergoss sich auf das Perron. Dutzende Arbeiter auf dem Weg in die Fabrik; manche mit müden Augen, andere straff und energisch, schritten an Sarah vorbei, und der Ölgeruch in ihren Kitteln stieg ihr in die Nase. In dem Moment drang ein leiser Glockenklang aus dem Norden an ihr Ohr. Viertel vor fünf. Schilds Fabrikglocke. Gegen ihren Willen stahl sich ihre Hand in die Schürze, umschloss die Taschenuhr und zog sie heraus. Sie hob sie vor ihr Gesicht, betrachtete, wie die Zeiger durch die Zeit schritten, lauschte dem leisen Ticken.

Ein schrilles Pfeifen aus der Richtung der Geleise. Der Schaffner, in der geöffneten Tür stehend, sah sie auffordernd an.

Sarah schüttelte den Kopf, griff nach ihrem Koffer und eilte aus dem Bahnhof, ohne auf ihre brennenden Füße zu achten. Sie buchte eine Droschke und ließ sich unter den missbilligenden Blicken des Kutschers ins Fleur fahren, rannte die Treppe hoch und klopfte heftig an Maries Tür.

Dieses Mal dauerte es länger, aber schließlich öffnete sich die Tür, eine Stirn runzelte sich, und der Spalt wurde schmäler.

»Ich bleibe«, sagte Sarah. »Holen Sie mich heute Nachmittag, wenn die Frauen Karten spielen.« Sie zögerte. »Und würden Sie mich duzen? Vor den anderen wäre es besser, und ich fände es schön.«

Ein Lächeln stahl sich auf Maries Gesicht. »Dacht ich's mir doch, dass du aus härterem Holz geschnitzt bist.«

Sarah kehrte in ihr Zimmer zurück und atmete tief durch. Der Knoten in ihrem Magen war noch da, Köllikers Blick und seine Hände verfolgten sie nach wie vor, aber sie hatte zu tun – Kaffee brühen, Frühstück richten und Wäsche waschen. Und die Freierzimmer. Aber wenn Marie jeden Tag ihre Arbeit machen konnte, konnte sie ihre auch erledigen. Sie wusste, warum sie hier war, und sie würde jetzt nicht aufgeben.

44

Aus dem Zimmer drangen Zigarettenrauch und Gelächter in den Korridor. Der rauchgeschwängerte Raum war klein und wirkte noch winziger, weil die Frauen beide Betten zusammengeschoben hatten und mit gekreuzten Beinen darauf saßen. In der Mitte lagen Karten, daneben ein paar Haarbänder, Schmuck und Pralinen – wahrscheinlich der Wetteinsatz.

Marie stellte Sarah den Dirnen vor: Lula, der strammen, blonden Sängerin, die bei ihrer Ankunft auf der Bühne gestanden hatte und aus Nürnberg stammte, dann Paula, einem schlanken, dunkelhaarigen Geschöpf mit dunklen Augen und einem Rosenknospenmund, das aus dem französischen Elsass kam. Die beiden waren Anfang zwanzig, während die beiden anderen Dirnen auf die dreißig zugingen. Lisa und Evelyne waren blond; Lisas Haare waren halblang und dünn wie Schnittlauch, während die üppige Evelyne ebenso üppige Locken über blauen Puppenaugen trug.

Sarah setzte sich in einen zerschlissenen Sessel und versuchte, die angespannten Muskeln zu lockern, während die

Dirnen über die verschiedenen Orte sprachen, an denen sie gearbeitet hatten.

»Ich habe im Elsass nicht so gut verdient«, sagte Paula. »Ich möchte später ein eigenes Bordell aufmachen, und hier kann ich ein wenig auf die Seite legen.«

Lula nickte. »Die Madame lässt mich singen, und ich habe mir damit schon einen Namen gemacht.«

Die Gesichter der älteren Dirnen verhärteten sich bei diesen Worten, und einen Moment war es unbehaglich still. Dann öffnete sich die Tür, und Helena steckte den Kopf herein. »Die Post.« Sie reichte Paula und Lula Umschläge, die eifrig zu lesen begannen.

»Willy kommt morgen«, sagte Paula. »Er ist süß. Hört euch das an: ›Ich komme morgen nach Grenchen. Um fünf muss ich weiterreisen. In Gedanken bin ich bei dir und hab dich lieb. Dein Schatzilein.‹« Sie warf den Brief auf das Bett. »Schade, dass er nicht vermögender ist.«

»Der hier ist es.« Lula wedelte mit ihrem Brief und hielt ein Zehnfrankenstück in die Luft. »Und er weiß zu schmeicheln: ›Meine liebe Lula, ich habe unser Zusammentreffen nicht vergessen. Was für eine freudige Überraschung du warst! Ich komme nächsten Montag vorbei und freue mich auf deinen Einfallsreichtum. Anbei ein kleines Dankeschön für deinen besonderen Dienst. In Erwartung unserer Freuden!‹« Sie lächelte geringschätzig. »Er ist natürlich verheiratet.«

»Schreiben die Freier häufig Briefe?«, fragte Sarah.

»Manche wollen sicher sein, dass ›ihr Mädchen‹ Zeit hat«, erwiderte Lula. »Der hier« – sie schnippte an den Brief – »war immer bei Sylvia. Er hat besondere Wünsche, dafür ist er großzügig und unterhaltsam. Er hat eine Fotografie von mir gemacht, und sie ist wunderbar geworden! Vielleicht kann ich damit als Sängerin unterkommen.«

»Was für ein Dienst war dem denn zehn Franken wert?«, fragte Lisa.

»Nichts weiter«, erwiderte Lula rasch. »Wollen wir weiterspielen?«

»Noch nicht«, erwiderte Marie. »Anna hat ein paar Fragen an euch.«

Evelyne musterte Sarah. »Marie hat erzählt, dass du noch nie in einem Bordell gearbeitet hast und aus einem anderen Grund hier bist. Was ist das für ein Grund?«

Sarah zögerte. Wenn sie erzählte, dass sie Hauslehrerin war, würden ihr die Frauen vielleicht nichts anvertrauen.

Zum Glück half ihr Marie aus der Not. »Ein Freund von Anna wird verdächtigt, etwas mit den Morden an Franz und Sylvia zu tun zu haben, und sie möchte ihm helfen. Ihr habt sicher mehr gesehen, als ihr den Landjägern erzählt habt.«

Evelyne wippte mit einem nackten Bein; ihr Fuß steckte in einem abgeschabten lila Pantoffel. »Einer von denen streicht immer hier herum, wenn wir ein neues Mädchen haben. Er war auch schon bei mir.« Sie legte den Kopf in den Nacken, zog an ihrer Zigarette und ließ den Rauch an die Decke entweichen.

»Was ist euch aufgefallen?«

»Sylvia und Franz haben immer die Köpfe zusammengesteckt«, erwiderte Lisa. »Als Franz starb, war Sylvia ein paar Tage völlig außer sich, aber dann wirkte sie aufgeregt.«

Sarah griff in ihre Schürze und legte die Bilder, die Paul ihr gegeben hatte, auf die Mitte des Bettes. »Erkennt ihr jemanden?«

Evelyne zeigte auf Herrn Kölliker. »Er war früher regelmäßig hier. Er war dicke mit Franz; einmal haben sie sich eine Dirne geteilt. Sonst kenne ich keinen.«

Auch die anderen griffen wieder nach den Spielkarten.

»Seid ihr euch sicher?«

Widerwillig glitten die Blicke der Frauen noch einmal über die Bilder.

»Die Köpfe sind so klein«, sagte Lisa. Dann stutzte sie kurz. Sarah rutschte in ihrem Sessel nach vorn, aber Lisa schüttelte den Kopf. »Tut mir leid.«

Ein säuerlicher Geschmack der Enttäuschung füllte Sarahs Mund. Sie packte die Bilder ein. »Lasst mich wissen, wenn euch noch etwas einfällt.«

Die Frauen wandten sich wieder ihrem Kartenspiel zu, und Sarah kehrte in ihr Zimmer zurück, um sich umzuziehen. Sie zerrte an den Knöpfen ihres Kleides. Die Fotos waren ihr einziger Trumpf gewesen. Das mit Kölliker und Franz Stettler klang interessant; vielleicht hatte Stettler Kölliker mit der Nacht mit der Dirne erpresst. Aber laut dem, was Rosa erzählt hatte, war Kölliker dank seiner Alibis aus dem Rennen.

Einer der Knöpfe vertrug die grobe Behandlung nicht und sprang ab. Sarah ließ sich seufzend auf den Stuhl vor ihrem kleinen Tisch fallen, und ihr Blick wanderte zum Fenstersims, wo Pauls Uhr lag. Sie tickte leise, und mit jedem Ticken schien ihre Zeit knapper zu werden.

Vielleicht war sie naiv gewesen, als sie dachte, es werde sich alles mit den Bildern lösen lassen. Es gab noch Sylvia Steiners Zimmer. Die Landjäger hatten es sicher untersucht, aber vielleicht war es noch nicht leer geräumt. Es stand nicht auf ihrer Putzliste, also wurde es momentan nicht bewohnt.

Nachdem sie am Sonntag den Kaffee aufgesetzt und die Brötchen bereitgestellt hatte, stieg Sarah leise die Treppe zu Sylvias Zimmer hoch. Am Freitag und Samstag hatte sie keine Zeit für einen Abstecher gehabt. Als zusätzlicher Dämpfer war ein Brief von Daniel eingetroffen. Die Eltern waren fuchsteufelswild und hatten versucht, ihm zu entlocken, wo sie war. Er hatte es geschafft, sie zu beruhigen, indem er ihnen erzählt hatte, sie brauche Abstand und wolle zu sich selbst finden. Da ihr Vater kein Interesse daran hatte, Aufsehen zu erregen, verzichtete er darauf, sie suchen zu lassen. Das war eine gute Nachricht, aber der Brief hatte ihr schlechtes Gewissen angefacht. Sie musste so schnell wie möglich etwas herausfinden, und der Sonntagmorgen war ideal: Herren wie Knechte würden in der Kirche sitzen und keine Zeit für Bordellbesuche haben.

Sylvias Zimmer war schmal, und ihre Habseligkeiten waren noch da, das meiste gestapelt und zum Abtransport bereitgestellt. Sie öffnete den Kleiderschrank. Es waren feine Stoffe dabei, die schon älter wirkten – wahrscheinlich aus ihrer Blütezeit als Dirne.

Der Schreibtisch war leer geräumt bis auf eine Steingutvase und einen Brieföffner. Sie öffnete eine Schublade nach der anderen, aber kein Fitzelchen Papier war zu finden. Sie spähte unter den wackligen Tisch, aber darunter lag nur der Staub der letzten Wochen. Sarah erhob sich und zuckte zusammen. Anstatt sich an die Anstrengungen zu gewöhnen, rebellierte ihr Rücken jeden Tag mehr.

Sie stützte die Hände in die Hüften und ließ den Blick durch das Zimmer gleiten. Die Wand neben dem Schreibtisch war mit einer Tapete in schreienden Farben bezogen – ein grelles Grün und ein schmutziges Rosa. Auf einem rechteckigen Fleck von etwa zehn auf fünfzehn Zentimetern war die Tapete heller. Ein kleines Loch deutete darauf hin, dass dort ein Bild oder eine Fotografie gehangen hatte. Unterhalb des hellen Flecks stand ein gepflegtes Kästchen aus Rosenholz mit Verzierungen aus kunstvoll geschnitzten Putten, Rosenblüten und Girlanden. Sarah öffnete es erwartungsvoll, aber es enthielt nur ein paar Ohrringe und Armbänder.

Nachdenklich musterte sie das Möbelstück. Der Sockel war, gemessen an der Größe des Kästchens, hoch geraten. Erneut zog sie die unterste Schublade über dem Sockel auf, in der die Armbänder lagen. Sie war viel niedriger, als der Sockel vermuten ließ.

Onkel Pius, Freund technischer Spielereien, hatte ihr zum sechzehnten Geburtstag ein ähnliches Kästchen überreicht und augenzwinkernd gesagt, er sei sich sicher, dass sie seine Geheimnisse entdecken würde. Tatsächlich hatte es nicht nur eines, sondern zwei versteckte Fächer gehabt.

Sie tastete suchend unter dem Sockel herum, bis sie auf eine kleine Spalte stieß, griff nach dem Brieföffner auf Sylvias Pult und führte ihn vorsichtig in die Spalte, bis ein vielversprechendes Klicken ertönte. Der Sockelboden kippte ab, und heraus fiel das, was Sylvia offenbar hatte verstecken wollen.

Gespannt griff Sarah nach den Preziosen: Ein seidenes, dunkelblaues Haarband, eine teure Krawattennadel und eine Skizze von einem Engel, einem Pony und einer Katze, unter der in schwungvoller Schrift stand: *»Freunde für immer! – Zürich, August 1855.«*

Die Tür knarrte, und Sarah schob Bild, Band und Krawattennadel rasch in ihre Schürzentasche.

Lula lehnte am Türrahmen und nippte an einer Tasse Kaffee.

»Evelyne wird froh sein, dass die Kleider noch hängen«, sagte sie. »Sie bekommt das Zimmer, und wenn ihr die Sachen passen, darf sie sie behalten.«

»Warum bist du hier? Ist dir noch etwas eingefallen?«

Lula ließ die Tasse von einer Hand in die andere gleiten. »Ich weiß nicht, ob ich es dir sagen soll. Es könnte mich in Schwierigkeiten bringen.«

»Es könnte uns helfen, den Täter zu finden!«

»Es geht um den Freier, der mir geschrieben hat.« Sie zögerte kurz und fuhr dann fort. »Er war am Mittwoch nach dem Mord an Sylvia bei mir, und danach hat er mich gebeten zu sagen, dass er am Montag bei mir war. Er würde mir dafür zehn Franken zahlen.«

»Kennst du seinen Namen?«

»Er heißt Meichtry.« Lula presste die Lippen zusammen. »Hoffentlich gibt das keinen Ärger.«

»Ich kümmere mich darum. Vielen Dank!«

Sarah eilte in ihr Zimmer. Endlich ein Hinweis! Wer sich eine Dirne als Alibi verschaffte, musste mehr auf dem Kerbholz haben. Sie kramte in ihrer Börse nach Ringgenbergs Anschrift, als es an der Tür klopfte und kurz darauf Lisa und Evelyne die Köpfe hereinsteckten.

»Hast du kurz Zeit für uns?«

Sarah winkte sie ins Zimmer. »Was gibt es denn?«

»Ich bin mir nicht sicher«, sagte Lisa. »Kann ich mir deine Bilder noch einmal ansehen?«

»Natürlich.« Sarah öffnete die Schublade ihres Schreibtischs, griff nach den Fotografien und legte sie aufs Bett.

Lisa ließ den Blick über die Köpfe schweifen, dann schüttelte sie den Kopf. »Ich muss mich geirrt haben – Moment! Also doch.« Sie zeigte mit einem langen Fingernagel auf das Bild. »Er war Ende April bei mir, nur einmal. Erst wollte er ›Das Übliche‹ und klang, als wüsste er gar nicht, was das ist. Aber bevor wir angefangen haben, ist er aufgestanden und gegangen. Ich habe ihn deshalb nicht in mein Büchelchen eingetragen.«

Sarah folgte Lisas Fingernagel. Kälte prickelte in ihrem Nacken. »Bist du dir sicher?«

»Er ist es. Der Schnäuzer ist mir schon damals aufgefallen.«

»Wann soll das gewesen sein?«

»Eingetragen hab' ich ihn ja nicht, aber es war Ende April, ein Montag. Es muss wohl der achtundzwanzigste gewesen sein.«

Evelyne, die danebenstand, stockte kurz.

»Was?«, fragte Lisa.

Evelyne schüttelte den Kopf. »Es ist schon wieder weg.«

Die beiden sahen Sarah forschend an. Wahrscheinlich wirkte sie ziemlich mitgenommen. Sie bedankte sich kurz, bugsierte sie so höflich wie möglich aus dem Zimmer und schloss die Tür, setzte sich aufs Bett und starrte auf das Bild, während ihr Herz unangenehm heftig pochte.

Der Mann, auf den Lisa gezeigt hatte, war Herr Schneider.

Das war unmöglich! Herr Schneider – der letzte Mann, dem sie einen Besuch im Bordell zugetraut hätte. Dass er seine Frau von Herzen liebte, war so sicher wie das Amen in der Kirche. Aber Lisa war sich sicher gewesen.

Wenn ihre Worte der Wahrheit entsprachen und Franz Herrn Schneider hier gesehen und damit erpresst hatte, war alles möglich. Für einen gewöhnlichen Bürger mochte ein Besuch im Bordell kein Mordmotiv sein, aber Herr Schneider war ausgesprochen ehrgeizig. Er strebte eine Karriere in Politik und Kirche an und würde seinen guten Ruf in Grenchen nicht riskieren, geschweige denn seine Stelle.

Für den Mord an Emmi hatte er ein Alibi; sie selbst hatte es ihm geliefert. Aber vielleicht war Emmi doch verunfallt, oder Franz Stettler hatte sie getötet, um eine Mitwisserin auszuschalten. Für den Mord an Stettler war Herr Schneider nie vollständig entlastet worden. Und kaum war Herr Schneider entlassen worden, war die Dirne gestorben.

Sie presste die Hand auf die Fotografie. Herr Schneider war ihre Hoffnung auf eine neue Zukunft. Und was würde Paul sagen, wenn sie seinen Vater ans Messer lieferte? Außerdem hatte sie die Aussage von Lula zu diesem Meichtry. Sie könnte nur Lulas Aussage weitergeben.

Wieder betrachtete sie das Bild, aber vor ihrem inneren Auge sah sie die glücklichen Gesichter von Vater und Sohn Schneider, wie sie sich zugeprostet hatten; daneben Frau Schneider, die zehn Jahre jünger ausgesehen hatte als eine Woche zuvor. Dann verblassten die Gesichter der Schneiders, und andere drängten sich in den Vordergrund. Das blasse Gesicht Emmis, das von Hannes; die verschwommenen Züge der beiden Opfer, die sie nicht gekannt hatte. Und am Ende das Gesicht ihres Vaters.

Am liebsten hätte sie mit Rosa gesprochen, aber eigentlich war das unnötig. Sie wusste, was Rosa sagen würde, und sie wusste, was sie zu tun hatte. Sie hatte Vater brüskiert und viel riskiert, indem sie hierhergekommen war. Sie hatte es für sich getan, aber auch dafür, dass Emmi und die anderen Gerechtigkeit erfuhren. Dieses Mal durfte sie nicht aus falscher Loyalität oder Eigeninteresse handeln, selbst wenn es sie alles kosten würde.

45

Gideon durchmaß sein Wohnzimmer mit großen Schritten. Fenster, Wand, Küche, Wand. Fenster, Wand …

Er fluchte und blieb stehen. Wenn er nicht aufhörte, würde er eine Rinne in den Teppich treten.

Fräulein Siegwarts Telegramm hatte ihn am Sonntagabend erreicht, und er hatte seinen Augen nicht getraut. Schneider war abgesehen von ihm selbst der Letzte, den er sich als Bordellbesucher vorstellen konnte. Dann das mit Meichtry. Er tippte auf die Schuld dieses Schlitzohrs, aber erst musste er ihn befragen. Er hatte jemanden mit dem Telegramm zu Viktor geschickt und versuchte seitdem, sich in Geduld zu üben. Aber inzwischen war es fünf Uhr nachmittags. Wenn es noch lange dauerte, würde er aufs Amtsgericht gehen.

Endlich klopfte es. Er öffnete die Tür. »Ich hoffe, du hast was Gutes!«

Viktor strich sich das feuchte Haar aus der Stirn. »Wenn du etwas von mir willst, musst du mir ein Bier anbieten.«

Gideon holte zwei Flaschen aus der Vorratskammer, öffnete sie und stellte Viktor eine hin.

»Habt ihr Schneider geholt? Was hat er gesagt? War er wirklich im Fleur?«

Viktor nahm einen Schluck und wischte sich den Schaum von den Lippen. »Wir haben Schneider gestern Abend geholt und ihn heute Morgen verhört. Den Besuch im Bordell hat er gestanden, aber er schwört bei allen Heiligen, dass er die Morde nicht begangen hat.«

Wer kannte die Menschen? Das hätte er nie gedacht. »Wie erklärt er sich bezüglich der Morde?«

»Die Lücke in seinem Alibi am Montag von Stettlers Tod erklärt er immer noch damit, dass er wieder mal spazieren war. Für den Mord an der Dirne hat er kein Alibi, das rundum hält. Er sagt, er war am Sonntagnachmittag zu Hause – es war der Tag, an dem er aus der Haft entlassen wurde. Er habe sich um seine Rosen gekümmert, während seine Frau ausgeritten sei und sein Sohn mit Fräulein Siegwart weg war. Aber er scheint mir nahe daran, zusammenzubrechen. Wenn dieser Stettler ihn im Bordell gesehen und erpresst hat, ist das eine stichhaltige Sache.« Er grinste. »Schneider hat uns noch etwas anders erzählt: Stettler hatte das mit den ›krummen Zahlen‹ ziemlich sicher von Kölliker.«

»Wie das?«

»Laut Schneider war Kölliker derjenige, der ihm zu den Manipulationen geraten hat. Schneider glaubte ihm, als er sagte, die Zahlen würden rasch besser werden und niemand werde es merken.«

»Warum hat er uns das nicht früher erzählt?«

»Er wollte Kölliker nicht in den Rücken fallen; immerhin hielt er ihn für seinen Freund. Als der ihn fallen ließ, hat er es sich anders überlegt, dann aber gefürchtet, dass ihm keiner glauben würde.«

»Womit er recht haben könnte. Vielleicht wollte Kölliker im richtigen Moment die Manipulationen ›entdecken‹, worauf man Schneider entlassen und ihn eingesetzt hätte. Sein Wort hätte gegen Schneiders gestanden.«

»Aber warum hat Stettler nichts aus der Information gemacht?«

»Wahrscheinlich wollte er es sich mit Kölliker nicht verderben«, erwiderte Gideon. »Sie waren ja im Bordell dick befreundet. Und wenn wir recht haben, hatte er Schneider ja wegen etwas Pikanterem an der Angel. Und was ist mit Meichtry? Ich hoffe, ihr geht der Sache auch nach! Oder will Wittmer das ignorieren?«

»Ich werde ihn nochmals befragen, und Ehinger hat in der Vorgeschichte von diesem Meichtry gegraben. Etwas haben wir schon herausgebracht: Meichtry hat keinen Studienabschluss, aber er hat zwei Semester an der Universität Zürich Germanistik studiert – 1857. Vielleicht kannte er Sylvia Steiner von dort.«

»Ich wusste, dass der Kerl etwas verbirgt! Das mit den Fotografien nicht zu vergessen. Vielleicht hat er das Bild gemacht, das das Ganze ausgelöst hat – vielleicht war er sogar mit drauf!«

»Ich lasse Ehinger jeden Stein umdrehen. Und ich habe noch eine gute Nachricht: Wittmer war zwar irritiert, dass die Hinweise von dir kamen, aber er ist hocherfreut, dass wir endlich Resultate haben. Außerdem hat die Bordellmadame die Anzeige zurückgenommen. Wittmer hat die Suspendierung aufgehoben. Du bist ab sofort wieder in Amt und Ehren.«

Gideons Brustkorb schien sich zu weiten, als hätte er das erste Mal seit Langem genug Luft zum Atmen. »Das ist die beste Nachricht überhaupt.«

»Die Freude liegt mindestens so sehr auf meiner Seite.« Viktor stand auf. »Judith wartet. Komm bald wieder zum Essen.«

»In Ordnung. Sag, hat man sich um Fräulein Siegwart gekümmert?«

»Ich glaube nicht.«

Gideon erhob sich ebenfalls. »Ich werde das übernehmen.«

Er legte die Uniform an, stieg hinter Viktor die Treppe hinunter und verabschiedete sich von seinem Freund. Dann richtete er den Säbelgurt und zog sein Sakko gerade. Der Himmel über ihm war grau; es würde bald regnen. Aber das Wetter in ihm drin war selten so gut gewesen. Der Fall war noch nicht gelöst, und es waren noch einige Fragen offen. Aber im Moment störte ihn das nicht. Er war zurück.

46

Der Montag verstrich im Schneckentempo, und während Sarah Böden schrubbte und Bettwäsche wechselte, schielte sie immer wieder auf die Wanduhr, um jedes Mal aufs Neue festzustellen, dass nur ein paar kümmerliche Minuten vergangen waren. Um drei Uhr nachmittags genehmigte sie sich einen Kaffee im Schankraum, während sie sich bemühte, die Blicke der anwesenden Gäste zu ignorieren. Sie überlegte gerade, ob sie sich noch eine Tasse holen sollte, als sich die Tür öffnete und den Blick auf Korporal Ringgenberg in vollem Ornat freigab.

Die paar Stammgäste, die eben noch zu ihr geschielt hatten, erhoben sich und verzogen sich nach draußen, während Ringgenberg ihr entgegenkam. »Fräulein Siegwart.« Er setzte sich. »Ich habe Ihr Telegramm bekommen. Herr Schneider wurde gestern abgeholt und heute verhört. Er behauptet, dass er die Morde nicht begangen hat, aber den Besuch im Fleur hat er gestanden. Wir werden ihn in Haft behalten und weiter verhören.«

Erst jetzt wurde ihr bewusst, wie wenig sie damit gerechnet

hatte, dass Herr Schneider wirklich im Bordell gewesen war. Bleierne Schwere drückte sie in ihren Stuhl, dessen harte Lehne sich in ihren Rücken bohrte. Damit waren ihre Pläne in Grenchen wohl endgültig zunichtegemacht.

Ringgenberg verschränkte die Hände auf dem Tisch. »Wir hatten uns bei den Ermittlungen im Bordell auf das Einnahmebuch der Bordellmadame und die Büchelchen der Dirnen konzentriert. Auf dieser Liste stand Herr Schneider nicht. Wenn wir einen Hinweis finden, der ihn mit den Mordschauplätzen in Verbindung bringt, ist der Fall wahrscheinlich abgeschlossen.«

»Frau Schneider muss es schrecklich gehen.«

»Sie hat ihren Stiefsohn per Telegramm gebeten, nach Hause zu kommen. Das scheint mir eine gute Idee zu sein. Aber nun zu Ihnen. Ich würde meinen, dass Ihre Mission hier beendet ist. Ich schlage vor, dass ich Sie vorerst im Gasthof Löwen unterbringe. Ich habe eine Kutsche bestellt, die bald hier sein sollte.«

Sie zögerte. »Was ist mit Herrn Meichtry?«

»Wir gehen allem nach. Was Herrn Kölliker betrifft, sind seine Alibis leider unantastbar. Das mit dem Fleck an der Wand von Sylvia Steiners Zimmer ist uns auch aufgefallen; Sylvia Steiner hatte einen Fetzen einer Fotografie in der Hand, als wir sie gefunden haben. Aber etwas Handfestes haben wir nicht.«

»Ich verstehe. Aber etwas muss ich Ihnen noch geben.« Sie griff in ihre Schürze und holte die Skizze, das Haarband und die Krawattennadel hervor. »Die Sachen habe ich in einem verborgenen Fach eines Kästchens in Frau Steiners Zimmer gefunden. Ich weiß nicht, was sie zu bedeuten haben, aber immerhin hat Frau Steiner es für nötig gehalten, sie zu verstecken.«

Ringgenberg nahm die Sachen, warf einen Blick darauf und steckte sie in seine Uniformtasche. »Wir werden auch dem nachgehen, das verspreche ich Ihnen.« Dann legte er ihr mit einem Lächeln die Hand auf den Arm. »Aber jetzt würde ich Sie lieber in anderer Umgebung sehen.«

Sie seufzte. »Ich muss meinem Vater schreiben. Ich habe meinen Eltern nicht erzählt, wohin ich gehe. Sie werden sich Sorgen machen und wütend sein.«

»Wenn Sie wollen, schreibe ich Ihrem Vater auch«, sagte Ringgenberg. »Das könnte seinen Ärger in Schach halten.«

»Danke. Vielleicht reißt er mir dann nicht gleich den Kopf ab.«

Sie eilte in ihr Zimmer, packte ihre Sachen und klopfte an Maries Tür.

»Man hat Herrn Schneider verhaftet«, sagte sie. »Meinen früheren Arbeitgeber. Er war einmal hier; Lisa hat ihn auf dem Bild erkannt. Er hat die Morde nicht gestanden, aber man wird ihn weiter verhören. Ich werde mit Korporal Ringgenberg mitgehen. Meinst du, du kannst für mich alles regeln?«

»Es wird ein paar Fragen geben, aber das schaffe ich.«

»Das vergesse ich dir nicht! Lass uns in Verbindung bleiben.«

Marie lächelte, aber ihre Augen waren matt. »Das ist nett von dir, aber das wird nicht gehen.«

»Ich meine es ernst.«

»Das glaube ich dir, aber du wirst mich rasch vergessen. Trotzdem danke.«

Sarah drückte ihr die Hand. »Ich bin die nächsten Tage im Gasthof Löwen. Wir sehen uns wieder.«

Das Zimmer im Löwen war eine würdige Entschädigung für die Strapazen im Bordell, und nach einem langen, heißen Bad traten die Schufterei, die gierigen Blicke und sogar das widerliche Erlebnis mit Kölliker endlich etwas in den Hintergrund. Danach setzte sich Sarah mit nassen Haaren und frischen Kleidern an den Schreibtisch und starrte auf das Stück Papier, das vor ihr lag.

Sie musste Paul schreiben. Aber würde er den Brief lesen nach allem, was geschehen war? Sie hatte seinen Vater den Landjägern ausgeliefert; man konnte es ihm nicht verdenken, wenn er nichts mehr mit ihr zu tun haben wollte. Aber sie musste es versuchen.

Eine halbe Stunde später stand sie vor der Schneider-Villa. Trotz des hellen Sommerabends wirkte das Haus dunkel und still. Sie legte den Brief auf den Fenstersims der Eingangshalle und ertappte sich zu ihrer eigenen Überraschung bei einem Gebet – dass Paul ihn bekommen und sie verstehen würde.

In der langsam einsetzenden Dämmerung machte sie sich auf den Rückweg. Sie passierte den Gasthof Bären, in dessen Gartenwirtschaft sich einige Uhrenarbeiter zu einem Feierabendbier niedergelassen hatten. Ihre kornblumenblauen Kittel leuchteten in der Abendsonne, und das Klirren der Humpen vermischte sich mit dem Klang der Kirchenglocke. Acht

Uhr; sie sollte sich beeilen. Durch die Rainstraße sah sie hoch zum Anwesen der Schilds und zum Gotteshaus, dessen grünliche Turmspitze in den sommerblauen Himmel ragte. Der hellgelbe Kalkstein leuchtete in der Abendsonne. Sie lächelte in sich hinein. Sie hatte Grenchen vermisst, und obwohl ihre Zukunft unsicher war, war es schön, jetzt hier zu sein.

Die Harfe am Schild-Balkon blitzte in den letzten Sonnenstrahlen. Ob Pauline da war? Zu läuten wagte sie nicht, aber sie könnte ihr ebenfalls schreiben. Vielleicht war sie bereit, ihr zu verzeihen.

Zurück im Löwen schrieb sie den Brief an Pauline, dann sickerte die Müdigkeit in ihre Knochen. Die Ruhe war eine Wohltat und die Matratze um Welten besser als im Fleur. Dennoch fiel es ihr schwer einzuschlafen, und dieses Mal waren es die Gesichter von Paul und Pauline, die nicht aus ihrem Kopf verschwinden wollten.

Am nächsten Morgen klopfte es an ihrer Tür, und ein Dienstmädchen steckte den Kopf herein.

»Ein Herr möchte Sie sprechen, Fräulein. Er wartet in der Halle.«

Sie versuchte, ihre Nervosität in Schach zu halten. Trotz der guten Matratze war sie seit drei Stunden wach und seit zweien angezogen. Nach dem kurzen, aber guten Schlaf hatte sie gehofft, die letzten paar Tage endgültig abstreifen zu können, aber statt Erleichterung war nur ein Gefühl der Leere geblieben. Ihre Mission hatte sie erfüllt, aber nichts von dem, was sie sich erhofft hatte, schien Wirklichkeit zu werden.

Das Dienstmädchen räusperte sich, und Sarah erhob sich

eilig. Es gab keinen Grund zur Aufregung; wahrscheinlich war es nur Korporal Ringgenberg, der sich nach ihrem Wohlergehen erkundigen wollte.

Aber es war Paul. Unter seinen Augen lagen dunkle Schatten, und sein Gesicht wirkte schmal. Sie trat zögernd näher, und der Druck auf ihrer Brust ließ etwas nach, als er ihre Hand drückte.

»Danke für deinen Brief«, sagte er. »Hast du Zeit?«

Sie setzten sich auf eine Bank auf der Löwenterrasse. Einen Moment herrschte Stille. Der leidenschaftliche Kuss am Bahnhof kam ihr unwirklich vor, wie etwas, das in grauer Vorzeit geschehen war. Bedeutete ihm der Kuss noch etwas, nach allem, was sie getan hatte?

Schließlich brach Sarah das Schweigen. »Es tut mir so leid.«

»Du hast getan, was du tun musstest.« Die Schatten in seinem Gesicht vertieften sich. »Ich kann es nicht glauben. Vater liebt Esther; so etwas ist gar nicht seine Art. Und doch scheint er es getan zu haben.«

»Wie geht es ihr?«

»Sie ist zusammengebrochen, als sie Vater holten.« Seine Schultern sanken hinab. »Ich kann nicht glauben, dass er die Morde begangen hat, und meine Hoffnung hängt daran, dass er sie nicht gestanden hat. Aber schon der Bordellbesuch passt so gar nicht zu ihm. Wenn er das getan hat, scheint auch ein Mord möglich.«

»Das dachte ich auch. Was wollte er im Bordell? Warum besuchte er eine Dirne und ging dann, ohne ihre Dienste in Anspruch zu nehmen? Es ergibt keinen Sinn.«

»Was wirst du jetzt tun?«

Sarah strich mit der Hand über ihr Kleid. Pauls Frage ließ die Freude über das Wiedersehen versickern wie Wasser aus einem kaputten Krug.

»Ich weiß es nicht. Ich muss wohl zurück nach Luzern und mir eine Stelle als Lehrerin suchen. Dein Vater war meine einzige Chance auf einen Einstieg in die Uhrmacherei, und ich weiß jetzt zumindest, dass es Schlimmeres gibt, als Lehrerin zu sein. Und irgendetwas muss ich tun.«

»Warum fragst du nicht Schilds?«

Sie seufzte. »Ich habe es mir mit Pauline verdorben. Ich habe ihr einen Brief geschrieben, aber ich weiß nicht, ob es etwas nützt. Mein Vater wird es ohnehin nicht erlauben.«

»Gib nicht auf«, entgegnete er. »Warum schreibst du ihm nicht? Pack den Stier bei den Hörnern, das hat Rosa auch gesagt. Sie lässt dich grüßen, du sollst bald vorbeikommen.«

»Das werde ich! Grüß sie von mir. Was ist mit Frau Schneider? Sie muss böse auf mich sein.«

»Das glaube ich nicht. Aber sie ist verstört und schläft fast nur.« Er stand zögernd auf. »Ich muss mich jetzt um Esther kümmern. Aber ich würde dich gern bald wiedersehen.« Er sah sie lange an, und seine Augen wirkten dunkler als sonst. »Geh' nicht einfach fort. Versprichst du es mir?«

Sie nickte stumm.

Er griff nach ihrer Hand, hob sie zu seinem Mund und strich mit seinen Lippen über die weiche Haut auf der Innenseite. Lächelte und ging. Sie sah ihm mit klopfendem Herzen nach.

Zurück in ihrem Zimmer, setzte sie sich an ihr Pult. Pauls Augen schienen ihr zu folgen, und seine Worte klangen ihr im

Ohr. Er hatte recht – sie durfte jetzt nicht aufgeben. Auch wenn sie nicht einmal wusste, wie sie zu einer Stelle kommen sollte, würde sie versuchen, Vater zu überzeugen. Ihr Traum war es wert.

47

Gideon stieß die Tür zu seiner Wohnung auf. Freitag, seine erste Woche in Amt und Ehren war fast vorbei. Aber seine Euphorie war verpufft, obwohl es so gut angefangen hatte.

Wittmer hatte ihn aufs Herzlichste willkommen geheißen, und die Kollegen hatten ihn beglückwünscht und wie den verlorenen Sohn begrüßt. Sein dreistes Vorgehen wurde ihm jetzt als mutiger Schachzug angerechnet; die *Solothurner Zeitung* wollte sogar einen Bericht über den in Ungnade gefallenen und rehabilitierten Korporal veröffentlichen.

Er war die ganze Woche auf dieser Wolke der Anerkennung geschwebt, aber dann hatte sie sich langsam und unmerklich in Luft aufgelöst. Erst hatte er gedacht, es liege daran, dass der Fall noch nicht gelöst war, aber das war es nicht. Seine Augen wanderten zur Vorratstür, zu den Flaschen im hinteren Regal. Aber es gab bessere Wege, den Kopf frei zu bekommen.

Eine Viertelstunde später wässerte er sein Boot am Aaresteg, stieß sich ab und glitt über die spiegelglatte Fläche. Ein leichter Wind strich über seine Wangen, und während er die Ruder durch das Wasser zog, lockerten sich seine Muskeln.

Die Abendsonne ließ die Blätter der Uferbäume leuchten und warf ihre glitzernden Strahlen über das frische, klar riechende Wasser. Warum konnte nicht alles so einfach sein? Ein Boot, zwei Ruder, zwei starke Hände. Alles kontrollierbar, selbst wenn Wind und Wetter einen herausforderten.

Nach einer halben Stunde erreichte er die Anlegestelle südlich der Stadt, zog sein Boot aus dem Wasser und setzte sich auf eine Bank. Zufrieden ließ er seinen Puls zur Ruhe kommen und pflückte sich ein paar Himbeeren von einem in der Nähe wachsenden Strauch. Sie waren reif und süß und schmeckten nach mehr. Er griff noch einmal in den Strauch und zuckte zusammen. Ein Dorn hatte ihn gestochen, und Blut quoll aus seinem Daumen. Das Blut sammelte sich in einem runden, anschwellenden Tropfen, der hin und her zitterte. Er kippte den Daumen, bis der Tropfen auf den trockenen Boden fiel und einen blassroten Fleck zurückließ.

Er musterte den Himbeerstrauch. Lange, großblättrige Ranken voller Dornen erstickten die paar Zweige, an denen Früchte wuchsen. Abrupt wandte er sich ab und starrte über das Wasser.

Er wusste, was ihn quälte. Aber er konnte seiner Mutter nicht ins Gesicht sehen. Was, wenn sie ihm die Tür vor der Nase zuschlug? Der Schmerz in ihren Augen, als er ihr seine harschen Worte entgegengeschleudert hatte, brannte in seinem Herzen wie Säure. Er versuchte sich davon zu überzeugen, dass sie ihn nicht abweisen würde, aber die Vorstellung, bei ihr anzuklopfen und abgewiesen zu werden, war unerträglich. Und doch musste er es tun, wenn er Frieden finden wollte.

48

»Ein Brief für Sie, Fräulein.«

Das Dienstmädchen reichte Sarah höflich einen Umschlag. Er war von ihrem Vater, und ihr Herz machte einen Satz. Sie dankte dem Mädchen, schloss die Tür und legte den Brief vor sich auf den Tisch.

Die letzten drei Tage waren reine, dringend nötige Erholung gewesen. Sie hatte viel geschlafen und war spazieren gegangen, aber sie hatte sich seltsam gefühlt – losgelöst von Raum und Zeit, in einer unbestimmten, wolkigen Zwischensphäre.

Die Anschrift auf dem Brief war ordentlich verfasst, nicht in der wütenden Kritzelei, die sie schon gesehen hatte, wenn Vater einen Leserbrief für das *Vaterland* verfasste. Sie riss den Brief auf.

»Meine Tochter! Sicher wirst du mir glauben, dass ich schockiert bin; erst von den Zeilen, die mir der Landjägerkorporal geschickt hat, dann von deinem Wunsch, eine Lehre zu machen. Zuallererst aber, weil du uns erneut hintergangen hast.«

Ihr Bauch rumorte, aber sie las weiter.

»Ich werde dir nicht verschweigen, dass ich sehr wütend war. Daniel hat die Strafe für seine Komplizenschaft erhalten. Aber ich kann nicht umhin, dir deinen Mut und deine guten Absichten zugutezuhalten. Über deinen Wunsch, eine Lehre in der Uhrmacherei anzufangen, bin ich hingegen gar nicht glücklich. Die ungesunden Bedingungen in diesen Fabriken sind bekannt, und ich kann nicht zulassen, dass du so eine Stelle annimmst. Wenn du darüber nachdenkst, wirst du das einsehen. Ich lasse dir etwas Zeit, um alles zu verarbeiten, aber ich schlage vor, dass ich dich am kommenden Montag nach Hause hole. Sei versichert, dass ich nur dein Wohlergehen im Sinn habe.«

Sarah schloss die Augen. Erst jetzt wurde ihr bewusst, dass sie wider besseres Wissen gehofft hatte, er würde sie verstehen.

Alles in ihr widersetzte sich dem Gedanken, zurückzukehren, aber wenn sie sich weigerte, würde das ihre Beziehung unwiderruflich zerstören. Das würde sie nicht ertragen.

Sie fuhr sich mit der Hand über den schweißnassen Nacken und stand auf. Jetzt brauchte sie eine Freundin.

Der Anblick von Rosa in der Küche, die Arme bis zu den Ellbogen im Teig, war fast zu viel. Die Köchin sah hoch, kam auf sie zu und schloss sie in die Arme, ohne sich um das Mehl zu kümmern.

Sarah lachte. »Lass mir etwas Luft!«

Sie setzten sich an den Küchentisch, und Sarah bemerkte, dass auch Rosas Gesicht schmaler geworden war.

»Dein Besuch bringt endlich wieder etwas Freude! Das ist jetzt ein trauriges Haus.« Dann lächelte sie. »Aber ich bin stolz auf dich. Du warst ein kleiner Musketier!«

»Wenn schon, dann sind du, Paul und ich die drei Musketiere. Aber es war alles umsonst. Ich kann nicht glauben, dass Herr Schneider etwas damit zu tun hat, und ich weiß nicht, was ich tun soll. Ich habe Vater geschrieben, dass ich mir hier eine Stelle suchen will, aber er erlaubt es nicht.«

»Ich kenne aus Freds Zeiten ein paar Leute. Lass mich machen.«

»Was ist mit Vater? Ich muss zurück.«

»Musst du?«

»Was sonst?«

»Weißt du noch, was Fred über das Fliegen sagte?«

Tränen brannten hinter Sarahs Lidern. »Ja.«

»Ist es nicht *dein* Leben? Schreib deinem Vater, dass er dich zu nichts zwingen kann.«

Rosas dunkle Augen schienen Feuer zu sprühen.

»Und was ist mit ›Du sollst Vater und Mutter ehren‹?« Sarah lächelte schwach.

»Die Eltern ehren heißt nicht, die Verantwortung für dein Leben abzugeben. Schreibst du ihm?«

»Na gut. Ja.«

»Braves Mädchen! Kommst du Sonntag mit zur Messe?«

Sarah nickte. Jetzt musste sie auf niemanden mehr Rücksicht nehmen. Allerdings war eine Beichte angebracht. Trotz ihrer Niedergeschlagenheit musste sie lächeln, als sie sich das Gesicht des Pfarrers vorstellte, wenn sie ihm von ihren Abenteuern im Bordell erzählte.

Zurück im Gasthof, stellte sie sich an die Theke, um ihren Schlüssel zu holen. Das Mädchen reichte ihn ihr und legte ein Stück Papier dazu. »Das wurde für Sie abgegeben.«

Vielleicht war der Brief von Pauline. Seit sie ihr am Dienstag geschrieben hatte, hatte sie nichts gehört. Aber die Schrift kam ihr bekannt vor, und Paulines Schrift kannte sie nicht.

In ihrem Zimmer drehte sie den Zettel um. Es waren nur ein paar Zeilen, und Maries Name stand darunter. Helena musste die Zeilen verfasst haben.

»Liebe Sarah! Ich muss dich sehen, um dir etwas mitzuteilen, das Evelyne mir erzählt hat. Hast du morgen Vormittag Zeit? Ich komme um zehn Uhr mit Helena zur Linde hinter der Kirche. Lieben Gruß von Marie.«

Egal, was Marie hatte – es konnte ein Hinweis sein, der Herrn Schneider entlastete. Sie legte den Brief auf den Schreibtisch neben den ihres Vaters. Es wurde Zeit.

Zögernd setzte sie die Feder an, aber mit der Zeit flossen die Worte leichter. Als das Blatt fast voll war, fielen ihr die Worte aus dem Psalm ein, und sie fügte sie hinzu. Vater war ein frommer Mann, vielleicht verstand er, was in ihr vorging. Was immer er daraus machte: Sie würde ihren Traum nicht aufgeben.

Die Linde hinter der Kirche war ein beliebter Treffpunkt. Matronen mit rosigen Gesichtern unter batistenen Hauben spazierten mit ihren Einkaufskörben an der Bank vorbei, auf der Marie und Helena saßen, und warfen Sarah neugierige Blicke zu, als sie sich zu den beiden setzte.

»Ich wusste erst nicht, ob ich kommen sollte, aber nach allem, was du mir über Herrn Schneider erzählt hast, musste ich es tun«, sagte Marie. »Gestern war Evelyne bei mir. Sie hat gesagt, etwas sei ihr schon länger komisch vorgekommen, aber sie wusste nicht, was es ist. Sie hat mit Lisa darüber gesprochen, weil sie es mit ihr in Verbindung brachte.« Sie beugte sich zu Sarah. »Lisa hatte erzählt, Herr Schneider sei am 28. April bei ihr gewesen. Evelyne hat in ihrem Büchelchen nachgesehen. An diesem Wochenende fand in Bern ein großes Fest statt. Wenn das Parlament tagt, hat es genug Dirnen in Bern, aber im April waren keine Sitzungen, und die Berner Bordelle haben auch im Kanton Solothurn rekrutiert. Darum waren die meisten Dirnen in der Hauptstadt.«

Sarah runzelte die Stirn. »Heißt das, Lisa war auch in Bern und hat sich im Datum geirrt?«

»Nein, Lisa war mit Evelyne im Fleur. Aber Franz und Sylvia haben die anderen nach Bern begleitet, um sich die dortigen Dirnen anzusehen. Sie sind alle erst am Dienstag zurückgekommen.«

Sarahs Fingerspitzen kribbelten. »Dann kann Franz Herrn Schneider nicht gesehen haben! Und Lisa hat gesagt, dass sie ihn nicht eingetragen hat. Wenn Franz Herrn Schneider nicht gesehen hat, kann er ihn auch nicht erpresst haben, genauso wenig Sylvia. Franz muss jemand anderen erpresst haben.«

Sie lehnte den Rücken an die Bank. »Ich habe mich gefragt, ob das alles mit Sylvias Vergangenheit zu tun haben könnte. Ist dir irgendetwas an dem, was sie in den letzten Wochen gesagt hat, aufgefallen?«

»Meistens hat sie nur von den alten Zeiten geschwärmt.« Marie zögerte. »Weißt du noch, als deine Freundinnen über uns geschimpft haben?«

Als könnte sie das vergessen. »Ich erinnere mich.«

»Als wir zurückkamen, habe ich gegenüber Sylvia eine

Bemerkung darüber gemacht. Sie hat gelacht und gesagt, dass manche Leute nicht so vornehm seien, wie sie tun. Sie sei hier alten Bekannten begegnet, die froh sein sollten, dass sie ihre Geheimnisse für sich behält.«

Das klang, als hätte jemand aus den ersten Kreisen Solothurns oder Grenchens damals das Zürcher Bordell besucht, und Sylvia hatte die Person wiedererkannt. Vielleicht einer der Grenchner Fabrikherren? Und da war dieser Meichtry – vielleicht kannte er Sylvia von früher. »Kannst du dich an den Namen des Bordells in Zürich erinnern?«

»Ich glaube, es hieß Repos.«

Sarah, Marie und Helena erhoben sich, und Sarah trat auf Marie zu und umarmte sie. »Ich danke dir sehr.« Aus den Augenwinkeln sah sie ein paar Leute herüberstarren. Sie drückte das Mädchen noch fester an sich. »Lass uns bald einmal etwas unternehmen – in deiner freien Zeit.«

Marie lächelte, und zum ersten Mal wirkte sie fröhlich und unbeschwert. »Sehr gern.«

Dann brachen die beiden Frauen Richtung Friedhof auf, und Sarah eilte gen Norden. Sie war es Herrn Schneider schuldig, dass sie der Sache nachging, aber erst würde sie Paul die Neuigkeit erzählen. Sie konnte es nicht erwarten, sein Gesicht zu sehen.

Pauls Begrüßungslächeln erstarb so plötzlich, wie es gekommen war. »Kommst du dich verabschieden?«

»Nein.« Sarah folgte Paul in den Garten, wo sie sich auf die Bank setzten. »Ich habe einen Brief von Marie aus dem Bordell erhalten und mich heute mit ihr getroffen. Nach dem, was sie mir erzählt hat, kann dein Vater nicht von Stettler wegen des Bordellbesuchs erpresst worden sein.«

Sie erzählte ihm von der Sache mit Franz in Bern und endete mit dem Repos. »Morgen fahre ich nach Zürich. Ich hoffe, dass ich Antworten finde, die deinen Vater entlasten.«

Paul drückte ihre Hand. »Das wäre wunderbar. Aber ist das nicht gefährlich? Ich würde dich begleiten, aber ich muss zurück nach Mümliswil; wir haben Sonntagsschicht. Hast du Korporal Ringgenberg informiert?«

Sie schüttelte den Kopf. »Ich möchte erst etwas Handfestes haben. Ich werde um die Mittagszeit fahren.« Sie stand auf und lächelte. »Grüß Frau Schneider von mir.«

Den Rest des Nachmittags verbrachte Sarah damit, ihre Reise zu planen. Zum Glück fuhren täglich mehrere Züge nach Zürich. Sie würde am Bahnhof eine Droschke nehmen müssen; das würde sie den Rest ihres Ersparten kosten. Aber das war es wert.

Nach einer gefühlten halben Stunde läuteten die Kirchenglocken fünf Uhr. Pauls Worte fielen ihr ein. Vielleicht sollte sie Ringgenberg doch ein Telegramm schicken und ihn wissen lassen, was sie vorhatte. Sie stand auf, als es plötzlich klopfte. Auf ihr Öffnen nickte das Dienstmädchen höflich. »Ein Herr wartet in der Halle für Sie.«

Vielleicht war es Ringgenberg; dann konnte sie es ihm direkt sagen. Sie folgte dem Mädchen in die Halle. Aber es war Paul, der unten an der Treppe stand.

»Ich soll dich von Esther grüßen. Sie hat sich sehr über die Nachricht gefreut. Sie würde dir morgen gern persönlich danken und dir etwas Geld für die Reise geben.« Er räusperte sich.

»Aber ich bin nicht deswegen hier. Ich wollte dich noch einmal sehen, bevor ich abreise. Magst du spazieren gehen?«

Sarah nickte lächelnd und fühlte die Wärme in ihren Wangen. Sie verließen den Gasthof Richtung Kirche. Paul stieg ihr voran die steile Absyte empor und streckte ihr die Hand entgegen. Der warme Druck seiner Finger sandte ein Prickeln durch ihren Arm.

Der Schulhausplatz lag verlassen in der warmen Abendsonne, und die Geister der lachenden und spielenden Kinder, die ihn tagsüber bevölkert hatten, schienen als leises Echo in der Luft zu schweben. Die hohen Linden am Straßenrand verströmten ihren betäubenden Duft. Paul steuerte auf eine Bank zu, und Sarah setzte sich neben ihn. Einen Moment herrschte Stille zwischen ihnen, nur unterbrochen vom Rascheln des Windes in den Lindenblüten und vom Plätschern des Wassers im nahen Brunnen. Eine seltsame Mischung aus Sorge und Hoffnung lag in Pauls Augen. Er griff wieder nach ihrer Hand. »Ich wollte dir noch einmal danken für das, was du tun willst.«

Er ließ seine Finger über ihren Handrücken gleiten.

»Ich vertraue darauf, dass du wiederkommst«, fuhr er fort. »Aber ich würde es mir nicht verzeihen, wenn ich dir nicht gesagt hätte, was ich empfinde.« Er hob die Hand und strich über ihre Wange. »Ich will dich nicht verlieren«, sagte er leise. »Du …« Er hielt inne, atmete tief ein. »Du bedeutest mir alles.« Sein Blick wanderte zu ihrem Mund. Sanft legte er ihr seine Hand in den Nacken, zog sie an sich und küsste sie.

Seine Lippen waren warm und weich, und sein Kuss war dieses Mal nicht wild und verzweifelt, sondern zärtlich und stetig, und das warme Prickeln wanderte von seinen Lippen durch Sarahs Glieder. Sie schloss die Augen und wollte sich in seinen Kuss lehnen, als sich plötzlich ein Bild von Paul und Emmi in ihre Gedanken schob. Sie wich zurück.

»Was hast du?«

Sie schluckte an einem klebrigen Klumpen. »Was willst du wirklich von mir, Paul? Ich eigne mich nicht als Zeitvertreib.«

Sein Kiefer spannte sich an, und einen Moment dachte sie, er würde aufstehen und gehen. Dann legte er ihr eine Hand auf den Arm. »Ich will keinen Zeitvertreib. Das wollte ich noch nie.« Er zog eine Taschenuhr aus seiner Jacke, ein genauso schönes Stück wie das, das sie zusammen gebaut hatten. »Das hier war mein Gesellenstück, und auch wenn ich kein Uhrmacher sein wollte, bin ich stolz darauf. Mein Lehrmeister hat mir damals gesagt, dass man Uhren pflegen muss wie die Beziehung zu einem geliebten Menschen.« Er lächelte. »Ich möchte jemanden, mit dem ich etwas aufbauen kann. Ich will alles mit dir teilen: meine Vergangenheit und meine Zukunft. Meine Gedanken und Träume, und irgendwann – mein Leben.« Tiefe Röte überzog seine Wangen. »Was ist mit dir?«

Sarah strich mit ihrem Zeigefinger über seine Schläfe. »Das klingt wunderschön.« Sie lächelte scheu, und seine Augen leuchteten auf. Er ergriff ihre Hand und küsste sie, und sein Blick glitt über ihr Gesicht, als wolle er sich jeden ihrer Züge für immer einprägen.

Unmerklich hatte die Dämmerung eingesetzt. Hand in Hand spazierten sie zurück zum Löwen, und unter dem neugierigen Blick des Portiers küsste Paul sie auf die Wange. »Gott behüte dich«, flüsterte er.

In ihrem Zimmer stellte Sarah sich ans Fenster und konnte gerade noch Pauls schlanke Gestalt sehen, die an der Kirche rechts in die Rainstraße abbog. Obwohl der Druck der morgigen Reise auf ihr lastete, hielt sich ihr Glücksgefühl. Sie hatte sich nicht in ihm getäuscht.

49

Das Geläut der Kirchenglocken, das sie am Morgen aus dem Schlaf riss, klang wie ein Aufruf zur Schlacht. Sarah schwang die Beine aus dem Bett und warf einen Blick auf die Uhr. Es war neun, sie lag gut in der Zeit. Jetzt zu Frau Schneider, dann auf nach Zürich.

Das Geläute wurde eindringlicher. Sarah sog die Luft ein. Sie hatte Rosa versprochen, mit in die Messe zu kommen!

Sie öffnete das Fenster. Die Sommersonne stand am Horizont und blitzte zwischen den Baumkronen neben der Lebernstraße hervor. Das grünliche Dach der Kirche, nur hundert Meter entfernt, leuchtete im Morgenlicht. Trotz ihrer dringlichen Mission wurde sie das Gefühl nicht los, dass sie die Messe nicht auslassen sollte – es konnte ja nicht schaden, sich überirdischen Zuspruch für ihr Unterfangen zu holen. Sie schlüpfte in ihre letzte saubere Sonntagskleidung. Es war höchste Zeit.

Als sie bei der Kirche ankam, waren die Bänke schon voll. Leise trat Sarah ein, tauchte den Finger in die Weihwasserschale und begab sich in die Reihe, in der sie Rosa ausgemacht hatte.

Hauben raschelten, und Köpfe drehten sich. Daran hatte sie nicht gedacht. Es war die erste Messe, seit man Herrn Schneider wieder verhaftet hatte, und wahrscheinlich war ihr Abstecher ins Bordell kein Geheimnis mehr. Mit heißem Kopf beugte sie das Knie, bekreuzigte sich und setzte sich neben Rosa, die ihr beruhigend den Arm tätschelte.

Eine Stunde später verließ sie das Gotteshaus enttäuscht, aber nicht überrascht. Pfarrer Walsers Predigt war ganz gut gewesen, aber das, was sie sich erhofft hatte – was war es eigentlich gewesen? –, hatte sie nicht bekommen. Jetzt musste sie machen, dass sie weiterkam. Das war allerdings einfacher gesagt als getan. Die Leute, die in der Kirche zu ihr hinübergelinst hatten, pirschten sich bereits an Rosa heran.

»Wie geht es dir, Rosa?« Agathe natürlich. »Nun ist es gekommen, wie wir es uns gedacht haben!« Sie bemühte sich gar nicht erst, mitleidig auszusehen. »Und Sie, Fräulein? Ist es vorbei mit dem Hauslehrerdasein?«

»Es wird sich schon etwas finden.« Sie wandte sich ab, als ihr jemand auf die Schulter tippte. Ungeduldig drehte sie sich um.

Pauline!

In ihre Freude mischte sich leise Verwunderung. Warum war sie nicht bei einer der Messen bei ihren Pfarrern in Starrkirch und Umgebung?

»Ich wollte dir schreiben, aber ich wusste nicht, wie«, sagte Pauline. »Adolf ist in Dulliken, ich habe Anna Maria begleitet. Schön, dass du wieder zu Pfarrer Walser kommst.«

»Danke. Viel gebracht hat mir die Messe allerdings nicht.«

»Was meinst du damit?«

»Ach nichts. Es ist nur …« Sarah zögerte, dann dachte sie an ihr Gespräch auf dem Balkon. »Ich hatte das Gefühl, herkommen zu müssen, und darum hoffte ich, dass ich mich Gott nahe fühlen würde. Aber so war es nicht.«

»Das tut mir leid. Aber umsonst war es nicht. Wir haben uns getroffen.« Pauline lächelte zögernd. »Ich habe in den vergangenen Tagen nachgedacht, und vielleicht habe ich zu hart über dich geurteilt.«

Der warme Ausdruck in Paulines Augen löste die Spannung in Sarahs Innerem. Erst jetzt wurde ihr bewusst, wie sehr Paulines Ablehnung sie geschmerzt hatte.

Pauline kramte derweil in ihrer Schürze und zog eine kleine Figur hervor. »Ich habe gehofft, dich zu treffen. Vielleicht gefällt er dir.« Sie drückte Sarah das Figürchen in die Hand. »Das ist der heilige Eligius – Schutzpatron der Uhrmacher. Sieh es als Versöhnungsgeschenk.«

Sarah lachte und steckte die Figur in die Tasche ihrer Sonntagsschürze. »Danke – und danke, dass du mir mein Verhalten verzeihst. Ich werde mir künftig an deinem Anstand ein Beispiel nehmen.«

Pauline lachte so laut, dass sich die Köpfe drehten. »Das würde ich dir nicht raten. Oder hast du die Geschichte vergessen, wie ich eine gute Frau nach der Messe als Kuh bezeichnet habe?« Sie drückte Sarahs Hand. »Komm bald wieder vorbei.«

»Das werde ich.«

Eine Viertelstunde später klopfte Sarah an die Tür der Schneider-Villa. Frau Schneider öffnete und fasste sie am Arm. »Schön, dass Sie hier sind. Haben Sie Zeit für einen Kaffee?«

Sarah zögerte. Eigentlich hatte sie die nicht, aber Frau Schneiders Aussehen bestürzte sie. Ihre Wangen waren gerötet, und ihr Gesicht war leicht gebräunt, wahrscheinlich aufgrund der von Paul verordneten Ausritte, aber darunter lagen wie unter einer dünnen Gaze die Spuren von Erschöpfung und Trauer.

»Viel Zeit habe ich nicht. Nach Zürich ist es weit.«

Sie folgte Frau Schneider in den Salon, wo diese, bekleidet mit einer ihrer eleganten Schürzen, Kaffee einschenkte. »Ich habe Rosa freigegeben, und Leni macht mit den Kindern einen Ausflug.«

»Ich verstehe.«

Aber sie verstand nicht. Warum spielte Frau Schneider Dienstmädchen und schickte alle weg, jetzt, da Paul wieder nach Mümliswil gefahren war? Und Leni bei den Kindern? Wenn das nur gut ging.

»Es tut mir sehr leid, Frau Schneider.«

»Schon gut. Sie haben getan, was Sie tun mussten.« Frau Schneider schwieg, hob die Hand, als wolle sie etwas sagen, und legte sie wieder in ihren Schoß.

Sarah nippte an ihrem Kaffee. Vielleicht war es Frau Schneider unangenehm, begutachtet zu werden. Sie wandte den Blick zu den opulenten Möbeln, zur Wanduhr und zu den Pferdeskizzen, die ihr an ihrem ersten Tag so gefallen hatten. Heute kamen ihr der elegante Pinselschwung und die liebevolle Gestaltung der Tiere seltsam vertraut vor.

»Ich habe Sie nicht nur hergebeten, um Ihnen zu danken.«

Frau Schneiders Stimme klang jetzt ruhig und fest, aber in ihr vibrierte eine seltsame Anspannung. »Es gibt etwas, das …«

Ein Klirren ließ Sarah zusammenzucken. Moby Dick hatte sich durch das offene Fenster Zugang verschafft und eine Blumenvase umgeworfen. Er rannte davon, den buschigen Schwanz hocherhoben, das lädierte Bein nachziehend.

Sarah starrte dem Tier nach, und plötzlich erschien vor ihrem inneren Auge eine in Tusche gemalte Skizze. Eine buschige Katze, ein Engel, ein Pferd. Ein Pferd, das genauso aussah wie die auf den Skizzen in Frau Schneiders Salon.

Ihre Hände wurden kalt. »Ich glaube, ich weiß, was Sie mir erzählen wollen.«

50

In Frau Schneiders Augen schimmerten Leere und Härte in einer Weise, wie Sarah sie erst einmal gesehen hatte: in den Augen von Marie. Aber diese Augen hatten weit mehr gesehen und durchgemacht als die junge Frau im Fleur.

»Und was soll das sein?«

»Es kommt mir unmöglich vor.« Sarah zwang sich weiterzusprechen. »Sie waren mit Sylvia im Repos.«

Frau Schneider blickte gleichmütig, aber die Knöchel der Hand, mit der sie ihre Tasse hielt, waren weiß. »Was hat Sie darauf gebracht?«

»Die Bilder hier. Ich habe ein ähnliches in Sylvias Zimmer gesehen.« Das Pochen in Sarahs Ohren überlagerte jeden Gedanken. Sie musste Zeit gewinnen. »Wie ist es dazu gekommen?«

»Wie solche Geschichten passieren.« Frau Schneiders Gesicht, bitter und müde. »Nach meinem Unfall hielt ich mich als Kellnerin über Wasser und sah mir wann immer möglich Ballettproben an. Irgendwann sprach mich ein Mann an und schlug mir vor, in seinem Etablissement zu kellnern – der

Lohn sei viel besser. Das war er auch. Dann fragte er mich, ob ich noch mehr verdienen will.« Sie hob das Kinn. »Als registrierte Dirne kommt man nie wieder in eine ehrenhafte Stellung oder in gute Gesellschaft. Ich habe jahrelang gehungert, Geld gespart und mir eine neue Identität besorgt. Dann bin ich nach Grenchen gezogen, habe mich als junge Witwe ausgegeben und Robert kennengelernt. Alles war gut. Bis diese Blutsauger auftauchten.«

»Wie hat Franz Stettler davon erfahren?«

»Sylvia hatte ein Bild von uns aus dem Bordell. Einer ihrer glühenden Freier hatte es gemacht, und sie war so stolz darauf. Dieser Franz muss es gesehen und mich erkannt haben. Ich nehme an, er hat Emmi überredet mitzumachen; sie hatte kein Gran Verstand und hätte alles getan, was ihr ein Mannsbild vorschlägt, solange er ihr ewige Liebe schwört.« Rote Flecken brannten auf Frau Schneiders Wangen. »Aber Franz war nur halb so schlau, wie er dachte. Er muss bei einem gemeinsamen Gelage vor Sylvia mit dem ›Großen Fisch‹ geprahlt haben, den er an der Angel hatte. Dabei ist ihm wohl Emmis Name oder der ihrer Herrschaften herausgerutscht. Sylvia hat sich erst nicht viel gedacht, aber als Franz starb, wurde sie neugierig. Sie kundschaftete unser Haus aus und hat mich gesehen.« Ihre Augen loderten. »Sie hatte die Frechheit, vorbeizukommen! Von Freundschaft zu sprechen, davon, dass es ihr nicht gut geht und sie Unterstützung braucht und ich sicher um der alten Zeiten willen … Ich habe sie vertröstet und dann einen Plan gemacht.«

Das Mieder presste sich in Sarahs Rippen. Sie atmete flach. Die zerbrochene Vase an jenem Freitag – Sylvia Steiner musste an dem Tag hier gewesen sein. Dann der Nachmittag im Stall. Der weiße Lehm an Pax' Hufen am Tag, als Sylvia getötet worden war. Huppererde – die, wie Paul ihr erzählt hatte, nur im Lengnauer Wald abgebaut wurde, dem Ort, wo man Sylvia gefunden hatte. Frau Schneider, zitternd und nass, die behauptet hatte, in der Witi südlich von Grenchen vom Pferd gefallen zu sein.

»Sie waren mit Pax im Lengnauer Wald.«

Frau Schneider blieb stumm. Was wollte sie von ihr? Wenn sie sie hätte töten wollen, hätte sie es längst tun können.

»Warum haben Sie mich herbestellt? Und warum erzählen Sie mir das alles?«

Frau Schneider atmete tief ein. »Das waren schreckliche Wochen. Erst bekam Paul Ärger, weil er mit Emmi ging – davon wusste ich nichts. Dann wurde Robert verhaftet und wieder freigelassen. Und jetzt ist er wieder in Haft!« Sie schloss kurz die Augen. »Robert ist unschuldig, man wird ihm nichts beweisen können. Er wird freikommen. Als ich hörte, dass Sie ins Repos wollen, wusste ich, dass ich keine Zeit mehr verlieren darf. Ich mag Sie, Fräulein Siegwart – Sie lassen niemanden über Ihr Leben bestimmen, und Sie haben Mitgefühl. Sie waren in diesem Bordell, also wissen Sie, was für einem Leben ich entkommen bin.« Sie beugte sich vor. »Ich liebe Robert und die Kinder. Ich bin kein schlechter Mensch. Ich bitte Sie, mein Geheimnis zu bewahren.«

Ein Vogel zwitscherte vor dem Fenster, die Vorhänge wehten sachte in den Raum. Es roch nach Kaffee. Ein Gefühl des Irrealen beschlich Sarah, als sich Frau Schneiders bittender Blick in ihren bohrte.

Was Frau Schneider von ihr erwartete, war absurd, aber gegen ihren Willen stieg ein schmerzendes Mitgefühl in ihr hoch. Frau Schneider hatte sich mit der Entschlossenheit aus ihrem Elend befreit, mit der sie ihre Tanzkarriere in Angriff genommen hatte; der Traum, der ihr so grausam geraubt worden war. Sie hatte sich ein neues Leben aufgebaut und es mit Würde und Tatkraft gelebt, voller Liebe und Loyalität für ihre Familie. Durfte sie das alles zerstören, für einen Erpresser und seine hirnlose Gehilfin, für eine Dirne, die ihre frühere Freundin erbarmungslos erpresst hatte? Hatten sie nicht alle geerntet, was sie gesät hatten?

Herr Schneider würde wahrscheinlich freikommen, da ihn keine Indizien mit den Verbrechen verbanden. Sie hatte Ringgenberg kein Telegramm geschickt – wenn sie das mit Zürich für sich behielt, würde Frau Schneider vielleicht davonkommen. Und sie könnte in Grenchen ihre Zukunft aufbauen.

Aber niemand hatte das Recht, Leben zu nehmen.

»Wäre es so schlimm gewesen, wenn alles ans Tageslicht gekommen wäre? Ihr Mann liebt Sie und hätte zu Ihnen gehalten.«

Frau Schneiders Augen wirkten so dunkel und tot wie Gräber. »Sie verstehen es nicht. Ich war eine ›Giftmorchel‹, ein ›Krebsgeschwür‹. So wurden wir genannt, und so wurde ich behandelt. Wenn das hier bekannt geworden wäre, wäre ich ruiniert gewesen. Können Sie sich vorstellen, wie Frau Kölliker über mich gesprochen hätte? Und Peter, der Hurenbock – er konnte seine Finger nie im Zaum halten. Hätte er es gewusst, wäre ich Freiwild gewesen. Es hätte Roberts Karriere, seinen

Weg in die Politik und die Kirche zerstört. Und sie sind das Wichtigste in seinem Leben.«

»Das glaube ich nicht.«

»Ich auch nicht. Ich weiß es. Mein kleines finanzielles Polster diente ihm; er dachte, ich stamme aus gutem Haus, und ich sehe präsentabel aus. Darum hat er mich geheiratet.«

Sarah öffnete den Mund, um zu sagen, dass das nicht stimmte. Aber war sie sich so sicher? Herr Schneider war tatsächlich sehr ehrgeizig, und Frau Schneider hätte ihr sowieso nicht geglaubt.

Ein Teil ihres Herzens wollte Frau Schneider zusprechen, dass ihr Geheimnis sicher war. Aber was war mit Emmi? Das einfältige Mädchen hatte sich einspannen lassen, um seinen Freund nicht zu verlieren, und dafür mit dem Leben bezahlt. Es war nicht gerecht.

»Sie verstehen es immer noch nicht, nicht wahr?« Frau Schneider war noch blasser geworden, die Lippen schmal und grau. Sie erhob sich und kam auf Sarah zu, ihre Stimme beschwörend wie die eines Strafverteidigers, der den Richter auf seine Seite bringen wollte. »Es geht nicht nur um Robert. Ich kann nicht zulassen, dass dieser Teil meines Lebens aufersteht. Es war schlimm genug, dass nach all den Jahren die Erinnerungen wieder hochkamen. Ich habe zu viel auf mich genommen, um vergessen und neu anfangen zu können.«

Sie trat näher. Sarah sprang auf und wich mit hämmerndem Herzen vor ihr zurück. »Denken Sie an Ihre Familie, Frau Schneider. Sie …«

»Ich möchte Sie nicht töten, Fräulein Siegwart. Ich bitte Sie, mir zu helfen. Aber wenn Sie sich weigern …« Ihre Stimme war trocken und scharf wie ein brechender Zweig. »Ich habe alles zu verlieren, und getötet habe ich schon.« Sie griff in ihre Schürzentasche und zog ein blitzendes Messer hervor.

51

Der Katharinen-Friedhof war am Sonntagmorgen um acht fast leer, und Gideon war es gerade recht. Ruhe lag über den Gräbern; die hohen, alten Bäume, die die Anlage begrenzten, ragten dunkel in den blassblauen Himmel. In der Ferne blitzten die goldenen Kugeln auf den Pfeilern von Schloss Waldegg, das mit seinen Türmen, steinernen Balkonen und zweifarbigen Fensterläden über Solothurn thronte – prunkvoll und stolz, wie aus einer anderen Welt.

Einer Welt, die in Sankt Katharinen nichts galt. Hier herrschten Vergänglichkeit und Ewigkeit zugleich, hier ruhten, Seite an Seite, Generationen von Solothurnern.

Und sein Vater.

Er hatte den ganzen Samstag mit sich gerungen, seine Mutter zu besuchen. Zweimal hatte er vor ihrem Haus gestanden und war dann doch weitergegangen. An diesem Morgen war er mit einer neuen Idee aufgewacht: Mutter besuchte vor dem Gottesdienst Vaters Grab; hier konnte sie ihm keine Tür vor der Nase zuschlagen. Er brauchte einen Abschluss, und auch sein Vater konnte ihn nicht abweisen.

Langsam wanderte er über die Anlage und um die Kapelle herum, spazierte am Brunnen vorbei, an dem seine Mutter immer ihre Gießkanne füllte. Erst in weiten, dann in enger werdenden Kreisen näherte er sich dem Gräberfeld, auf dem sein Vater lag.

Mutter hatte es als Ehre betrachtet, dass man ihm ein Grab neben Solothurner Würdenträgern gegeben hatte. Es hatte sie in ihrer Entschlossenheit bestärkt, seine letzte Ruhestätte in perfektem Zustand zu halten, und der Grabstein aus Jurakalk wirkte wie neu. Die Inschrift, nur leicht verwittert, sprang ihn an.

»Dem tapferen Landjäger, treuen Ehemann und Vater.«

Es stach immer noch. Aber war er denn perfekt? Oder irgendein Mensch? Vater hatte den Schwächen der Menschen Verständnis entgegengebracht und sich selbst nicht für unfehlbar gehalten. Es war an der Zeit, ihm den Heiligenschein abzunehmen und ihn Mensch sein zu lassen – mit Ecken und Kanten, Hellem und Dunklem.

Er kniete sich neben das Grab. Dunkelviolettes Steinkraut, umrahmt von roten und weißen Begonien, abwechselnd gepflanzt. Die Solothurner Farben.

Etwas Gelbes leuchtete im Rot-Weiß. Zwischen den Begonien spross ein Spitzwegerich hervor, der dem scharfen Blick seiner Mutter entgangen oder einfach schnell gewachsen war, wie Unkraut es so an sich hatte. Er streckte die Hand aus, um das Kraut an der Wurzel zu packen. Dann hielt er inne, strich über die schmalen, spitzen Blätter und die goldgelbe Blüte. Er ließ die Pflanze los, als hinter ihm Schritte erklangen.

Mutters Augen waren groß in ihrem blassen Gesicht, um den Mund lagen neue Falten. Langsam stand er auf, sein Herz schwer in seiner Brust. »Mutter – ich hoffte, dich hier zu treffen. Ich wollte schon lange vorbeikommen. Ich muss mich bei dir entschuldigen.«

Sie sah ihn stumm an und machte keine Anstalten, auf ihn zuzugehen. Er streckte den Arm aus, der sich wie ein Fremdkörper auf sie zubewegte, langsamer wurde und in der Luft stehen blieb. »Was ich gesagt habe, war falsch. Kannst du mir verzeihen?«

Sie blieb still, sah ihn nur an.

»Bitte, Mutter. Ich will dich nicht verlieren.«

Kam er zu spät? Hatte er sie zu sehr verletzt?

Sie schien die Angst in seiner Stimme zu hören und hob den Kopf. Schmerz brannte in ihren Augen, aber sie lächelte. »Du wirst mich nie verlieren. Du bist alles, was ich habe.«

Seine Brust weitete sich, bis ihm ein schluchzender Atemzug entwich. Er legte die Arme um sie, und seine Augen wurden feucht, während sie ihm wie dem kleinen Jungen, der er einmal gewesen war, beruhigend durch die Haare strich; eine leise Erinnerung an vergangene Tage, befreiend und tröstend zugleich.

Nach einer Weile löste sie sich von ihm. »Ich bin froh, dass du wieder arbeitest. Wie steht es in deinem Fall?«

Er erzählte ihr von Schneiders Verhaftung, stockte kurz und fuhr dann fort. »Ich war bei Madame George und habe mich bei ihr entschuldigt.«

»Das war sicher nicht einfach.«

»Nein. Aber es hat gutgetan.«

»Was ist mit diesem Schneider? Glaubst du, dass er es war? Du hast dich nicht so angehört.«

»Es scheint nicht zu ihm zu passen, aber er hat den Bordellbesuch gestanden, und dann klingt auch das mit der Erpressung plausibel. Und uns fehlen die Alternativen.« Er seufzte. »Die Vergangenheit von Sylvia Steiner wäre eine Möglichkeit – ein Solothurner oder Grenchner könnte vor fünfzehn Jahren in Zürich das Edelbordell besucht haben. Aber unser aussichtsreichster Verdächtiger ist aus dem Rennen. Kantonslehrer Meichtry hat Viktor gegenüber zugegeben, dass er Sylvia von früher kannte und ein Alibi vorgetäuscht hat, aber tatsächlich war er am Tag, als sie starb, bei einer Geliebten.« Er lachte kurz. »Offenbar hat seine Frau sich mit den Bordellbesuchen arrangiert, aber nicht mit einer Geliebten. Vorerst bleibt Schneider die heißeste Spur. Aber genug davon. Was hast du gemacht?«

Mutter bückte sich, um ein paar Blumen zu ordnen. »Gestern war ich bei Onkel Alfred und bei deinem Cousin zu Besuch. Die Kinder sind ein ganzes Stück gewachsen.«

Onkel Alfred. Fast spürte er wieder seinen schmerzenden Hintern beim Gedanken an die missglückten Reitversuche auf dem Hof von Vaters Bruder. »Hat er die Pferde noch?«

»Sogar ein paar mehr. Dorothea ist erst neun, aber ich habe sie reiten sehen, und im Gegensatz zu dir weiß sie, wie man sich auf einem Pferd hält. Eine richtige Berner Amazone.«

Er lächelte, aber Mutters Worte klangen seltsam nach. Eine Berner Amazone. Wo hatte er so etwas schon mal gehört? Dann fiel es ihm ein. Madame George hatte etwas Ähnliches gesagt, als sie ihm von den drei Dirnen des Edelbordells erzählt hatte. Allerdings hatte sie von einer »Brugger Amazone« gesprochen.

Mutter zog ein Stück Papier aus ihrer Schürze. »Das hat Dorli mir geschenkt; ich dachte, ich lege es aufs Grab. Es ist ein Bild ihres Ponys. Zeichnen kann sie nicht so gut.«

Gideon starrte auf das Bild. Das Pony hatte einen viel zu großen Kopf und Beinchen, die sein Gewicht niemals getragen hätten. Aber Gideon hatte ein anderes Bild vor Augen – eines hinter Glas, das im Salon von Schneiders hing. Und die Skizze in Sylvia Schneiders Bordellzimmer, die Fräulein Siegwart ihm gegeben hatte. Ihm wurde flau. »Mutter, Brugg liegt im Aargau, nicht wahr?«

»Soweit ich weiß, ja. Warum?«

»Ich muss gehen.«

Er rannte die Straße hinunter. Zehn Minuten später hatte er die Hauptwache erreicht, die dösend in der Sonntagssonne lag. Wyss, der gerade in ein Gipfeli biss, sah hoch.

»Fön fie zu fehn.« Er schluckte hastig hinunter. »Was führt Sie her?«

Gideon riss einen Stift aus einem Becher und kritzelte zwei Sätze auf einen Zettel. »Ein Telegramm auf den Posten in Grenchen und ans Amtsgericht. Dringendst.«

Wyss warf einen Blick auf den Zettel und hastete zum Telegrafen. Drückte darauf herum, fluchte. »Er geht nicht.«

»Was heißt, er geht nicht?«

»Das Gerät ist schon den ganzen Morgen defekt.«

Was nun? Viktor war mit Judith bei ihren Eltern, sonst hätte er ihn um die Kutsche gebeten. »Sie versuchen es weiter. Ich nehme mir eine Droschke.«

Gideon klammerte sich verbissen an das Kutschengeländer. Er war die Hauptstraße entlanggerannt und hatte sich auf das erste freie Gefährt geworfen, das er gesehen hatte, aber inzwischen wusste er, warum das sonst niemand getan hatte: Der Karren quietschte und wankte, als würde er gleich auseinanderfallen, und die schmutzigen, dürren Pferde schienen durch Melasse zu waten.

Wie hatte er es übersehen können? Die Pferdebilder in der Schneider-Villa, Frau Schneiders zunehmende Nervosität. Er konnte nur hoffen, dass er sie rechtzeitig zu fassen bekam. Sie musste sich in die Enge getrieben fühlen wie ein wildes Tier.

Ein Knacken unterbrach seine Gedanken. Es ruckte, und er wäre um ein Haar kopfüber im Graben neben der Lebernstraße gelandet. Er wollte einen saftigen Fluch ablassen, aber der Kutscher kam ihm zuvor. »Die Radnabe ist gebrochen.«

Gideon starrte auf das Rad. Der Übeltäter, ein großer Steinbrocken, lag unschuldig daneben. Er wandte den Blick zu den beiden Pferden, deren schweißgetränkte Flanken sich hoben und senkten. Unruhig traten die Tiere hin und her.

Nicht das. Alles andere, aber nicht das.

Aber es war der einzige Weg, und er hatte das untrügliche Gefühl, dass die Zeit drängte. Sie befanden sich auf der Höhe des Restaurants Grabachern bei Selzach; zu Fuß bräuchte er eine Ewigkeit.

»Welches der beiden ist einfacher zu reiten?«

Der Kutscher krümmte die Lippen. »Beides ziemliche Biester, aber ich rate zum Rappen.«

Das Tier schielte zu Gideon herüber, dass man das Weiße in den Augen sah. »Helfen Sie mir, ihn abzuschirren.«

Hastig machten sie sich ans Werk, dann verschränkte der Kutscher seine schwieligen Hände, und Gideon stellte seinen linken Fuß darauf und schwang sich vorsichtig auf den Rücken des Rappen, der unwillig hin- und hertänzelte. Er griff in die Mähne, drückte die Oberschenkel an den mageren Pferdekörper und lehnte sich nach vorn, bis sein Kopf die nach hinten gelegten Ohren berührte. »Mir gefällt das Ganze auch nicht, mein Junge. Aber ich brauche deine Hilfe.«

Ein schwarzes Pferdeohr zuckte und richtete sich nach vorn. Langsam setzte sich das große Tier in Bewegung. Er trat ihm kräftig in die Seiten, es nahm einen riesigen Satz und donnerte davon.

Innerhalb kürzester Zeit brannte sein Steiß wie Feuer. Der Rappe wurde offensichtlich kaum geritten und hatte einen ungelenken Galopp. Alle paar Sprünge verließ Gideon die Kraft in den Oberschenkeln, und er prallte auf den spitzen Widerrist. Er presste die Zähne zusammen. Jetzt war nicht die Zeit, um sich um seine ungeborene Nachkommenschaft Sorgen zu machen. Er passierte den Weiler Haag und donnerte über das Bächlein. In der Ferne konnte er den Gasthof Sankt Urs und Viktor ausmachen. Noch so weit weg! Er bohrte dem Rappen die Fersen in die Flanke, und dasTier hätte ihn fast abgeworfen.

Endlich tauchte das Dorf auf, die breite Löwenfassade mit der steinernen Treppe. Er riss die Zügel nach rechts, bog in die Kirchstraße ein und galoppierte hinauf, rechts in die Rainstraße, vorbei an der Schild-Fabrik, hinaus zur Mühlegasse. Schon war er an der Verzweigung zum Oelirain angelangt, als ein Köter bellend über die Straße rannte. Der Rappe stieg auf die Hinterbeine. Verzweifelt krallte Gideon sich in die raue Mähne, aber sie entglitt seinen Fingern. Langsam rutschte er nach hinten, bis er schwerelos in der Luft zu hängen schien. Dann knallte er mit einem betäubenden Schlag auf den Schotterweg. Ein heißer Schmerz schoss durch sein Bein. In seinem Kopf wurde es erst leicht und hell, dann dunkel.

Nur langsam hellte sich das Dunkel wieder auf. Lichtnadeln drangen durch Gideons Lider. Sein Kopf pochte, und sein Bein brannte wie tausend Wespenstiche. Verwirrt sah er hoch, dann erinnerte er sich.

Vom Pferd war nichts mehr zu sehen. Er stieß sich auf seinem gesunden Bein hoch und setzte den anderen Fuß auf den Boden. Ein stechender Schmerz schoss sein Bein hoch bis in die Hüfte. Er schrie gedämpft auf. Es half nichts – er musste weiter. Er öffnete den Haken und zog den Krummsäbel aus der Lederscheide. Er reichte ihm nur bis an den Oberschenkel, aber es war besser als nichts. Sich darauf stützend, humpelte er den Oelirain hinauf bis zur Villa Schneider. Er näherte sich dem Haupteingang und stockte beim Klang der Stimmen aus dem Salon. Zwei Frauenstimmen. Und er kannte sie beide.

52

Frau Schneiders Worte hallten in Sarahs Kopf nach, und das Messer, das Frau Schneider in ihrer Hand hielt, funkelte kalt.

Sarah sah sich verzweifelt nach einem Fluchtweg um, wich weiter zurück und krampfte die Hand in ihre Schürze. Etwas Hartes und Kantiges bohrte sich in ihren Handballen. Sie presste die kalten Finger darum. »Das wollen Sie nicht.«

»Ich muss.«

Der Moment dehnte sich, während sie sich anstarrten wie Duellanten auf einem staubigen Weg. Frau Schneiders Hand schoss vor, und ohne nachzudenken, riss Sarah das Ding aus ihrer Schürze und warf es Frau Schneider ins Gesicht. Das Messer zuckte und traf anstelle von Sarah die Kaffeekanne, die hinter ihr auf der Anrichte stand und mit einem dumpfen Plopp auf den bunt gemusterten, dicken Teppich fiel. Dunkelbrauner Sud sickerte in die türkisfarbenen Vögel.

Frau Schneider hob den Kopf. Ihr Blick wanderte von Sarah zur Klinge in ihrer Hand. Mit einer fließenden Bewegung drehte sie das Messer um und stieß es sich bis zum Schaft in den Bauch. Aus Sarahs Lunge entwich jede Luft. Die Glieder eisig und schwer, trat sie auf Frau Schneider zu, aber sie konnte nichts mehr tun. Frau Schneider sank in sich zusammen und fiel auf den Teppich, wo sich Karmesin mit Kaffeebraun vermischte.

In dem Moment sprang krachend die Tür auf, und im Eingang stand, schmutzig, in Schieflage und mit dem Vorderlader im Anschlag, Korporal Ringgenberg.

Einen Moment starrten sie sich an.

»Sie müssen alles allein machen, was?«, fragte er.

Sie wollte ihm antworten, dann wurde es dunkel um sie herum.

53

Der Blick aus dem Löwen-Fenster war trüb und grau. Seit gestern regnete es durchgehend, ein eintöniger Landregen, leise und stetig – fast als weinte der Himmel.

Die Stunden nach dem Duell im Salon waren mit Befragungen und Untersuchungen wie grelle Schlieren an Sarah vorbeigezogen. Als sie wieder zu sich gekommen war, hatten die Landjäger Frau Schneider schon weggebracht, und Sarah wurde auf Geheiß Ringgenbergs sofort in den Gasthof verfrachtet. Sie hatte schlecht geschlafen, war immer wieder aufgeschreckt. Jedes Mal sah sie Frau Schneider vor sich, wie sie sie kennengelernt hatte, die herzliche, würdevolle und tüchtige Frau – und dann das verzweifelte Wesen, das ein Messer auf sie richtete und sich vor ihren Augen das Leben nahm.

Abrupt erhob sie sich. Sie musste Rosa sehen.

Sie eilte die Treppe hinunter, aber bevor sie die Halle verlassen konnte, trat ihr der Korporal entgegen. Er hinkte und sah immer noch mitgenommen aus.

»Haben Sie kurz Zeit, Fräulein Siegwart?«

Sarah nickte und folgte ihm in den Gasthof, wo sie sich an

einen Tisch setzten. Ringgenberg bestellte sich einen Mokka. »Sie auch?«

»Lieber einen gespritzten Weißen.« Irgendwie konnte sie keinen Kaffee mehr sehen.

Einen Moment herrschte Stille.

»Das wäre um ein Haar schiefgegangen«, sagte Ringgenberg schließlich.

»Das trifft es ganz gut.« Sie warf einen Blick auf sein Bein. »Was ist eigentlich passiert?«

Er winkte ab. »Eine kleine Begegnung mit einem Pferd – und einem Hund. Nichts gebrochen.«

Die Getränke kamen. Sarah nahm einen Schluck und verzog den Mund. Sie hätte sich versichern sollen, dass es kein Grenchner war.

Ringgenberg nippte an seinem Kaffee. »Ich wollte sehen, wie es Ihnen geht.«

»Ich muss immerzu an Frau Schneider denken. Wissen Sie inzwischen mehr darüber, wie es zur Erpressung kam?«

»Wir gehen davon aus, dass Franz Stettler Frau Schneider bei seinen Besuchen bei Emmi Heiniger gesehen und auf Sylvia Steiners Foto erkannt hat. Er hat einen Erpresserbrief geschrieben, den Emmi hinterlegt hat. Es kam zu einer ersten Auszahlung, das Geld hat er rasch verprasst. Daher schrieb er einen zweiten Brief, und wahrscheinlich konnte Frau Schneider nicht mehr unauffällig Geld besorgen. Sie hat einen Ort arrangiert, wo sie das Geld hinterlegen wollte, und dort auf den Erpresser gewartet. Franz hatte Emmi geschickt, um das Geld zu holen, und Frau Schneider hat sie erschlagen.«

»Und Franz Stettler?«

»Stettler hat sich nach Emmis Tod im Bordell versteckt und es später noch einmal versucht. Frau Schneider dachte nach Emmis Tod wahrscheinlich, es sei vorbei; sie wusste ja nicht, dass mehr als eine Person dahintersteckte. Daraufhin hat sie Stettler zum Schuppen gelockt und erstochen. Dann mischte sich Sylvia Steiner ein, und jetzt begriff Frau Schneider, woher die Informationen kamen. Darum war der Mord an ihr viel persönlicher und gewalttätiger.«

»Was ist mit Herrn Schneider? Haben Sie ihn gehen lassen?«

»Er dürfte inzwischen wieder daheim sein.«

Ringgenberg stand auf. »Was werden Sie jetzt tun?«

»Ich weiß es noch nicht. Ich wollte mir eine Lehrstelle als Uhrmacherin suchen, aber ich weiß nicht, woher ich das Geld für die Lehre nehmen soll. Mein Vater wird mir nichts geben; er ist dagegen.«

»Das tut mir leid.« Sein Gesicht hellte sich auf. »Da Sie Ihren Vater erwähnen – ich dachte, es sei gut, ihn über alles zu informieren, bevor es in den Zeitungen steht. Ich habe ihm gestern ein Telegramm geschickt.«

»Danke.« Ein kluger Einfall, Vater hätte sonst wahrscheinlich einen Anfall bekommen.

»Ich habe Ihnen zu danken«, erwiderte Ringgenberg lächelnd. »Sie haben Ihr Leben riskiert, um die Wahrheit ans Licht zu bringen.« Er schien wieder der Alte zu sein, und doch kam er ihr anders vor – gelöster, weniger steif.

»Ich bin froh, dass für Sie wieder alles im Lot ist.«

»Es war ein lehrreicher Fall – in mehr als einer Hinsicht.« Er stand auf. »Etwas habe ich noch für Sie.« Er griff in seine

Tasche. »Das haben wir auf dem Teppich gefunden. Ich dachte, es gehöre vielleicht Ihnen.«

»Es« war das Ding, das sie Frau Schneider entgegengeworfen hatte – der heilige Eligius, den Pauline ihr nach der Messe geschenkt hatte und der offensichtlich auch Möchtegern-Uhrmacher beschützte. Sie musste Pauline unbedingt erzählen, dass sich ihr Messebesuch doch gelohnt hatte. Und wenn Hanna davon erfuhr, würde sie mindestens zehn dicke Kerzen in der Hofkirche anzünden.

Sie stand auch auf. »Wie sind Sie eigentlich auf Frau Schneider gekommen?«

»Eine Mischung aus Logik, Zufall und Ihrer Hilfe.« Er fuhr sich durch die dunklen Haare. »Die Bordellmadame hat mir erzählt, dass eine der Edeldirnen den Übernamen ›Brugger Amazone‹ trug, und Sie haben mir die Skizze gegeben, die in Sylvia Steiners Kästchen lag. Als ich gestern auf dem Friedhof war, hat meine Mutter erwähnt, dass meine Nichte zu einer kleinen Berner Amazone herangewachsen ist, und mir ein Bild gezeigt, das die Kleine von ihrem Pferd gemalt hat. Dann ist mir dieser Übername eingefallen, und ich habe mich erinnert, dass Frau Schneider mir einmal erzählt hat, wie sie schon als Mädchen Pferdeskizzen malte und in ihr Zimmer hängte.«

»Und worin liegt der Zufall?«

»Wenn meine Mutter mir das mit der Amazone nicht erzählt und mir das Bild nicht gezeigt hätte, wäre ich nicht darauf gekommen. Ich habe mich spontan zu dem Friedhofsgang entschlossen.«

»Der Übername, die Pferdebilder, Ihr Friedhofsbesuch. Mein Vater würde von Anastasias Matt sprechen.«

»Bitte?«

Beim Anblick von Ringgenbergs verdutztem Gesicht lachte Sarah. »Ein Matt in drei Zügen. Ich rede vom Schach.«

»Spielen Sie? Ich habe vor Kurzem damit angefangen, um mir die Zeit zu vertreiben, wenn es zu kalt zum Rudern ist.«

»Ja – schon lange. Ich liebe es.«

Er neigte den Kopf und lächelte. »Vielleicht sehen wir uns wieder, dann können Sie mir ein paar Kniffe zeigen. Ihnen alles Gute, Fräulein Siegwart.«

»Ihnen auch.« Sie sah ihm nach. Ein paar seltsame Zufälle in der Geschichte waren nicht zu leugnen. Sie kam nicht umhin, Gott, falls es ihn doch gab, zumindest ein Remis zuzugestehen.

Jetzt aber auf zu Rosa! Sie griff nach ihrer Tasche und ging Richtung Eingang, dann stockte sie. Eine dünne, hohe Gestalt blickte ihr in der Eingangshalle entgegen. Vater. Sie hatte vergessen, dass heute Montag war.

Dachte er wirklich, dass sie brav ihre Siebensachen packen und mit ihm nach Hause fahren würde?

Dann zwang sie sich zur Ruhe. Sie würde ihm hier keine Szene machen. »Guten Tag, Vater.«

Sein Gesicht war von tiefen Furchen durchzogen. »Guten Tag, Sarah.«

Er sah sie nur an. Schweigen – das hatte es früher zwischen ihnen nicht gegeben.

Sie schluckte. »Ich habe dir etwas zu sagen.«

»Ich dir auch. Aber lass uns in dein Zimmer gehen.«

Sie stieg vor ihm die Treppe hoch in ihr Zimmer, setzte sich aufs Bett und bot ihm den Stuhl an.

»Ich weiß, dass du es nicht verstehst, Vater. Aber …«

»Warte.« Er setzte sich. »Gestern ist das Telegramm des Korporals gekommen. Ich war erst wütend, weil du dich wieder in Gefahr gebracht hast, aber seine Worte haben mich auch stolz gemacht.« Er lächelte. »Der Korporal hat geschrieben, dass du nicht lockergelassen und damit zur Lösung des Falls beigetragen hast. Du hast viel Mut bewiesen. Das hat mich an deinen Großvater erinnert. Er war genauso stur, hartnäckig – und mutig.«

Sein schmales Gesicht strahlte eine Wärme und Anerkennung aus, die sie noch selten an ihm gesehen hatte.

Als er fortfuhr, war seine Stimme leise. »Irgendwann habe ich begriffen, dass du hättest sterben können.« Er schloss kurz die Augen. »Du bist meine Älteste. Du bist mir am ähnlichsten, und dir fühle ich mich am nächsten.« Er strich sich über das faltige Gesicht. »Ich finde immer noch, dass die Industrie nichts für dich ist, aber du bist erwachsen. Dein Brief und deine Worte haben mich berührt – sie sagen mir, wie viel es dir bedeutet.« Er hob das Kinn. »Du sollst aus deinem Leben machen dürfen, was du willst. Du kannst hierbleiben und dir eine Lehrstelle suchen, und ich werde dafür sorgen, dass du einen Zustupf erhältst.«

»Ist das dein Ernst?«

»Das ist es.«

Sie atmete tief ein, erhob sich und schloss die Arme um die mageren Schultern ihres Vaters. Der trockene Geruch von alten Büchern, der ihn immer umgab, ließ ihre Augen feucht werden. »Danke.«

Einen Moment glaubte sie, Tränen in seinen Augen zu sehen. Dann räusperte er sich. »Allerdings bestehe ich darauf, dass du dir ein anständiges römisch-katholisches Umfeld suchst.«

»Das werde ich, und ich werde unsere Messe besuchen, Vater. Aber eine meiner Freundinnen geht in die andere Kirche, und ich werde sie nicht aufgeben.«

»Das erwarte ich auch nicht.« Er lächelte, und sie verlor endgültig den Kampf gegen die Tränen.

Das *Maison Maître* lag still und grau hinter dem Eisentor. Ihr Vater hatte sich Richtung Solothurn verabschiedet, um seinen Freund von Haller zu besuchen, und sie hatte sich sofort auf in den Oelirain gemacht. Endlich Rosa sehen! Beim Anblick des *Maison* wurde ihr allerdings mulmig, und als sich die Haustür öffnete, blieb sie zögernd stehen. Wie würde Herr Schneider ihr begegnen?

Aber es war Paul, der ihr entgegenkam und ihre Hand nahm. »Ich wollte dich eben besuchen und dich von Vater grüßen.«

Seine hellen Augen wirkten matt im blassen Gesicht.

»Wie geht es ihm? Ich kann mir gar nicht vorstellen, wie er sich fühlen muss.«

»Er macht sich vor allem Vorwürfe. Herr Kölliker hat ihn damals ins Bordell mitgeschleift, und er hat sich breitschlagen lassen, mit der Dirne aufs Zimmer zu gehen. Nicht, weil er es wollte – er wollte vor Kölliker einfach gut dastehen. Danach war er so angewidert, dass er gegenüber Esther über das Milieu gewettert hat. Das muss sie noch mehr unter Druck gesetzt haben. Trotzdem kann er immer noch kaum glauben, dass sie das getan hat. Ich auch nicht.«

Sarah griff nach seiner Hand. »Sie liebte deinen Vater und die

Kinder. Und auch wenn es unrecht war, weiß ich, dass sie das alles für sie getan hat. Sie waren das Wichtigste in ihrem Leben.«

Er senkte den Kopf. »Ich wünschte, sie hätte gewusst, dass Vater sie auch so geliebt hätte. Sein Ruf und seine Karriere bedeuteten ihm vorher alles, und er dachte immer, er hätte sie geheiratet, weil sie etwas Geld und ein gutes Auftreten mitbrachte. Aber in Wahrheit liebte er sie für ihre Stärke. Und die hatte sie nur, weil sie durch diese Hölle gegangen ist. Er hätte es ertragen.«

»Aber sie nicht.« Sarah sah das feine, intensive Gesicht vor sich, und ihr Herz zog sich zusammen. »Für sie war dieser Teil ihres Lebens ein stinkendes Fass voller dunkler Erinnerungen. Sie hätte nicht damit leben können.«

»Wahrscheinlich nicht.« Ein trauriges Lächeln umspielte seine Lippen, dann drückte er ihre Hand. »Reden wir von etwas anderem. Was wirst du nun tun?«

Sie lächelte. »Ich bleibe hier und suche mir eine Lehrstelle als Uhrmacherin. Mein Vater wird mich unterstützen.«

Er strahlte. »Das freut mich sehr! Hast du schon etwas unternommen, um eine Stelle zu finden? Vater kann dir helfen. Ihr habt doch darüber gesprochen.«

»Sicher will er das jetzt nicht mehr.«

»Du irrst dich. Er hat mich danach gefragt.«

»Das wäre wunderbar!« Sie zögerte. »Ist er hier? Meinst du, ich kann ihn sprechen?«

»Sicher. Und ich habe auch gute Neuigkeiten: Ich habe Vater noch einmal wegen einer Pacht angesprochen. Er hat eingewilligt, mich zu unterstützen, wenn ich etwas Passendes finde.«

»Was für Neuigkeiten! Ich freue mich für dich.«

»Und ich mich für dich.« Er legte die Hand an ihre Wange. »Ich muss gehen – mein Zug fährt bald. Aber ich nehme an, dass ich die meisten Sonntage in Grenchen verbringen werde.« Seine Augen funkelten. »Ich gehe gern spazieren.«

»Das trifft sich gut – ich auch.«

»Bis bald.« Er beugte sich vor und küsste sie leicht auf den Mund, stieß das Tor auf und verschwand hinter der Hecke.

Sie trat ins Haus, die Tür zur Bibliothek stand etwas offen. Zögernd trat sie ein.

Herr Schneider sah hoch, das Gesicht noch schmäler als sonst, seine Haut wächsern. »Fräulein Siegwart.«

»Es tut mir so leid, Herr Schneider.«

Er nickte langsam, als ob ihn die Bewegung alle Kraft kosten würde, die er noch besaß. Jedes Wort des Trostes schien zwecklos, fast obszön.

»Wie geht es Euseb und Sophie? Es muss schrecklich sein für die beiden.«

»Die Kinder sind bei meinem Bruder, ich hielt es für das Beste.« Er hob den Kopf, als ob der Gedanke an die Kinder ihm etwas Kraft verliehen hätte. »Und machen Sie sich keine Vorwürfe. Wenn, dann muss ich das tun. Vielleicht hätte Esther sich mir anvertraut, wenn ich nicht so selbstgerecht gewesen wäre. Ich hoffe, sie hat jetzt ihren Frieden.«

Er lächelte traurig, und hinter der Maske des ehrgeizigen Geschäftsmannes schien ein echteres Gesicht zum Vorschein zu kommen. Kein glücklicheres, aber eines, das seinen wahren Kern zeigte.

»Hat Paul Ihnen gesagt, dass ich Sie immer noch gern einstellen würde? Die Schild AG würde sich freuen.«

Sarah lächelte. »Das hat er, und ich danke Ihnen von Herzen für Ihr Angebot.« Ihr Vater fiel ihr ein. »Eine Bitte habe ich. Auch wenn ich für Schild arbeiten sollte: Mein Vater legt Wert darauf, dass ich in der römischen Kirche bleibe, und diesen Wunsch will ich ihm nicht abschlagen und werde deshalb die Messe bei Pfarrer Walser besuchen. Das sollten Sie und Schilds wissen.«

»Keine Sorge, ich mache Ihnen keine Vorschriften mehr. Wenn ich etwas begriffen habe, dann, dass es Wichtigeres gibt als die Frage, was alle Welt von einem hält.« Er nickte kurz. »Gehen Sie ruhig zu Pfarrer Walser. Rosa wird sich freuen.«

»Ist sie hier?«

»Ja, wir essen gleich.«

Sarah eilte in die Küche. »Rosa!«

Die Köchin drehte sich um und umarmte sie. »Von dir hört man ja allerhand. Ich habe mir Sorgen gemacht!«

»Es ist ja nichts passiert. Aber Frau Schneider … Es tut mir so leid um sie.«

»Mir auch, Kind.« Tränen funkelten in Rosas dunklen Augen. »Sie war eine so feine Frau. Warum habe ich nicht gespürt, wie einsam sie war? Warum habe ich ihren Schmerz und ihre Verzweiflung nicht bemerkt?« Sie schüttelte den Kopf. »Der Allmächtige möge sie in seinen Armen halten.«

»Das hoffe ich auch.« Sarah lächelte. »Ich habe noch gute Neuigkeiten.« Sie erzählte ihr vom Einverständnis ihres Vaters und von Herrn Schneider. »Jetzt brauche ich nur noch eine bezahlbare Unterkunft, dann ist alles geregelt. Das verdanke ich auch dir.«

»Das habe ich gern getan! Und ich habe eine Idee. Seit Fred

gestorben ist, lebe ich allein. Im Häuschen ist noch Platz. Wenn du das Zimmer mieten möchtest, kann ich dir einen guten Preis machen.«

»Das wäre wundervoll!« Das Logis würde auch bei ihrem Vater keinen konfessionellen Aufruhr auslösen.

Sie umarmten sich noch einmal, und Sarah fühlte gegen ihren Willen, dass sich ein Dankgebet in ihr breitmachte.

54

»Jetzt gefällst du mir wieder.«

Viktor hob sein Bierglas. Gideon tat es ihm gleich und prostete seinem Freund zu.

»Danke, dass du für mich da warst.«

»Immer, mein Lieber.« Viktor lächelte. »Habt ihr noch mehr Licht in die Angelegenheit gebracht?«

»Die Einzelteile setzen sich langsam zusammen. Ich glaube inzwischen, dass Stettler sich im Bordell schon länger nach einem Erpressungsopfer umgesehen hat. Vielleicht hat er darum die Nähe zu Kölliker gesucht. Dann ist er auf das Geheimnis der Schneider gestoßen und hat erkannt, dass da noch viel mehr zu holen ist. Was die Morde betrifft: Die Mordwaffe haben wir nicht gefunden. Frau Schneider muss sie irgendwie losgeworden sein, vielleicht hat sie sie bei einem Ausritt in die Aare geworfen. Für den Mord an Stettler wollte sie wahrscheinlich ein anderes Messer verwenden. Sie hatte mehrere dabei, um sie zum Schleifer zu bringen und damit einen Grund für die Messer zu haben. Dann hat sie im Schuppen ein Werkzeug gefunden und sich gedacht, dass das noch besser sei.« Gideon nahm einen Schluck. »Das Mordinstrument hat sie danach wahrscheinlich unter einem Kissen im Korb versteckt, und darüber lagen die Messer, die sie anschließend zum Schleifer gebracht hat.«

»Also hat die Kölliker nicht gelogen?«

»Jedenfalls nicht völlig. Sie hat wohl etwas blitzen sehen, aber dass es ein Messer war, kann sie unmöglich gesehen haben.«

»Was ist mit dem Mord an Sylvia Steiner?«

»Die Schneider hat mit ihr einen Treffpunkt bei der Huppergrube ausgemacht, ist dorthin geritten und hat sie getötet. Die liegt hinter dem Waldrand, sodass man nicht gesehen wird.« Er lehnte sich zurück. »Es tut mir leid um sie. Ich hoffe, Schneider erholt sich von der Sache.«

»Das hoffe ich auch.« Viktor leerte sein Bier. »Was ist mit deiner … Halbschwester?«

Es klang immer noch seltsam. Er leerte sein Glas ebenfalls.

»Ich war heute dort und habe ihr und ihrer Mutter die Resultate der Ermittlungen mitgeteilt. Sie waren beide sehr erleichtert.«

»Hast du Friedli angetroffen?« Viktor grinste hinterhältig.

Gideon lachte. »Offen gestanden habe ich ihm vor meinem Aufbruch gesagt, dass ich bis etwa acht im Fleur sein werde. Bis da ist er jedenfalls nicht aufgetaucht.«

»Erkenne ich da einen Anflug von Barmherzigkeit?«

Gideon zuckte die Schultern. »Ich wollte ihn nicht ins Messer laufen lassen.«

Die beiden erhoben sich, und Gideon verabschiedete sich von seinem Freund und machte sich auf den Heimweg. Zu

Hause angekommen, stieß er die Fenster auf, ließ die warme Abendluft herein und ließ seinen Blick über die Dächer seiner Stadt schweifen. Vielleicht sollte er im Hinterhof einen kleinen Garten anlegen. In der halbschattigen Ecke würden sicher auch ein paar Himbeeren gedeihen.

55

Zufrieden inspizierte Sarah die aufgehängten Kleider im Schrank. Die letzten beiden Wochen waren hektisch gewesen: Sie war nach Hause gereist, um alles für ihren Umzug in die Wege zu leiten; ihre Mutter hatte ein paar blaue Kittel nähen lassen, und endlich hatte sie sich wieder auf den Weg machen können. Morgen würde sie bei Schild anfangen.

Sie legte Pauls Uhr auf ein Wandregal, stellte ihre Bücher und das Bild von Hannes auf und platzierte das Reiseschachspiel in der Ecke. Zuletzt stellte sie die Uhr von Vater Pfyffer daneben. Sie hatte ihretwegen einen zweiten Koffer nehmen müssen, aber sie hätte sie keinesfalls zurückgelassen. Sie zog die Uhr auf und betrachtete lächelnd die Gestirne, lauschte dem mystischen Ticken.

Es klopfte, und Rosa steckte den Kopf herein. »Hast du alles?« Sie zog eine Hand hinter dem Rücken hervor. »Da du nun in Grenchen bleibst, solltest du mehr über uns erfahren.« Sie reichte ihr ein Buch. »Doktor Franz Josef Schild hat darin alle Sagen, Verse und Geschichten über unsere Gegend zusammengetragen. Wir nennen ihn den ›Großätti vom Leberberg‹.«

»Vielen Dank, Rosa! Darauf freue ich mich.«

»Wir essen in einer Viertelstunde.« Rosa zog die andere Hand hervor. »Das ist eben noch angekommen.« Sie reichte Sarah einen Streifen Papier. Ein Telegramm von ihrem Vater – ein langes außerdem. Sie begann zu lesen, erst ungläubig, dann erfüllt von tiefer Freude.

»Meine liebe Tochter! Kurz nach deiner Abreise habe ich eine Nachricht bekommen, die ich dir nicht vorenthalten will. Deine Entschlossenheit in der Grenchner Angelegenheit hat mich beschämt, und ich habe mit Regierungsrat Segesser gesprochen. Eben wurde mir bestätigt, dass die Polizei den Unfall von Hannes neu untersuchen wird. Was auch immer dabei herauskommt: Ich hoffe, dass ich meinen Teil zur Gerechtigkeit für Hannes beitragen konnte. Gottes Segen und viele Grüße, Vater.«

Sarahs Blick wanderte zu Hannes' Bild neben dem Schachbrett. Den ernsten Augen zum Trotz schien er zu lächeln.

Regen trommelte wieder einmal gegen die Scheiben, und die Kirchenglocken läuteten. Ab morgen würde auch sie auf die Fabrikglocke hören. Sie öffnete das Fenster, und ein paar kühle Tropfen bedeckten den Fenstersims und drangen in das warme Zimmer. Der grüne Kirchturm glänzte unter dem grauen Himmel. Auf der schlammigen Straße stapften ein paar Kornblumenkittel so eilig, wie es der Untergrund zuließ, in Richtung Lebernstraße. Einige hatten Schirme aufgespannt, einer hielt sich schützend eine Zeitung über den Kopf, ein dritter beugte sich nach vorn und stemmte sich so gegen Wind und Wetter.

Nur einen Sack um die Achseln konnte sie nicht ausmachen.

Nachwort zum historischen Hintergrund

Die Geschichte um Sarah Siegwart ist erfunden, nicht aber das Grenchen der 1870er-Jahre, das geschildert wird, und genauso wenig die Schweiz des 19. Jahrhunderts.

Die Schweiz: Vom Unruheherd zum Stabilitätsgaranten

Heute gilt unser Land als behäbige Insel der Stabilität, aber bei der Gründung des Bundesstaates 1848 wurde es von seinen Nachbarländern als Unruheherd und größte Kloake Europas bezeichnet. Nach der Gründung des Deutschen Reichs war die Schweiz von riesigen Monarchien umgeben. Sie hat gemeinsame Wurzeln mit Deutschland und Österreich und ist doch wie England eine exotische Insel – nicht im Atlantik, sondern im Herzen Europas.

Die 1870er-Jahre: Industrialisierung und Konfessionskriege

In den 1870er-Jahren waren Industrialisierung und Religion in der Schweiz und insbesondere in der Region Solothurn aufs Engste miteinander verknüpft. Die papsttreuen Katholiken stellten sich gegen die Auswüchse der Moderne und gegen den Einfluss des Staates auf ihre Kirche, während die liberalen Fabrikherren an vorderster Front für die Vormachtstellung des Staates und für eine eigene Kirche kämpften. 1873 entluden sich die Konflikte auf höchster Stufe, als, wie im Roman erwähnt, die Solothurner Regierung den Bischof des Bistums Basel absetzte und ihn mit Polizeigewalt aus seiner Residenz jagte. Auch in den Dörfern wurden tatsächlich Pfarrhäuser mit Eiern beworfen und Pfarrer tätlich angegriffen. Die Ereignisse in Trimbach sind historisch verbürgt, ebenso die Konflikte in Starrwil. Der große Streit im Gasthof Löwen ist hingegen meiner Fantasie entsprungen.

Das Grenchen des 19. Jahrhunderts

Grenchen war 1873 noch ein Dorf, aber schon lange international vernetzt. Hier fanden in den 1830er-Jahren Revolutionäre wie die Italiener Mazzini und Ruffini sowie der Badener Karl Mathy Schutz vor den Behörden, und das von einem Deutschen gegründete Knabeninstitut Breidenstein zog Schüler aus ganz Europa an. Die Uhrenindustrie belebte das Dorf und brachte mit den Töchtern des Uhrenpioniers Anton Schild bereits in den 1850er-Jahren weibliche Uhrmacherinnen hervor.

Die Beschreibung der Uhrenindustrie Grenchens um 1870 habe ich der Grenchner Geschichte *Grenchen im 19. und 20. Jahrhundert* sowie ihren Vorgängern entnommen. Die alteingesessenen Familien wie die Schilds und die Girards hatten einen entscheidenden Anteil daran, dass aus dem Dorf eine Industriestadt wurde.

Für die Beschreibung der Örtlichkeiten in Grenchen stütze ich mich auf alte Karten und ein Verzeichnis der Infrastruktur, das Hinweise auf die damals bestehenden Gebäude gibt – Schildfabrik, Eusebiuskirche, das heutige Schulhaus I, das Institut Breidenstein (heute Kinderheim Bachtelen), die Allerheiligenkapelle und die Gasthöfe, die zum Teil zumindest als Gebäude noch bestehen. Im Gasthaus Bären findet sich heute das Britannia Pub, im Gasthaus Löwen das Fotogeschäft Ryf. Das Fleur Jaune ist hingegen meiner Fantasie entsprungen, was nicht heißt, dass es damals kein Bordell in Grenchen gegeben haben könnte. Eine Dissertation zur Prostitution im 19. Jahrhundert, auf die ich mich für die Details zum Gewerbe stütze, verweist immerhin auf Bordelle in Solothurn und Biel.

Grenchen und die Grenchner heute

Noch immer ist die Uhrenindustrie der Schwerpunkt der Grenchner Wirtschaft. Die ETA SA, heute Teil der Swatch Group und direkte Nachfolgerin der Gebrüder Schild AG, nimmt auf dem Rohwerkmarkt eine Vormachtstellung ein; die Eterna SA, ebenfalls ein Spross der Gebrüder Schild AG, hat nach wie vor einen Namen als Uhrenmanufaktur und begann vor einiger Zeit mit der Produktion eigener Rohwerke.

Daneben sind auch Uhrenmarken wie Breitling und Fortis in Grenchen angesiedelt. In den letzten Jahrzehnten hat sich der Industriesektor diversifiziert mit Konzernen im Bereich der Feinmechanik, der Medizinaltechnik und vielen mehr.

Aus dem Bauerndorf ist eine Industriestadt im Grünen geworden. Der Grenchner selbst ist sich gleich geblieben: stolz und rebellisch, festfreudig und beredt, engagiert und eigen. Immer bereit, an seiner Stadt herumzunörgeln, aber sofort in Verteidigungsstellung, wenn jemand von außerhalb es wagt, an seiner Heimat herumzukritteln. Eben »Vo Gränche bi Gott, wo suure Wy wachst …!«

Fiktive Personen

Im Hause Schneider

Robert Schneider: Leitender Angestellter in der Uhrenfirma Schild. Ein Mann mit großen Ambitionen.

Esther Schneider: Seine Frau, eine verhinderte Balletttänzerin, Mutter und Reiterin aus Leidenschaft.

Sophie Schneider: Ihre elfjährige Tochter, ein aufgewecktes, sensibles Mädchen.

Euseb Schneider: Der achtjährige Stammhalter. Sein Interesse gilt in erster Linie Baumkäfern.

Paul Schneider: Robert Schneiders Sohn aus erster Ehe. Arbeiter in einer Kammfabrik, liebt alle Lebewesen und träumt vom eigenen Bauernhof.

Sarah Siegwart: Hauslehrerin und Exil-Luzernerin aus verarmtem Patriziat. Dickköpfig und leidenschaftlich, benimmt sich nicht immer ihrem Stand entsprechend, sucht ihre Berufung.

Rosa Schubiger: Köchin und warmherzige Ur-Grenchnerin mit viel Lebensweisheit.

Emmi Heiniger: Dienstmädchen. Eine Waise und kein Kirchenlicht, sucht nach der Liebe ihres Lebens.

Leni Hugentobler: Dienstmädchen. Putzt gründlich, ansonsten eher träge.
Alfred: Kutscher

Bei den Landjägern und im Amtsgericht

Gideon Ringgenberg: Protestantischer Landjägerkorporal mit Wurzeln im Berner Oberland. Gesetzeshüter aus Leidenschaft auf den Spuren seines Vaters.
Viktor von Arx: Amtsgerichtspräsident, ehemaliger Landjäger und Gideons bester Freund.
Landjäger Friedli: Stationsleiter in Grenchen mit Hang zum schönen Geschlecht.
Landjäger Wyss: Frischling in Landjägerdiensten.

Im Hause Kölliker

Peter Kölliker: Stellvertretender Verkaufsleiter bei Schild. Pompöser Mann mit nebulöser Herkunft.
Henrietta Kölliker: Seine Frau. Aus gutem Hause, dem Altjungferntum im letzten Moment entronnen.
Roswitha Kölliker: Ältere Tochter. Führt die Liga der unnützen Prinzessinnen an.
Ida Kölliker: Ihre jüngere Schwester
Frieda und Trudi: Roswithas treue Gefolgschaft, vor allem interessiert an Kuchen, Männern und Kleidern.

Im Fleur Jaune

Madame George: Eigentlich Annette Dolder. Umtriebige Bordellwirtin.

Helena Dolder: Buchhalterin des Fleur. Madame Georges Tochter von unbekanntem Vater, stilvoll und intelligent.

Sylvia Steiner: Sous-maîtresse. Unschön gealterte Dirne mit ewigem Geldmangel.

Marie Flückiger: Junge Dirne. Freundet sich mit Sarah an.

Lula, Lisa, Paula und Evelyne: Dirnen

Im Hause Siegwart in Luzern

Balthasar Siegwart: Sarahs Vater, Kantonsarchivar und verarmter Patrizier, der vorwiegend den alten Zeiten nachtrauert.

Francine Siegwart: Eigentlich Fränzi, seine Frau. Aus Entlebucher Handwerkskreisen, was sie gern verdrängt.

Daniel Siegwart: Sarahs jüngerer Bruder. Eben dem Lyzeum entronnen, nicht besonders erpicht auf Studium oder Arbeit.

Hanna Siegwart: Sarahs jüngere Schwester. Still, fromm und scheu.

Mathilde: Köchin und Dienstmädchen in Personalunion. Bekannt für ihre Forelle Müllerin Art.

Sonstige Personen

Hannes Pfyffer: Sarahs verstorbener Verlobter

Albert Pfyffer: Vater von Hannes

Franz Stettler: Junger Tunichtgut

Josef: Kutscher bei Girards

Lise: Köchin bei Girards

Lore: Dienstmädchen bei Girards

Hans Bühler: Strammer Katholik

Erich Bühler: Sein ebenso stramm katholischer Sohn

Agathe: Köchin bei Bühlers

Jakob: Angestellter bei Schild

Historisch verbürgte Personen

Anton Schild: Mitbegründer der Grenchner Uhrenindustrie, arbeitete ursprünglich als Bleicher. In seiner Garnbuchi bildete er die ersten Lehrlinge aus. Das Haus wurde 1966 abgerissen, der Türsturz ziert nun das Kulturhistorische Museum, das erste 1821 in Grenchen gebaute Schulhaus.

Urs Schild-Rust: Einst tüchtiger Lehrer, der 1856 zusammen mit Josef Girard junior die Uhrenfirma gründete, die in dieser Geschichte ein Schauplatz ist.

Adolf Schild-Hugi: Der jüngere Bruder von Urs lernte die Uhrmacherei von der Pike auf. 1864 trat er als Visiteur in die Firma seines Bruders ein und wurde dann technischer Direktor. Die Freude an der Musik ist keine Erfindung von mir: Die Musikabende im Hause Schild-Hugi haben sich ziemlich genau so zugetragen wie beschrieben, inklusive der ausgewählten Musikstücke. Sein Wohnhaus gegenüber der Kirche steht noch heute.

Josef Girard sen.: Der zweite Begründer der Grenchner Uhrenindustrie regte an der berühmt gewordenen Gemeindeversammlung die Förderung neuer Erwerbszweige an. Er baute das Heilbad im Bachtelental und versteckte dort die Umstürzler aus Italien und Deutschland.

Josef Girard jun.: Der politische Heißsporn ließ sich zum Arzt ausbilden und kümmerte sich um die Gäste seines Vaters. Zusammen mit seinem Bruder Euseb gründete er 1852 die erste Uhrenfirma in Grenchen und nach deren Konkurs 1856 im gleichen Jahr zusammen mit Urs Schild die Girard & Schild Cie., die er später Urs Schild verkaufte, und die zum Zeitpunkt unserer Geschichte besagte Gebrüder Schild AG wurde. Er baute sich ein Haus im klassizistischen Stil direkt gegenüber dem Bahnhof. Heute beherbergt es das Kunsthaus Grenchen.

Euseb Girard: Der Löwenwirt und Bierbrauer war auch Unternehmer. Nachdem die Firma, die er mit seinem Bruder gegründet hatte, Konkurs ging, gründete er 1860 eine eigene Uhrenfabrik. Die Fabrik stand an der Stelle, wo sich heute die Grenchner Post befindet, und bestand bis 1893.

Pauline Schild-Hugi: Die Tochter von Chly Hugi, dem Müller auf der Unteren Mühle (eines der wenigen noch intakten Grenchner Gebäude des 19. Jahrhunderts), besuchte eine Handelsschule. In späteren Jahren hat sie tatsächlich einen Fabrikladen geführt, mit dem sie laut der Familienchronik mehr verdient hat als ihr Mann Adolf. Die Geschichte mit der Kuh und alle anderen biografischen Hinweise entstammen der Familienchronik Schild-Hugi-Bilderbogen, genauso wie die beschriebenen Musikabende. Ob Schilds tatsächlich am historisch verbürgten kantonalen Blasmusikfest teilgenommen haben, weiß ich hingegen nicht.

Josef Schild: Der dritte Schild-Bruder war tatsächlich ein berühmter Sänger, für den das Publikum die Kassen in Bern stürmte, bis er leider seine Stimme verlor. Später konnte er wieder auftreten, wenn auch nicht mehr im gleichen Maße. Die Geschichte, wie er auf dem Balkon der Schild-Hugis für die Leute gesungen hat, ist nicht nur herzig, sondern wahr.

Franz-Josef Schild: Der Arzt und Volksdichter ist ein Onkel der Gebrüder Schild. Er hat sich lange auf Augenärztliches konzentriert und in späteren Jahren vor allem auf die Sammlung alter Sagen und Geschichten über Grenchen. Allerdings betätigte er sich auch, wie im Roman erwähnt, als Allgemeinmediziner.

Weitere erwähnte historische Personen

Anna Maria Girard: Witwe von Josef Girard jun.
Peter Obrecht: Kirchgemeinderatspräsident
Anna Maria Obrecht: Peter Obrechts Gattin, geborene Schild
Lina Obrecht: Tochter von Peter und Anna Maria
Euseb Vogt: Ammann von Grenchen
Sylvan Walser: Römisch-katholischer Pfarrer in Grenchen
Carl Franz Bally: Fabrikant, Schuhfabrik Schönenwerd
Carl von Haller: Konservativer Politiker

Albert Hartmann: Schriftsteller, Herausgeber *Postheiri*
Paulin Gschwind: Christkatholischer Pfarrer in Starrkirch
Eduard Herzog: Christkatholiken-Führer, Pfarrer in Olten
Eugène Lachat: Abgesetzter Bischof des Bistums Basel
Wilhelm Vigier: Radikaler Solothurner Regierungsrat
Familie von Sury: Patriziergeschlecht in Solothurn
Ignaz Döllinger: Münchner Theologe, Dogmakritiker
Johann Egli: Exkommunizierter Strafhauspfarrer
Philipp Anton von Segesser: Vorsteher Polizeidepartement Luzern, Jurist und Gelehrter

Glossar

Allgemeine Schweizer Ausdrücke

Ammann: Ortspräsident (örtliche Exekutive)

Auffahrt: Christi Himmelfahrt

Bätzi: Kernobstschnaps, im Luzernischen Träsch genannt

Chlapf: Knall

Christkatholiken: Katholiken, die das Unfehlbarkeitsdogma ablehnen

Fasnacht: Schweizer Karneval

Fünfliber: Fünffrankenstück

Gipfeli: Blätterteiggebäck (Croissant)

Gnagi: In Deutschland unter anderem als Schweinshaxe bekannt

Guetzli: Kekse

Horeb: Hügel/Berg

Jassteppich: Filzteppich zum Kartenspielen

Löcherbecken: Lochschüssel / Sieb

Nidletäfeli: Weiche Bonbons mit dominantem Rahm-/Karamellgeschmack

Reformiert: Protestantischer Konfession

Regierungsrat: Fünfköpfige Kantonsregierung
Schnitzelbank: Gesungene Spottverse an der Fasnacht
Semper Fidelis: Luzerner Gymnasialverbindung
Stumpen: Zigarre
Willisauer Ringli: Luzerner Traditionsgebäck
Znüni: Brotzeit am Vormittag
Zustupf: Finanzieller Unterstützungsbeitrag
Zvieri: Brotzeit am Nachmittag

Begriffe aus der Uhrenindustrie

Adoucieren: Feinschleifen von Oberflächen

Anker: Bauteil, stoppt und befreit das Räderwerk

Arbre: Achse, in die das zu bearbeitende Stück eingespannt wird

Décolletage: Drehen aller runden Teile

Etampieren: Ausstanzen

Federhaus: Zylinderförmige Trommel mit Zahnkranz

Gouge: Polieren von abgeschrägten Kanten und Rillen

Percages: Bohren

Pointage: Anzeichnen der Position der Zahnräder

Polissage: Überschleifen und Polieren von gehärtetem Stahl

Régleuse: Facharbeiterin, montiert die Unruh

Taillages: Schneiden der Zähne in das Zahnrad

Taraudages: Schneiden von Gewinde in Löcher für die Schrauben

Terminage: Zusammensetzen der Uhr

Unruh: Gibt dem Anker den Takt an

Tuusig Dank!

Dank gebührt vielen. Ich wähle den chronologischen Weg und zäume das Ross von hinten auf.

Dass heute ein gedrucktes Buch vorliegt, verdanke ich dem Penguin Verlag, der das Wagnis mit einem mittelalterlichen Frischling eingegangen ist; besonders meiner Lektorin Magdalena Heer sowie der freien Lektorin Susann Harring, die mich beim Feinschliff des Buches unterstützt haben. Dass das Buch die Aufmerksamkeit eines Verlags auf sich zu ziehen vermochte, verdanke ich der Agentur Hille & Schmidt und insbesondere meiner Agentin Dr. Dorothee Schmidt. Sie hat meine Kenntnisse in Sachen Plot, Spannungsbogen und Charakterentwicklung vertieft und mich mit ihren treffenden Statements ermutigt und angespornt.

Daneben haben zahlreiche Experten mein Wissen erweitert. Ich danke Herrn Walter Wittmer für die Einblicke in die Geschichte der Landjäger im Kanton Solothurn, Rebekka Meier und Nicholas Huissoud für die Einführung in das Uhrmacherhandwerk, Bettina Hahnloser für den Einblick in die Familiengeschichte der Schilds, Professor Urs von Arx für die

Auskünfte zur Geschichte der Christkatholiken im Kanton Solothurn und ganz besonders Professor Urs Altermatt, meinem Arbeitgeber während der ganzen Zeit der Buchentstehung: für die Recherchetipps, für die Einblicke, die ich aus seinen Büchern zum Katholizismus gewonnen habe, vor allem aber für das herzliche Interesse an meinem Buch und die Ermutigung, die er mir während unserer gemeinsamen Arbeit und bis heute hat zuteilwerden lassen.

Auf dem Weg zum letzten Entwurf haben mich mehrere Freundinnen unterstützt. Ich danke meinen Beta-Leserinnen Maike Eggemann, Bettina Müller, Anne Parpan, Kirsten Raufeisen und Marisa Thöni für das kritische Lesen und Kommentieren. Ich zähle für Band 2 fest auf euch!

Dass ich das Wagnis eingegangen bin, mich aufs Schreiben zu verlegen, verdanke ich Kolleginnen aus der Branche ennet dem Teich: Brenda Waggoner, die mir meine E-Mail, ob ich zur Autorin tauge, mit dem Satz beantwortete: You sound like a writer to me. Susan Kaye Quinn, deren Bücher über das Selfpublishing mich bei meinem ersten Werk unterstützt haben. Und vor allem Loralee Strauss, die mir wertvolle Schreibtipps gegeben hat, mit der ich im Zug nach Matera und im Hotelzimmer zu Pizza und Youtube-Krimis gefachsimpelt habe, und die mich zu dieser Trilogie inspiriert hat.

Vor allem danke ich dem Menschen, der mich freigesetzt hat, dem Ruf zum Schreiben zu folgen: meinem Mann Beat, der an mich geglaubt und im wahrsten Sinne des Wortes in mich investiert hat. Das Vertrauen eines ausgebildeten Betriebswirts in ein »Return on Investment« hat mich beflügelt, und ein Ehepartner, der sich an den Erfolgen seiner Partnerin freut, ist ein ganz besonderes Geschenk. Auch das Interesse und die rege Anteilnahme meiner Schwester Bettina Müller und meines leider im letzten Jahr verstorbenen Pa Bruno Meier haben mich ermutigt und angetrieben.

Am Ende kommt, der am Anfang von allem steht: Gott, Herr der Dinge, Fundament meines Lebens, Inspiration meines Schreibens. Ohne ihn hätte ich wenig zu sagen.

Wie wird es mit Sarah in Grenchen weitergehen?

Welche Herausforderungen wird sie in ihrer Lehre als Uhrmacherin meistern?

Und wird sie doch noch Gewissheit um den Tod von Hannes erlangen?

Die Saga um die Uhrmacherin geht weiter …

Der zweite Band der Uhrensaga ist ab Winter 2022 im Handel und als E-Book erhältlich.